苏晋 著

消毒猎人 巴山探蝠

华中科技大学出版社
http://www.hustp.com
中国·武汉

楔子

前进的路上树木逐渐稀疏,前方现出大片刺眼光线,一行人走出树林,望着突然映入眼帘的悬崖,即使是见惯这风景的本地人也露出赞叹的神情,更不用说那些第一次来到这里的白人。

正午的阳光直射而下,悬崖如被利剑斩成,绝壁千仞,在其中部,一尊尊佛陀菩萨像从石壁上浮现出来,一根根脱掉漆色的木头架在崖上凿出的石台上,木头半腐,已然看不出它们本来组成的结构。

庄严的佛像壁雕,残败的木质建筑,在阳光里织出一幅奇异的宏伟图景。

队伍中的白人老板用母语赞叹出声:"这真是神迹。"

当地一个面色黝黑的瘸腿老年男人挂着拐杖走到这位老板身旁,看到他满意的神色后,骄傲地对翻译说:"你告诉你老板,外面的佛雕被雨水冲刷,已经模糊了,佛洞里的佛像都是好的。我们还是进佛洞里去看吧,他会很满意的。"

翻译将话转达给了自己的老板,对方非常有兴趣地点了点头。

在悬崖上，残败的木质结构中间，可见一个黑洞洞的口子，这个洞口不足两米高，大约一米宽。这个口子，便是瘸腿男人所说的佛洞洞口。

有背着梯子的当地村民将木梯搭上了洞口，并率先爬进山洞。

瘸腿男人说："佛像就在山洞里面，我们进去吧。"

翻译看着那悬崖上幽深的山洞，不知为何心中发憷，谨慎地征求白人老板的意见："老板，我带着保镖进山洞里查看就好，您在外面更安全。"

白人老板傲慢地笑了一声，没有接受翻译的意见："不用，我进去看看。"

那瘸腿男人虽然跛足，行动却非常灵活矫健，带着当地村民率先进入了山洞，又在洞口向这些白人招手。

他的笑脸和石壁上的佛雕面孔一道，处在晃动的光影之间，似乎在风吹雨蚀里变得斑驳、模糊。

山洞口很小，里面却很宽阔。白人老板刚进入山洞，他的手下便用手电筒光照亮了山洞。

一尊尊佛像姿态各异，有的直立，有的跌坐，有的倚坐，有的箕坐，结不同手印，有的神色安详，有的目光悲悯，注视着闯入这片佛地的无知者。

进入山洞的众人的心神瞬间被这些佛像所摄。白人老板连连赞叹，又让翻译对瘸腿男人说，"这些佛像，我全都要了。之前说好的价格，二十万。"

翻译领首应是，正要将老板的意思传达给瘸腿男人，突然，一阵哗啦啦的声音伴随着尖锐的吱吱鸣叫从山洞深处传来，声音打破山洞里本有的安静，像有鬼魅从黑暗深处突然奔来。

当地村民从小听这佛洞的恐怖传说，当即被吓得躲了起来。而那些白人胆大无惧，不躲不避，站在佛洞中间，用手电筒刺目的光线射向声音来处，只见是黑压压一团团蝙蝠朝他们飞来。

蝙蝠露出它们狰狞的面孔和尖利的牙齿，扑向山洞的闯入者，白人保镖们护着他们的老板，用手里的手电筒和匕首驱赶飞扑而来的蝙蝠。

蝙蝠有的被赶走，有的被保镖们手里的匕首刺伤，落在了地上。

人的呼喝声、蝙蝠扑腾翅膀的声音和吱吱叫声在山洞里被不断扩大，听在进山洞的本地村民耳朵里，如同来自阴界的呼唤，让人心惊胆寒。

当地村民何庆德站在人群中，望向手电筒光最密集的地方，飞舞的蝙蝠绕着那白人老板面色冷峻的面孔，这一幕，像一幅末世之景。何庆德转过头，目光对上旁边神色悲悯的佛像，他颤着声音对另一边的瘸腿男人道："盘大大，佛祖并不喜欢这些洋鬼子，我们不该带他们来这里。"

瘸腿男人想到种种，心下不由也开始没底，但声音却很沉着，道："不，佛祖喜欢他们。"

01

15年后。

8月上旬,暑热正盛。

巍峨雄浑的大山在烈阳下被炙烤,山石反射眩目阳光,草木蔫蔫的。

山脚下的田地显示着农耕文明的强大,任何适合耕种的地方都能被开垦。

这个时节,山下的稻谷逐渐转熟。有些农田里只剩下稻谷收割后一茬茬的金色稻桩,有些地方的稻谷刚由绿转黄,正等待阳光和时间将它们催熟。

此地的妙庄村,是中国秦巴山区的一座位于山脚下、仅有数十户人家的古老小村庄。

太阳落下山头后,黑暗带着浓重阴影如鬼魅降临,以砖瓦房居多的妙庄村里逐渐亮起电灯,只是灯火微弱,直如鬼眼飘忽。

村中一棵大树下,是一户由青砖砌成的两层楼房的人家。

"庆德,你怎么样,你说话啊……"凄厉的女声尖锐,带着岁月沧桑之后的沙哑。

堂屋通风,中间搭着一架凉床,一个四十多岁的中年男人正躺在上面,黝黑的面上有细小的红疹,双眼无神。大约是站在凉床边瘦小老年妇人的声音太过尖锐,刺激到了他,他身体颤抖了起来。

老年妇人见他有所反应,脸上显出又喜又悲的笑,这份笑在她满是褶皱的脸上,又带着痛苦。

她伸手去摸男人的脸:"庆德,你要不要吃饭,你饿不饿啊?"

她枯瘦的老手刚碰到男人的脸,男人瞬间直挺挺坐了起来,但马上又颤抖着倒了下去。

"有鬼,有鬼,到处都是鬼……"他胡乱大叫着,开始不断抽搐,眼白翻在外面,嘴巴大张,口中吐出白沫,从凉床上摔到了地上。

老妇人大急,一边去抓住男人,一边大叫:"阿苗,阿苗……"

一个少女从后面房间跑过来,手中端着的水盆哐当一声摔在了地上,她冲到男人的身边去,要去扶他:"爸……爸……"

随着她碰到男人,男人大叫着抬手抓挠,他力气极大,将少女拉扯到了地上,就向她扑过去。

老妇人大惊,扑到他身上死命拉住了他。

就在这时,院子里响起了脚步声,一个中年妇人带着五六人冲进了堂屋。

进来的人中,一个六十多岁的老年男人拄着拐杖,镇定地指挥道:"拉住他,绑起来,恶鬼在他的身体里,不驱邪来不及了。"

在地上打滚、想要撕咬他人的男人,黝黑的脸上眼白外翻,那张流着涎水的嘴大张,声音压在他的咽喉深处,不断发出"喝喝喝"的气声,就像恶鬼的呼唤。突然,他盯住了拄着拐杖的老人,用含糊的声音吐出了大家可以听懂的字眼："佛洞……鬼……"

老年男人听到他的言语，面上显出惊恐，但他很快就镇定下来，继续指挥道："把他绑起来。"

大家都很害怕，赶紧按照老年男人的指示，七手八脚地把"被恶鬼附身"的男人绑了起来，一个脸上涂着黑灰的瘦小老年妇人从院外的黑暗里弓着背走了进来。

她的手里拿着一个陈旧的泛黑绿色的铜铃，随着她的走动，铜铃摇晃，发出一声声悠远的铜铃声响。

她走到那"被恶鬼附身"的男人跟前，看了他几眼，就转向指挥众人的老年男人："公鸡血。"

那个男人赶紧让人去抓了一只公鸡来，随着公鸡挣扎抗争的鸣叫，老妇人手中的小刀割断了公鸡的咽喉，鸡血瞬间喷了出来，热血洒在地上和老妇人的手上，升起浅浅白气，浓烈的血腥味在房间里弥漫。

她用沾满鲜血的手在自己双眉之间抹了一把，在印堂上留下了一道血痕，血痕在房间昏暗的光线里泛着黑红之光，那是她开的"鬼眼"。

她一手执铜铃，一手提着那只没了生命迹象的公鸡，随着铜铃的摇动，她将鸡血洒在"被恶鬼附身"的男人周围。铜铃悠远的声音，还有她那不辨字词的低沉唱诵，缭绕在越发沉入黑暗的房间里。周围众人如见到幽冥门开，不敢抗争。

足有近半小时，唱诵之声渐低哑直至无声。那被捆绑起来原本挣扎的男人早已安静下去，眼睛嘴巴紧闭，脸上神色安详，似是魂魄安宁，陷入了沉睡。

那手拄拐杖的老人，站在门口，幽深的眸光看向房子外面。在不远处，一座石雕佛陀趺坐在大树下，院子里昏暗的光线投射在佛像身上，为它镀上了一层诡秘的金光。而原本，这座佛像并不是在这里。

拄拐杖的男人心下惶恐，想："一切报应，皆会应验吗？"

＊＊＊

几天后，地球的另一边，A国麦尔岛。

天空蔚蓝，海水明净，沙滩细软洁白，椰树在轻柔的海风里摆动着它们的叶子。

这里是属于马丁家族私产的麦尔岛，也是马丁家族集团下赫利俄斯制药公司的一研究基地的所在地。

赫利俄斯制药公司是世界知名的大制药公司，研究基地众多，麦尔岛研究基地主要开展对人类致病的病毒、细菌、立克次体、真菌等病原体的研究，以开发针对这些病原体的疫苗以及药物。

麦尔岛孤悬海上，形状如一粒两子花生。它的北边下风地带伫立着几座研究大楼，南边上风处则有岛上最好的沙滩，距离沙滩不远处，是豪华六星酒店、一系列基础设施以及马丁家族的私人博物馆大楼。

此时，由赫利俄斯制药公司承办的全球生物安全大会在这座美丽的岛上举办。

参加大会者不只是从事这方面研究的科学家，还包含与此有关的医药公司以及政府官员。

大会规模很大，一向较安静的岛上此时人群熙攘。

在开幕式之后，会场分开，除了一个主会场外，大会还设有几个分会场，由来自全球各地的顶尖科学家展示这些年的研究成果，以讨论如今全球化带来的生物安全危机。

傅蓝夕是中国知名医药公司知一制药董事长傅顺知的独子,也是喜欢在网络社交账号上晒自己生活的年轻富二代"网红"。因长相俊美、性情直率、敢于发言又喜欢晒自己的富人生活,在网上粉丝众多,也"黑子"众多。

病毒专场分会场的会议室中,傅蓝夕坐在演讲台下第一排,拿着手机兴致勃勃地拍台上的演讲者做报告。

LED巨幅屏幕的光映在站在演讲桌后的人身上,此人身材修长,面容白皙,戴着无框眼镜,穿着黑色西服,他正是陆坚,中疾控病毒病研究所研究员,主要从事对人类致病新病毒的检测鉴定和研究。

"对以人类为宿主的病毒来说,人不是一座座孤岛,人类是一个共同体。全球一体化增加了原本相距遥远的人们之间接触的可能,就像我,"台上的演讲者气度优雅,一举一动吸引着大家的目光,他手中的激光笔指着屏幕上画出的路线图,"我昨天早上还在中国北京,然后一路坐地铁转机场专线到机场,随后乘坐飞机到A国,一路和数百人在密闭空间有所接触。我现在在这里,和大家济济一堂,要是我最近感染了某种可通过呼吸道传播的病毒,那我在这两天的急性感染期里,可能已经把这种病毒传播给了很多人,这些人里也包括在座的各位。诸位来自世界各地,离开这里后,再和其他人接触,这种病毒,在短短时间里,就能随着你们的活动扩散全球。全球一体化,对病毒来说,是它们的盛宴,它们可以在短时间内,让自己扩散全球,对我们人类来说,是每时每刻都潜伏在我们身边的灾难。"

"作为病毒研究工作者,这是我们的挑战。"台上演讲者的报告做完,会场里响起热烈的掌声。专业性极强的问答环节完毕,身着正装的陆坚刚从演讲台上下来,傅蓝夕就从座位上起身,迎上他。不待陆坚坐下,傅蓝夕就拉他到一边的角落,说:"你已经讲完了,我们出去逛逛吧。"

对于陆坚演讲的病毒鉴定工作，傅蓝夕实在不感兴趣，他只能听懂陆坚所讲内容中的很少几个单词，其他大部分专业名词，在他耳朵里甚至比蜜蜂的嗡嗡声还让他费解。所以，既然陆坚已经讲完了，傅蓝夕便再也不想在这个会场里受这些他听不懂的专业知识的"荼毒"了。

此时，会场主持已经在介绍下一位研究者的工作——流感病毒传播数学模型。这个题目里，不管是"流感病毒"还是"数学"抑或是"模型"，这些单词都让傅蓝夕感到头痛。

陆坚见傅蓝夕迫不及待地要逃离这让他觉得"无趣憋闷"的会场，哭笑不得，说："你自己去逛吧，我还想听其他人的报告。"

陆坚和傅蓝夕小时是邻居，这份友谊便从那时一直保持至今。不过两人性格南辕北辙，陆坚稳重踏实，热爱科研工作，傅蓝夕风趣贪玩，最不喜欢沉闷的事情。

两人性格完全不搭，却能一直做铁哥们儿，没有闹矛盾拆伙，傅蓝夕认为是自己的功劳，是自己的阳光风趣"拯救"了陆坚的沉闷死板。

傅蓝夕扣住陆坚的手腕，拽着他说："我听完你的报告，还帮你录像，这是很给你面子了，你怎么能不陪我出去逛？你不能这样啊，不义气，不哥们儿，不行！"

陆坚无奈，见接下来的几个报告没有太多自己研究方向的内容，就答应他了，"行吧。你想去哪里逛？"

傅蓝夕示意自己的助理金悦去帮陆坚收拾物品，就拉着陆坚出了会议室的门，"外面的沙滩不错，我看到有不少比基尼美女在。蓝天白云沙滩美女，我们却待在会议室里听没意思的报告，简直是对美好人生的亵渎……"

陆坚："……"

陆坚就知道自己不该对傅蓝夕抱有不切实际的幻想，认为他在这种场合会正经一点。他一把扯开傅蓝夕的手，说："你自己去吧，我要回会场听报告。"

傅蓝夕傻眼了，不待他再次拖住陆坚，有人叫住了两人。

"陆坚，蓝夕。"

主会场的大会议室外，傅蓝夕的父亲傅顺知带着助理正和两名白人交谈。

其中一人正是这次大会承办方赫利俄斯制药公司的负责人索尔·马丁，在业内也被称为小马丁。小马丁是老马丁菲利普·马丁的长子，十几年前，菲利普·马丁因为急病过世，小马丁在家族的争权中获胜，成为赫利俄斯制药公司的掌控者。小马丁身材高大，仪表堂堂，灰蓝的眼睛很深邃，穿着白衬衫黑西服，没有系领带，手上戴着一副手套。

另一人是赫利俄斯制药公司病毒研究部门的首席科学家——铜雀。铜雀身材微胖，黑眼圈严重，脸上的络腮胡得有一星期没有刮了，没有什么精神地站在小马丁旁边。在陆坚和傅蓝夕被傅顺知叫过来时，他看到陆坚，眼神才稍稍活泛一点，对陆坚打招呼："我的老朋友，你的报告做完了吗？"

陆坚颔首："是的。"

陆坚在A国做博士后的时候，曾和铜雀是同一个实验室的同事，之后陆坚回国，铜雀到赫利俄斯制药公司的麦尔岛研究基地就职。因两人从事的工作都有保密性质，故而交流渐少，这次见面，实属难得。

铜雀蓝绿色的眼睛像是幽深的深海，他专注地望着陆坚，语气没什么起伏地说："晚上一起去喝一杯，怎么样？"

陆坚记得铜雀以前并不爱喝酒，而且还对自己讲过喝酒误事，所以他会终身禁酒。也许是太久没有相见，他才邀请自己去喝一杯吧。

陆坚对于不能应下这份邀请非常抱歉，说道："很抱歉，我今天下午就必须离开。"

铜雀失望道："行程这么紧？"

陆坚道："是的，很抱歉。我今天下午乘飞机回北京。"

铜雀："我以为我们有机会可以谈谈……"

"这位是？"铜雀话没讲完，小马丁插入了两人的交谈。

见自己老板小马丁问起，铜雀便向他介绍了陆坚。

小马丁似乎很在意陆坚，他盯着陆坚看了好几眼，又专程伸出了戴着手套的手，同陆坚握了一下，这才又问傅顺知："你和陆认识？"

刚才正是傅顺知叫陆坚和傅蓝夕，这两人才过来。傅顺知便顺势介绍了自己儿子傅蓝夕，以及傅蓝夕和陆坚的关系。

小马丁挑了一下眉，打量了傅蓝夕两眼，神色倨傲，他扯了扯自己的手套，无意和傅蓝夕握手，转头又同傅顺知道："我们之前谈论的合作，希望你可以好好考虑。"

傅顺知长相儒雅，性格和蔼，此时面对小马丁不断的督促提议，他笑着打太极道："我会考虑。但要达成，恐怕很难。"

陆坚身姿笔挺，站在旁边，知道傅顺知这已是中国式的拒绝，他不会和小马丁合作。

小马丁和中国人打交道不少，领会到了傅须知的意思，皮笑肉不笑地扯了一下脸皮，显示出他的不高兴。这时候，有人来请小马丁去和其他人交流，他便带着铜雀转身走了。

傅蓝夕瞥了不可一世的小马丁的背影一眼，耸了耸肩，他觉得小马丁过分装腔作势，好像眼睛长在头顶，只看得到天上似的，便对小马丁没有好感，转头问他爸："老头，合作？你和他要有什么合作吗？"

傅顺知带着两个晚辈沿着金碧辉煌的楼梯下楼。傅蓝夕一向对他工作上的事丝毫不感兴趣，这次会跟着来参加这个生物安全大会，还是因为陆坚要来做报告，才跟过来凑热闹。对儿子问起自己工作上的事，傅顺知想到他平常的不学无术和拒绝工作，就没好气地道："你要是稍稍关心一下你老爸的事，你就不会不知道是怎么回事。陆坚待在研究所里做研究，都比你对我这边的事了解更多。"

傅蓝夕哼了一声，道："我又不想接你的班，时时了解你公司里的事，我是闲得要命了才会去干。"

傅顺知被他儿子气得要头顶冒烟，对走在旁边的陆坚抱怨道："陆坚，你看看蓝夕，一直就是这个样子。他一直和你在一起，怎么就没学到你哪怕一点的稳重上进呢？"

傅蓝夕一点也不在意他爸的抱怨，反而笑着说："那你干脆认陆坚当儿子算了，我不介意多一个干弟弟。"

傅蓝夕总是没有一点正形，傅顺知被他气得不行，又拿他半点办法也没有，倒是陆坚替傅顺知教训起傅蓝夕来，"哪能什么玩笑都开？你正经点吧。"

"行，行，我正经点。"傅蓝夕抬手揉了揉他那张白皙俊俏的脸，做出认真的表情，问傅顺知，"所以，到底是怎么回事？我看小马丁好像很在意那个合作提议，你却在拿乔。你以前不是巴不得和这些国际大药企合作吗？"

傅顺知不想搭理这个不学无术的儿子，陆坚在旁边说："具体事情太复杂了，大概是他和知一制药的研究部门有一个竞争性研究项目，他希望可以买下知一制药这个项目的专利，然后他们公司和知一制药一起在我们国内做临床试验。"

陆坚是国家级科研机构的工作人员，且一部分工作涉密，他之前拒绝了傅顺知招揽他进公司工作的提议，但因为和傅家的私人关系，他还是做了知一制药的技术顾问，在某些重要项目上，傅顺知会咨询陆坚的意见。

陆坚清楚小马丁向傅顺知提出的合作项目，正是因为傅顺知之前已经咨询过陆坚的意见。

傅蓝夕一听，就觉得的确很麻烦："哦，是这样。我又不懂这些，给不出意见，你们这些懂的做决定就行了嘛。"

他转向傅顺知，"老头，我听你的意思，是要拒绝吗？"

傅顺知叹道："是的。要说一般合作也可以，但他的合作提议里有很多过分的要求。再说，我们的项目，我也不想卖给他，还是想自己做。"

傅蓝夕说："哦，拒绝他挺不错，因为我本来也不喜欢小马丁。"

在大会开幕仪式之后，不想听专题报告的参会者已经从会场出来，抓紧时间和想交流的人做结交。

傅顺知在这里老朋友很多，他想带着傅蓝夕让他多认识点人，但儿子一点也不体谅老爸的苦心，拉着陆坚就要走："老头，真的不用了，我说过很多回了，你以后找职业经理人为你管公司，我找陆坚为我做顾问，这对我俩都好，有利于家庭和睦，好吧？"

傅顺知恨不得从助理手里夺过文件夹拍在儿子脑袋上，好不容易压下怒火，转头一看，傅蓝夕已经带着陆坚消失在了酒店大堂门口。

陆坚和傅顺知一样拿傅蓝夕没办法，被他拉着，不知道要被带到哪里去。

酒店之外，天空万里无云，眩目阳光直射大地，不太热，但也没什么风。

陆坚说："我今天下午必须离开，正好可以搭你爸的私人飞机，不然转机太麻烦,你要一起回去吗?"

傅蓝夕眯着眼睛看着周围的风景,见有不少人往马丁家族的家族博物馆走去,他便也拽着陆坚过去凑热闹。对陆坚下午就要离开这事,他挺不满意,"你现在出个国那么麻烦,还要打申请。我找你出门度假,你什么时候应过我?这次我可完全是为了能和你一起度假,才跑来这里的。你下午就走,你对得住我吗?"

陆坚生出为难之情:傅蓝夕不仅专程为了自己来麦尔岛,而且还要他这个大少爷做出这样胡搅蛮缠的姿态来——自己知晓这份情,却依然无法达成他的心愿。

陆坚苦恼道:"但我行程已经安排好了,不能再改行程。再说,这次是公务出差,利用公务出差和你一起度假,这也说不过去,对不对?"

傅蓝夕无奈地叹了口气,"要约你这个大忙人可真难啊。你不觉得每天都工作很累吗?不觉得这样的人生没有意义吗?"

陆坚:"我觉得这样挺好,不工作,我不知道还能做什么。"

傅蓝夕盯着陆坚,就差翻个白眼,"你和我爸还真是一类人。算了,我不让你难做了,我可能还要在这边多待几天,等我回去,你记得请我吃饭。"

陆坚:"行。我请你吃我们单位食堂。"

想到陆坚他们单位食堂里的饭菜的味道,傅蓝夕一巴掌拍在他的肩膀上,说:"好啊,陆坚,你居然也会讲冷笑话了!你们的单位食堂,你自己吃吧!"

"喂,你走路小心点。"陆坚说。

傅蓝夕一路和陆坚打闹,背着身走路,要不是陆坚一把拽住他,他差点撞在一边的雕塑上。

傅蓝夕站稳,回身一看,他刚才差点撞到一尊颜色鲜艳的石雕,石雕带着明显的东南亚风格，是一尊佛像，但具体是什么佛，傅蓝夕不认识。

佛像睁着眼，黑瞳十分明显，艳红的唇角勾着，给人一种邪异之感。

傅蓝夕被吓了一跳，赶紧推着陆坚向前走了几步，吐槽道："怎么回事？我还以为我到了泰国或者印尼。"

陆坚没意识到那佛像的特殊之处，说："你走路小心一点。"

傅蓝夕不当回事，目光四处打量，见博物馆前面热带植物茂盛，不少石雕佛像在植物繁茂的枝叶间若隐若现，不禁露出嫌弃的神色，"这是什么审美？怎么放这么多佛像？"

陆坚只能体会病毒结构之美，对那些佛像无感，解释说："听说是小马丁的父亲菲利普·马丁很喜欢收集佛像，这些应该是那位马丁的审美吧。"

傅蓝夕摇摇头，和陆坚一起进了博物馆。迎面是一面大的LED屏幕，上面正在播放为此次生物安全大会准备的纪录片。

"1976年，两起症状相似的疾病疫情几乎同时在非洲暴发，一起在刚果民主共和国扬布库、埃博拉河附近的一处村庄，另一起发生于现在的南苏丹恩扎拉。

"这是一种可怕的疾病，患者表现为高热、全身疼痛、腹泻、内出血和外出血等症状，并可死于多器官功能衰竭、低血容量休克、心肌梗死等。

"短短数月，患者达到300余人，病死率达到88%。科学家在患者体内发现了一种新的病毒，这种病毒属于丝状病毒科，因发现于埃博拉河流域，被命名为埃博拉病毒……"

大厅里环绕着女主播介绍疾病的冰冷声音，大屏幕上，是河流和附近茅草屋组成的村落的影像，进入村庄的硬泥土路上没有人影，摄像视角进入村庄,村中路边就有倒在地上的患者。

患者浑身上下只有几块布遮着,露出布的地方,红色一片,口腔鼻腔等部位都流出血来,但患者似乎还没死,身体在镜头里痉挛了几下,这人嘴里就又呛出一口血来,但随着镜头拉近,那似乎不是血,更像是内脏……

摄影师和进入村庄的工作人员发出的吸气和惊恐的声音从音箱里传出,而这种恐怖的死亡方式,并不是镜头里第一个人所独有的。

整个村子已经被这种病毒攻占,随着深入村庄,镜头里感染病毒的患者越来越多,死人随处可见,活人痛哭着和死人告别,这些活人尚且不知道,只要接触这些感染病毒的患者,就很可能也会被感染上,自己即将成为下一个被病毒吞噬的人……镜头里恐怖和不祥的气息似乎也蔓延到了大屏幕外……

傅蓝夕只盯着屏幕看了几眼,就背脊一阵发凉,起了满身鸡皮疙瘩,他搓了搓胳膊,拉着陆坚远离那大屏幕,说:"这个主办方搞什么鬼!对着门播放这种纪录片是有病吗?"

他皱着眉,好像那些埃博拉病毒能够从屏幕里扩散出来让他感染一般让他难受。

虽然远离了那大屏幕,但大厅里的环绕立体声依然传出介绍埃博拉疫情的声音。

"自1976年首次发现以来,埃博拉病毒病已在非洲出现疫情二十余次,每次暴发的病例数多在数十至数百之间。

"其中以2014年在西非暴发的埃博拉病毒病疫情规模最大、情况最复杂。

"这次疫情从2月开始暴发,首先在几内亚发生,随后通过陆路边界传到塞拉利昂和利比里亚。

"截至当年12月17日,世卫组织发布的数据显示,这些西非国家的埃博拉病毒感染病例达19031人,其中死亡人数达到7373人。前往非洲的旅行者和前往援助的医务人员也有感染……"

这些介绍让傅蓝夕一阵心悸,陆坚的感受和傅蓝夕完全不同,他冷静地介绍说:"埃博拉病毒只是一种病毒,传播也必须满足三个要素,要有传染源、传播途径和易感人群,非洲多次暴发埃博拉疫情,与他们的卫生条件和生活文化习俗有关,他们会亲吻、拥抱患者和死者,这就很容易导致感染。"

傅蓝夕眉头紧皱,摇着头说:"既然出现了第一次埃博拉流行,他们就没长点心吗?之后再出现就不注意一点?怎么就能让这种病来来回回流行了十几次?不能理解。"

他说着,又回头去瞄了一眼播放纪录片的大屏幕,大屏幕上已是进入21世纪后的画面,但画面里绚烂的阳光和路边的青草并不能给里面的世界带来生机,医务人员和警察所穿的白色防护服,以及装着死者遗体的一个个裹尸袋都让人觉得压抑和恐慌。

陆坚冷静地说道:"每个地方的人接受教育的程度不一样,或者即使接受同样的教育,但看待这个世界的方式也不一样。即使是现在,非洲流行埃博拉病毒病疫情的地方,依然有很多当地居民并不承认他们的疾病是因为病毒感染而引起,他们更愿意相信那是一种诅咒,不说在非洲,就在我们国内,依然有人不能理解病毒的存在,而愿意相信神秘学。"

"真是不作不死。"傅蓝夕和陆坚走过大厅,进入了一个走道,傅蓝夕以为自己总算避开了那纪录片,没想到脑袋一转,就对上了旁边墙壁上的另一个大屏幕,正好看到一个浑身被白色防护服包裹的医务人员正在向倒在路边的死者喷洒消毒剂,镜头给了死者一个特写,他又被吓了一大跳,心想:这还有完没完了?

"随着全球化的加速,人口在世界范围内流动性增强,以前受地理限制的传染病疫情,如今也能迅速向世界其他地方蔓延。此次埃博拉疫情,在席卷了塞拉利昂、利比里亚等国后,随后也在美国、西班牙和印度发现感染者。如今,随着经济全球化,也势必会导致从前局限一地的传染病疫情向全球扩散……"

傅蓝夕受够了这个纪录片,对陆坚说:"我们还是出去吧,回酒店换衣服,去海滩游泳。"

陆坚看到了过道里的指示牌,前方有赫利俄斯制药公司发展史的展厅,他说:"我想看看这个厅,要不,你先自己回酒店?"

傅蓝夕烦躁道:"好吧,好吧,我先陪你看这个博物馆,然后你和我一起去游泳。"

陆坚很想说你完全可以自己去游泳,但又觉得自己这样讲太没人情味,只得应了。

"埃博拉病毒属于丝状病毒科,能引起人类和其他灵长类动物的严重急性出血性疾病,病死率最高达到90%,在以往疫情中出现的病死率从25%到90%不等。

"病毒主要通过密切接触感染动物的血液、分泌物、器官或其他体液而传到人,随后通过破损皮肤或黏膜直接接触患者的血液、分泌物、粪便、呕吐物以及被体液污染的物体等发生人际间传播。

"自感染到出现症状,病毒潜伏期为2~21天。患者最初会出现高烧、头痛、咽喉疼痛、疲劳和肌肉疼痛症状,约5天后会出现呕吐、腹痛、腹泻等消化道症状。

"在出现并发症后的1~2周内,患者会出现内出血和外出血,如牙龈渗血、便中带血,最终可死于感染性休克、弥散性血管内凝血以及多器官衰竭综合征……"

傅蓝夕抿着唇强忍着过道大屏幕上让他极度不适的画面和声音,再看陆坚,他这位好友穿着白衬衫和黑色休闲西服,神态平和冷静，完全不受屏幕里那些可怖的画面影响。他奇道："陆坚，你不觉得总看这种视频会阳痿吗？"

陆坚无奈地瞥了傅蓝夕一眼，实在忍无可忍了，吐槽道："你让我怎么回答你？"

傅蓝夕："你就实话实说。"

陆坚："我觉得你的思维方式有问题。"

傅蓝夕："哪里有问题了？"

陆坚："病毒是微生物，发情只有动物才有，这是两个完全不同的东西。"

傅蓝夕："……我觉得你的思维方式才有问题。"

陆坚不想再理睬傅蓝夕，走进了介绍赫利俄斯制药公司发展史的展厅。

傅蓝夕也跟着进去参观，因展厅介绍的是公司的发展史，故除了介绍公司的各个时期的管理者和成名科学家外，还介绍了很多种被赫利俄斯制药公司攻克的疾病，以及该公司依然在研究的各种病原体、开发的疫苗与药物。

傅蓝夕看到这些疾病和细菌、病毒等病原体的介绍，就产生了应激反应，觉得浑身发寒、大脑缺氧并呼吸困难。

有些人恐高，有些人有密集恐惧症，有些人晕针，有些人晕血，傅蓝夕他觉得自己是"恐病"，别说看到那些病情，就是听到病名，他就身体难受、头皮发紧。

陆坚依然在认真观看，傅蓝夕待在这个介绍疾病和各种病原体的展览厅里，只觉得要无法呼吸了，叫道："陆坚，我先出去了，你看完了联系我。"

陆坚知道他的老毛病，见他要出去，就颔首应了，说："我之前看指示牌，这个博物馆楼上有酒吧和咖啡馆，要是你觉得不舒服，可以去喝一杯。"

傅蓝夕逃似的找到了距他最近的展厅出口，快步走出，他满以为自己可以松口气了，没想到外面光线太暗，他一不小心就撞在了一株观赏植物上，他刚扶着那植物站稳，目光一转，一个眼睛半合的脑袋从植物叶子后面进入了他的视线。

那脑袋颜色是褐色，眼角似乎有血液流出，面颊上有皮肤脱落形成的斑痕，这场景和之前纪录片里拍到的患者在某一种程度上给了傅蓝夕重合之感。他吓得呆立了好几秒，过了好一会儿，才意识到那脑袋是一个放在台子上的佛头，不值得吓一跳。

傅蓝夕一面觉得自己太大惊小怪，一面又愤怒马丁家族的审美极度扭曲，竟然把家族博物馆装修成这副恐怖样子！

他找到楼梯上楼，只见过道和楼梯上也有不少佛像，认真观察了几尊，发现这些佛像的风格偏向中国古代造像。虽然这些佛像不少都因为时间和风化而有了斑驳的痕迹，但它们大多神情安详，并不像刚才那一尊让傅蓝夕觉得恐怖。

这些佛像应该都是文物吧？马丁家族竟敢这样把中国的文物摆在走道和台阶上，让他愤怒。

傅蓝夕不是信佛的人，此时却对着几尊佛像拜了拜，拜完又意识到自己真是莫名其妙，于是快步上了楼。

在楼上，还有其他展厅，根据指示牌介绍，这里展览着马丁家族的各项收藏，有一个展厅的名字叫"中国佛像展厅"，由此可知，马丁家族真的收藏了很多中国的佛像。

傅蓝夕无意参观，他根据指示牌绕过一个柱子，一抬头，只见一个金发碧眼，身材如模特般曼妙的套装美女踩着高跟鞋，神色肃穆地进了前方的展厅大门。傅蓝夕回过神来的时候，他已经跟着那个美女进入了展厅。

展厅里光线昏暗，柔光打在厅中一尊尊佛像上，让人视线之内全是佛像。

那美女转眼就不见了，傅蓝夕一边瞎逛一边东看西看寻找刚才的美女。这里冷气太足，冻得人发抖，越往展厅深处走，越是不见一个人影，他已经准备放弃，突然在佛像群深处，看到了铜雀的侧影。

见是陆坚的熟人，傅蓝夕小心翼翼地走了过去，正想搭话，一个很轻的女声从铜雀所在的位置传过来。"铜雀，研究室里其他人都被马丁控制起来带离了麦尔岛，你和马丁抗争不会有什么作用。马丁性格暴躁，不按常理出牌，我们现在不知道他会怎么处理你，趁着他还没出手，你还是赶紧离开吧。"

铜雀阴沉的声音传来："我不会就这么走了。我还有很多事要做，那些与其说是马丁的成果，更是我的心血，是我存在的意义，我不能走！"

那个女声着急了："你走吧！气象监测显示，气旋在向麦尔岛方向移动，今晚或者明天极有可能有台风，到时候想走就走不了了！马丁最近酗酒越来越严重，脾气越来越暴躁，他就是个疯子！你和他讲道理，他也不会听，即使是我，也不敢肯定他会对你做出什么事。"

铜雀冷声道："我不会走！马丁越来越疯，那我更不可能把我的心血交给他胡作非为，他会打乱我的所有计划和步骤。"

这时候，有人的手机响起了震动音，这个展厅里太安静，只有佛像和佛头静默地注视着这凡尘，以至于那手机震动音十分明显。

傅蓝夕一瞬间以为是自己的手机，正担心自己会被发现，就听到铜雀接起了电话，"嗯，好，我马上就去办公室见你。"

铜雀挂断了电话，对那个和他说话的女人说："丽莎，你回去吧。马丁让我去他的办公室找他。"

女人担忧道："你真的不打算离开吗？"

铜雀道："是的，要是我离开了，我之前的所有计划就白费了，那是我的终身事业，我不能就这样放弃。"

丽莎急了："难道你的事业比你的生命还重要吗？"

铜雀："是的。"

丽莎没再坚持，叹道："你有什么需要，可以随时联系我。"

铜雀颔首后就打开了他身后的一扇小铁门准备出去，刺目阳光从那打开的门照进来，在傅蓝夕看清楚那位和铜雀交谈、站在一尊大的佛像后的女人正是他刚才想找的美女时，阳光也照亮了傅蓝夕躲藏的地方，铜雀和丽莎同时发现了傅蓝夕。

铜雀愣了愣，丽莎则皱眉质问傅蓝夕："你是谁？"

傅蓝夕只好做出若无其事的样子，道："你好。"

铜雀冷眼看着傅蓝夕，傅蓝夕赶紧解释说："你们不用在意我，我比你们更讨厌马丁，绝不会把你们交谈的内容讲出去。"

铜雀对他点了点头，从那扇小铁门出去了，展厅深处再次恢复了昏暗的状态，傅蓝夕上前对丽莎献殷勤："你好，丽莎。"

丽莎瞥了他一眼，没有理他，神色高冷地一转身，高跟鞋踩在地毯上，径直走出了展厅，把傅蓝夕一个人撂在了原地。

傅蓝夕自嘲地吹了一声口哨，"切，不太平啊。"

陆坚只对赫利俄斯制药公司的发展史感兴趣,看完赫利俄斯制药公司的发展史,他就上楼去了咖啡厅,傅蓝夕正坐在窗边喝咖啡。

　　陆坚点了一杯美式,坐到傅蓝夕的对面,道:"我以为你会去酒吧。"

　　傅蓝夕笑着说:"酒吧要下午才开始营业。"

　　傅蓝夕既然对铜雀保证了自己不会对人讲他偷听到的事,他就克制住了自己想对陆坚八卦这件事的欲望,不过,不讲偷听到的事,却可以讲另一件。

　　傅蓝夕道:"陆坚,我刚才看到你的老朋友铜雀和一位金发碧眼的美女在一起。我敢肯定,那位美女是白俄人,她皮肤特别白,五官非常精致,只是性格过分高冷,年轻的白俄姑娘真是受到神眷顾的生物。"

　　陆坚无奈地叹了口气,道:"这么一会儿,你就又有追求对象了?"

傅蓝夕丝毫不在意他的吐槽，说："她不理我，你可以让铜雀把她介绍给我吗？"

陆坚面无表情地盯着傅蓝夕，眼神里分明写着"你能滚远点吗"，只是想到傅蓝夕因为自己才来这里，这才压下直接怼他的话，正经地解释说："铜雀也是白俄人，他很容易对一件事钻牛角尖，要做什么一定要做到极致，而且心里只有研究，要是我去找他，不是为了研究工作，而是因为你想泡女生这种事，他揍你一顿也是可能的。"

傅蓝夕眨巴了一下眼睛，被陆坚这正经到极点的解释噎住了。

"原来是这样。"傅蓝夕颔首表示自己理解了。

他回想了一下刚才偷听到的事，觉得铜雀果真是陆坚讲的那种人，也正是他最不能理解的一种人——为了自己的某种信念而不顾一切，人生的意义只是工作，特别死板，甚至连玩笑都不能开。

傅蓝夕不由又想，按照那位丽莎所讲，小马丁要对铜雀不利，甚至到了影响铜雀生命安全的程度，可之前在酒店会议室外，并不能看出两人有什么矛盾啊。

他思考了一会儿，凑近陆坚小声问："铜雀和马丁之间存在某种矛盾，可能是两人在某项研究上有不同意见造成的，你知道铜雀在做什么研究吗？"

陆坚作为研究人员，很了解只想赚钱的老板与从事研究工作的员工之间会有的矛盾，小马丁和铜雀之间自然也是如此，所以他对傅蓝夕给出的提示没有太在意，很平静地回答道："不知道，他们的研究都涉及公司的利益，需要守密，我不可能知道。"

傅蓝夕"哦"了一声，便也对铜雀和小马丁之间的事不感兴趣了，而有了陆坚的警告后，那白俄美女也被他从感兴趣的名单里删除了。

＊＊＊

　　下午,麦尔岛私人机场。

　　气旋吸走了天上的云朵,这让麦尔岛周围万里无云,天空蓝如幽深大海。

　　天气监测显示气旋在向麦尔岛一带移动,台风与暴雨很可能会袭击麦尔岛,不少赶时间的参会者都会在这日下午乘机或者乘船离开。

　　傅蓝夕站在私人飞机舷梯下,和准备登机的陆坚告别:"记住你答应过我的事,等我回国,你要请我吃饭。"

　　陆坚:"在我薪水范围内的餐厅才行,不然就吃我们单位食堂。"

　　傅蓝夕:"你可真抠啊,我真的是你最爱的人吗?"

　　陆坚很想给他一个白眼,但想到这样做的话,自己不是也变成傅蓝夕那么无聊的人了吗?就转开头不理睬傅蓝夕。

　　十几米之外,傅顺知正和作为主人的小马丁告别,两人不知道说了什么,小马丁神色一直不好,眼神甚至有些神经质。

　　傅蓝夕攀上陆坚的肩膀,凑在他耳边小声说:"你注意观察小马丁,你有没有觉得他很有问题?很像反社会人格。"

　　陆坚的目光扫向小马丁,的确觉得他精神似乎不正常。

　　陆坚很少在人后说人的坏话,但此时也不由说:"现在做新药研发成本越来越高,大约要一二十亿美金,而且时间跨度很长,基本上都需要十几年。自从小马丁上台,赫利俄斯制药公司便没有上市什么赚钱的新药了,而他们之前赚钱的当家药又面临专利到期的窘境,由此想来,即使是赫利俄斯制药公司这样的业内翘楚,也会感受到压力,小马丁作为负责人,定然压力更大。午宴时,看他喝了不少酒,想来是酒精也对他产生了很大影响。"

"也有可能是大麻让他在遗传的不正常上变得更加不正常了。"傅蓝夕吐槽。

陆坚:"你不要这么嘴毒啊。"

傅蓝夕对他这种教育不以为意,"你参观了马丁家族那个博物馆后,你没有什么想法吗?"

陆坚疑惑问:"怎么了?"

傅蓝夕:"你没有觉得马丁家族的审美很扭曲吗?他们那个博物馆的设计就体现了一种神经质的扭曲,很邪异,而且那还不是一个人的审美,马丁家族大多数人都是那副样儿。"

陆坚想了想,问:"做事方式和审美会有很大联系吗?"

傅蓝夕:"那是当然,我之前想上那座博物馆的顶层,被守在楼梯口的保镖拦住了,说上面是小马丁的私人办公室,不接受客人上去。"

陆坚:"这有问题?"

傅蓝夕:"很有问题,那楼梯上摆着很多佛头,墙壁上是绣着印度神像的绣毯,我听人说,他父亲老马丁就是在收集佛像的过程中生了急病而死的,而马丁家族收集的不少佛像甚至是肉身佛。正常人难道不会因此而远离这些佛像吗?但小马丁居然还在那个氛围里生活。你知道肉身佛是什么吗?"

陆坚对民俗和文化所知有限,摇头。

傅蓝夕:"有些得道高僧,预知到自己即将圆寂,会在死前一段时间绝食并服用一些可以让身体保持不腐的药物,这些药物几乎都是毒药,这样死后,他们的尸身因为不腐就会被做成肉身佛像。但是,得道高僧毕竟很少,而且愿意这样做的得道高僧更少,所以肉身佛因为稀少就非常珍贵，有人为了追求利益，会抓人去炼制成肉身佛，这些肉身佛其实是很邪性的。"

陆坚露出诧异的神色，"会有这样残忍的事？"

傅蓝夕难得一脸严肃，"没有什么事是人为了利益做不出来的，要是人不做，只可能是因为利益太少。"

陆坚沉默。

傅蓝夕恢复了嬉皮笑脸，"我是不是不该告诉你这些事，陆坚弟弟？"

陆坚："……"

傅蓝夕虽只比他大了几天，但总是难得正经。

这时候，傅顺知叫了傅蓝夕一声，傅蓝夕便和陆坚停止了交谈，走了过去，"爸，什么事？"

傅顺知说道："马丁先生邀请我去他们的研究中心参观，但我这次没有时间，既然你想在岛上多待几天，那你就替我去参观吧。"

傅蓝夕无可无不可地应了一声，随即，他的目光被一道靓丽的身影吸引。

丽莎轻轻走过来，她对小马丁耳语了一句什么，小马丁便和傅顺知做了最后的道别，准备离开。想来丽莎也认出了傅蓝夕，不过目不斜视，像是完全不认识他。

傅蓝夕觉得这人很有意思，故意问小马丁丽莎的身份："这位是？"

小马丁很看不上好女色又很小白脸的傅蓝夕，道："这是我的助理丽莎。"

傅蓝夕心想：你知不知道你身边的助理和铜雀私下往来，很像是要搞事。

小马丁离开了，傅顺知见儿子多看了丽莎的背影几眼，他就皱眉对傅蓝夕的助理道:"小金,你好好看着蓝夕,别让他做什么丢人的事。"

金悦站在旁边应道:"是,傅总。"

傅蓝夕很不高兴地说:"老头,你又败坏我的名声,我什么时候做过丢人的事?"

傅顺知不再理他,走上了飞机舷梯。

陆坚趁着最后时刻,对傅蓝夕交代道:"别去插手小马丁和铜雀之间的矛盾,知道吗?"

傅蓝夕说:"我没有这份心思,一个神经质,一个胖子,我都没有兴趣。"铜雀居然没有来给陆坚送行,他是不是已经被小马丁控制起来了?傅蓝夕这么想着,并没有把这事告诉陆坚。

陆坚不理他的胡言乱语,又嘱咐道:"也不要去招惹丽莎。"

傅蓝夕:"知道知道,比起丽莎,我更爱你,可以吗?"

陆坚:"……"

傅蓝夕总是没个正形,陆坚又不想和他开这方面的玩笑,最后只得自己生气。

他瞥了傅蓝夕最后一眼,不再理他,一言不发地转身上了飞机。

飞机开始滑行,陆坚坐在窗边看着窗外,傅蓝夕已经上车离开,陆坚突然一阵没理由地心悸,他对傅顺知道:"傅叔叔,蓝夕留下来,是有什么事要做?"

傅顺知抬起头来看向陆坚,"为什么有这样的疑问?"

陆坚:"我不觉得这座岛上有什么让蓝夕感兴趣的东西,但他却愿意在这里多待几天,这不正常。"

傅顺知感叹说:"一个人总不可能永远肆意而行,只做自己喜欢的事。我让他留下来,只是为了表明我很在意小马丁的提议,这次不能和他合作,以后还有机会。再说,这次的大会会讲很多前沿知识，蓝夕应该静下心好好学学。"

陆坚想，蓝夕才不会去听讲座。

他道："我原以为以蓝夕的性格，不会接受这样的安排。"

傅顺知笑道："怎么会，他只是说话不动听，其实心眼不坏，知道体谅我的辛苦。"

* * *

气旋不断向麦尔岛靠近，台风成形，大自然的力量即将在这座岛上释放。

才刚进入黄昏，岛上已黑如午夜。

台风的影响提前到来，所幸酒店已经做好应对这样的台风天的准备，沙滩上再无游人。

傅蓝夕坐在自己的豪华套房里，一边喝茶一边看自己的微博。

傅顺知和陆坚离开后，傅蓝夕开始觉得无聊，于是在自己的微博上发了一条随手拍下的沙滩图，并附带了定位。

傅蓝夕的微博账号是认证了的，算是知名大V，因为他有个好爹，家里有钱，又年轻，还身高腿长、长得好看，于是有一大堆女粉丝追捧他，此外，还有一些喜欢看他写八卦的"吃瓜群众"关注他，又有一群随时等着喷他的网络"黑子"守着他，这让他账号的粉丝数达到了数千万之多。

此时他的这条微博已经有上万的转发和评论，傅蓝夕还没来得及看看网友的留言，就发现网络断掉了。

"怎么回事？这真是六星级酒店？网络都没法保证吗？"傅蓝夕大声叫助理，让她打电话给前台问问网络是怎么回事。

助理金悦很快就给他带来了消息："小傅总，说是受台风影响，所以才没有了网络。"

傅蓝夕一阵叹息，只好找出游戏机开始玩单机游戏，正觉得游戏也很无聊，金悦就敲门进来说道："小傅总，有人给你送了一封信来。"

傅蓝夕惊讶地抬起头来，"什么信？现在居然还有人写信，真难得。"

金悦把印着酒店 logo 的信封交给了傅蓝夕，傅蓝夕随手拆开，看到信纸上的内容后，他的眼睛瞬间亮了，立马从沙发里翻身而起，走向卫生间冲掉撕碎的信纸后，对金悦交代道："我要出去一趟，你不用跟我一起去。"

金悦不肯："但是台风马上就上岸了，这很危险。"

傅蓝夕道："放心，我不出酒店。"

金悦看他满脸兴味，就知道自己根本没办法阻止他，问："小傅总，是谁送来的信？我可以知道吗？"

傅蓝夕道："一位美人找我玩侦探游戏。我先走了，你别把这事告诉老头，知道吗？"

金悦道："傅总让你稳重些，不要做出格的事。"

傅蓝夕眉飞色舞："我一直都很稳重。"人转眼间就跑出门了。

"才怪。"金悦在心里吐槽。

北京，中疾控病毒病研究所。

研究所因涉及高致病病毒及机密研究，故而位于偏远之地。

高耸的围墙阻隔外界视线，围住含水带山的一片宽阔地方，成长了几十年的大树从围墙高处探出满枝绿叶。

围墙里，靠近后山的几栋建筑，便是实验大楼。靠近小湖的几栋小楼，是宿舍和餐厅。所区里面树木成荫，鸟雀成群，月季成片，荷花满塘，俨然一处让人心无旁骛做研究的世外桃源。

陆坚从麦尔岛回国，下了傅顺知的私人飞机，没有回家，直接回了研究所。

去麦尔岛参加生物安全大会并做报告，来回花费了他三天时间。虽然在飞机上时他也在工作，并没有浪费时间，但他的不少数据只能在研究所里处理，没有办法使用随身携带的笔记本电脑。因为他满心惦念自己的工作，所以回到研究所后，就投入了数据处理的工作中。

陆坚的实验室前一阵收了一份来自益州的临床样本,他们从样本里获得了一种病毒序列,陆坚在出差前对这种病毒做了初步分析,没有匹配上任何已知病毒。这让他怀疑这是一种以前从没被报道过的新病毒,但要确定这是一种新病毒,就还需要更多的比对和分析,也需要再和送样本来的医院做些确认。

实验室的博士后高萍敲了机房的门,叫陆坚:"陆老师,您是不是忘记带手机进来了?您的手机在办公室响了好几次了,是不是有人有急事找您?"

高萍,二十八岁,到陆坚实验室做博士后已有一年。

对陆坚来说,看手机是一件很浪费时间的事,他经常把手机"忘在"办公室里,自己则在装有加密处理器的机房里工作。

陆坚从密密麻麻的核酸序列数据里回过神来,回头看高萍,"我一会儿就去看手机,高萍,你来看看,这个样本,的确是益州大学附属医院柳溪川教授那里送来的吧。"

高萍过去对着屏幕看了几眼,说:"就是这个。"

陆坚:"这名患者情况怎么样?你在我出差前告诉过柳教授这是一种新病毒了吗?"

高萍:"之前就告诉过柳教授了。因为那位患者在样本送来的第二天就过世了,患者家属将患者的遗体带回家安葬了,具体感染的病毒是什么,那位患者的家属并不关心,柳教授也挺忙的,没时间一直跟进这件事,说我们这边有进一步的分析结果了再联系他。"

"哦,好吧。"陆坚道,"这确实可能是一种新病毒,值得我们再好好研究。"

陆坚说完,起身回办公室看手机。

陆坚心里只装着他的工作,平常几乎没什么社交,也很少有人给他打电话,此时他的手机上显示的未接电话全来自一个人——傅顺知。

陆坚一阵诧异,他虽然是傅顺知的知一制药的顾问,又是傅顺知的独子傅蓝夕的好友,但傅顺知很少给陆坚打电话,更何况是这样一连打了五六个电话。

也许是助理替傅顺知拨打的吧。

陆坚这么想着,正要给对方回一个电话时,手机再次来电,依然是傅顺知,陆坚把电话接通。

"喂,陆坚吗?"对面是傅顺知惶然的声音。

陆坚难得见傅顺知有这样惶然的时候,不由有不好的预感,"傅叔叔,是我,有什么事吗?"

傅顺知顿了一下,道:"蓝夕出事了。"

陆坚脑子里"嗡"了一声,声音发紧:"出什么事了?"

在他心里,傅蓝夕虽然总是嘴贱,但人却是很好的,也不是会乱来的人,会出什么事呢?

傅顺知声音里已经带上了哽咽,他痛苦地道:"麦尔岛台风上岸时,他在外面,落进了水里……"他说不出接下来的话了,陆坚生出惊慌:"人怎么样,很严重吗?"

傅顺知好半天说不出话来。

陆坚听着手机里傅顺知压抑的哽咽,心一寸寸凉掉,他意识到了什么。这一刻,办公室里的一切布置都让陆坚感到隔了一层,他像被一个狭窄的空间禁锢,让他一时觉得整个世界都不再真实。

傅顺知没讲话,陆坚也发不出声音来。

过了一会儿,傅顺知的助理元瑛从傅顺知手里接过了手机,低声道:"陆老师,我是傅总的助理元瑛。"

"嗯。"陆坚声音很低,"蓝夕到底出什么事了?"

元瑛:"傅总之前联系小傅总,一直联系不上,联系他的助理小金,也联系不上。到今天,依然联系不上小傅总,但联系上了小金。

"小金说台风影响了岛上的通讯,而小傅总在昨晚台风上岸时离开了房间,之后就再没有出现过。刚刚,半小时前,小金打了电话过来,说小傅总在台风上岸时出了酒店,掉进海里出了事,到今天,岛上保镖发现了他的尸体被卷上岸,暴露在沙滩上,傅总受不了这个事,他要马上再次乘机去麦尔岛看小傅总的情况。"

"尸体?"陆坚怀疑自己听错了,在一天多前,他才和傅蓝夕在一起,当时傅蓝夕一切都好好的,尸体怎么能和他产生联系?

元瑛没理解到陆坚问这个词的意思,顿了一下后沉痛地说:"是的,我在陪同傅总去机场,我们的飞机会很快起飞,到麦尔岛。傅总不相信小傅总出了事……"

陆坚喃喃道:"蓝夕不是不知危险和轻重的人,他怎么会在台风时出酒店,这不可能。"

蓝夕可是很怕死的,平常听到别人生病,他都受不了,他怎么会不在意自己的生命安全,在台风时出门?

元瑛声音有些哽咽:"傅总也是这个意思,我们都不相信会发生这种事。"

陆坚勉强让自己镇定一些,问道:"需要我做什么吗?"

元瑛说道:"傅总说您是小傅总最好的朋友,想询问您,可不可以一起去看小傅总的情况。"

陆坚在这一刻感受到了更多痛苦,他是傅蓝夕最好的朋友,傅蓝夕也同样是他最好的朋友。两人从上幼儿园时就在一起上学,直到上高中才分开。

傅蓝夕六岁时母亲就病逝了,他父亲之后没有续娶,所以傅蓝夕既没有后妈也没有其他弟妹,而他父亲工作又总是很忙,把傅蓝夕交给保姆照顾，但傅蓝夕和家里保姆并不亲近，大多数时间都在陆坚家里，和陆坚待在一起。

陆坚和他的关系，比朋友更加亲近，说是亲兄弟也不为过。

陆坚忍着痛苦，握着手机出门，道："我现在就去机场，但我只能送傅叔叔去，我来不及打报告。"

* * *

陆坚到公务机航站楼时，傅顺知的飞机快要起飞了。

开车到机场的路上，陆坚已从最初接到傅顺知电话时得知傅蓝夕出事的慌乱中镇定下来，越是镇定，陆坚越觉得蓝夕出事这件事很说不通。

他不相信蓝夕会做出在台风天出酒店的事。

难道这是傅蓝夕的恶作剧，让金悦撒谎说他出了事？但傅蓝夕只是爱开玩笑，性格并不会这么恶劣。

8月的京城天气炎热，阳光照得人睁不开眼，陆坚在舷梯下见到傅顺知。

一天多前的傅顺知内敛沉稳、精神健旺，此时的他却像老了十岁，不仅苍白憔悴，还眼神茫然。

陆坚道："傅叔叔，您知道，我没有办法这么快办好我的手续，所以只能这样送您，不能陪您去。对不起。"

傅顺知眼眶泛红，想必是之前痛苦地流过眼泪，他摇了摇头，道："我明白你的难处，我……我不相信蓝夕会出事。"

陆坚也不相信傅蓝夕会出事，他无法将"傅蓝夕死了"这种事和真正的傅蓝夕联系起来。

这太扯了，不可能，傅蓝夕怎么可能死！

陆坚在傅顺知所乘的飞机起飞了很久后才从航站楼离开。

回到研究所后，陆坚也无心做任何事，他没有办法让自己的思维从傅蓝夕的事上转移开。

在这段时间里，他联系了傅蓝夕的助理金悦。

金悦认领了傅蓝夕的尸体，并把照片传给了陆坚。

陆坚坐在办公室椅子上，看着照片里被尸袋装起来的傅蓝夕，他浑身发凉，脑子一片空白。

金悦的声音从手机里传过来，"小傅总本来在房间里玩游戏，不会出门，是有人让服务生送了一封信给他，他看了信后，就很兴奋地出了门，这才出了事。"

陆坚问："是谁送信给他？"

金悦："不知道，是一位服务生把信送给我，我转交给了小傅总，但那服务生，我之后再也没有见过。"

陆坚："信里写的什么？"

金悦："我没有看信的内容，小傅总看后就撕掉了信纸，冲进了马桶里。"

陆坚："当时傅蓝夕没说别的吗？"

金悦："我问是谁的来信，小傅总说是一名美人让他去玩侦探游戏。我想，应该是一名美女。"

陆坚的心动了动，他想起来傅蓝夕当时对小马丁的助理——那个白俄女人丽莎很感兴趣。

陆坚："蓝夕出了事，小马丁和酒店那边有什么表示吗？小马丁的助理丽莎，你认不认识？"

金悦："那位索尔·马丁先生吗？他并没有出现，我去询问了，说是台风一离开麦尔岛，飞机和船可以出行，他就离开了这里。他的助理丽莎，据说也失踪了，我询问了一些人，他们说有看到小傅总和丽莎接触,现在他们还在寻找丽莎,担心丽莎也被昨晚的台风和暴雨卷入了海里。"

陆坚心沉了下去,想到傅蓝夕说过小马丁和铜雀之间有矛盾的事,他回国之前,联系过铜雀,想和他告别,但给铜雀打电话,电话没能接通。

傅蓝夕会是卷入了什么才出事的吗?

陆坚问:"除了蓝夕,失踪的丽莎,还有其他人出事吗?"

金悦:"没有,据我所知,没有其他人出事,我之前去问过了。"

陆坚挂断了和金悦的通话,给铜雀拨打了跨洋电话,正如之前在麦尔岛给铜雀打告别电话一样,这次依然无法拨通。

陆坚打开邮箱给铜雀发了一封邮件,说想联系铜雀,却无法打通他的电话,向他询问可用的联系方式。

他看着邮箱,等待铜雀的回信,但铜雀不可能这么快回他。

这时,金悦又给他发了微信,"陆老师,我刚才得到信息,你之前问的那位丽莎,她的尸体也找到了,漂在海上,刚刚被船捞起来。现在他们在议论小傅总和那位丽莎的死因,怀疑两人是因为约会才在台风雨夜出门,以至于出事。"

陆坚回道:"有警察去调查吗?"

金悦:"他们认为小傅总和丽莎是自己出门掉进海里的,因为昨晚风和雨都很大,酒店距离海边又很近,很容易出事,所以他们没有立案,看了之后就离开了。"

陆坚:"生物安全大会一共召开三天,参会人员数千,只有蓝夕和丽莎出事,这种概率太小了。"

金悦从陆坚冷静的回复里感受到了陆坚的痛苦和不接受,她虽然只是傅蓝夕的助理,是拿钱干活,但傅蓝夕这个老板性格活泼,待人真诚,金悦很喜欢他,傅蓝夕落水身亡,金悦也很难过。

金悦："小傅总虽然贪玩,但他不是不知轻重和危险的人,我也不觉得小傅总会无缘无故离开酒店去海边,但要调查小傅总出事的原因,需要等傅总来做决定。"

陆坚冷静地看着金悦给自己的回复,好半天没有反应。

05

  时间已经过去好几个小时，但陆坚对傅蓝夕死了这件事依然没有任何真实感，总觉得这一切都是虚假的。他感觉自己像是被分成了两半，一半在镇定地分析傅蓝夕的死因，另一半则完全不认为傅蓝夕死了，所以冷静地看着另一半处理事情，就像在看电影一样。

  镇定的那一半陆坚发信息让金悦去询问铜雀的情况，金悦刚答应下来，就有好几个人给陆坚发消息，陆坚看了一眼，发现是几个没有太多印象的人给他发的，全是在询问傅蓝夕的情况，说看到网上写傅蓝夕在Ａ国出事被淹死了，向陆坚确认这件事的真实性。

  陆坚看着他们的名字思索了一阵，才从脑子里找出他们的信息，他们是以前陆坚被傅蓝夕强行带着去社交时认识的傅蓝夕的朋友。

  陆坚挑了他觉得最熟悉的那一位，问："你在哪里看到的？"

  对方回："现在网上都转发疯了，还有人发了海边的图，说尸袋里就是蓝夕，海边有不少华人，不少人都认识他，他们都看到了，这是不是真的？还是造谣？"

陆坚握着手机在社交平台搜索傅蓝夕出事的关键词。傅蓝夕为人高调毒舌，时常就社会新闻发表意见，加上他家有钱，他随手发点什么照片，就会被人标上"炫富"的标签，而且他长得像他的舞蹈家妈妈，有一张出众的脸，因此受很多女人关注，这些都让他在网上很有名气，很多海外华人也知道他。

以前傅蓝夕对陆坚说过这事，说他比他爸还要有名，而且把他那社交账号给陆坚看过，只是陆坚心里只有研究工作，当时没太在意傅蓝夕在网上很有名这事。

随着关键词打出，搜索的结果已经显示出来，这件事已经上了热搜，排在前面的消息是"富二代网红傅蓝夕在A国遇难""傅蓝夕和一名白人美女台风雨夜被淹死海中""玩得过大总要还的，傅蓝夕和美女双双落海出事"……

陆坚看到这些标题，只觉得指尖发冷，在这些新闻下面有很多人评论，但看不到几条客观的留言，不少人甚至对此幸灾乐祸。

"这是真的？那他的那些老婆们可要伤心了。"

"他这也是死得其所了，台风雨夜带着美女在外面鬼混，作死真死了。"

"傅蓝夕死不可惜，只是可惜了那个美女。"

"傅蓝夕一天前发了海滩照片，一天后他就死在这个海滩上，像不像他对自己的死亡预告？"

……

这些尚是可以入眼的评论，还有一些更加恶臭，让作为傅蓝夕朋友的陆坚只觉得他们的恶意像冲天浪潮，让人无法呼吸。

他想到他曾经和傅蓝夕的对话，当时他无法理解为什么很多人在傅蓝夕的社交账号下发布辱骂性留言，傅蓝夕那时候说："网络上的很多人发言时完全舍弃了自己的社会身份，所以什么都可以讲，丝毫不介意展露自己恶毒的那一面。世界上的人，不可能都是圣人，有好的一面，就会有阴暗的一面，他们要在我这里展露他们阴暗的一面，他们随意就好，反正我又不在意。"

陆坚很不理解："为什么不在意？"

傅蓝夕说："因为这只是一个账号而已，玩玩就行了，我不用在意。"

陆坚依然无法理解："那为什么不把这个时间用在做有意义的事上，何必花时间在社交账号上发东西？"

傅蓝夕盯着陆坚看了很久，最后就笑了起来，"我人生的意义就是玩啊。"

陆坚觉得自己被傅蓝夕耍了，他无法和傅蓝夕在这些事上达成共识。

陆坚不知道傅蓝夕是否会在意别人这样讨论他的死亡，但陆坚在意，不只在意，他还非常介意。

但陆坚没有社交账号，他也不可能去和那些没有证据就歪曲傅蓝夕死因的网友争辩，他感到难过又愤怒，然后关掉了搜索，一一回复傅蓝夕的朋友，说傅蓝夕的确出事了，但死因不明，并不是网络上讲的那样不堪。

天色渐晚，一向忙碌于工作、很少浪费时间的陆坚依然坐在办公室椅子上一动不动。

实验室里挺多人知道傅蓝夕是陆坚的朋友，只要有人上网，大家就会看到傅蓝夕在 A 国出事、和美女一起被淹死的事。

此时，傅蓝夕的事不只是局限于自媒体账号间传播，几大媒体平台，也都发了这个富二代"网红"客死异国的消息，只是这些消息都在娱乐八卦版块里，还没有上正式的新闻。

大多数工作人员已经下班回家，少数依然在实验室忙碌的工作人员也不方便去找陆坚询问傅蓝夕的事。

有人怂恿高萍:"小高,陆老师一直在办公室里,也不吃晚饭,要不,你去看看他吧。"

从陆坚的状态,大家已经明白网上传出傅蓝夕和美女乱搞以至于被淹死的事是真的了。

以前傅蓝夕来研究所找过陆坚,大家几乎都见过他,傅蓝夕风趣活泼,没有架子,讨人喜欢,并不像网友批评的那样,是"草包富二代"。他出事让大家都很难过,而且大家知道陆坚作为他的朋友只会更加难过。

高萍从食堂打了饭,敲了陆坚的门,劝陆坚多少吃一点,又说:"大家都很担心您。傅蓝夕的事……人死不能复生,已经发生了,这是没办法的事。"

陆坚想吃点东西补充能量,但手握着筷子,却没有任何夹菜的动力,他放下筷子,低声说:"谢谢你们,我明白。"

高萍:"陆老师,有什么地方我们可以帮上忙吗?"

陆坚摇头,"不用了。蓝夕的父亲已经去了他出事的地方,会处理后续事情,只是……"

高萍:"什么?"

陆坚叹道:"现在网络上很多人对蓝夕死亡原因做恶意揣测,我不相信他是那样出事的,肯定有其他事发生。"

高萍:"我们也觉得傅蓝夕不是那样的人,他以前来我们这里找过您,虽然他很爱开玩笑,但人很有绅士风度。"

* * *

傅顺知到了麦尔岛,第一时间去停尸房冷冻柜看了傅蓝夕。

傅顺知总觉得儿子的死像一场噩梦，只要他梦醒，傅蓝夕会再次变得鲜活。

但随着尸袋被打开，傅蓝夕带着擦伤的、白得没有任何生气的脸出现在傅顺知眼前，他的幻想就破灭了。

儿子真的死了，此时，是傅蓝夕的尸体在他的面前。

傅顺知茫然地站在那里，好半天无法动弹。

这一幕在这一刻同二十几年前何其相似。

傅顺知和他的妻子特别相爱，他也曾以为自己是这个世界上最幸福的人之一，有两情相悦的妻子，有一个可爱的儿子，一家三口的生活也不差，要是那一切能够一直这么持续下去就好了。

变故总是这样突然而至。

他的妻子有一阵总是咳嗽，吃了止咳药后情况有所好转，本来以为只是很小的问题，没想到却被确诊为肺癌晚期，癌细胞已经出现了大面积转移。

当年在国内已没有办法治疗，傅顺知便带着妻子到国外治病。本来美丽的妻子，在短短两个月时间内，便瘦得皮包骨头。知道自己大概活不了多久后，她要求回国和儿子在一起。

那时候，傅蓝夕才六岁多，他已经明白了母亲的情况，他定然很害怕，但他不想让父母担心，每天都乖乖的。

妻子在生命的最后一段时间里，上半身瘦如骷髅，下半身又水肿得厉害，脚根本没有办法穿鞋子和走路。她是舞蹈家，腿和脚都受她珍视，身体出现如此状况，比让她直接死掉还让她难受。

疼痛和呼吸困难让她根本没有办法躺着睡觉，她只能一直坐在沙发里，熬着最后的时间。小小的傅蓝夕握着妈妈的手陪在旁边，在她想要听一点声音的时候，他就拿出自己的童话书读给妈妈听，要是她不想听声音，他就坐在旁边痴痴看着她。

妻子是在一个凌晨离开的，她的离开，对她来说反而是一种解脱，因为病痛和治疗对她而言都太痛苦了，他不愿意她受那么多苦。

在她生命的最后几个小时里，她费力地拉着傅顺知的手，说她不甘心死，她还想跳舞，还想一直陪着他，还想看着傅蓝夕长大成人，还想看看傅蓝夕的孩子出生……她这一生，有太多事想做但没有做。

她最后说：你要好好待傅蓝夕，不要让你的新妻子薄待他。

傅顺知对她保证：我会让傅蓝夕快乐地长大，我会做一个好父亲，不会有新妻子。

但是，傅蓝夕却走了，白发人送黑发人。

"到头来，我并没有做到曾经的承诺。"傅顺知一动不动地站在那里，怔怔地想。

在妻子过世后的一段时间里，傅顺知一蹶不振，根本没有努力做事的动力，人很颓丧。有一天，他去陆坚家里接傅蓝夕回家，陆坚说："蓝夕在卫生间里，他进去了很久，一直不出来。"

傅顺知开了卫生间的门，发现小小的儿子躲在里面的角落哭泣，看到他出现，傅蓝夕才擦了眼泪，扑到他怀里，说："爸爸，我担心您会像妈妈一样生病，会离开我，我再也不能看到您了。"

傅顺知非常自责，他从卫生间里的镜子里看到自己没有精神气的脸，他陡然一惊，意识到自己必须打起精神来做事。

此时，他的目光从儿子毫无生气的面孔上移开，他从冷冻柜的玻璃面上看到了自己的面孔，曾经意气风发的企业家，如今已经六十，皱纹爬上他的面孔，他的眼中只有迷茫和痛苦，他在自己的脸上也看到了行将就木的死亡。

他的耳朵里响起了傅蓝夕小时候说过的话："爸爸，陆坚说妈妈死了，就是再也不会出现了，是吗？"

傅顺知道:"不是。我们还会永远记得她,只要你活着,你就不能忘记你妈妈。"

慢慢长大的傅蓝夕已然明白死亡是指什么,他很怕生病,很怕漫长的痛苦的死亡,他时常说:"我和妈有一样的肺癌基因,爸,你说我会和妈一样吗?要是我比你还先死,你可要怎么办呢?你不如再生一个孩子。"

傅顺知时常因为他这些胡言乱语生气,但是以后,他想听傅蓝夕胡言乱语,也已然不可能了。

傅顺知伸手轻轻触碰儿子的脸,冰冷的触感让他心痛难忍。

傅顺知要把儿子的尸体带回国去,但是,在这之前,他对儿子的死因有很大质疑。

酒店，傅蓝夕曾经住过的豪华套房里。

自从傅蓝夕出事，这间房就没有被动过。

在金悦的带领下，傅顺知在房间里转了好几圈，细细查看着，这是傅蓝夕最后住的地方，但里面没有任何可疑的东西。

傅蓝夕会离开这间房间，是因为他收到了一封信，按照金悦提供的信息，傅蓝夕说过那信是一位美人约他，又提到"侦探游戏"。

是否真是什么"侦探游戏"并不能确定，但是从他和丽莎一起落海可以推断出，傅蓝夕嘴里的"美人"极有可能就是指小马丁的助理丽莎。

丽莎，白俄裔，毕业于哈佛，二十九岁，未婚，根据她同事提供的信息，她是一位坚毅果敢、成熟稳重的事业型女性。

很难想象，她会去主动勾搭傅蓝夕这种"轻浮"的公子哥，更不可能和他在台风暴雨天去海边嬉戏，以至于落水死亡。

网络上对傅蓝夕死亡原因的抹黑，让傅顺知极其愤怒，甚至不惜花重金让各大网络平台撤下这方面的新闻。

丽莎的父母对丽莎的死也非常痛苦，并迁怒于一起死掉的傅蓝夕。

傅顺知不相信A国警方给出的傅蓝夕的死亡原因——被台风卷入海中溺水而死。他要求查看麦尔岛上酒店附近的监控后，又同陆坚进行了视频联系。

陆坚给他提了建议："傅叔叔，我觉得应该把蓝夕尽快带回国来，在国内做尸检，麦尔岛是小马丁的地盘，A国也是小马丁的主场，我听说您去了麦尔岛后，小马丁就没露过面，我认为这里面有些问题。"

傅顺知："你也觉得很有问题吗？"

陆坚："是的，我们还没离开麦尔岛时，蓝夕知道我和铜雀是朋友，希望我让铜雀介绍丽莎给他认识。这说明蓝夕知道铜雀和丽莎关系很好。铜雀和丽莎都是白俄人，两人私底下关系好，可能性的确很大。除此之外，蓝夕对我说过，铜雀和小马丁之间有矛盾。我一直想联系铜雀，但一直联系不上，金悦也找不到他，她说铜雀不知所踪，不知道她是否告诉了您这件事？"

傅顺知皱起了眉头，他之前一直精神萎靡，此时听了陆坚的分析，蓝夕的死另有隐情的猜测在他心里的分量更重了，这给一个失去儿子的父亲带来了振作的力量。

傅顺知："你是指铜雀的失踪和丽莎以及蓝夕的死有关？这与小马丁存在关系？"

陆坚："这只是我的猜测，也许可以从蓝夕的身上发现一些什么。但您知道，我没有办法轻易出国，而且我们无法完全相信A国的法医，不如赶紧把蓝夕带回来，傅叔叔，您觉得呢？"

傅顺知被他说动了，中国人落叶归根的思想较重，他同样不希望蓝夕死后被葬在A国，而且，傅蓝夕的母亲生重病时，在死前的要求也是回国。

* * *

麦尔岛是马丁家族的私产，岛上的六星级酒店也属于马丁家族。酒店提供了台风暴雨夜的监控视频给警方，傅顺知和丽莎的父母都去查看了视频。

8月16日，生物安全大会第一天。

7:23PM，一名服务生将一封信送到了傅蓝夕所住豪华套房的门口，金悦开门拿了信。

7:27PM，傅蓝夕从房间里出来，沿着走道走向电梯，他穿着简单的芬迪小怪兽白T恤和夹克，配着爱马仕牛仔裤和香奈儿板鞋，表情很放松和愉悦。

他所穿的衣服和白天开会时穿的正装不一样，傅顺知一眼就看到了。除此，傅顺知对照傅蓝夕在沙滩上被发现时的照片，发现傅蓝夕的外套夹克不见了，鞋子也不见了。

那夹克是真皮，衣服很短小，根本不可能因为海水的冲刷就从傅蓝夕身上被冲走，最大可能是那件外套被傅蓝夕脱了，或者是被别人脱掉的。

鞋子也存在这个问题，衣服和鞋子没有在傅蓝夕的身上，那去了哪里？

视频里，傅蓝夕进了电梯，到了酒店顶楼的酒吧。

当时台风马上就要上岸，酒店外天色漆黑，风狂乱地吹起来，如同世界末日即将到来，但酒吧中彩光闪烁，音乐热烈，人声鼎沸，客人们并没有受到台风影响。

视频里显示傅蓝夕在酒吧的人群里穿梭，随后从酒吧里很不显眼的小侧门离开。

没有监控器拍到他从小侧门离开后做了什么。

过了一会儿，傅蓝夕从小侧门回来，坐在酒吧里喝酒。

随后，台风登陆麦尔岛，岛上是自主发电，发电装置受台风影响，岛上大停电，酒店里也停电。

酒店称他们的监控需要电力支持，所以之后没有监控视频。

酒店在半小时后使用单独的发电系统发电，提供了备用电，才再次启动了监控。

但是，就在这半小时里，傅蓝夕并没有回自己的房间，也没有继续留在酒吧，他失去了踪迹。

警方的意思是，傅蓝夕在酒店停电的半小时里离开了酒店出了门，当时正是台风最凶猛的时候，所以被风卷进了海里。

再找有丽莎的视频。丽莎最后一次出现在监控镜头之下，是她在酒吧外的走道里，让服务生将信拿去给傅蓝夕，随后，她进了酒吧。

丽莎知道傅蓝夕住在哪间房里，这的确是她主动约了傅蓝夕。

傅顺知从视频里看出了很多问题，但警方认为他们没有证据证明傅蓝夕和丽莎的死亡不是偶然，所以不予立案。

丽莎的父母虽然对女儿的死分外难过，但看了监控后，便也没有办法再将这事的责任推到傅蓝夕身上去。

他们有自己的疑惑："丽莎分明很不喜欢这个中国小伙子，她一直神色忧虑，为什么要和傅偷偷约会见面？"

傅顺知心想我的儿子哪里差了，这明明是你们的女儿送信给我的儿子，才出了事，你们应该负起责任来。

他将这些视频发给了陆坚，一边加快进行申报手续，准备带傅蓝夕回国，一边又找了专业人士继续暗地里调查傅蓝夕出事当晚的情况。

那天晚上有很多人在酒店，傅顺知认定，即使没有监控，也一定有人会注意到傅蓝夕。

* * *

8月的北京非常燥热。

在春天肆无忌惮飘洒杨絮的杨树在这个时节枝繁叶茂，随着风，树叶摩擦，发出沙沙响声。

陆坚站在阳光下树的阴影里，明明热得满身热汗，但他的心却是冰凉的。

他仰头望着头顶的杨树，记得小时候住的院子前面也有几棵这种杨树，杨树长得笔直，很不好爬，傅蓝夕偏不信邪，非要去爬杨树，结果就是裤子磨烂了两条，还摔过几次，最后吃够了教训，才收起了他的野性。

小学四年级时，一次作文题目是"我的理想"，老师让大家写自己将来想做什么。

陆坚毫不迟疑，他从小就有自己的目标——"我的理想是做科学家"。

在那个年代，班里一大半人都想做科学家，傅蓝夕看了陆坚的作文，就说："做科学家有什么意思？"

陆坚问："那你想做什么？"

当时傅蓝夕的妈妈才过世两年，他还没从母亲去世的伤痛里走出来，陆坚看他不答，就说："你要做医生吗？"

傅蓝夕道："不，我不知道我想做什么，可以写我的理想是什么也不做吗?"

陆坚监督他的学习,说:"不行,要不,你也写做科学家吧。"

傅蓝夕很坚持自我:"不,我才不要做科学家,为什么不能什么也不做?"

在陆坚身后的高楼里,被私人飞机载回来的傅蓝夕正躺在尸检台上,傅顺知申请了最知名的几名法医专家为他做尸检。

陆坚听着杨树在风里的声音,就像听到了傅蓝夕吊儿郎当的话语一样。

陆坚低声说:"你以前说,你的理想是什么也不做,你现在难过吗?你是否认可你的这一生?蓝夕,我一点也不懂你,但是你走了,我很难过,我不能接受。"

过了一会儿,傅顺知的助理元瑛从大楼里出来,走到一直站在杨树下的陆坚身边,轻声提醒:"陆老师,您一直站在这里,小心热中暑了,进去吧。"

陆坚摇了摇头:"楼里太冷了,我在这里好受点。"

元瑛知道陆坚是太难过,他不能面对傅蓝夕的死。虽然傅蓝夕已经过世了好几天,但他英年突然丧命,让很多人都不能迅速接受。

陆坚又问:"傅叔叔怎么样?"

元瑛:"傅总一直在休息室里等着,法医说,小傅总身上有多处伤口很奇怪,绝不是落入海中造成的,极有可能是在落入海中前和人有过打斗,傅总听了他们的话,就在看A国那边的秘密调查组给他发来的资料。"

陆坚道:"我也去看看。"

陆坚进入了休息室,他们这些傅蓝夕的亲近之人,没有任何人有办法去面对法医对傅蓝夕的尸检过程,最多只能在最后看看尸检报告。

休息室门口站着傅顺知的保镖,房间宽大,里面只有傅顺知一人在。

自从傅蓝夕出事,傅顺知一直保持了他的镇定和冷静,没有任何精神和感情失控的情形出现。

他是压抑的,又没有任何宣泄出口。

陆坚坐到傅顺知的旁边,问:"傅叔叔,有查到什么吗?"

对傅顺知来说,在傅蓝夕的事上,陆坚是他最信任的人。

傅顺知将茶几上的笔记本电脑屏幕转向陆坚,"有一些结果了,我委托的调查组替我找到了一些其他监控视频和证人的证词,之前酒店没有提供给我们,你看看吧。"

8月16日晚,台风在麦尔岛登陆,狂风和暴雨一共持续了8个小时。

当时,陆坚和傅顺知都在回国的公务机上,因为麦尔岛受台风影响而通信暂时断绝,他们没有同傅蓝夕联系。

根据法医的尸检,傅蓝夕便是在这狂风和暴雨肆虐期间"被掉进"海里溺水而死。

傅蓝夕会游泳,但当晚海上风暴很大,他没能从海上风暴的肆虐里逃脱。

重金请来的秘密调查组在短时间内为傅顺知提出的一些疑问找到了答案。

1. 他们找到了傅蓝夕丢失的外套。外套没在酒店内外,也没在海里,而是在马丁家族博物馆后面热带雨林造景的一株树的树干上。据推断,衣服是从博物馆楼上扔下去掉在树上的,因为那热带雨林造景树木植被茂密,衣服藏在树上,很难被发现。但调查组没有发现傅蓝夕遗失的鞋子和手机在哪里,最大可能是掉进了海里,无法再找到。

2. 从傅蓝夕外套所在的地点，调查组推断傅蓝夕在酒店没有监控的那30分钟内出了酒店，到过马丁家族的博物馆。他们想办法想弄到博物馆里的监控，却发现博物馆里当天以及次日24小时内的监控都遗失了。

3. 有证人证实，酒店停电时，酒店里发生过追击事件，被追的人是傅蓝夕。也就是当时傅蓝夕应该是遭遇了什么危险，但他却没向人求助。他从酒店离开去到博物馆，极有可能是为了逃脱被追击。

4. 调查小马丁的发现，他在8月16日晚没有出现在大会晚宴上，给出的说辞是身体不适。他也没出现在酒店，不能确定他这段时间在做什么，是否和傅蓝夕出事有关。

5. 调查铜雀时发现，8月16日下午开始，他就不知所踪，知情人讲铜雀和小马丁之间存在某种矛盾，铜雀是被小马丁限制了人身自由，至今，他们也没有查到铜雀在哪里，且铜雀父母早逝，他早就和养父母家断绝了关系，暂时没有人知道他的下落。

6. 铜雀和丽莎有私情，或者说是丽莎单方面追求铜雀，这事小马丁并不清楚。丽莎在此前并不认识傅蓝夕，她会找傅蓝夕，极大可能是被铜雀授意。

7. 种种迹象表明，傅蓝夕和丽莎溺死海中存在很大问题，他们是被谋杀，但更进一步的证据，需要更多时间去寻找。

陆坚把傅顺知拿回来的酒店监控视频打开看，傅蓝夕上楼去酒吧时心情很好，他进了酒吧，从一道侧门离开，过一会儿再次进入酒吧，他便面如铁石，不笑不怒，陷入了自己的思绪里。

出酒吧侧门再进来这段时间里，他一定是知道了什么隐秘，而且这个隐秘关系重大，不然，以傅蓝夕那种"我人生的意义就是玩"的心态，很难想到，他能因为什么事而神色沉重。

或者，他即使知道了什么重大隐秘，以他的性格，他也不可能自己肩负，而应该在当时就宣扬出来以保护自己。

所以，傅蓝夕当时是知道了什么事？重大隐秘，且不能告知他人。

傅蓝夕到底是知道了什么事？

陆坚继续点开有关丽莎的监控视频，傅顺知幽幽的声音在他耳边响起："蓝夕的死，肯定与小马丁有关，小马丁一直就对中国人有歧视，觉得我们低他一等，应该任他予取予求，我拒绝了他的合作要求，他肯定不会善罢甘休。"

陆坚抬起头来，看向傅顺知。

傅顺知刚才已经看完了调查组为他提供的情报，情报也支持傅顺知的猜测，他的儿子不是自作自受，而是被人谋害而死。

傅蓝夕不仅被谋害，还被社会舆论歪曲事实，说他是私生活太混乱，以至于落海而死。儿子死了，还要遭受社会舆论批判，傅顺知不能接受这种事，也不会接受这种舆论导向。

他虽然表面冷静，但在看了调查组给的证据后，他的脑海里已经掀起了滔天巨浪。

傅顺知的脸上没有了之前的颓败，而是多了因仇恨带来的激动，他直直地看着陆坚，眼里带着冷冽的光："我要为蓝夕找回公道。"

以前，傅蓝夕总叫傅顺知"老头"，陆坚并不觉得傅顺知老，又认为傅蓝夕那么叫他爸很不对，他纠正傅蓝夕，说："傅总也才五十多岁，世卫组织最新划分59岁以下是中年人，你一直叫他老头，这样很不合适。"

傅蓝夕很痛苦地道："不要和我说世卫组织可以不？"

但失去了儿子的傅顺知真的给陆坚老了的感觉，这种感觉来自于傅顺知的内心，而不是外在。

傅顺知身负重职，陆坚想劝说他不要把所有精神都放在为傅蓝夕报仇上，但一时讲不出这些话，因为他同样不能接受傅蓝夕的死，不能接受有人害死了他。

陆坚道："从这个视频里，可以看出蓝夕在酒吧侧门外面的通道里见到了丽莎，丽莎告诉了他什么消息，以至于蓝夕在之后背了思想包袱，表情变得很沉重，我真是第一次看到他这种表情。您觉得丽莎告诉了蓝夕什么，才让蓝夕这个样子？"

傅顺知："暂时不知道，我花了很多钱请了调查组，他们会为我找到答案，现在就是等他们为我找到证据！我要让小马丁血债血偿！"

元瑛小心翼翼的声音在门口响起："傅总，陆老师，专家组发现了一件异常的事。他们想请陆老师去看看。"

傅顺知和陆坚同时站起身来，陆坚问："是什么事？"

元瑛道："专家组发现小傅总在落水之前就有某种肺部感染，他们说知道您是这方面的专家，想请您去看看。"

陆坚心情沉痛，跟着过去了，傅顺知也跟着过去，但他不敢进尸检室去面对儿子，便只是守在房间外，神情惶然。

陆坚穿了无菌防护服，戴上口罩和手套，进了尸检室。

他本以为自己也无法面对这样的傅蓝夕，但真正站在傅蓝夕面前时，他却发现自己其实很冷静，他有一种非常奇妙的感觉，好像傅蓝夕超脱了他的肉体，存在于自己的身边。

法医组推出一位权威代表，向陆坚介绍了他们之前的发现——傅蓝夕的确是因为溺水而死，但是，在死亡之前，他就受过较严重的外伤，这些外伤是和他人打斗所致，除此之外，他身上有一个很奇怪的伤处，他的胳膊上有一个严重的咬伤伤口，这个伤口较深，根据齿印痕迹，他们判断这是由傅蓝夕自己咬伤产生的。

专家组还发现傅蓝夕的肺部有感染，根据病灶的情况推测，可能是去世前数日被感染的。而且，他在死前产生了大面积红疹，这种红疹是过敏所致，过敏最严重的部位便是被傅蓝夕咬伤的胳膊，由此推断，当时傅蓝夕的伤口处接触了过敏源的可能性最大，但是不确定过敏源是什么。

专家道："陆老师，你是做病原的权威，对感染比我们更了解，我们的意见是，由你来做病原鉴定，要比送去其他地方做更快，不知你意下如何？"

能为傅蓝夕做某些事，对陆坚来说，反而是一种精神上的安抚，他答应了。

陆坚将傅蓝夕的待检样本拿走之前，拿着委托书去让傅顺知签字。

傅顺知看完儿子的尸检报告后，冷静得不正常，陆坚知道他是哀莫大于心死。

傅顺知握着笔签了字，又问："蓝夕在死前是不是受了很多苦？"

他的语气和语句都带着压抑的痛苦，陆坚不知该怎么回答他。

傅顺知自问自答："他肯定受了很多苦，他最怕痛了，却自己咬伤了胳膊，留了那么大一个伤口。还被人打断了肋骨，身上那么多瘀伤，最后还是溺死的，肺里进了水，该多难受啊。"

陆坚听着傅顺知冷静的话语，只听出了十万分的伤痛，他不知道该怎么做回应，沉默了好几秒，才道："傅叔叔，蓝夕已经走了，人死不能复生，我们能做的，是找到蓝夕死亡的真相。"

傅顺知抬起头来，对着陆坚笑了一下："对，是这样。"

他的笑容那么凄惨，让陆坚不忍。

傅顺知道："虽然现在还没有更多直接证据证明蓝夕是被小马丁害死的，但蓝夕在麦尔岛上遭受了这么多不公待遇，落进海里溺死，小马丁也难辞其咎，我要让他付出代价！"

* * *

8月23日，北京，中疾控病毒病研究所。

铃铃铃……

陆坚办公室的座机电话大叫起来，工作人员扑过去接起了电话，"喂！"

对面传来沉稳的中年女声："您好，请问陆坚老师在吗？"

工作人员认出了这个声音："是元助理吧，我马上去叫陆老师。"

这个元助理是傅顺知的助理元瑛，这几天，她每天都要给这个座机打电话找陆坚，陆坚实验室的其他工作人员已经习惯了她来电话。

陆坚最近很忙，他不眠不休地做事，就没出过这栋实验楼，睡觉也只是在办公室的沙发上将就一会儿，元助理找他时，他不是在实验室就是在处理器所在的机房。

工作人员去机房叫陆坚时，陆坚正紧盯着电脑屏幕看分析出的结果。他神色憔悴，本就很白的面色，此时更显苍白，眼里满是红血丝，因为看电脑屏幕太久而泛出水意，但他目光深邃冷静，让人看到他，便觉得吃到了定心丸。

实验室博士后高萍站在陆坚旁边，穿着白大褂，头发只简单扎了个马尾，脸上还有戴口罩留下的痕迹，她面色沉静，严肃道："陆老师，这个基因组测序的结果，排除了其他可能，就应该是正确的，这是一种新的病毒，全世界范围内都还没有报道过。"

他们实验室将傅蓝夕身体里取出的样本进行了高通量测序，又进行了培养，得到了纯培养物，再将这个培养物做基因组测序得到了基因组，这个基因组也正好可以和傅蓝夕组织样本直接进行基因组测序拼接得到的结果相印证，说明这个过程没有错误、没有被污染，而且之前的测序结果也没有问题。

他们的测序结果显示，这种病毒在世界范围内公用的数据库里都查不到，和最接近的病毒的序列相似度也只有30%左右，这说明这是一种全新的，还没有被报道过的病毒。

陆坚是专注做事的人，这些天的忙碌，反而减缓了傅蓝夕死亡带给他的痛苦，让那种尖锐的疼痛变成了一种缓慢的钝痛。

傅蓝夕为什么会感染这种病毒？这让陆坚觉得很奇怪。

"陆老师！"工作人员的声音打断了电脑屏幕面前陆坚的沉思。陆坚一直熬夜，睡眠很少，精神不太好，回过头看她："什么事？"

工作人员道："之前一直找您的元助理又打了电话到办公室座机，您的手机是不是又忘记带了？"

陆坚这里的工作正好取得了进展，想要告诉傅顺知，他噌地站起身来，往机房外走，走到门口，又吩咐高萍："你再和我们自己的数据库做一下比对和分析，看看结果。"

回到办公室,陆坚接起电话:"元姐?"

元瑛道:"陆老师,关于小傅总的事,傅总和小马丁那边接触遇到了很大的麻烦,他希望您可以来一趟他这里,和他做讨论,给他提一些意见。"

陆坚非常疑惑:"是什么麻烦?"

元瑛:"小马丁让人发了一段视频给傅总。"

陆坚更加疑惑:"是有关什么的视频?"

元瑛:"傅总没让我看视频,所以具体情况我并不清楚。"

陆坚应了,正准备出门,高萍从门外探进头来,激动地说:"陆老师,我在我们自己的数据库里做了比对,发现了问题!"

陆坚很惊讶:"什么问题?"

高萍就差手舞足蹈:"和我们自己数据库里的数据比对后,可以和不久前的那个新病毒序列匹配!相似度99%,基本可以认定是同一种病毒,这两个样本很显然有关联性!"

陆坚惊讶极了,心下一咯噔,"是哪一株?难道是出了实验室污染?"

高萍:"阴性对照没有问题,怎么会是污染?匹配上的是最近柳教授寄来的样本,之前咱们对那个样本的病毒序列做过分析,但您说还想进一步分析,所以就还没有出正式报告,没想到出了您朋友傅蓝夕的事,那个临床样本结果的后续处理就一直没做。您要不要去看一看?这两人感染的病毒是高度相似,不是很奇怪吗?"

陆坚记起来高萍指的是哪个样本了,是这月初和他有合作的益州大学附属医院的团队寄来的临床样本。

只是,傅蓝夕所感染的病毒,为什么会和益州的病例感染的相似?

陆坚一面觉得莫名其妙,一面又有一种很奇妙的冥冥之中的感觉。

那种冥冥之中的玄妙感觉,甚至让他觉得是他最近睡眠太少,导致他出现的某种幻觉。

"我现在就和你去看看。"陆坚应了高萍一声,就赶紧去了机房。

电脑屏幕上显示着比对结果,从傅蓝夕体内取得的样本中的病毒基因序列,和数据库里编号为180811Yizhou001的序列有99%的相似度。

99%的相似度？秦巴山区与大洋彼岸？

红色的横线横贯显示器，陆坚点进数据库里的这个序列，确认了一遍信息，正是近半月前得到的样本中测得的未知病毒基因序列。

陆坚早前就要对这个样本进行更细致的分析研究，没想到之后发生了傅蓝夕的事，对这个样本的深入研究工作就被搁置了。

为什么这个序列和傅蓝夕的样本检出的序列具有这么高的相似度呢？太奇怪了。

高萍指着序列信息，说："我记得很清楚，这个序列是从益州大学附属医院的柳溪川教授送来的临床样本里测出来的，根据病例信息，血常规和影像提示病毒性肺炎，从序列推测很可能是一种新病毒，所以还做了毒株分离培养。测序结果出来后，我就打电话告诉过柳教授，病原可能是一种新的RNA病毒，和冠状病毒匹配度稍微高一点，但也不敢确定就是冠状病毒，具体分析还要等你出差回来再做。"

她又指着上面一个日期，特别强调："样本收到的时间是8月11日。"

陆坚脑子飞快转动，8月11日？根据经验，典型肺炎是由细菌感染引起的，呼吸道病毒感染多表现为上呼吸道症状，而可引起肺炎的病毒并不多，且其中一些病毒不能对成年人致病，因此病毒性肺炎小儿发病率高于成人。已知的那些可导致病毒性肺炎的病毒，如呼吸道合胞病毒、副流感病毒、流感病毒、腺病毒、SARS冠状病毒等，从感染到出现症状的潜伏期多在2～10天这个范围内。通常出现症状数日后才会就医，样本送检是8月11日，那么向前推二三周就是7月下旬。从那段时间开始傅蓝夕并没有在国内，因为国内太炎热，他7月以来一直在北欧度假，之后因陆坚要去A国做报告，傅蓝夕发现他父亲也要去，就从北欧直接飞去了A国。那么，傅蓝夕感染了这种病毒，是在哪里接触的传染源呢？这种病毒很显然不是傅蓝夕的死因，但是，如果傅蓝夕没有落海溺水而死，根据他感染的状况，他也会很快因这种病毒感染而发病。

益州的患者和一直在国外转的傅蓝夕感染的是同一种以前从没有被报道过的新病毒，这事太过奇怪，陆坚总觉得其中有问题。

想到傅顺知那边的事很着急，陆坚便起身对高萍道："你再分析这两株病毒的差异，我有其他事需要去处理。"

陆坚从实验楼离开，就驱车前往傅顺知家。在开车前，他给柳溪川教授去了电话，想询问那位和傅蓝夕感染了同一种病毒的患者的情况。

柳溪川接到他的电话，很热情地说："陆坚，你好啊！"

陆坚满脑子都是傅蓝夕感染的病毒为什么会和柳教授送来的样本里的病毒相似的事，直截了当地问："柳教授，打扰您了。您之前送了一名病例的肺泡灌洗液、血液和脑脊液样本给我们做检测，我们从这三份样本里都测出了对方很可能感染了一种从未被报道过的新的 RNA 病毒,不知道您还有印象吗?"

柳教授声音激昂地道:"当然有印象了,你们工作做得好,那么快就给我出了结果。不过,很可惜,患者已经过世了,我们没能救回来。因为可能是新病毒感染,我们也对他住的病房做了消毒,接触过他的同事也都进行了隔离观察。至今还没发现任何问题。"

陆坚克制着自己的紧张,问:"患者的具体情况,您还记得吗?"

柳教授想了想,说:"那个患者,是异地就医,是秦巴山区里农村来的,家庭条件不是很好。按照家属的描述,患者在送来医院之前,因为有脑炎症状,他们村里的人怀疑他是鬼上身,在村子里按照土法子为他跳过大神、让他喝过符水,耽误了病情。送来时,患者已经陷入了深度昏迷。我们检查发现患者有肺部症状、病毒性脑炎和心肌炎症状,我们这边没诊断出到底感染了什么病毒,就把样本送去给你了。没想到可能是一种新病毒。"

陆坚问:"患者家里只有这一个人感染发病吗?"

柳教授明白陆坚的意思,陆坚是指患者感染的病毒,极有可能也感染了和他接触的家人,柳教授说道:"患者入院第三天就死亡了,家属将死者遗体带回去了,我们这边得到你们的检测结果后,给家属打过电话,但打不通,也就没更好的办法了。应该没有其他人感染吧,否则应该还会有患者送来才对。"

陆坚没能从柳教授那里得到更多信息,带着对这件事的疑问,他到了傅顺知家。

* * *

傅顺知这些天一直在处理儿子的事,他专门在家里地下室为儿子设了一个冷冻房,把傅蓝夕的遗体放在里面的液氮冷冻柜里,每天都会去地下室陪他一阵。助理和家里的佣人认为他这种做法有些过了,觉得他需要心理干预,不过,傅顺知本人认为自己并没有任何问题,他已经接受了儿子的死亡,所以现在要做的是这件事的后续处理。

陆坚到来,保镖引他上楼去傅顺知的书房。

随着书房门打开,陆坚看到了坐在书桌后面的傅顺知。

这才不到十天,傅顺知便瘦得像变了一个人,但他的眼睛却非常亮,像探照灯一样朝陆坚看过来。

陆坚上前,问道:"傅叔叔,是出了什么事?"

傅顺知示意他把门关上,这才说道:"小马丁那边给我发了一个视频。"

陆坚走到傅顺知身边去,低头看傅顺知点开的电脑里的视频。

视频拍摄视角较小,像是红外针孔摄像头拍下的,没有声音。

那是一个走廊尽头,光线暗淡,一边的玻璃窗外突然闪过闪电,让镜头里的一切都呈现曝光过度的状态。这时候,一位身材高挑、五官精致、穿着套装的女性走进了摄像头拍摄的范围内。

陆坚和傅顺知都认识这个人,这就是和傅蓝夕一起溺死的丽莎。

丽莎神色忧虑,眉头紧皱,精神紧张,似乎在防着什么,几秒之后,傅蓝夕进入了摄像头拍摄的范围。

傅蓝夕面上带着微笑,挑眉说了一句什么,丽莎脸上现出不悦。

随即,丽莎身体转了一个向,摄像头无法再拍到她的脸,但她应该是在对傅蓝夕讲些什么,因为正对摄像头的傅蓝夕的神色变得越来越沉重,他的嘴唇动了动,在应着丽莎说的某些话。

这时候,丽莎脱掉了左手的白手套,从里面拿出一只很小的黑色的圆柱体,并把这个东西递给了傅蓝夕。

丽莎又把手套戴回了手上,继续站在那里和傅蓝夕说了什么后,便从摄像头的另一边离开了。

傅蓝夕在丽莎离开后,他快速收起了丽莎交给他的那个物品,离开了摄像头范围。

视频到此为止。

"就是这个视频吗?"陆坚问。

傅顺知:"对。"

陆坚将视频倒回去放慢播放,傅顺知知道他在看什么,就说:"视频看不到那个白俄女人说了什么,但我可以读出蓝夕的唇语,他开始是对那个白俄女人说,没想到你会约我。之后他是说的你和铜雀的名字,另外还说了一个词——受试者。你看,是这样吗?"

陆坚认真地看了,点头道:"是这样。"

傅顺知面色深沉,他叹了口气,道:"你知道小马丁给我发来这个视频,是要做什么吗?"

陆坚已经有所意识,问:"与丽莎交给蓝夕的那个东西有关,对不对?"

他把带有那个黑色小东西的画面截图,放大,仔细观察。

傅顺知:"是的。你看得出来那个东西是什么吗?我觉得像是一个优盘?是优盘吗?"

陆坚一面观察一面说:"是不是马丁一方说那是一个优盘?"

傅顺知语气沉痛又带着愤怒:"是的。他们说这是傅蓝夕买通丽莎窃取他们公司研究成果的证据。要控告我们公司窃取他们的研究机密。"

陆坚皱眉道:"我觉得这个可能性很小。"

傅顺知眸光幽深,看着陆坚:"我以为你会觉得那是真的,会责怪我指使蓝夕去窃取赫利俄斯制药公司的研究成果,把蓝夕推入火坑。"

陆坚见傅顺知精神紧张,就安慰他道:"傅叔叔,我不会那么想。您不会让蓝夕去做那种事。"

傅顺知是稳如泰山的人,但在看到小马丁那边发来的这个视频时,也乱了思绪。

他自己并没有让傅蓝夕去做这种事,他无比清楚,但存在另外的可能性——傅蓝夕自作主张买通丽莎去做了什么交易。除此,还有另一种可能,他读懂了傅蓝夕的唇语,傅蓝夕吐出的单词是——陆坚,铜雀,受试者。

秘密调查组给了他信息,丽莎和铜雀有私情,那么,是陆坚让傅蓝夕去帮他拿了铜雀带给他的什么也是可能的,并且,这种可能性反而最大,因为铜雀同样失踪了。

傅顺知的手抬起来,放在桌子上的警示铃按钮上,只要一按,保镖就会进屋。陆坚看到了他的动作,意识到了什么,他直起身来,房间里陷入了突如其来的紧张氛围。

陆坚是聪明人,也不想和傅顺知有不必要的误会,他放松了姿态,问道:"傅叔叔,您不会是怀疑我让傅蓝夕帮我带东西,才导致了所有这些事吧?"

傅顺知是生意人,他信任陆坚,但也要信任逻辑和证据,现在的逻辑和证据都表明:陆坚不能完全摆脱嫌疑。

他说道:"现在,蓝夕就在楼下地下室里。陆坚,你敢对着蓝夕的灵说,你对得住蓝夕,对得住我吗?你有没有让蓝夕去做不该做的事?蓝夕是单纯的人,他又那么看重你,只要是对你有利的事,他即使知道风险极大,他也会去做。"

陆坚能理解傅顺知的怀疑和愤怒。

要是赫利俄斯制药公司坐实了傅蓝夕从丽莎那里拿到研究机密的事,那么,在民众的眼里,傅蓝夕的死亡就完全是咎由自取;除此,这事还会对知一制药在国际上的声誉造成很大影响,而且,赫利俄斯制药公司会起诉傅蓝夕以及知一制药窃取他们研究成果,这也会对知一制药造成很大的经济损失,这甚至也会对中国其他医药企业的声誉造成无法挽回的损伤。

陆坚认真道:"傅叔叔,我没有做过您说的事。我希望您能信任我。"

傅顺知和陆坚都是理智的人,两人对峙着,房间里的冷气浸入他们的身体,让两人都在短暂的沉默里感受到了寒冷。

陆坚是坦荡的人,他接受傅顺知的审视,神色毫无动摇,"傅叔叔,在这一点上,您必须相信我。只有相信我,才能有信念还蓝夕清白,才能有信心让小马丁付出代价。"

傅顺知的目光转向一边，在那里，有一个相框，里面是傅蓝夕还小，他的妻子也还没过世时，一家三口在小院子里的照片。阳光下，傅顺知一手搂着妻子的肩膀，一手抱着孩子，笑容灿烂。

时光会带来很多东西，让他和他的妻子相遇，两人结婚生子；时光又带走很多东西，他的妻子过世，儿子如今也离开。

傅蓝夕不仅离开，还带来了很大的麻烦。

傅顺知明白陆坚所说非常正确，无论如何，他都要证明傅蓝夕的清白，证明傅蓝夕没有买通小马丁的助理丽莎去拿什么研究机密。但如今傅蓝夕和丽莎都已经落水身亡，要怎么证明？

傅顺知："陆坚，我相信你。对于蓝夕从丽莎那里拿东西这件事，你是怎么想的？蓝夕和丽莎都出事了，那个东西，既不知道它是什么，现在恐怕也难以找到它，我们要怎么对抗小马丁？"

陆坚也同样知道如今事情对他们极其不利，但他并不觉得完全没有希望，因为事情发生，总会留下某种痕迹。

陆坚道："傅叔叔，为什么我能确定您一定不会让蓝夕去做这种事，因为我知道这完全不符合您的行事准则，而且您不会让蓝夕陷入这种险境。而同样的，我也不会让蓝夕去做这种事，因为这也不符合我的行事准则，同时我也关心蓝夕。甚至，我不觉得丽莎交给蓝夕的东西是优盘，不仅如此，既然丽莎会让蓝夕到酒吧里去，交给他东西，那么，那东西就不该是需要隐秘交接的东西，我觉得丽莎是希望让小马丁知道，她交了某个东西给蓝夕，这才大张旗鼓让蓝夕去了酒吧。"

傅顺知能理解陆坚分析的逻辑，但他一时想不到丽莎为什么要那么做。

傅顺知："你的意思是丽莎在利用蓝夕吗？"

陆坚："有这种可能性。如果她想更隐秘地把某种东西交给蓝夕,她完全不用这样让蓝夕去酒吧,酒吧里人很多,会有很多证人证明蓝夕到过酒吧。"

傅顺知很愤怒:"所以马丁用来威胁我的证据,也可能是他们诬陷用的。"

陆坚:"蓝夕虽然贪玩,却并不是不知事情轻重,他可以选择不接丽莎交给他的东西,或者是在之后不离开酒店,他为什么会离开酒店范围,这也很奇怪。"

傅顺知:"现在要弄明白丽莎交给蓝夕的是什么,这很重要。你刚才说,你认为那不是优盘,那你觉得那是什么?"

陆坚让视频停在蓝夕握着那黑色小东西的画面上,对傅顺知说:"傅叔叔,您仔细看看这个东西,有发现什么奇怪的地方吗?"

傅顺知戴上了他的老花眼镜,凑近电脑屏幕认真查看,那黑色的小东西大概是半截食指大小,上面没有任何标识,很难看出它到底是什么,用来做什么。

傅顺知观察了一阵后,发现了一点奇怪的地方,那就是那么小一个东西,蓝夕拿住它后,没有迅速把它握进手心或者放进口袋里,而是长时间地用两根手指捏着它。

陆坚调慢视频播放速度,傅蓝夕在拿着那黑色小东西的过程中似乎是有些害怕的样子,他的手颤抖了两下,随即,他又低头看那小玩意儿,面色变得更加沉重。

傅顺知道:"蓝夕好像很介意他手里这个东西,他没有洁癖,却像是有洁癖的人手里拿着一个很脏的东西。"

傅顺知很了解傅蓝夕的习惯,陆坚点头道:"我也觉得是这样。傅叔叔,您再注意看这个黑色的小物件,这短短时间,好像它的表面产生了一点水雾,导致折光发生了变化。"

傅顺知认真观察了一阵,但他没发现陆坚所说的这个问题,"可能是我眼睛不太好,我看不出来你所说的折光的变化。"

陆坚意识到了傅顺知和自己知识区间上的差异,他将从视频截图出来的图片放大,对傅顺知道:"空气中的水蒸气,接触到一个冰凉的物体,会很快在这个物体表面形成水滴,您看,蓝夕手里这个东西,在这么短的时间内就产生了水滴,这说明这个东西是冰的,这也是蓝夕只用两根手指头捏着它的原因,因为它太冰了,如果是优盘的话,怎么会这么冷?"

傅顺知恍然大悟:"是的!"

陆坚继续道:"如果可能,您可以让您请的调查组查一查,麦尔岛上的研究中心里,是否有和这个小东西一样的物品。丽莎在当天下午时,和蓝夕还不熟悉,晚上却突然联系他,这个东西,我看着不像某个特定的物品,至少不是特别难以得到的东西,很可能可以在麦尔岛上找到其他一样的物品,这样就可以知道这个物品是用来做什么的,我觉得它不是优盘。"

傅顺知答应了。

陆坚又问:"傅叔叔,既然您相信我,那能不能告诉我,您的调查组现如今查到了哪些东西?有铜雀的下落了吗?"

傅顺知摇头:"没有查到铜雀的下落。你说,他会不会也死了?在那天晚上掉进海里,没有浮上来。"

陆坚心情沉重,他知道这也是有可能的。

"只要找到铜雀,很多事就清楚了。蓝夕从丽莎手里接过东西时,的确说了我和铜雀的名字,傅叔叔,我现在怀疑的是,铜雀要把什么东西通过蓝夕交给我,但我保证,我并没有在之前让蓝夕去帮我拿东西,我也不知道那东西具体是什么,蓝夕见到丽莎时说的第一句话是'没想到你会约我'也正好说明了这一点。"

陆坚希望和傅顺知坦诚相待,一起处理蓝夕这件事。

他知道，自己不提，傅顺知心里也清楚，所以不如他明白地提出来。这件事如今已经牵扯到他，他自然不会推脱责任。

傅顺知望着他道："我现在只希望这件事能够查清楚，可以洗清蓝夕的嫌疑，并为他主持公道。"

这也正是陆坚所想。

陆坚："既然小马丁让人发了这个视频给您，还提出蓝夕从他们公司窃取研究机密的事，他们肯定提了要求，他们提的要求是什么？"

傅顺知："他们希望我答应他们提出的专利权转让和项目合作的要求。蓝夕的事，现在也并不好查，小马丁在之前就开始陆续撤出麦尔岛的研究团队，如今已经完全关闭了麦尔岛研究中心，这让麦尔岛上已经没有研究人员入驻了。

"在生物安全大会结束之后，参会者也都离开了麦尔岛，也就是说当时有可能目击事件的人也都分散在了世界各地，要找到他们很困难。麦尔岛是马丁家族的私产，他们暂时封闭了这座岛，不让人上岛，所以，我的人要继续调查也非常困难。"

陆坚明白了傅顺知的难处，"小马丁是要让我们再也无法追查蓝夕和丽莎死亡的事，而且还让您不得不转让专利给他，并且配合他们完成以后的合作。"

傅顺知："是这样。"

陆坚："由此可见，蓝夕和丽莎确实极有可能不是意外死亡。"

傅顺知："蓝夕的尸检报告已经说明了一切，但我现在受制于那个视频，无法为蓝夕讨回公道。"

陆坚道："现在急需知道丽莎给蓝夕的那个东西是什么。"

傅顺知："我会让人想办法去查。"

陆坚想到了来这里之前的事，认为自己有必要将这件事告知傅顺知,"傅叔叔,我的实验室查出了是什么导致了蓝夕的肺部感染。"

傅顺知这些天里已经没太在意蓝夕感染这件事,因为导致蓝夕死亡的直接因素不是感染,此时陆坚提起,他才想起这茬来,问:"是什么?"

陆坚:"是一种之前没被报道过的新病毒。病毒的具体情况,我们还需要进一步分析。"

"没有被报道过的新病毒?"傅顺知很疑惑,"蓝夕为什么会感染这种病毒?"

陆坚:"我暂时不清楚。等我分析出结果,会第一时间告诉您,小马丁那边,您打算怎么处理?"

傅顺知:"我只能先稳住他。希望调查组可以早点查到丽莎交给蓝夕的到底是什么,或者是找到铜雀,只要破除蓝夕从丽莎手里拿了赫利俄斯制药公司的研究机密的事,我就不怕小马丁什么了。"

* * *

从傅顺知家回到研究所后,陆坚一直在分析从傅蓝夕的样本中测得的病毒序列,通过与那位益州的病例体内的病毒序列比对,陆坚发现了一件让他震惊的事。

而通过这个发现,陆坚也觉得自己明白了为什么丽莎给蓝夕的东西是冰的,他对蓝夕胳膊上的咬伤,也有了某种猜测,只是,猜测只是猜测,他需要去验证。

当天晚上,他再次给柳溪川教授去了电话,并提出了自己的要求:"柳教授,关于您月初送来我这里的样本,我想去患者的家里看看,问问情况,做下现场,您能不能帮忙给我提供一些信息?"

柳教授很爽快："哦，你是想再溯源吗？没关系，你不要客气，我让学生陪你去吧！这个学生的老家和家属留的地址比较近，有当地人陪着，这事很好办。"

"谢谢您了。我明天就过去。"陆坚做决定非常快。他想，要是明天就去看了情况，后天应该就能回来，不会耽误什么事。

"欢迎你来，我让学生去机场接你。"

陆坚本想让他不要这样客气，但柳教授非常热情，说："不能怠慢你，再说，我这个学生，就是之前和你谈的那个，想让他去你那里借用实验室做些工作的学生，你先看看，他达不达得到你的要求，要是达不到，我也就不让他去麻烦你了。"

柳教授是呼吸科的医生，但想做基础研究，就招了一个做基础研究的研究生，他自己又没有实验室，所以想把学生送到陆坚这里来联合培养。两边之前就一直有合作，也有联合培养的学生，柳教授这个要求，陆坚不会拒绝，这时候也就答应下来。

陆坚挂断电话后，又给傅顺知打电话，向他说明了情况，说自己发现傅蓝夕感染的病毒和益州的一个患者感染的病毒相似性极高，他怀疑这里面存在某种联系。

傅顺知从事医药行业，听了情况就明白了陆坚的意思："你想去看益州的那个患者，和蓝夕的感染有没有联系吗？"

陆坚："两人相隔这么远，而且，我知道蓝夕最近几个月都没有去过益州，两人却感染同源的一种新病毒，其中说不定会有什么联系，我想过去看看。"

的确，这事非常奇怪。两个应该完全没有过接触的人，感染了同一种病毒，从流行病学上看，就显得极不合理。或许存在某种原因，能把这两人联系起来，而这可能就是解开谜团的关键。

因为对小马丁那边的情况的调查没有取得实质性的进展，现在陆坚这边有了一点线索，傅顺知自然很支持他。

"我这里接到最新消息，小马丁将人从麦尔岛全撤了出来，严格控制人上岛，这让我这边的调查进展很缓慢，要是你觉得那名患者那里会有线索，我们就不能放过。你需要我派人跟着你一起去吗？人多点，事情更好办。"

陆坚想了想，拒绝了他："叔叔，不用了，我去了益州，那边有人接待，我们这边去太多人，不太方便，而且，我去不了多久，最多两天。我明天出发，到患者家里了解情况，应该后天就可以回来。您放心，我在那边有任何同蓝夕感染相关的发现，都会第一时间告诉您。"

傅顺知在这件事上需要信任陆坚，既然他如此要求，傅顺知便没再强求，只说："有任何需要，都给我打电话，我会尽全力满足你。在蓝夕这件事上，我知道你和我一样难过，除了我俩，不会有其他人再如此关心蓝夕了。蓝夕这件事，你一定要全心全意去做，毕竟蓝夕一直把你当成最好的朋友。"

10

第二日，益州机场。

8月下旬，暑热依旧，此时又是最热的下午两三点。益州是一座有一千多万常住人口的大都市，此刻机场里人来人往，热闹非凡。

硕士研究生二年级的林晓余只是从停车场走到国内到达大厅，就已经汗流浃背。进了国内到达大厅，里面的冷气完全抵消不了人群不断出入带来的热浪。这份暑热，让人烦躁憋屈，心下极度不爽快。

挤在接机口的人不少，有人被热得蔫蔫地望着出口，有人急躁地走来走去又不时望一眼出口，还有人用手掌不断扇着风，嘴里抱怨机场的冷气不足。

林晓余穿一件白T恤，下面是宽松的到膝盖的大裤衩，脚上趿拉着一双二十块从地摊买的拖鞋。为了趁着开学前尽量多玩几天游戏，他最近睡眠严重不足，导师打电话让他来机场接人时，他正在家里睡大觉。

头发凌乱，双眼无神，黑眼圈严重，林晓余整个人活像丧尸游戏里行走的丧尸。

他从背包里拿出一张A4纸，上面是他用黑色油性笔写的几个大大的潦草的英文字——"prof. Lu Jian"。

林晓余瞄了一眼手机上的时间，距离陆坚所乘航班落地时间已经过了半小时，无论如何陆坚也该出来了，或者他已经出来甚至离开了？

要是没有接到人——林晓余脑子里浮现出了导师喷火的场景：接人都接不到，你怎么搞的？！

林晓余无奈地叹了口气，导师没把陆坚的电话留给他，他当时被导师的电话叫醒，脑子里稀里糊涂，居然也没问。这下惨了，要是这时候打电话问导师，恐怕又要被嫌弃，算了，再等等吧。

他只好把那张A4纸举到脑袋上，眼神飘忽地望着出口，张着嘴打了个大大的哈欠。这个哈欠打得他眼泪直冒，正准备擦眼泪，一个面色白净、戴着眼镜、高挑挺拔的男人就走到了他的跟前。

两人对视了两秒，算是互相打量完毕。

白净男人说："我是陆坚。"

林晓余茫然地望着他："……"

面前的男人约莫三十多岁，林晓余不觉得他比自己大多少。

这么热的天，这人居然穿中规中矩的长袖白衬衫和黑长裤，脚上还是热烘烘的运动鞋，衣裤几乎没在飞机上蹭出褶皱，从头到脚，一丝不苟。大约是刚从冷气充足的机场里面出来，他脸上并没有汗水，神色冷淡严肃，即使长得很俊秀斯文，却依然给人一种高冷的沉重感，并不让人觉得亲切。

林晓余睡眠不足的脑袋转动起来，回忆了一下导师的电话内容——"中疾控病毒病研究所……Lu Jian……我之前送了样本让他帮忙分析……是一种新病毒……他专程前来做现场调查……你去机场接他……航班号……"

林晓余明白自己弄错了什么，他以为自己导师都要仰仗、找他帮忙的人，必定也是他导师那样的半老头子，没想过是这种和自己同辈的年轻人。

看着不比自己大太多，但已经是有独立课题组的大牛，林晓余感叹：这世界，果真对天才优待，对自己这种平凡的普通人残忍。

他马上收拾了自己刚打完呵欠的面部表情，又揉了揉鼻子和眼睛，把眼里挤出的眼泪擦掉了，朝陆坚伸了手，"你好，我是柳溪川教授的学生，叫林晓余。"

陆坚看了他刚才揉过鼻子和眼睛的手一眼，心想这孩子太不注意卫生了，打消了伸手和他握手的念头，面部表情淡淡的，心想这个就是我要带的学生啊，不由无奈地说："你这个接机牌，要是想写教授的话，这个 p 应该大写，不该小写。"

这样的错误居然被指出来了，林晓余有些许尴尬，觉得面前这人似乎很不通人情，估计是真不好相处。

林晓余尽量保持了脸上的礼貌，将那张 A4 纸揉成一团，往一边垃圾桶里一扔，皮笑肉不笑地说："你看得懂，能顺利接到人不就行了。"

陆坚颔首表示的确如此，但又提了一句："要做科学研究，必须要有严谨的态度。"

林晓余很心累，心想他自己的导师对他也没这么严格。

他还不知道面前这个人就是他的联合培养导师，以后他就要时时刻刻面对这么严格的导师了。

林晓余本来是个非常随性活泼又话痨的人，不需要别人捧场，自己一个人也能演一场大戏，但这时候对着陆坚，他却一句多余的话都不想讲，伸手指了指机场外："我的车在外面停车场，陆教授，走吧。"

两人转身欲走，一阵喧哗突然从机场出口的大门迅速涌了进来。

那简直像是摩西分海，好些人慌乱地朝两边逃避，露出中间光可鉴人的道路，而惊叫声和脚步声已经凌乱地连成一片。

突如其来的混乱，让不明情况的人们人心惶惶，不少人惊问："怎么了，怎么了，出了什么事？"但一时并没有人给出答案。

机场保安看到这边的情况，拿着橡胶棍逆着惊慌散开的人群迅速跑了过来。

恐慌就像突然加入高温油锅里的一勺水，伴随着滋啦啦的轻爆声，油水四溅。

被人群不断推挤向后退的陆坚林晓余两人一时也不知道到底出了什么事，林晓余觉得自己一无所长且贪生怕死，想到某地火车站曾经出过的事，感觉这情况很像是有恐怖袭击，林晓余一把拽住想上前的陆坚，把他死命往后拉，心想自己奉命来接人，千万不能让人出事！

这时候，恐慌的源头浮出了水面，一个身材中等、脸色蜡黄的中年男子拉着一个年轻女人，出现在了陆坚和林晓余的视线中。

"你这个神经病，放开我！"那年轻女人哭泣着、大骂着、尖叫着，不断试图挣脱，但中年男子始终拽着她不放。他似乎是在和女人拉扯的过程中用力过度，这导致他不断咳嗽着，随着咳嗽，他又朝地上吐了几口浓痰。

林晓余一时没弄明白这到底是怎么回事，为什么没有人去帮那个女人的忙，反而像看到什么恐怖事物一样逃开。

他开始还怀疑是不是那个男人手里有枪或者刀，周围的人才有所顾忌，但多看几眼，发现那男人手里什么武器也没有。

逆着人流挤过来的保安准备上前制服那个男人，林晓余也想上前帮忙，这时候，有听到情况的人在大喊："刚才那个女人说，那个男人是耐多药的结核病，大家散开点散开点，结核病是要通过空气传染的！"

结核病？！

这个词让围着的人都惊讶了，不少人一时之间甚至没弄明白这是什么情况，另一部分反应过来的人已经赶紧捂住口鼻往后退。

那些没弄明白情况的人看别人在逃离，便也赶紧后退。

保安们随即也迟疑着停下了脚步。

那个抓着女人的男人目光凶狠地扫视着人群，呵呵笑着说："我拉我的婆娘，关你们什么事！"他的嚣张话语让他再一次难受地大咳起来。

他一咳嗽，众人又哗的一下避得更远，用手把口鼻用力捂住。

被他拉着的女人犹在挣扎，不断偏开脸要避开他，哭着道："你放开我吧，放开我吧！你不让我走也没用，你自己回去吃药不行吗！"

"你想跑，没门的。我知道我吃药没用的，治了这么多年都没治好，现在那些药都对我没用了，我没得救了，但你也别想跑。"男人大声说着，又满怀恶意地瞪视周围的人，"你们怕什么怕，啊，怕什么？"

"他是疯了吧。"

"这是报复社会啊。"

"大家赶紧离开吧，肺结核是空气传播的，感染了怎么办！"

"肺结核是不是治不好的病啊？"

恐慌在人群里迅速传播，似乎比病菌更厉害。

……

这分明是个神经病啊!

林晓余脸色非常不好,心想这种"热闹"真是比遇到持刀歹徒还可怕,万一真的被传染了结核病,等发病的时候,恐怕自己都忘记了到底是在哪里被感染的。所以这种人,要拿他们怎么办?

他正要叫陆坚赶紧离开,回过头,就见陆坚已经将手里的行李包放在了地上,正拉开包拿东西。

林晓余真是服气了,这都什么状况了,他还在整理行李?!

不待林晓余说什么,陆坚倒先冷静地吩咐了他一句:"看好我的包。"

随即,他已经戴上了手套,把一大盒口罩按在了林晓余怀里,自己戴上了一副N95防雾霾口罩,转瞬之间就冲到了那个拉着他妻子在恐吓众人的男人面前。

他的动作太迅速,男人一声惊叫,尚且来不及做其他反应,已经被陆坚瞬间捂住嘴以侧摔的方式摔在了地上。

"砰!"那人摔在地上发出了一声闷响。

跑远了回头查看情况的人们看到了这一幕,在震惊之余不由暗暗佩服这位见义勇为的勇士。

在林晓余回过神来的时候,陆坚已经把另一个口罩套在了那个男人嘴上,把他压在地上。

陆坚吩咐林晓余把那盒口罩发给周围的几个保安,看他们戴上口罩后,他就把那犹在挣扎的男人交给了保安,让他们处理这个人。

周围散开的众人不由为他鼓了好一阵掌,以至于让林晓余突然也觉得与有荣焉。不过陆坚没有理睬他人的行为,只是吩咐机场工作人员去拿消毒剂过来,并把出口大门的门帘全都打开以便通风,又从自己的包里拿了纸巾覆盖住那个男人刚才吐在地上的浓痰,然后不断朝纸巾喷洒消毒剂。

林晓余也戴了个口罩，站在一边目瞪口呆。陆坚有条不紊地处理刚才小风波的后续，就像是训练有素地处理实验室偶尔出现的小事故。

在人员快速流动的机场出口，刚才的风波就像投入水中的石子，虽然溅起了水花，但在几分钟内就归于平静。

机场这一层的安保负责人过来，找陆坚道谢。

陆坚则不太热情，很自然地吩咐："我有事要先走了，你们对这里做一下消毒，注意通风，就没什么问题。"

安保负责人有点忐忑，遇到歹徒他们有办法处理，对这种完全不可见却会到处传播的病菌，他可不知道要怎么办，迟疑道："真是谢谢您了。我报告了我们这里的卫生疾控部门，他们一会儿就会过来查看情况。"

陆坚颔首表示没问题了，便招手让林晓余和自己一起离开。

林晓余替陆坚提着包，带着他去停车场找车，经过刚才那短短几分钟的事，林晓余已经开始崇拜陆坚，总觉得他身上带着神圣的光芒。

他话多起来，眉开眼笑地找陆坚说话："陆教授，你是做病毒的吧！你的包里居然带了手套和口罩？真是专业！厉害！厉害！"

陆坚没有理他这没什么意义的话。两人顶着明晃晃的大太阳，在停车场转了几圈都没找到车，陆坚的耐心是有限的，问："我们在停车场里转了这么久，你的车到底在哪里？"

马屁拍在马腿上了，林晓余心想这人真难接触，但又只好讨好地说："……我记不太清了，我不经常开车来机场接人，呵呵……我们再找找吧，马上，马上就找到了。"

陆坚无奈："我自己打车的话，现在大约都要到目的地了。"

他打量着林晓余，想到自己之后还要带这个迷糊的学生的研究课题，不由觉得任务艰巨。他突然又想起了傅蓝夕，傅蓝夕从小也这样，在学业上极度迷糊，不是不聪明，只是总是不够用心。想到死去的傅蓝夕，陆坚又对林晓余多了一些耐心，说："再找找吧。实在找不到，我们可以先打车离开，你以后再来找车。"

林晓余："……"

林晓余不知道自己的导师已经把他推给了陆坚，犹自在心里吐槽：你以为我想找不到车？这不是没办法的事吗？再说，必须找到才行，机场的停车费这么贵，怎么敢一直停在这里？

等总算找到了自己那辆吉利，两人坐上车，林晓余只想赶紧把陆坚送到自己导师跟前，自己回家去睡大觉。

11

柳溪川教授办公室。

办公室里摆着三个大书架,满满都是专业书和资料,除此,只有一套办公桌椅、一张沙发和茶几。

林晓余把陆坚送进了办公室,和他导师打过招呼后,自觉任务完成了,就说:"柳老师,我把陆教授送到了,那就先回去了。"

柳溪川没让他走,对他招着手,亲切地让他坐下:"别急着走,晓余,晚上一起吃饭。"

林晓余宁愿回去吃泡面,也不想吃这一顿饭,但导师有命,他只好去那唯一的沙发上坐下了,就坐在陆坚的旁边。坐下也无聊得很,既不好当着导师的面玩手机,又觉得导师和陆坚的谈话与他无关,实在没必要听,于是只好认真盯着地板发呆。

"虽然患者已经去世了,但我想去调查他发病之前的情况,想找找这种病毒的源头,看还有没有其他人感染,感染途径是什么。"陆坚很认真地对柳溪川说着自己此行的目的,"所以想先要一下他家的资料,最好今天就能直接过去,以免浪费时间。"

他如今一心想着益州这个患者身体里的病毒和蓝夕的病毒高度相似,要去找出联系,根本无心做其他社交。

林晓余听着陆坚的说明,本来有些发散的思维不由聚在了一起。

林晓余的本科专业是预防医学,他不是学临床的,本来不能做柳溪川教授这种临床医生的弟子,不过柳溪川为了增加自己在基础研究这一块的分量,专门申请了招收一个基础医学研究方向的研究生,林晓余就这样做了这名临床医生的学生。

做临床主任的弟子,听起来很牛,一开始同学们都很羡慕他,但来了柳溪川这里之后,林晓余才发现其实很坑。他现在刚读完研一,马上研二。

研一都是基础课程,但研二必须进实验室做研究完成课题。他的导师柳溪川没有实验室,所以他研一时在其他大导师的实验室里跟着打杂,那位导师跟他不算亲的,隔着一层甚至几层关系,自然不会多指导他。研一结束了,他依然对做课题完全没头绪。林晓余明白,要是研二还和研一一样,自己恐怕没法毕业,他深深为自己的前途忧虑。

刚将研一读完的林晓余虽然不是专门做病毒学研究的,但他也知道,寻找病毒的源头,是很麻烦的事,因为病毒又不能用肉眼看到。而陆坚居然不远万里跑来这里为患者感染的病毒寻根究底,这就是高尚,或者说是为科学研究奋不顾身。

柳溪川教授也佩服陆坚这种精神,感叹说:"我看了家属留下的家庭住址,妙庄村,这个村在很偏远的地方,要去不容易,现在出发肯定来不及,只能明天一大早出发,能在下午赶到。"

陆坚本来以为晚上过去也可以,但柳溪川说那边情况复杂,要去村了可能没有大路,晚上太危险,为了安全,还是第二天出发为好。陆坚虽然满心着急,也只好答应了。

柳溪川让林晓余把过世患者家的地址和其他资料整理好,第二天和陆坚一起前往那过世患者的家里,除此,还安排了一辆车送两人去。

林晓余听得有点发懵,他看了看一丝不苟的陆坚,疑惑地向导师确认:"柳老师,您是说,让我带着陆教授去患者家吗?"

柳教授循循善诱道:"晓余,你还有几天才开学,明天你就陪陆老师去跑这一趟,给他帮些忙,也能跟着陆老师学些东西。"

林晓余惊讶地望向他的导师,觉得自己可能帮不上什么忙,例如之前在机场,除了想把陆坚拽离危险区域外,他没干什么助手该做的事。

陆坚看出了林晓余的迟疑,说道:"柳教授,不用了,我自己去就可以,不用这么麻烦。"

柳教授说:"不行,你最好把晓余带着,不然,当地人讲方言,你很可能没有办法和他们交流。"

陆坚犹豫了,瞥向林晓余,林晓余知道这人嫌弃自己能力不足,但他做翻译还是可以的,心想既然这样,自己还是主动点吧。

他向陆坚推销自己:"本来我怕自己能力不足,去了帮不上陆教授你什么忙,既然是需要我去做翻译,这个我完全可以胜任,你放心吧。"

拿着过世患者的家庭住址和家属电话,陆坚马上研究了起来。

地图上显示,那个地址距离省城有很远的路程。

高速公路加上普通公路,已需要六七个小时,而且还有一段山路。山路弯道多,为了安全起见,他们需要一个擅长开弯道山路的司机。柳教授考虑周到,之前就说为他找好了车和司机,这算帮了他的大忙。

陆坚拨了患者家属的电话。

"对不起，您拨打的电话不在服务区，请稍后再拨。"

听到这个提示音，陆坚心下一沉。虽然柳溪川之前便说过联系不上患者家属，陆坚已经有心理准备，但自己打不通这个电话，还是给了陆坚很不好的预感，总觉得有什么危险的事在发生。在这么偏远的地方的一个人，居然和傅蓝夕感染了同源的病毒，那里会有什么秘密呢？

没有导师发话，坐在办公室里不敢走的林晓余看向陆坚，见他皱眉，不由问："怎么了？"

林晓余看起来实在没有多少靠谱的样子，接人的时候接机牌写错，在停车场记不住自己的车停在了哪里，大白天全程精神萎靡，完全没有年轻人的朝气……陆坚对他的评价是比傅蓝夕上学那会儿还不靠谱，不过他做方言翻译，应该是过关的吧。

陆坚叹口气，说："电话不在服务区。"

林晓余笑笑，"这不是明摆着的，那个地方太偏了，很可能家属去了山里干农活，正好没有信号。"

陆坚第一次意识到会有这种可能性，"现在还有没有信号的地方？"

林晓余一愣，心想祖国这么大，很多地方都可能没有信号。

"很多地方都没信号，等到了山里，你就知道了。"

"哦。"陆坚默默想，原来如此，看来让林晓余跟着去，很有必要。

第二天早上，林晓余到了陆坚住的酒店门口，从玻璃大门往里一看，陆坚穿一身黑色的长袖衬衫和长裤，配着运动鞋，身材修长，很惹人注意，正在前台退房。他的脚边放着一个贴着生物安全标志的运输箱，箱子上还放着一个背包。

知道陆坚对自己很嫌弃，林晓余硬着头皮进了酒店大厅，到陆坚身边去同他打了招呼："陆教授，我到了。"

陆坚回头看了他一眼，对他点了一下头，说："你叫我名字就行了。"

陆坚？林晓余想着自己真这么叫，好像有点不礼貌，不过既然他这么要求了，那就勉为其难这么叫他吧。

"陆坚。"林晓余马上叫他，语气铿锵。

陆坚疑惑地看向他："什么事？"

林晓余指了指他的衣服，问："你穿这么严实，不热吗？"

陆坚说："还好，要去患者家里看现场，乡下蚊虫可能会比较多，蚊虫会传播很多疾病，长袖保险。"

林晓余看了看自己的光膀子，被噎住了，觉得还是陆坚比较专业，想得周到。不过他马上又为自己找到了理由——即使乡下人家，应该也有蚊香，不是长袖衣服应该也没关系。

陆坚办好退房，手机就响了，是柳教授介绍的司机的来电。

陆坚接起电话，手机里传来一个爽朗女声："是陆坚对吧？我是宋岑，昨晚联系过的，今天我负责给你们开车，我到酒店门口了，你们在哪里？"

昨晚陆坚只和司机用短信做了联系，因为短信可以发送具体时间地点，就少了通话时因发音问题表述不清楚的麻烦，而且他的确听不太懂这里的方言，所以不如发短信，但没想到司机是个女人。

陆坚倒也不是嫌弃女司机，只是想到要开六七个小时的车，还有很长的山路，对方坚持得下来吗？

陆坚瞥了林晓余一眼，回答宋岑："我们在酒店大厅，马上就出去。"

"哦，好，我和车就在酒店门口。"

司机宋岑是个穿裙子化浓妆的瘦削女人,三四十岁,胳膊上是玫瑰刺青,看起来很像混社会的太妹成长成的大姐,好像有点不靠谱。

不过秉持绅士风度,陆坚在看到她时,控制住了面部表情,以免流露出失望。

散漫的研究生林晓余,加上混混大姐司机,陆坚总觉得自己带的这个队伍,可能是有生以来最不靠谱的队伍了,简直像是被傅蓝夕的不靠谱附身了一样。

车在朝阳里驶出了城市,逐渐远离密集的高楼和因污染而呈现灰黄的空气。

接下来四个多小时的高速路上,林晓余和宋岑侃了一路,两人分明是第一次见,但马上就亲热地开始互称姐弟,从家里人聊到生平履历,没什么不谈,陆坚听了一路,简直能把两人的家庭情况都给描述出来,心想这两人还真是毫无戒心,不由失笑。

他们在下高速后吃了午饭,之后车上了山中小路,道路不仅急转弯很多,且大部分路段一边是悬崖,好在宋岑开车很稳,陆坚之前白担忧了。

在陆坚着急怎么还没到目的地的时候,宋岑将车停在了一条两边都是参差不齐的自建平房和土房的公路上。

公路不宽,双向单车道,这么窄的公路上,还平铺晒着两边居民家的衣服棉被,又有一些山里采的草药,还有稻谷和菜干。这个双向单车道,给占用得只剩中间很窄的一条道,将将够车开过。

宋岑把车停在一株柏树下面,拿了烟下车,回头吩咐车上两人:"你们等等,我去找人问问。"

陆坚观察着公路两边的房子,房子有的比较破旧,还是土房,有的比较新,是砖房。正值太阳最烈的时候,阳光照射在路面上,空气被加热后密度不均匀，光线形成了折射。距离他们不远的土房门口坐着一个老婆婆，她打着瞌睡，身影在这折射的光线里晃动着，不像实体，她的身后是黑洞洞的房屋，更有一种诡异之感。

宋岑抽着烟，朝这个老人走过去。

陆坚把视线转向他处，大约是这时候太阳太烈，公路上根本没有行人。他沉默了一路，这时候清了清嗓子，对林晓余道："走了这么久，这里房子算多。这种土房，以前只在电视里看过，我没想到这里居然是这样的。"

陆坚从小在大都市生活，虽然人很能吃苦，但他的吃苦和过缺少生活资料的苦日子不一样。这样一路行来，看到农村里有些地方还这样贫穷，给了他一些震撼。

而蓝夕会和这种地方的人因某种病毒而联系到一起，又让他产生了一些奇妙的感觉。

林晓余本也在打量外面，这时候回头看他："这里应该是一个镇，不然不会有这么多房子。我之前看扶贫报告，这里有些人家原先年收入只有几千，这么穷，当然修不起好房子。"

陆坚不由有些意外："你还看扶贫报告？"

林晓余更意外："为什么不能看？"

陆坚："……"

的确是的，林晓余为什么不能看扶贫报告呢？陆坚多看了林晓余几眼，不由对他有所改观。

宋岑和那个老人交谈完了，往车这边走过来。

陆坚看着那个坐在门口的老人，对方也正看向车的方向。她身体佝偻着，显得极其干枯瘦小，脸上皮肤黝黑，眼睛黑洞洞的。陆坚和她对视上，那一瞬间，好像进了一段幽黑的隧道，他有瞬间的茫然，随即背脊一凉。待回过神来，他眨了眨眼，那个土房子门口已经没人了,而且好像那里一直都没人,刚才所见反而像是错觉,门里的世界漆黑一片,什么也看不清。

宋岑把烟头扔了才坐回车里。

陆坚用导航查了,但导航无法显示村子,就问:"就是这里?到了吗?"

陆坚这话太天真,宋岑笑了一声:"怎么可能?这里才是镇上。我刚才问了那个老人,说妙庄村距离这里还有一段路,但前面的路不好走。而且说妙庄村现在在闹事,去村子里的路被破坏了,怕是进不去,不过我们先开车过去看看。"

12

陆坚对路被破坏这件事,并不太能理解,毕竟公路非私人所有,能够随便破坏?

他和农村基层人民的生活之间存在的鸿沟,一时之间难以弥补,不过他觉得问这些问题会显得很不合时宜,就没问。

那句"妙庄村现在在闹事"引起了陆坚的注意,问:"村里具体在闹什么事,问清楚了吗?"

宋岑说:"对方年龄太大了,讲话很含糊,大意好像是闹鬼,不过这种话,听听就行了,老年人太迷信了。"

"闹鬼?"陆坚心下一紧,想到柳溪川说过,过世的那位患者之前在村子里被进行过驱鬼仪式,才耽误了病情,所以闹鬼是村里还有病例吗?

陆坚心下有很不好的预感,给柳溪川发了个信息,大致讲了这个情况,不过柳溪川大概在忙,并没有及时回复他。

林晓余听到"闹鬼"二字,头皮一麻,问宋岑:"姐,真说的闹鬼？"

宋岑道："应该是说的这个吧，不过我不是很信这个。"

林晓余则感到毛骨悚然，"也说不定会有呢？"

宋岑嘲笑他："你一个学医的，居然不相信科学？"

林晓余干笑："学医又不代表什么，再说，我现在只是小虾米，根本不是医生。我也不是不相信科学，只是怕鬼，这没办法，我小时候，奶奶每天给我讲鬼故事，被吓怕了。而且我家乡现在都还有专门的驱鬼祈福仪式，都要去申请文化遗产了。"

宋岑哈哈大笑。

陆坚听了两人交谈，心下若有所动，总觉得自己似乎抓住了什么线头，但又理不顺它，问林晓余："晓余，你的老家距离这里不远吗？"

林晓余："属于一个市，但其实并不近，开车要一两个小时，不过都属于秦巴山区，很多风俗是相似的。"

陆坚问："那你们老家驱鬼的情况多吗？"

林晓余："我小时候挺多的，现在就不太清楚了。"

陆坚："什么情况下会驱鬼？"

林晓余："在我小时候，一般是人表现得精神不正常，或者是昏迷、癫痫等等很多情况，都会被认为是被鬼附身了，大概会驱鬼吧，具体情况，我不太清楚。"

陆坚颔首道："假如有病毒感染引起的脑部炎症，你们这里估计也会第一时间驱鬼，而不是去就医了。"

林晓余觉得陆坚不了解这里的民情，说："山里最重要的问题不是不愿意相信科学，而是穷，生了难以治愈的重病，比起去医院，很多人更愿意请神婆，主要是神婆便宜。不过现在大部分人家比以前有钱，有人生病都是送医院治疗的，没有那么迷信了。"

陆坚点了点头，问："以前有驱鬼没用，人死了的情况吗？"

林晓余说："这种情况就太多了，在我小时候我奶奶吓我的故事里，每个故事大同小异，或者是某人走夜路遇鬼，或者是去山里采药遇鬼，或者是在夜里家后的树林遇鬼……结果都是发烧、脑子不正常，大部分人死了，很少人活着。当然，我觉得应该是某些急性病或者是某种感染引起的病，不会是真有鬼。"

陆坚若有所思，也许傅蓝夕身体里的那种病毒，最开始就是来自这样的山里。

病毒是一种微生物，不可能无中生有，它们肯定有来处。

如果这里的人，因某种病毒而死，却被当成诸如遇鬼这种事解决了，不送医，那这种病毒就会一直检测不出；或者即使送医了，但基层医院没有条件检测，也就发现不了新病毒。

这次要不是柳教授和陆坚有合作，送了样本给他做检测，那么，陆坚也无法发现患者和傅蓝夕之间感染了同一种新病毒。

一切像是冥冥之中的安排。

作为一名病毒学者，陆坚在思考另一件事。

这种病毒，存在人传人吗？若是存在，传播方式是什么？

陆坚推测，极大可能是不人传人，即使人传人，也只是像人感染禽流感一样有限人传人，因为蓝夕感染后，不少人接触过他，但目前看来没有其他人感染的迹象。柳溪川教授那边也说他们的医护人员经过观察都没有感染症状。

宋岑将车从一户人家旁边的乡间土公路开进去，这条土公路高低不平，窄得仅容一辆车行驶，每隔一段才有一个供错车的地方。

车开了一段，前面的路上出现了不少大小不一的石头，石头铺了一二十米，把那本就狭窄的路完全挡住了。步行可以，但车完全开不过去，那么多石头，也不可能把石头搬了再开车。

三人都下了车，站在那很显然是被人为铺上大石头的路边，望石兴叹。

宋岑一边抽烟一边说："之前那个太婆说到妙庄村的路被破坏了，就是这里吧。"

陆坚疑惑："这石头应该是专门拉来倒在这里的，为什么要把这里的路堵上？这样不是所有人都不方便？当地政府不管吗？"

宋岑对陆坚的天真已经习惯了，说："哪里管得住！有可能是村里在闹什么矛盾，假借说是闹鬼，专门把这个路堵上，等矛盾解决了，他们自己就知道把这些石头搬了。穷乡僻壤里发生的很多事，外面的人想都想不出。"

陆坚难以理解，就像他理解不了人生病了不去医院而先驱鬼："能是什么矛盾，把路堵上？要是谁家有患者要开车出去看病，不是耽误救治？"

宋岑不太想回答陆坚这种问题。

在石头堆里查看了一阵的林晓余用手在眼睛上搭了个凉棚，回来解答了陆坚的疑惑，说："这种村里的公路，早先有一些不是政府出钱修的，是村民自己集资修的，或者是政府出一部分钱，村民集资出一部分钱修。村民集资，当然不会每一家每一个人都愿意出这一部分钱，有些人家会说，我家又没车，不需要公路，就不给钱，但当公路真修好了，这些人很可能就要开车或者骑车在这条路上走了。再让这些人家补钱，这些人家也不愿意补的，那不如就把公路堵死，大家都没法开车，那就心态平衡了。"

陆坚听得无言以对，林晓余的这个解释，简直超出了他的世界观和人生观能理解的范畴。

而宋岑则对林晓余的解释表示了认同："这种事真不少。"

林晓余："我看了，路上倒的石头，都很新，应该是最近才倒在路上的，很可能是采石场里最近开采出来的废石，不然不会这么新。"

陆坚问："这里有采石场？"

林晓余说："这附近应该有，之前在公路上，看到不少人家的院子里堆着石头，在雕刻墓碑，而且镇上还有房子是用石头砌成的，说明这里石头比砖头便宜，只有有采石场，才能满足这些条件。"

林晓余知道得真多，陆坚庆幸自己带上了他。

三人一番讨论，车不可能开进妙庄村，只能步行进去。

宋岑："车停在这么窄的路上不行，我要把车开回镇上去，你们先慢慢往妙庄村走，我把车停好了就来追你们。"

陆坚不想麻烦她，再说，宋岑只是司机，没有义务送他们一直进到村里去，"宋岑，你不用跟着我们去村子了，你留在这个镇子上等我们就行，我们去村里看了情况，会再电话联系你回去的时间。"

宋岑没想到他居然体恤自己，笑了起来："我不跟着去，你们找得到村子？"

陆坚："沿着路走就行了，你不用担心我们，再说，我和晓余是两个男人，遇到什么事都能解决，你一个女人在镇上，要多注意安全。"

宋岑翘着嘴角笑，似乎很开心："既然这样，那我就不跟着你们去了，我在镇上等你们，电话联系。"

陆坚带了不少东西，除了一个大背包外，还提着一个生物安全运输箱，坐车时，这些东西倒不觉得麻烦，但要带着这些东西在大太阳下步行，就很麻烦了。

林晓余带的东西就很简单，只有一个背包，装的都是吃的喝的。

两人没走多远，林晓余就被太阳光刺得眼睛流泪不止，陆坚戴了帽子，就要把帽子给他："晓余，你戴帽子遮遮光吧。"

被陆坚礼让帽子，林晓余受宠若惊，但还是拒绝了，说："不用了，你把帽子给我了，你自己就没有了。"

路边全是近一米高的杂草和艾蒿，陆坚看了那些草几眼，想到以前还小的时候，和傅蓝夕一起去郊野春游，傅蓝夕就曾用这种植物给自己做过草帽，当然，当时傅蓝夕完全是为了拿自己逗乐子。但此时想到当时的事，陆坚只剩下难过。他掰扯了一些艾蒿和杂草，迅速编了个草帽递给林晓余。

林晓余刚才看他编草帽时，还以为他是编着玩，此时见他递给自己，林晓余才明白他的意思，不由诧异："陆老师，你居然会编草帽！这是给我戴的吗？"

"不然呢？"林晓余分明在陆坚的眼神里看到了这种吐槽的意味，但陆坚说出口的却是正儿八经的话："嗯。以前我朋友就编过这种草帽给我戴，可以为眼睛挡些阳光。"

林晓余虽然觉得戴这种草帽有些瓜兮兮的，但他还是接受了陆坚这个好意，戴上之后，果真觉得眼睛好受多了，他对陆坚道了一声谢，又礼尚往来，要帮陆坚提生物安全运输箱。

看着运输箱上的生物安全警示标识，林晓余有些介怀，怕陆坚在里面装了什么危险的东西，就问："你这个运输箱里是什么？有病毒吗？"

陆坚："我带着病毒做什么？这是带摄像功能和GPS的低温箱，可以记录我们到过的所有地方。到时候在村里采到标本，可以装在里面，每个标本就可以定位了。"

林晓余一时不知道该用什么表情回应陆坚，心想这真是方便，和警察的执法记录仪差不多了，想来这玩意儿也不便宜。

他正在感叹陆坚的装备先进，陆坚就问他："你以前没有用过这个吗？"

林晓余心想我哪有机会用这个，赶紧摇头："没有，我以前没有出门采过样本。"

陆坚于是多看了他两眼，心想这孩子要学、要做的东西还多着呢。

他说："那你这次跟着我学学，以后应该会有很多机会采样。"

林晓余此时还不知道陆坚这话的深层含义，只简单地回应了一声："哦。"

从车里带上东西刚开始步行的时候，两人以为很快就可以到村子，没想到走了近一个小时，依然没有看到村子的影子，两人心里不由打鼓。

陆坚问："我们是不是走错路了？"

林晓余也有些怀疑，但还是坚定地道："应该没走错，没有村子，他们为什么要修这条路？我们再往前走走吧。"

山里的太阳落得早，没到五点，太阳就落到了山的背后去，没有了太阳，凉爽了很多，但两人却担心是否能在天黑之前找到村子。

两人正着急，转过一个山坳，陆坚瞬间打起精神："晓余，你看，前面山脚下，是不是有个村子？"

林晓余一看，前方山脚下，是一大片田地，田中种的水稻大部分已被收割，没被收割的则在晚风里翻着金色的浪潮，而山地里则种着一片片的玉米和高粱，在田地和后山之间是一座村庄。村里建筑密集，修得颇有规范，看来是一个比较有传承的古老村落。

只是这个村子在后山的阴影之下，看起来像是被某种不祥笼罩，让人觉得瘆得慌。

林晓余嘀咕："那里应该就是我们要找的妙庄村吧，只是感觉风水不太好。"

陆坚对风水既没研究也不太相信，没太理林晓余的嘀咕，说："我们快走吧。"要是今晚可以做完调查，明天就可以回北京了。

13

虽然山脚的村庄眼见着就在前方了,但两人依然走了十几分钟才到村子口。

此时太阳已经彻底落山,天空显出一片苍青,晚风吹过,空气里带着秋日丰收才有的气息,且有着城里没有的凉爽。

村口立着一座很大的三间四柱的石牌楼。牌楼很是古旧,石头已经被岁月与风雨磨光了棱角,靠近地面的基座部分带着青苔的暗绿色。在横梁牌匾上,大大的"妙庄"二字的字迹被风化侵蚀得稍显模糊,上面的小字则已完全无法辨别。

从这些岁月的痕迹判断,这座石牌楼,怕是有数百年的历史了,同时,也能看出这座村子的历史不短。

土公路在村口处中断,由村子里带着岁月痕迹的石板路接续,林晓余掏出手机拍了一下村口的石牌楼,突然发现什么,他一惊,赶紧拉陆坚。

陆坚正在看那个牌匾,从"妙庄"二字知道他们是找对地方了,被林晓余拉扯,只得去看他,"什么事?"

林晓余紧张地说:"我手机没有信号了!你看看你的?"

陆坚十分惊讶,既然有公路通到这里,而且这里有村落,不应该没有手机信号才对,他拿出自己的手机看了看,发现也没有信号。

两人用着不同通信公司的服务,都没有信号,概率应该很小。

林晓余很疑惑:"这个村子里居然真的没有信号?难怪你之前给那个患者家属打电话无法接通。现在国家已经实行了村村通工程,即使山里深处没信号,但村里不该没信号啊,是基站出问题了吗?"

陆坚深邃的目光望向村子深处,不妙的预感更加强烈。

但也正是这种预感,让他觉得傅蓝夕的事也许真和这里有某种关系,他这一趟,也许会有些收获。

林晓余把自己的手机关机,又再重启,期盼可以有信号,他做完这些,一抬头,就看到一个老婆婆从那宽度不到两米的村中石板路走过来。

老婆婆满脸黑黄,死气沉沉,正幽幽地盯着他和陆坚。

对方的眼在黄昏的苍色里显出很淡的色泽,冷漠得不像人眼,林晓余被她这毫无声息的打量吓了一跳。

陆坚也看到了这个老人,便想朝她走去。

正在这时,一声铜锣的炸响从村子里面传出来,随即而来的是唢呐尖锐的声音和小鼓的闷声,其中还夹杂了幽怨凄怆的大哭声和细弱的吟唱声,那吟唱声低沉缠绵、断断续续,就像从地底而来的咒语,听得人瘆得慌。

两人都被这突然而起的哀乐吓了一跳,随后林晓余解释说:"这是谁家死人了,在办丧事。"

陆坚:"之前这个村子里的患者何庆德送到医院后不治身亡,

现在又有人死了,在短短时间里,这个村里就死了两个人?"

这次死的这个也会是那种病毒引起的吗?如果是,那说明那种病毒可能在这个村子里传播开了。

林晓余还没意识到问题的严重性,说:"农村里现在依然有人家土葬,下葬之前要停灵很久,说不定这个丧事是我们要找的人家的,不是最近死了两个人。"

陆坚一听,依然感觉很不妙,皱眉说:"有些病毒在感染者死后的一段时间内仍然具有传染性,进行土葬,而且还不及时安葬,是有风险的。"

随着两人讲话,那老婆婆已经走到了牌楼下,她在牌楼前方的台阶上坐下,放下手里的篮子,从里面拿出几个碗摆在靠边的台阶上,其中一个碗里是水果,另一个碗里是小面包,还有一个碗里是蜡油。

她点燃了蜡油里的灯芯,豆大的火光亮了起来,随即,她又掏出一碟黄纸,就着蜡油里的火点燃后扔在地上。

黄纸的火光映在老婆婆黝黑干瘦、皱纹丛生的脸上,让她不似真人,倒像是自幽冥而来的鬼婆。她的嘴里又哼出低哑连续的幽幽声调,更让人不寒而栗。

调子带着哀怨,陆坚无法从中听出什么,林晓余听了几句,就吓得往陆坚身后躲了躲,说:"她在招魂,让魂魄回去。"

陆坚回头看了被吓到的林晓余一眼,他并不相信什么魂魄之事。

要是人真生而有灵魂,那蓝夕应该不舍得离开他们,他该来陪着自己才对,那倒反而是另一种安慰了。

陆坚想到傅蓝夕,心中疼痛难当,对那位招魂的老婆婆也心生同情怜悯,走到她跟前去,一直等她把纸钱烧完了,才找她问道:"老人家,您好,我们想找您打听一点事。"

老人慢吞吞地抬起头来看陆坚，颜色浅淡的眸子像是没有焦距，她冷漠地看着他，没有回应。

陆坚担心她耳朵背没听到，只好又大声说了一遍："老人家，我们想找您打听一点事。"

老人依然只是看着他，没应。

林晓余只好出马了，蹲在老婆婆跟前，直视她那颜色浅淡的灰蓝色眼睛，吓得心肝直颤，用方言说："婆婆，我们想找何庆德家里，是在这个村子里吧？"

对方有了反应，张嘴发出了粗哑的声音："你们找我儿子做什么？"

陆坚听不懂方言，问林晓余："她说什么？"

林晓余只好翻译给他听，陆坚没想到她就是那个过世的患者的母亲。既然她是患者的母亲，应该接触过患者，不过看样子，她没有感染发病。

没有发病的原因有几种：可能是她没有感染病毒；还可能是她感染了病毒，但病毒潜伏期很长，她暂时还没发病；还有可能是感染了病毒，但因为是隐性感染，或症状极轻微，所以看不出。

陆坚心下一沉，对着林晓余耳语了几句，林晓余这下又被老婆婆可能感染过病毒的事吓了一跳，但强忍着没有避开这个老婆婆，按照陆坚的指示，用方言回答对方道："我们是医生，之前帮何庆德治过病的医院里的，之前给他做的一个检查结果出来了，但打不通你家的电话，就专程来了，想再了解一些情况。"

老人对他的回答有些发愣，重复道："医生？"

林晓余点点头，说："是的。我听到村子里在办丧事，是何庆德叔叔还没有下葬吗？要是没有，我们正好给他上炷香。"

对方眼睛里开始冒出泪花，答非所问地哽咽着说："医生找来没用了，他早就死了，是被邪祟索命带下去的，医生没用，他都埋了。

我现在烧些钱给他,让他今晚也回来看看我们。"

她的目光望着林晓余身边的虚空,似乎何庆德的亡魂正在那里,在林晓余身边。林晓余被吓得飞快站起了身,又躲到了陆坚身后去。

陆坚对林晓余的行为不明所以:"她说什么?"

林晓余只好对他做了解释,陆坚一点也不受老人鬼气森森的话的影响,疑惑地问:"这个丧事不是何庆德的,那是谁的?是怎么死的?"

林晓余这才意识到问题,去问老人:"婆婆,那现在办丧事的是哪一家呢?也是和何庆德叔叔一样的死因吗?"

老人点了点头,"是何老六也被邪祟侵身死了,邪祟来村子里作祟,你们是医生,不要来,快走吧,不然邪祟也要找上你们。"

林晓余听得浑身发寒,此时再看这个被笼罩在山势阴影里的村子,似乎这里真是被邪祟包围了。他把老婆婆的话翻译给了陆坚,陆坚丝毫不受影响,说:"你告诉她,何庆德是因为感染了一种病毒死的,这世上没有邪祟。"

林晓余:"……"这么讲话,面前这个老婆婆能听懂才怪,她根本不可能懂病毒是什么。

林晓余拒不执行陆坚那完全不可能起作用的要求,对老人说:"婆婆,您儿子过世了,家里还有其他人照顾您吗?"

老人说:"还有儿媳妇和孙子孙女在。"

林晓余:"没有其他儿子了吗?"

老人哽咽道:"只得这个儿子。白发人送黑发人,我的命苦啊!邪祟怎么不找我,偏生找上他。"

林晓余替她难过,说:"婆婆,人死不能复生,您要保重身体啊!庆德叔叔没了,您要替他长命百岁才好,不然他在九泉之下也不会心安的。"

老人因为林晓余的话动容了，说："你是个好小伙子。"

老人思想很迷信，和她交流病毒肯定没什么用，不如去她家找她儿媳和孙子孙女，林晓余便又说："婆婆，这时候晚了，我们可不可以去你家里吃口热饭，住一晚？当然，我们不白住，要给钱的。"说着，看老人要起身，还去把老人扶了起来。

本来听陆坚说这位老人有一定可能从何庆德那里感染了病毒，林晓余有些怕她，但此时见她沉浸在儿子死亡的悲伤里，就把她同自己的奶奶联系了起来，实在做不到让她难过。

老人大概喜欢上林晓余了，答应了他的请求，说："你们随我来吧。"

林晓余扶着老人进村，老人浑身瘦得只剩一把骨头，林晓余扶着她的胳膊，就像扶着一截骨头，而握住她的手的那只手，则感受到包着骨头的一层凉凉的皮，林晓余心中生出很怪异的恐惧感觉，有些胆怯，又有些难过，人的衰老，可能就是这样吧。

林晓余让陆坚随着去，说："老人不懂什么病毒，我们还是去她家里和她家的年轻人交流吧，找她家的年轻人问村里的情况，才更靠谱。"

老人走得很慢。地上的青石板路带着时光的痕迹，有些地方带着凹坑。路两侧是一座座房子，房子几乎都是由石头和木头修建的，只有很少是砖房；有些是一层楼，有些是两层，房顶则一律盖着青瓦。只是这些房子的大门都关着，里面也没有光线，不知道有没有人在。而在房子前面的路上，则能不时看到燃烧在碗里的红蜡，显得有些恐怖。

大约走了几十米，前方拐弯后，就又出现了一座两柱一门的牌楼，没有村口的牌楼大，却更精致，是木制，底座部分已经有些腐坏了，不过斗拱还是好的。就着微弱的光，林晓余辨认出上面的牌匾上写着"恩荣"二字。

林晓余小声对陆坚说:"你看到牌楼上的字了吗?"

陆坚:"恩荣?"

林晓余说:"是的。恩荣牌坊是古代被皇帝恩准下诏,让地方出钱修的牌楼,一般是大官或者花钱做过好事的人才会有这种恩荣。也许这里以前出过大官,或者这里以前被皇帝表彰过其他事。总之,这里曾经是一个有故事的地方。"

陆坚"哦"了一声,对这些事并不太在意,他一心只在意何庆德感染的病毒为什么和傅蓝夕体内的病毒具有高度的相似性,两人之间到底在哪里有什么联系。

老人在前面沉默地走着,林晓余不扶着她后,便跟在陆坚的身边,在村子里丧事的哀乐声里,越走越心慌,怕鬼的他不由向陆坚越靠越近。

陆坚把他的行为看在眼里,说:"那种病毒的传染性应该不强,而且病毒不会通过完好的皮肤传播,你这么害怕做什么?"

"我是怕鬼!"林晓余压低声音说。

陆坚:"……"

林晓余又幽幽地说:"你没发现这里天黑得太早了吗?路边还有那么多红蜡和纸钱烧着,很显然是烧给死人的,前面婆婆的眼睛,好像也不是正常人的眼……你说,我们是不是不是走在人间的路上……小说里经常有进入阴间的记载……"

陆坚觉得林晓余真是好笑,恐怕是在上学期间不好好学习,时间都花在看小说上了。

他面无表情地说:"你胡思乱想什么,刚才我还看到有人从房子窗户看我们,你看,我们后面也有人偷偷跟着我们。很显然是大家发现陌生人来了,很好奇而已。"

14

林晓余吓得回头一看,发现果真有人跟着他们,但见他回头去看,那跟着他们的人就突然钻进旁边的巷子里去了,根据身形,好像是半大孩子。

林晓余这下更是受了惊吓,心想那会不会其实不是人?

毕竟这个村子太阴森了,好像一点活气也没有。

不等林晓余自己把自己吓死,前方出现了一个较宽阔的坝子,又有几个人突然出现,堵住了他们前进的道路。

那几人中,一个四十多岁的中年男人过来和何庆德的母亲谈了几句,就来找林晓余和陆坚,说:"你们来找何庆德家里有事?"

陆坚完全不懂这里的方言,看向林晓余,林晓余向他解释了两句,就按照他的意思回复道:"嗯。这位叔叔,我们是医生,想来了解一下何庆德生病的情况。"

那中年男人说:"何庆德是被鬼附身死的,我们这里最近不太平,你们还是赶紧走吧!不然出事了,别怪我们没提醒你们。"

中年男人语气不善，跟着他的人也阴气森森地盯着两人，林晓余很不爽，小声对陆坚传达了他们的意思，问："怎么办？"

这些人排斥外来者，让陆坚直觉这里出现了严重的问题，这种时候，自然不能简单离开。

陆坚对林晓余交代了一番说辞，林晓余犹豫了一瞬，对那个中年男人说："我们会离开这里，只是，我们想知道你们这里除了何庆德出了问题，是不是还有其他人也出了问题？"

那男人看出陆坚不是本地人，听不懂方言，但他才是两人里主事的，就盯着陆坚说："这是我们村子里的事，你们不想死就赶紧走！今晚是中元节，鬼门大开，这里情况更不好，你们在这里肯定也要出事！快走！"

陆坚虽然听不懂这个男人在说什么，但从他的语气里，却能感受到他的恐惧，这个人，为什么这么害怕？

林晓余听了这个中年男人的话，不由一惊，拿着手机看了下日历，发现上面果真有红色字体标注的三个字"中元节"，难怪何庆德的母亲要在村口祭祀烧纸，村子里不少房子前的角落里也点着香蜡，摆着祭品。

林晓余翻译给陆坚听了，陆坚说："看样子，应该是出了事。你问他到底有多少人出事，知道了我们就走。"

男人显然听得懂普通话，当即不让林晓余多嘴，已经拿着手里的扁担赶人："快走！走！"

另外几个被他带着的年龄更大一些的村民也开始赶人，陆坚不愿意走，林晓余把他死命拽着，拉他离开村子。

两人离开时，只见两边房子里有不少人在偷偷看他们，一双双黑洞洞的、幽幽的眼睛从窗户或者门缝里看过来，让林晓余浑身发寒。

何庆德的那位老母亲，佝偻着背站在荣恩牌楼下，静静地盯着两人，似乎想说什么，最后却像陷入了更深的黑色里，一言未发。

之前偷偷跟过他和陆坚的那个半大孩子又出现在了那个巷子口，黑溜溜的眼睛盯着两人打量，也像欲言又止。

两人出了村子，那个中年男人就安排了两个人守在村子口，说："不要让人进村里来了！今晚是中元节，只要过了今晚，邪祟被送回了山里，就会没事了！会没事了！"

他这句话让其他在场村民的脸上除了恐惧外，都多了一点活气。

林晓余没想到自己和陆坚费了老大力气来到这里，什么都没做，就要走回去了。

要从这个村子走回宋岑所在的那个镇上，恐怕没两个小时不行。

林晓余说："这里的人太迷信了，怎么办？"

陆坚回头看了一眼被笼罩在沉沉阴影里的村子，他的心也沉了下去，语气严肃地说："我们先找有信号的地方给外面打个电话，再偷偷回村子里去了解情况，我之前以为何庆德感染的病毒传染性不强，很可能没有其他人感染。但你刚才也看到了，这个村里的村民非常恐慌，说村里闹鬼，我觉得可能不是闹鬼，而是村里发生了传染病疫情，有其他人感染了，而且感染的人还不少，不然他们不会这么害怕。村民又因为迷信，认为这是邪祟造成的，没有送患者去医院看病。柳教授说没有别的患者送过去，就有可能是这个原因。"

林晓余于是比刚才更恐慌起来。

两人离开村子后，刚走到一片竹林边，就听到竹林里传来窸窸窣窣的声音，那声音不是风吹动竹叶会有的声音。

林晓余一惊，看过去，只见竹林边上是一座座坟冢，有一座是新坟，上面摆着几个白花圈，坟冢边新鲜的泥土上撒着一层纸钱，在那座新坟旁边不远,有挖好的另外几个坑……

他赶紧去拉一直在用手机徒劳地试信号的陆坚,"陆坚,快看那里!"

陆坚抬头看过去,也看到那些在竹林边的坟冢。

林晓余兴奋地提醒陆坚:"那个埋好的新坟,墓碑上有字,旁边还有几个坑,说明了什么?"

陆坚用手机相机拍了张那些坟的照片,此时光线昏暗,相机里拍出的墓地更是被一层阴森暮气包围,他本来想通过相机的拍照功能看清墓碑上的字迹,奈何完全看不清楚,只得把手机收了起来。

陆坚明白林晓余在兴奋什么,说:"那新坟很可能是何庆德的,另外,有多少个坑,就说明有多少人也死了?"

这样,不进村,也能知道村子里的情况是什么样的。

林晓余点头:"应该就是这样。"

陆坚没和他多讲,便往坟地跑去:"我去看看那墓碑上写着什么?"

林晓余拉他不住,想跟过去,但对上墓地里的一排排坟冢,怕鬼的他马上心怵了,站在路边干着急,这时候,他看到了那个在村子里一直跟着两人的半大孩子,沿着竹林边的小路向陆坚跑了过去。

林晓余不知道那个孩子要做什么,怕他会伤害陆坚,大惊,只好跟着跑了过去,叫陆坚:"陆坚,那边有个孩子!"

陆坚已经到了墓地前,那最新的坟冢的墓碑上果真是何庆德的名字。

再看墓地里其他墓碑上的名字,大都姓"何",看来这里是一个何姓聚居的地方。

那半大孩子到了陆坚的跟前,林晓余以为这孩子不怀好意,想去拦他,却见他用黑溜溜的大眼睛紧紧盯着陆坚,期盼地说道:"你们真是医生吗？可不可以去救救我爸！他们不让我爸去看医生！"

他用了夹杂着本地方言口音的普通话，陆坚听懂了他的话，关切地问："你叫什么？"

这个半大的孩子身高大概一米五，可能十二三岁，头发剪得很短，一张小脸皮肤黝黑，穿着的短袖T恤旧得已经有一些破洞，但总体洗得很干净，下穿一条到膝盖的旧短裤，没有穿鞋。他刚才沿着小路偷偷跟着两人跑了一路，手上和脚上都有细小的伤口，陆坚多观察了他的伤口几眼，判断那些伤口极有可能是被路上尖锐的带刺植物和小石头给划伤的。

他说："我叫何晏。"

"燕？艳？"林晓余觉得男孩子的名字应该不会用这些字，疑惑地问，"难道是河清海晏的那个晏吗？"

何晏点了点头，"给我取名字的盘大爷说是的。"

林晓余心想这倒是个有文化的人，不过看村子的规格，想必它的确是有一定底蕴的。

"你这是个好名字啊。"和古代的美男子同名，林晓余笑着说，"你那个盘大爷是个文化人。"

何晏还小，心思单纯，被人夸赞，既高兴又羞涩，却还担忧生病的父亲，脸上的欢喜尚没有起来，就又只剩下了愁苦，"你们可不可以马上去我家里看看我爸？你们给我爸治一下病吧，村里他们都太迷信了，说不去看病靠驱鬼就可以让我爸好起来，但我觉得根本不行，他们不过是骗我们小孩儿，你看……"他指了指不远处的几个坟坑，"他们已经把我爸的坟坑都挖好了！我不想我爸死掉……"

他说着，就哭了起来，大概又觉得哭不是男子汉所为，就又赶紧拿胳膊擦了擦眼泪，林晓余看他这样，也跟着难过。

两人说话间，陆坚把包放在地上，从里面拿出了碘附、棉棒和创可贴，对何晏说："来，我给你处理一下伤口，你爸很可能是感染了病毒才生病，你身上有伤口，感染的风险更大。"

何晏震惊于他给的答案，但他不觉得自己受伤了，山村里的小孩儿，一点小口子根本不算受伤。"我没受伤，我不疼。你说我爸是传染病吗？"

对于他聪明到第一时间就知道传染病，陆坚没多想，他从小成长于可以接触到各种信息的大城市，十二三岁时就知道很多知识了。林晓余却是惊讶的，因为这么偏僻的山村里的小孩子，知道传染病并不容易。

陆坚不理这小孩儿的拒绝，迅速戴了无菌手套开始为他处理伤口并贴创可贴。林晓余问他："对，就是传染病，你是怎么知道传染病的？"

何晏说："老师讲的。"

林晓余表扬他："你来找我们是对的，世界上根本没有鬼，靠驱鬼没用，你爸必须去医院里治病。"

这句大义凛然的话里，有两个"鬼"字，从他自己嘴里说出来，他也一激灵。

他这两个字，似乎产生了言灵的效果，周围环境瞬间冷了下来，山风吹过他们身后的竹林，伴随着哗啦啦的响声，幽深的竹林深处，似乎有莫测的危险在接近……

突然，有冰凉的东西爬上了林晓余的小腿。

"啊！鬼啊！"林晓余条件反射地叫了一声，瞬间往后退了几步，差点摔进后方的坟坑里。

何晏动作迅速，过去拉住了他。

林晓余看向吓自己的罪魁祸首陆坚，"刚才是你抓我小腿了?"

陆坚一直蹲着给何晏处理小腿上的伤,他很可能碰了自己一下。

陆坚一脸正经,站起身来,"你小心一点,别摔了。我为什么要碰你的小腿,我没有碰。"

林晓余这下觉得周围温度更低了,他四处打量,但左看右看都是坟冢,他吓得心肝颤,心想奶奶你害你金孙不浅,看我一个相信科学的大好男青年,居然会这么怕鬼!

他飞快地跑到陆坚身边去找一点安全感,欲哭无泪:"那刚才是什么碰了我小腿一下,我们还是赶紧离开这里吧。"

陆坚看他这个样子,不由想到了小时候的傅蓝夕。傅蓝夕倒是不怕鬼的,只是非常怕死。但他那么怕死的人,为什么会去接丽莎给他那个很显然有问题的东西?

难过一时间像太阳落山后无孔不入的山风浸入陆坚的身体,他深吸了口气,压下这份痛苦,继续给何晏处理胳膊上的小口子,问他:"你们村里最近有多少人死了,或者生了和何庆德一样的病?"

何晏小小年纪,却满脸愁苦,"何六叔死了,明天就下葬。还有我爸病了,已经病了好几天了,我担心他也会死,还有其文哥和其志哥也病了,他们和我爸是一样的病。"

陆坚让林晓余从自己的包里拿了一个小记事本将这些都记下来,然后又问:"你爸叫什么?"

何晏:"我爸叫何庆福。"

林晓余一边记录一边问:"你们村都姓何,是一个家族吗?"

这种一个村是同姓一族的情况,在深山里可能性很大,以前很多家族为了避祸而举族迁入山里,特别是妙庄村看起来是一个有传承的山村,这种可能性就更大。

何晏摇头:"不是,我们村里姓何的人最多,但还有姓盘的,盘大爷就姓盘。"

"盘古的盘吗？不是潘长江的潘？"林晓余怀疑自己是否听错了他发的音，毕竟盘姓很少见。

何晏："是盘古的盘。"

他话音刚落，一声唢呐的凄怆声响从不远处传来，三人都被吓到了。林晓余想到之前被村民拿扁担赶走的情况，赶紧一把拽上陆坚的背包和箱子，向竹林的方向跑："快躲起来！"

陆坚："……"他们又没干违法乱纪的事，为什么要这样慌张地躲起来？

不过，何晏已经响应了林晓余，跑得飞快，追上林晓余后，还帮他提了那个生物安全箱。

陆坚只得也跟了上去。

15

躲进竹林里一丛密集的竹子后,陆坚看了看神色惶然的林晓余和何晏,问:"你俩在怕什么?"

林晓余心想被看到了就要被赶走,能不怕吗?

何晏则看了看林晓余,心想他也不知道怕什么,是林晓余慌张地躲起来,他才跟着躲起来。

这时候,唢呐声已经接近,几人从竹林里的空隙看出去,只见一个吹唢呐的老年男人走在前面,一个十几岁的少年手里举着一支红蜡,红蜡燃着豆大火光,火光在他黑红的脸蛋上跳跃。他眼神沉沉,没有光彩,正麻木地举着红蜡,跟在那吹唢呐的男人身后。

"那个孩子举着蜡烛做什么?"林晓余低声嘀咕。

陆坚说:"你看那孩子身后还有一个老婆婆……"那老婆婆穿着黑衣黑裤,手里拿着铃铛,还提着一个篮子,撒着黄纸,嘴里念念有词,"这应该是一个仪式。"

林晓余心想自己也知道这是一个仪式,问题是:"这是什么仪式？"

在两人中间的何晏紧盯着那举行某种仪式的三人，见他们已经走到了坟地处，那老妇人在围着一个坟坑唱诵什么，他说："我知道这是做什么的，那个坟坑是埋何六叔的，明天何六叔下葬，现在是引何六叔的魂来坟坑认路，以免明天走错地方了。"

陆坚心想，这些封建迷信的仪式居然想得这么周到，要是这世间真有魂魄，那傅蓝夕的魂魄现在在哪里？在做什么？他会跟着自己吗？

又一阵山风起，竹林里一阵哗啦的声响，像是傅蓝夕真在给予他回答。

林晓余则被吓得后脖子一阵发冷，他往身后看了看，他后面远处是幽黑如夜的竹林。在竹林里，也有不少有年月的坟冢，不知道那些坟冢的下面埋葬的是何人，这些人又有过什么人生，他们是否会破土而出，来和活着的人发生些什么故事。

林晓余被吓得想哭，他拉扯陆坚："等他们走了，我们也赶紧离开这里吧，毕竟今天是中元节，晚上在外面走，说不定会遇鬼。"而且这里还是坟场，遇鬼概率更高。

之前明明说了这个世界上没有鬼，现在又说会遇鬼。陆坚不理他的胡扯，说："你发现一个问题没有？"

林晓余疑神疑鬼，心尖毛毛的："什么问题？"

陆坚："这个村子里的人，特别迷信！迷信到罔顾人命，甚至不让何晏的父亲去看病。"

何晏在旁边听着，觉得陆坚这话带着贬义，有些窘迫地说："老年人才比较迷信。我们年轻人已经不迷信了。"

林晓余："你只能算小孩儿。"

何晏说："我已经上初中了，不是小孩儿。"

林晓余诧异地问："你多少岁，上初中了？"

何晏："我十五岁了。"

"那你长得太慢了吧。"林晓余打量着他的小身板，心想这个样子，说十三岁都觉得大了。不过难怪他知道出来找人求助，毕竟都这么大了。

何晏："……"似乎有些受伤。

林晓余发现自己打击到他了，赶紧安慰他："不过男生长身体比较晚，很多都是十六岁才开始长个子，我就是十六岁才开始长个子，你看我现在就长挺高了，你之后也会长高的。"

陆坚在旁边提醒两人："你俩别转移话题了。"

林晓余想了一下，之前陆坚在谈什么？哦，迷信？他赶紧说："在这种比较闭塞的山村里，人们常年和山神打交道，怎么可能不迷信？这根本不算问题吧！你一直生活在大城市，完全不知道深山里的民情！"

陆坚道："别和我抬杠，这个村子里的人并没有和外界断开联系，应该会受到外面的思想的影响。我也看到不少人家房顶有电视频道的接收器，他们应该可以看电视，从电视里接收外面的信息，不该这么迷信才对。有些地方的人迷信，是很少一部分人迷信，但大多数人应该是相信科学的，家人生病了，会带病人去看医生的吧，但这里好几个人生病，居然不让人去医院看病，而是想着驱邪，你不觉得这不正常吗？"

林晓余突然觉得陆坚这话很有道理。

陆坚："只有所有人被催眠后的集体意志，或者是一个完全让人信服的人的意志，恐怕才能让人对关系人命的事毫不怀疑。但无论是哪一种，都是一件怪异和恐怖的事。"

林晓余抖了一下，越发觉得他们现在所在的地方诡异得厉害。

何晏听了陆坚的话，想到什么，便说："大家都相信盘大爷的话，是盘大爷说我爸他们在后山撞鬼了，所以才生病的，因为我们的后山是鬼山，这个月又是鬼月，后山可以连接阴间，所以我们整个鬼月都不能进后山去。"

林晓余越发觉得后背发凉。

陆坚则被何晏的话吸引了注意力："那你爸他们是真的都去过后山吗？"

何晏点头："是的。庆德叔就是去了后山才生病的，虽然之后把他送了医院，花了很多钱，但他还是死了。后来何六叔从后山回来生病，盘大爷说他也和庆德叔一样，是被邪祟侵身，去医院也没用，他家才没送他去医院，而是让神婆作法。我爸他们之后去了后山，也生病了。"

想到自己的父亲，何晏又着急起来，"怎么才能救我爸呢？去医院有用吗？"

陆坚想，现在他不能打包票说他爸可以治好，但总比在家里等死强。林晓余则安慰何晏说："有用的，你要相信，现在医学很发达了，救得了。"

陆坚继续问："你们村里生病的人，都去过后山？那有没去过的，也生病的吗？或者去了后山，却没生病的？"

何晏想了想说："我也是听他们说的，生病的人，的确都去过后山了。去了的是不是都生病了，我不知道，我不知道有哪些人去过。但他们说，生病的人都去过，大家就很害怕。"

陆坚觉得这里面疑点重重，这些人，真的是在后山感染的病毒？

后山里面有什么让人感染这种病毒的东西吗？

即使这些人真是在后山感染的病毒，那这又与傅蓝夕感染的病毒有什么关系?

他思索间,一个冰凉的东西突然爬上了他的颈子,他被惊得一激灵,瞬间转头去看林晓余。

林晓余尴尬地默默放下了从地上捡起来的竹竿,他刚才就是用这个竹竿碰了陆坚的脖子,他以为陆坚会被吓一跳呢,没想到陆坚没太大的反应。

陆坚问:"你干什么?"

我想吓吓你,看你怕不怕鬼,林晓余这么想着,心虚不已,指了指竹林外面的坟地,转移话题道:"他们已经走了,我们也走吧,现在我们回村里去,带何晏的爸爸去治病吗?"

陆坚:"我们两人,恐怕没有办法带走何晏的爸爸。我们要想别的办法。"

何晏父亲的病很可能是病毒感染,而那种病毒又可能可以人传人,也许这个村子里还有很多人被感染了,只是暂时没有发病,大家不知道自己被感染了而已。

现在这个村子里的人都不应该贸然离开,以免感染外面更多的人。他们要做的是尽快联系当地政府来处理这里的事情,保证将这里的患者在不感染其他人的前提下,送出去治病。

"什么办法?"林晓余问。

何晏则说:"你们不能先去看看我爸的情况吗?"

三人从竹林里出来,林晓余一边拍着身上沾上的枯竹叶,一边安慰何晏:"你别担心,我们肯定会救你爸。"

陆坚握着手机看信号,发现无论把手机对向哪个方向,都没信号,十分无奈,问何晏:"你们村里,为什么没有手机信号?"

何晏愁眉,说:"盘大爷说电信的那个塔坏了,村里没有办法打电话。要等人来修了,才能打电话。"

林晓余总算摘掉了身上的所有竹叶,那些被竹叶碰过的皮肤都有种刺痛感,而且他还被竹林里的蚊子咬了好些包,他现在很后悔自己没穿长袖。

他问何晏:"你说的盘大爷这么有权威,是你们村的村主任?"

何晏:"嗯,他懂很多事。"

林晓余又问:"你们村里没有网络吗?"

何晏摇头:"平常在村里的都是老人,他们不识字,不用网,而且牵网太贵了,没有人家愿意牵网。我们村没有网。"

林晓余:"但你们这些小孩儿要用网吧?"

何晏说:"我们从上小学就在外面的学校住读,除了寒暑假,很少在家。"

林晓余想,一直上学的孩子判断力就是不一样,只有让孩子接受更多教育,才能改善一个地方的观念。要是没有何晏这个在外面上学的人,在这个出了病毒感染的地方,恐怕就没人愿意站出来找他们了。

陆坚问:"那距离你们村最近的可以有手机信号的地方是哪里?你们一般是用什么公司的电话卡?"

何晏说:"只有电信的卡才能在我们这里用,我们这里现在没有办法通电话,要打电话,只能去靠近镇上的地方。"

陆坚很发愁,问林晓余:"你记得我们是走到哪里开始没手机信号的吗?"

林晓余摇头:"我没注意。"

陆坚叹道:"我们现在必须联系人来处理这里的事,没有信号,只能去镇上了。"

林晓余看出何晏急切地想自己和陆坚回村里去帮他爸看病,但他可能不知道,自己和陆坚都没有能力给何晏的爸爸治病,只能找人来送他去医院。

他问陆坚:"难道我们现在要去镇上?"

陆坚判断妙庄村里的情况已经非常严重,他现在带着林晓余,不能让林晓余进村去涉险,回镇上去求援,是最好的办法。"对,我们现在去镇上,打电话让人来处理这里的疫情。"

何晏很着急,拉住陆坚的袖子:"你们现在不和我回村里去救我爸吗?"

陆坚只好安慰他:"你也和我们一起回镇上去,路上可以给我们讲一讲你们村里这个事。你爸必须让救护车来带他去医院才能治好,我们得先去镇上打电话,让医院的救护车来。"

何晏摇着头,"但是他们马上就要在村里举行仪式驱鬼了,我奶奶说,他们那么驱鬼,很可能会让我爸就那么死了。"

陆坚很震惊:"驱鬼?怎么驱鬼?"

何晏说:"就是放血。我奶奶说,何六叔就是他们驱鬼没对才死的。她怕我爸也会这样死。"

"放血?!"陆坚和林晓余两人同时震惊地出声。

两人互相看了对方一眼,林晓余很无奈又很着急地说:"你们这里都没卫生条件,患者本来就生病了,还放血,要是再感染什么破伤风,这完全是作死!"

陆坚则说:"我们还不知道在你们村里传播的是什么病毒,但有些病毒会通过血液传播,给患者放血,其他人要是接触到患者的血,就有可能感染。"

陆坚很无奈,这些人,也太能自作聪明了。

而林晓余听到陆坚说通过血液传播,他便也意识到还有传染病传播这个大问题,他更着急地说:"你们这也太乱来了!这都什么年代了,怎么还这么封建迷信!"

陆坚则追问:"之前你六叔放血驱鬼的时候,很多人接触了他的血吗?"

何晏:"我不知道,因为我很害怕,我奶奶没让我去看。"

陆坚:"那今晚的仪式什么时候举行?你们村里就没有其他人觉得这事有问题,要去阻止吗?"

何晏摇头,几乎哭出来:"我奶奶说会在七点钟之后,我爸他们很苦,求你们去救救他。"

林晓余在旁边解释:"这种地方,青壮年都要出去打工挣钱才能养活后代,留在村里的,基本上都是老人和小孩。小孩儿肯定不顶用,老人大多数没文化,很多人都不识字,非常迷信,他们肯定不会阻止驱鬼这种事,你问何晏也没用。"

陆坚疑惑了:"但这几名患者,明明都是青壮年,并没有到老年,他们为什么会留在村里感染病毒?"难道这些人的是从外面感染了病毒,又带回村里的?最开始只有何庆德感染,然后何庆德传染给了村里其他人?

林晓余说:"你可能不了解农情。现在是农忙的时候,村里的青壮年不少会在农忙季节回村里来帮老人干农活,忙完这阵再回城里去打工。"

何晏在旁边附和:"是的。我爸妈都在外面打工,农忙了,我爸才回来收稻谷。村子里出了闹邪祟的事后,盘大爷就不让外面的人回村里来了,怕会有更多的人受害,所以之后就没什么人再回来。"

林晓余:"你妈没在家?"

何晏:"她没有回来,她要在外面挣钱给我付学费和生活费。"

陆坚:"那你们村里现在有多少人?"

何晏努力想了想,回答:"具体我也不知道,我们村本来有一两百人,但现在可能只有几十人吧。村里出事后,有些小孩儿就被接走了，现在村里没多少人。留下来的，或者是要照顾病人的人，或者是不愿意走的老年人。"

"难怪你们村的人并不反对驱邪。那你们村以前出过这种事吗？驱邪产生过作用吗？"要是病毒是从这里传播开的，那这里一定有某种传染源，以前很可能也有人感染过。

何晏："听我奶奶说，以前村子里发生过好几次这种事，有人从后山回来后就浑身发冷、脑子不清醒、胡言乱语。有些人就死了，有些人驱邪有用，就活过来了。"

此时天色渐暗，坟地里更显阴森凄凉，一阵冷风吹过，林晓余缩缩脖子，他实在受不住一直站在坟地里说话，便叫陆坚："我们可不可以先离开这里？不管去哪里都好，不要站在别人坟前讨论事情，行不行？"

"你不是说没鬼，你不怕鬼吗？"

林晓余皱眉道："但站在人坟前说话，不就是站在别人床前说话？这样打扰别人也不好是不是？"最开始还以为陆坚是个极度严肃的人，现在才知道他其实只是表面正经，内里小心眼一点也不少，他这话肯定是故意报复自己刚才拿竹竿碰他后脖子吧，林晓余想。

三人总算走出了坟地，到了土公路上。

公路一边通向镇上，一边通向村子里。他们看向村子的方向，有些人家亮起了电灯，些许灯火在暮色里闪烁，哀乐依然声声传来，给这个村子笼罩上了阴森的悲色。

16

陆坚看了看手表,此时已经过六点了,再不久就是七点,他不能让村子里的人给患者放血,不然,村里其他人感染的风险也会上升。

"晓余,你现在跑回镇上去,有电话信号了就以最快的速度联系你导师,让他把这里的疫情上报,让警方、医院和疾控的工作人员来处理这里的疫情!你要说明这里没有电话信号,最好安排通信车过来,我先进村里去看情况。"

林晓余正背对着镇子的方向,他侧身回头看了看苍茫暮色里好像没有尽头的道路,对陆坚说:"你去村里的话,你根本听不懂他们讲话,你去了能帮上什么忙?"

现在村里十分危险,去村里的话,有很大可能会感染病毒,陆坚让林晓余离开,他去舍身犯险,林晓余对此非常担心。

陆坚指了指何晏:"小晏会帮我做翻译。"

何晏赶紧表态:"我可以。"

林晓余心下十分不安,继续回头看了看身后那在山间绵延的土公路,他要从这条公路回镇上去,即使是一路跑回去,也可能要花上一个多小时,来回就要三个小时。三个小时,天定然黑尽了,陆坚一个一直生活在大城市的人,要留在这个闹鬼的村子里,还语言不通,怎么让人放心?

林晓余愁眉苦脸,说:"要不,我留下来和小晏回村里去,阻止那些人放血驱鬼行不行?你去镇上给我导师打电话,你的分量重一些,肯定更能说明这里的情况严重。"

陆坚拒绝了:"不行。你之前不是传染病方向的学生,你不知道怎么接触和处置感染者,到时候把你感染了,就不妙了,我进村里去。"

两人推来推去不是办法,林晓余盯着脚下的土公路,发现土公路上有自行车和摩托车轮胎留下的印子,当即看向何晏:"小晏,你们村里谁家有摩托车或自行车,我骑车去镇上,肯定快很多!我骑车可能只用花二三十分钟,步行肯定要一个多小时。"

何晏说:"我家没有车,但盘大爷家里有,不过,我们不能让他知道有人要离开村子,不可能借到他家的车,只能去偷出来。"

林晓余毫不迟疑:"行,那就去偷!有车快很多,磨刀不误砍柴工嘛。"

他用征求意见的眼神看向陆坚,陆坚一时也没法反驳,只当默认了。

三人不能从大路回村里去,不然还没到村口,就会被发现。

何晏带两人走他出村的小路回村,就是从玉米地里穿梭,这时玉米还没收,它们高大的枝干遮掩了三人的身形,让三人顺利接近了村子。

林晓余对这个村子很感兴趣:"小晏,你们村是不是很有历史?

我看到有牌楼。"

何晏说:"这里以前有一条可以出蜀的秘密古道,所以在唐朝这里就有村子了,这些是我听盘大爷说的。盘大爷还说,这里以前还住过唐朝的贵族,不过现在已经没有了。他说,他家以前是守护这里的。"

居然有这么传奇的故事,林晓余更感兴趣了,问:"那你们何家人不是比盘家人更多吗?你们何家人呢?以前是做什么的?"

何晏羞愧地说:"盘大爷说我们何家是鸠占鹊巢,以前是来这里做工匠的,后来比主人家的人口都多,几乎要把这里全占了。"

林晓余笑道:"他这话也太封建了吧!李唐都过去一千多年了呢,现在的人,谁不是三皇五帝的子孙?那谁都是皇族了嘛!管他那么多,能活下去就是好的,不然也就传承不到现在了。"

他征求意见一般地看向陆坚,"陆坚,你说是吧?"

陆坚无意去在意这个,淡淡"嗯"了一声。

林晓余则像获得了尚方宝剑,赶紧对何晏嘚瑟:"陆坚是很有名的科学家,他都说是的,那就是的。你别在意那个什么盘大爷的话,他太封建迷信了,你们村里这次的事,很大可能是他捣了什么鬼,不然,哪有不让病人去医院治病,全都在村里驱鬼的?"

陆坚和林晓余随着何晏沿着村子外围偷偷摸摸地到了村主任家的后院外面。林晓余长得高,从石头院墙往里瞄了瞄,没看到有人在后院,但也没看到车,就问何晏:"他家的车在哪里?"

何晏说:"之前我借来骑过,是放在堂屋里的。"

"堂屋?不就是客厅了?"林晓余惊道,"那怎么偷?不是很容易被发现吗?"

何晏:"他家现在没几个人,除了盘大爷,就只有他妈刘大仙。他家其他人都不在,他大儿子和他闹翻了,去了县上买房住,不回来;他二儿子三十多了,还没结婚,在外面打工没回来。盘大爷和他妈要去驱鬼的话,他家现在肯定没人在家,所以直接进去把自行车弄出来就行了。"

他说完,就轻巧地攀上了石头院墙,跳进了院子里,还去把院门给打开了,叫林晓余和陆坚进去。

林晓余没想到他行动力这么强,完全是轻车熟路进别人家,估计他平常没少干这些事。

林晓余进了院子,突然一激灵,总觉得有一双眼睛在看着他们,他迅速回头,只见一只黑猫正从院墙上走过,它冷黄的眼睛毫无温度地注视着他。

黑猫通灵,林晓余吓得往后退了几步,这时候,将带来的物品藏在院子外的陆坚也进了院子,他看到了那只猫,但他没太在意,而是将拿的乳胶手套给林晓余,示意他戴上,说:"别一惊一乍的。"

村主任家的后门从里面闩着,何晏费了些力,依然打不开那后门。

林晓余很心虚,这可是擅闯别人家里,是犯法的。他甚至有点想打退堂鼓,不用车,直接跑回镇上去得了。

这时候,那只猫突然叫了一声,三人都被它惊了一跳,看过去,只见那猫身姿柔软矫健地从侧面院墙上跳上了这座二层楼房的二楼窗台,然后进了房间。

林晓余和陆坚还在为打不开后门发愁,何晏已经迅速爬上了院墙,跟着猫进屋的路线,爬上了二楼的后窗,后窗没有安装窗户栅栏,他身体一缩,就进去了。

林晓余和陆坚都看得目瞪口呆,心想这山里的孩子,真是天赋异禀!

两人等何晏从里面给两人打招呼,没想到听到了何晏一声惊恐的呼叫："啊！！"

何晏这孩子胆子之大超乎林晓余想象，他居然都惊恐地呼叫，肯定是房子里发生了什么。

他一时惊疑不定，不知道该干什么，去看身边的陆坚。

陆坚没有多想，飞快冲过去爬上了院墙，探身上了二楼的后窗，从后窗进了房子。

林晓余一个人在后院里更害怕，也去爬上了院墙，从后窗往里面看。有一定程度夜盲症的他，只觉得房间里昏暗地像伸手不见五指，在这浓墨一般的黑暗中，有两点红光和黄光在跳跃。他被吓得差点从院墙上掉下去，眨巴了两下眼，才分辨清楚，那红光是两支很小的红蜡发出的，黄光则是那黑猫的眼睛。

等就着那红蜡的小点火光看清楚了房间里的情况后，林晓余更被吓得不轻。

这间房是一间卧室，但里面放了非常多东西，西面摆着一座黑红色的佛龛，佛龛上摆着一尊石头佛像，那两点红光，正是佛龛上供着的红蜡发出的。

除了佛龛外，其他地方，有很多柜子，而房子上方，木桁架之间放着一个被漆得嫣红的棺材。

但这些不是把林晓余吓坏的东西，把他吓坏的是房间中央有个小凉床，一个中年男人被绑在上面。那中年男人被堵着嘴，眼神混沌，正翻着眼白毫无感情地对着他。

刚才何晏进屋，一时间从稍亮的屋外进了黑暗的房间，眼睛没适应，差点撞上房间中央的凉床和被绑在上面的人，他才发出了那声惊叫。

林晓余一时非常犹豫，不知道自己是否应该爬进房间去。

正在这时，他听到了楼下房间里的声音，有灯光在窗户里亮起，照在后院里，后门也传来了声音——有人在开后门，不躲起来肯定会被发现。

林晓余条件反射地就爬进了二楼窗户，以免被到后院的人看到。

房间里，何晏正惊疑不定地看着被绑在凉床上的人，而陆坚则拿出了手机，在拍一个五斗橱柜子上放着的相框。

林晓余心惊胆战地绕开房间中央被绑着的男人，跑到了陆坚跟前去，压着嗓子问："你在拍什么？这家人回来了。楼下的灯开了，他还开了后门，我们怎么办？"

陆坚却没有丝毫慌张的神色，反而是一种"难道是这样"的笃定神色，他沉着脸把拍好照片的手机收起来，指着照片说："你看这个照片。"

林晓余凑近了那个照片，才勉强看清楚里面是什么。

那是两个人的合影，一个是约五十岁的中年黄种男人，手里握着一根拐杖，另一个年龄不好判断，可能是四十来岁，也可能是五十来岁，是个长得相当高大的白人男人。因为他太高大了，以至于那个和他合影的黄种男人，只到他的肩膀高，两人站在一起，分外不和谐。

照片里，光线昏暗，两人因闪光灯被拍得稍显清晰，背景却很模糊。

林晓余总觉得那模糊的背景里有什么东西，他把眼睛凑得更近些，几张冷冰冰、阴森森、无喜无悲的脸从那模糊的背景里凸显出来，林晓余背脊一凉，像有一个大锤击打了他脑子，伴随着耳鸣，周围一切似乎都离他远去了，只剩下一片湿热黏腻浸进他的身体。

突然，一双手扶住了他的肩膀，这双手带着稳稳的力道，热度透过夏日单薄的衣衫传给林晓余，他瞬间回过神来，回头去看，是陆坚。

林晓余喘了口气，再打量那照片，依稀分辨出背景里的脸是佛像的脸，只是，那些佛像冷冰冰地包围着照片里的两人，有些可怖。

　　林晓余拍了拍自己被吓得狂跳的小心脏，小声对陆坚说："这个照片是在有佛像的佛洞里拍的吧？不然，里面光线不至于这么暗。根据这个照片的成色，应该有些年头了，照片里居然有外国人，就很奇怪。不知道这个照片是在哪里拍的？这个外国人是什么人？这个中国人是谁？"

　　陆坚没有理睬林晓余的那些问题，他刚才看到这张照片时，作为科学家的他也不得不生出"冥冥之中自有天定"的玄妙之感，他通过这张照片，已经知道傅蓝夕感染的病毒会和这里的村民感染的病毒有极高同源性的原因了，甚至，他已经很确定丽莎交给傅蓝夕的东西是什么。

　　陆坚转头去叫何晏，想问他几个问题，一看，只见被绑在凉床上的人似乎是被惊动了，正瞪大眼睛，开始挣动，他似乎是想叫唤什么，但他的嘴被堵上了，叫不出声，只剩下单调而痛苦的呜呜声。何晏眼神怔怔，像是被什么蛊惑了一样，把手伸向了那个人。

　　陆坚一直以来特别镇定，此时却是一惊，飞快扑向何晏，一把拽住了他的手，"你要做什么？"

17

宋岑开车回了镇上。

虽早过了立秋,但秋老虎着实厉害,白而烈的阳光照在路上,晃眼得让宋岑不得不一直戴着墨镜。

透过墨镜镜片,整个世界,似乎都蒙上了一层阴森之色。

她把车停在了路边一株大树下,半放下车椅,靠在椅子里,一边听音乐,一边抽烟。

蝉进入秋天,似乎知道自己即将死去,叫声里也带了些凄怆。

宋岑将烟拿到车窗外磕掉烟灰,百无聊赖地想,不知道陆坚和林晓余到村子里了没有,要是到了,做事要做多久?做完就该回来了吧,那她正好接上两人,可以去县城住酒店。她刚才开车在镇上转了一圈,这小镇只有一条沿着公路的小街,小街两边虽有上百栋房屋,但却看不到几个人,看得到的人,也几乎都是老人,问他们什么,他们也懵懂得很。

这里冷清得没有什么活气,自然,也没可以住的酒店。

之前那位老婆婆说妙庄村在闹鬼,也不知道到底是怎么回事,陆坚和林晓余应付得了不。

闹鬼……闹鬼啊……

宋岑脑子里一激灵,把手机拿出来,给陆坚打电话。

"嘟嘟嘟……您拨打的电话不在服务区,请稍后再拨……"

机械的女声从手机里传出,宋岑更加不安,她又拨打了林晓余的号。

……"您拨打的电话不在服务区,请稍后再拨……"

同样的声音再次响起,宋岑不得不挂掉电话。

两人可能还没到村子,山路上,可能没有信号吧。

虽然如此安慰自己,但那位干瘦的老婆婆的话,再次响在宋岑耳边:"妙庄村啊,那是和阴间相连的鬼门口,鬼月里头要闹鬼,鬼上了身的人,妈老汉儿、媳妇娃儿,啥子都认不得了,人不过是干熬着,等死,不能去的啊……"

宋岑常年在外跑生意,听过各种各样匪夷所思的故事。有很多事被人故意假借鬼神之名讲出来,但因为太夸张了,宋岑最初会信一信,之后就对这些故事免疫了。

最初听那老婆婆说"闹鬼"时,她完全不信,这时候,她依然不信,却又不得不更担忧。

闹鬼这事太玄乎,的确不可信,但要是有人假借闹鬼而在闹什么事,陆坚和林晓余两个外来人,突然去到那里,会不会遇到什么危险?

宋岑下了车,站到路边,往陆坚和林晓余前往的深山方向探看。

此时,太阳已经西斜,山岭深处,一层薄薄暮霭升腾起来,将苍绿深山包裹其中,那里,如同是另一个世界——幽深阴沉。

"呃……"宋岑被自己的想法吓了一跳,赶紧摸了摸起鸡皮疙瘩的胳膊，胳膊上纹的玫瑰花在开始发黄的阳光里闪着妖异的红。

宋岑关了车门，步行到她曾经问过路的老婆婆家去。

老婆婆坐在大门口的门槛上，毫无动静，宋岑叫她："婆婆？"

老婆婆没有反应，宋岑吓了一跳，赶紧走到她跟前去，蹲下身看她："婆婆？"

老婆婆依然没有回应，宋岑伸手要碰她枯瘦的手，刚把手伸过去，老婆婆突然睁开了眼。

她眼瞳浅淡，看着人时，有种凉凉的感觉。

宋岑一向胆大包天，这时候也被吓到了。

对方问："女娃，你有啥事？"

宋岑深吸了口气，压下刚才的惊颤，又抽出一支烟，递给老婆婆："婆婆，抽烟吗？"

对方摆摆手。

宋岑就自己点上，吸了一口，问道："婆婆，你之前说妙庄村在闹鬼，到底是怎么回事啊？现在真会有鬼吗？"

对方从黑漆漆的堂屋里拖出一张小板凳递给宋岑坐，她自己又在门槛上坐好，说："你没去妙庄村？"

宋岑不便说自己朋友去了，抬手擦了擦那黑乎乎的小板凳，坐了，"没呢。就是不知道那闹鬼是怎么回事？不是担心呢嘛。"

老婆婆抬手别了别耳边花白的头发，颜色浅淡的眼瞳望着宋岑时，宋岑总觉得她的眼很像玻璃珠子，里面没有灵魂。

老婆婆张开缺了牙的嘴，说道："妙庄村，后面那座山，以前叫五鬼岭，在很久很久以前，村子也叫五鬼村，那里，是可以通到阴间去的。"

老婆婆慢悠悠地说了这句话，她那玻璃珠子一样的眼在这时候带上了一丝热切的光，紧紧盯着宋岑。

宋岑只觉得背脊一阵发凉，但她认定这个老婆婆很可能是想靠着这个故事吓唬自己，所以，她一边抽烟一边说："这些都是你们老一辈才相信的事了，我们年轻人，现在相信这些的很少。"

老婆婆冷笑了一声，说："就是你们这些年轻人不相信老人的话，才会出事！我告诉你……"

她的声音变低了，宋岑不得不稍稍凑近了她，听她继续说道："我是这里土生土长的人，我的祖辈，也是这里的。我的老辈子，清朝时候的人，经历过很多事，对我们说的，男人不要进五鬼岭去打猎，女人不要嫁到那边去，不然，很容易被鬼上身死掉。

"我家老辈子里，就有人是这么死的。打猎，没注意，就走到五鬼岭里去了，也是夏天，和现在一样，很热，在里面过了一夜，出来后，就被鬼拘了魂，神志不清。虽然请了神婆，也没用，最后还是死了。

"不只是我们家里的，有不少人进五鬼岭里去，回来就出事了。后来，那个五鬼岭不叫五鬼岭了，叫观音岭，五鬼村也叫妙庄村，是想压住那里的邪气，不过，哪里压得住呢？那里，隔一些年，就又会大闹一次，每次都是夏天里，特别是鬼月，人进了山里，出来，就神志不清了，很少有人能好，基本上都要死的。不过，过了鬼月，天气冷了，就没什么事了。"

宋岑越听越心凉。

她之前以为这个老婆婆嘴里的"闹鬼"，是看到鬼影、听到鬼叫之类的吓吓人的事，没想到居然是变得神志不清然后要死人，而且是死了很多人的样子。

她想到陆坚之前说的类似病毒感染引起脑部炎症之类的话，意识到陆坚和林晓余来这里，就是要去调查那个被送去医院但不治身亡的病人的事。所以，陆坚是认为那个病人是感染了病毒才死的吗？

宋岑想到自己曾经看过的诸如《流感》《末日病毒》《生化危机》之类的有关病毒感染的电影，总觉得这事好像比闹鬼还玄幻和恐怖。

她脸色都白了，食指和中指之间夹着的香烟燃到了头，火星燎在手指间，她被烫得瞬间一惊，扔掉了手里的香烟。这被烫的疼痛让她清醒过来，她再去看面前的老人，老人干瘦发黑的脸上掺杂着恐惧，微张的嘴里，只剩下了几颗牙。

对方看宋岑确实被吓到了，心满意足，说："我说的，可都是真的，你别不相信。五鬼岭下面，是一大片平坝，那些都是良田，以前，没公路的时候，还可以走妙庄村那里的老路去陕西。妙庄村是个很富的村，村子里还出过当官的老爷，村里人也不少的。

"但就是因为五鬼岭里的鬼气过些年就到村里作祟，村里的人死了不少。如今，妙庄村里，就只有盘姓和何姓还是那个村的老姓，其他姓的人很少，都是新中国之后才搬过去的。

"那个村子，很邪门，最近，那村里又开始闹鬼了，还死了人，村里的年轻人，出去打工后都不愿意回去，不少有了些钱的，更是举家搬到县城住了，里面就只剩下了一些不怕死的老骨头还在。不知道这回，又要闹多久，要死多少人。不过，今晚就是中元，想来那些鬼也该回阴间去了，就会好了吧。你非要去妙庄村不可，完全可以等到闹鬼完了再去。只是，你是去那里做啥子？"最后一句里，带着一些警惕。

宋岑心里拔凉拔凉的，起身要走，听了老人最后一句问话，她说："不是我要去，是我客人要去。"

老人问："你客人去了吗？"

宋岑心想，已经去了啊，这个时间点了，说不定已经进村了，她浑身又寒了几分。

老人说:"要是去了,说不定也被那里的恶鬼找上了,大家都说,那里的鬼,最喜欢附身到年轻人身上。"

宋岑一言不发地赶紧跑了,跑了几步,回头看那位老婆婆,老婆婆依然坐在门槛上,瘦黑干枯的脸上,似乎带着浓重的阴寒之气,而她背后黑洞洞的屋子,更是阴气森森。

宋岑站到车边太阳里,才感觉身上的阴冷感散去了些许,明明是炎热的初秋,她却只感觉一阵阵地发寒。

她又给陆坚和林晓余打了电话,依然无法接通。

为什么无法接通?

18

之前宋岑怀疑两人在山里没信号，但她现在却不得不多想，也许是那里出了什么事，所以没有信号。

宋岑看了看天，有云气在西边天空聚集，太阳周围有了晕圈，"日晕三更雨"，今晚说不定会下雨呢。

这时，她的手机响了，以为是陆坚或林晓余的来电，她非常欢喜，赶紧拿起来一看，是柳溪川教授的来电。

宋岑迅速接听："喂，柳叔。"

宋岑和柳溪川两人来自同一个市，拐弯抹角攀扯得上亲戚关系。宋岑开了一家小包车公司，柳溪川就经常照顾她的生意。

柳溪川说："小宋啊，是这样的，你们到地方了吗？我给陆坚和林晓余打电话，都打不通，给你打电话，才打通了。"

宋岑急切道："柳叔，通往村子里的路，被石头挡住了，我没开车过去，陆坚和晓余两人去村里了，我在镇上。"

柳溪川有点惊讶地"啊"了一声，又说："陆坚给我发了个信息,说那个村子里可能还有其他人感染,只是没送到医院看病,我之前在忙,没看到这个信息。那个村子到底是怎么回事,你知不知道些什么?"

宋岑说:"我没去那个村子,但那个村子,很可能的确有很大问题!我刚才和镇上的老人聊了聊,那个老人说,那个村子,以前就闹过很多次鬼,死过很多人,这次又闹鬼,也死了人,问题应该挺大。柳叔,现在怎么办?我去把陆坚和林晓余叫出来吗?这种事,要怎么处理啊?是不是要报给政府?"

柳溪川语气严肃起来:"要是那个村子里真有传染病疫情的话,必须报给政府!我现在就去联系疾控的人,看他们怎么说这件事,只是,那里的具体情况,我这里不清楚,要是能打通陆坚和林晓余的电话就好了。"

宋岑说:"我去那个村子里看看吧,听镇上的老人说,公路已经修到那个村子口了,我沿着公路过去,应该很快。"

柳溪川说:"要是那个村子里有传染病疫情的话,你过去也很危险!你先别去,我马上联系疾控的人,问他们这件事要怎么办。你等我的消息。"

宋岑:"但是,陆坚和林晓余进了村子的话,很危险啊!"虽然她同陆坚和林晓余只认识了一天,但这两人毕竟是被她带来这里的,她不可能放任这两人处在危险里而不去理会。

柳溪川也很担心陆坚和林晓余,陆坚是他的合作伙伴,林晓余是他的学生,他必须要为这两人的生命安全负责,但是,要是那个村子里有传染病疫情,宋岑去了也没办法,反而只是多一个人陷入危险里而已。

柳溪川说:"你去了也没用,你先等我这边的消息,我马上回你电话。"随即就挂了电话,握着手机寻找相熟的省疾控的工作人员的电话号码。

找电话时，柳溪川已经想到了更多。

如果妙庄村送到医院来的患者死于陆坚鉴定出的新病毒的感染的话，那这种病毒的传播方式是什么？潜伏期是多久？人传人吗？

如果是像流感一样呼吸道传播的话，那接触过那个患者的人可就太多了，至少他自己和身边的工作人员都接触过，但时至今日，他和身边的人还没表现出症状，所以，这种病毒可通过呼吸道传播给其他人的可能性并不大。

也可能是接触传播、血液传播或者虫媒传播；还可能像人感染禽流感 H7N9 一样，人从动物处感染病毒，但很难发生人和人之间的感染。

从自己和其他接触过患者何庆德的医护工作者至今无恙这件事，柳溪川推断，导致何庆德死亡的病毒虽然致病性非常强，但其感染性很可能并不是特别强，那么，陆坚和林晓余进了村，感染上病毒的可能性不至于特别高。

最主要是陆坚是有名的病毒专家，他应该有一定的应对办法，保护他自己和林晓余。

想完这些，柳溪川已经稍稍镇定下来，给省疾控的工作人员拨出了电话，对方并不是专门负责疫情处理的工作人员，马上将他这个电话转给了疫情值班室。

疫情值班室的工作人员接到柳溪川的疫情上报电话，听了他的详细描述后，立即就把这件事向部门领导做了汇报。

如果真如宋岑所说，妙庄村里如今还有很多人感染了病毒，而且这是一种新的病毒，那这件事就非常严重，柳溪川认为应该尽快向省政府和省卫健委汇报。不过，因为这事还不确定，便也不便直接报到省政府和省卫健委去，还必须派人去确认这事到底是什么情况。

疫情应急处的领导很快就回电了,在亲自询问柳溪川了解情况后,要到了能联系上的距离疫情发生地最近的宋岑的电话。听完宋岑的描述后,他对宋岑说:"你就在镇上等着,我马上联系县疾控的工作人员,让他们去找你,他们会去村里查看情况。如果情况属实,我们会派更多人过去。"

宋岑着急道:"那县疾控的工作人员,多久可以到?而且那个村子没有电话信号,我的客人进去后,就联系不上了。"其实让人担忧慌乱的,不只是那个村子发生了传染病疫情,而且还联系不上进了村的人。

对方道:"我对当地情况不清楚,不知道要多久才能过去。我马上转当地的工作人员,他们比较了解情况,让他们和你联系。"

宋岑站在路边,见西边的云朵已经遮掩住了太阳,天空一片灰暗。

在她等得着急,又捻了一根烟准备抽的时候,手机响了,一个陌生号码。

她迅速接听,对方是县疾控一位姓胡的工作人员,是负责疫情应急的科长。胡科长是一名女将,问了宋岑情况后,她这种经常在当地跑各种现场的工作人员马上就了解了宋岑的具体位置。

"我马上带人过去,车开快点,半小时就可以到。你别着急。那个妙庄村,我也知道,他们村里之前有个老人给我们投诉,说山上流下来的水不干净,带着鬼气,让他们的村子不吉利,让我们去检验,我们只好去了,并没有发现那水有什么问题,甚至比大多数矿泉水还好呢。那次开车,从镇上过去村里,二十几分钟就到了,我们过去很快,你别担心。"

她语气轻松,宋岑也稍稍被安抚了情绪,说:"通往村子的那条土路,被石头给堵住了,堵了大概十几米,没法开车过去,你们开车过去就花了二十几分钟,走路的话,说不定要花两个小时啊。到时候,天都黑了。"

胡科长没想到路被堵住了,问:"是出了泥石流还是塌方啊?"山里的道路经常会因为泥石流和塌方被阻断,要是真是这种问题的话,那的确很麻烦。通往村里的公路堵了,如果当地村民不上报,当地政府就不太容易及时掌握情况。有时候,一条公路被堵住,好几个月都得不到清理也是有可能的。

宋岑说:"是被人故意倒上的石头,那个石头是采石场里的。"

胡科长"咦"了一声,说:"这些人,居然干这种事啊。宋美女,你别担心,我马上去安排,很快就到现场啊。要是真是严重疫情,肯定会马上上报到政府的,到时候政府出面,肯定能很好解决。要是不是什么大事,你也就不用担心了。"

宋岑着急道:"那个老人说死了人啊,怎么会不是大事?而且很显然,有人故意堵上了公路,也说明村里的情况很严重。"

胡科长是见惯各种事的人了,安抚她:"我们很快就去解决的。山里老人的话,不可尽信的。以前有个老人家里死了一只鸭子,就说村里鸭子死光了,我们担心有大疫情,跑过去一看,那只鸭子是被小孩子打死的。也有人在池塘里倒了一瓶红墨水,有人看到了说是山里石缝里流了血出来,担心有毒,让我们去采样检测。那些人,很多都是夸大其词乱说,你别信他们乱讲。在我们去查看情况前,你先别自己吓自己。"

宋岑:"……"

挂了电话,宋岑茫然地站在公路边上,背上出了一层细汗,也不知道是热的,还是虚汗。

她总觉得时间过了很久了,但盯着手机上显示的时间,其实只过了十分钟而已。

太阳已经完全不见了踪影,不知道是在云层后,还是已经落山。

周围远远近近都是山,山势巍峨,没有了阳光,似乎有黑气从山里升起,要将一切吞噬。

山风吹来,带来冰冷凉意,宋岑站在那里,打了一个寒战。

19

妙庄村，村主任家二楼。

房间里光线昏暗，佛龛上的红蜡闪动着微弱的红光。

红光映着房里的家具、桁架上的红棺材，以及房间里躺着的、站着的人；从那扇面向屋后深山的小窗户看出去，外面已被浓重暮色包裹，看不清任何东西；有细微的声响从楼下传来，操着当地方言的男人用沉重的声音在说话："过了今晚，老大，真会没事吧？"

一个苍老嘶哑的女性声音响起："人啊，是命。能活的人总能活，菩萨说，只要能驱走这些邪祟，他们都能保得住。"

男人说："我找人来抬他去坝子里，妈，仪式要开始了，你先去坝子里准备吧。"

林晓余处在紧张里，周围任何一点声响，在他听来都是惊雷。

楼下很显然是一对母子在讲话，在这安静的傍晚，他们的声音伴随着蝉的悲鸣一起传到了楼上。

林晓余意识到，楼下男人说要找人来抬的，应该就是他们所在房间里被绑着的男人。

他赶紧去叫陆坚:"有人要上来了,我们快走吧。"

陆坚正拉着何晏,他侧头看了有些着急的林晓余一眼,示意他不要慌,又严厉地对何晏说:"别去碰他,你刚才想做什么?"

何晏慌张地看了看他,刚才翻墙翻窗胆大包天的小孩儿,这时候却神色惶然。

他指了指面前凉床上的男人,乍看这没有神志的男人,会被吓到,但这人是何晏的熟人,多看几眼,就只剩下了同情,而且,他还在这个人身上看到了自己正在受苦的父亲的样子。他皱着眉,难过地说:"我看他很难受,也许他想说些什么,就想替他把嘴里的布取出来,我不是要碰他。奶奶说,被鬼附身的人,阳气弱的人不能碰他们。"

被绑在小床上的男人,神志不清,满脸痛苦,陆坚由他想到了死去的傅蓝夕——蓝夕临死之前,是否也这样痛苦,甚至更加痛苦。

陆坚心情沉重,但现在比起看护这名患者,确定村子里的情况、减少感染人群、让外面的专业处理团队前来救助,要更重要。

陆坚说:"不能取下他嘴里的布,不然,他脑炎可能导致癫痫,就是羊癫风,如果咬伤他自己的舌头,会更危险。"又问:"这人是谁?"

何晏还没回答,林晓余说:"听楼下的人讲,这人应该是这一家的大儿子。"又朝何晏确定:"是不是?"

何晏点头:"对,是盘大伯。"

陆坚:"刚才不是说他家大儿子在县城住,没回来?"

何晏惶惑地摇头:"我也不知道。盘大伯很少回来,我这阵子也没见到他,村里大多数人应该都没见过他,更不知道他也被鬼附身了。"

房间门外传来了人爬楼梯的声音,这声音很奇怪,在脚步声之外,还带着一种较钝的咚咚声,像是棍子敲在台阶上。

随即,又有另外两人上楼梯的声音传来,有人忧虑道:"今晚真的可以送走邪祟?"这声音里不只有忧虑,还有深深的怀疑。

之前和那老年女人讲过话的男声说:"以前,村里都这样做的,我们也都这样驱走了邪祟,不然,你们觉得还能怎么办?"

林晓余从房门口朝外看了一眼,外面是一间放杂物的房间,一个拄着拐杖的老年男人的身影出现在楼梯口,那拐杖,不断发出咚咚声,一声声像是敲在林晓余的脑子里,让他更加惊慌。

虽然只看到那拄拐杖的男人的模糊身影,林晓余已意识到这人就是刚才照片里那个和白人合影的中年黄种男人。

林晓余慌乱地回头,小声叫陆坚:"他们上来了,怎么办?"

陆坚把何晏从那患者身边拉开了,他虽然听不懂这里的方言,不知道上楼的人讲了些什么,但他从脚步声判断来人很少,说道:"是不是只来了三个人?我们把他们控制住绑起来,缺少了他们,村里的驱鬼活动就不能开展,正好解决了问题。这是最好的解决办法。"

一瞬间,林晓余的确认为这是个好主意,然后,他看了看陆坚虽然高大但是明显偏文弱的身体,又想了想从来没有打过架的自己,再看了一眼瘦小得像根豆芽菜的何晏,他们三个"弱鸡"的组合,能制住这些常年从事农业生产和深山打猎活动的劳动人民?

林晓余心脏要跳出嗓子眼:"我们打不过他们啊。"

陆坚到了门口,一边往外打量,一边小声说:"要是放他们走了,他们有更多帮手,我们更拿他们没办法,我们现在可以出其不意,你和小晏去找绳子,我来对付他们。"

林晓余想去拉陆坚逃跑,现在从窗户翻出去还来得及,但陆坚不为所动,还对他使眼色:"我把人抓住,你们就赶紧绑住他。相信我。"

那拄着拐杖的男人上了楼,外间的灯打开了,只有五瓦的小灯泡亮出昏暗的微光,跟着他的两个男人出现在了外间。

这两个男人年龄不小,得五十岁往上,身高不到一米七,皮肤黝黑,身形精瘦,手里拿着抬人的扁担,气势不善。

林晓余松了口气,这些人都是老年人,陆坚应该可以抓住他们,需要担心的反而是伤到这些老年人后,让他们中风了,可怎么办?那不是得赖上自己这边了?但现在也没时间瞻前顾后了。

林晓余迅速拉扯着何晏去找绳子,刚从一个架子上翻出一捆绑过庄稼脏兮兮的绳子,拐杖咚咚咚的声音已经到了门口。

村主任盘洲出现在门口,一边把手伸到门里摸电灯开关,一边回头对身后的人说:"我们把老大安置在了这里。"

正在这时,一只滑腻冰凉的手从黑暗中伸出,一把拽住了盘洲干瘦的手,将猝不及防的他拖进了房间。

"啊!"盘洲惊恐大叫。在极短时间内,被摔到地上的他,回过了神,常年适应弱光的他,眼神锐利地瞥到了依然躺在凉床上的长子,以及抓了绳子扑过来的林晓余和何晏。

原来是人,不是鬼!

"有贼!"盘洲怒不可遏,常年劳作且擅长打猎,他反应极快,手中拐杖迅速挥出。

他这拐杖,里面是黄杨木,外面包裹一层铁皮,入手极沉,打在肉上,便是一声钝响。

抓住老人的陆坚当即疼得放松了手里力道,只这一松,盘洲已翻身挣脱,手中拐杖再次落在陆坚腿上。

本想抓住三人,没想到在第一个盘洲身上就吃了亏。

形势已然不妙，林晓余和何晏飞扑过来，何晏去夺盘洲手里的拐杖，林晓余去帮助陆坚抓住老人。

跟着村主任盘洲来的另外两个男人，已冲进卧室，只一瞬就判断清楚局面，拿着扁担打向靠外的林晓余。

山里的扁担，为减少磨损，会在木头外包裹一层金属，有铁有铝，这扁担要是实在地打在林晓余腰上，伤到肾脏，可不是闹着玩。

陆坚在那瞬间已有判断，一把推开林晓余。

砰！嗵！

一扁担打在了陆坚的胳膊上，一扁担扫在陆坚的腹部。

山里人的力气，陆坚在这时有了深刻认识，完全无法反抗，就被扫到了地上。

为什么当时第一时间居然是想制服他们？！

陆坚脑子里不由出现傅蓝夕曾经嘲笑他的话：陆坚，你就是个弱质书生！还没有我行。

陆坚每次都是给他一个白眼。

陆坚向后撞在了柜子上，柜子上的相框摇晃着掉在了地上。

啪！相框上的玻璃碎裂！

"不要打了，我们不是贼！救命，救命！"林晓余一看形势不妙，飞快认怂，扑过去挡住了老乡的扁担。

两个村民看他长得面白颜俊，对视一眼后放下了扁担。

盘洲一脚踹开了没抢到他拐杖的何晏，拐杖扫过去就打在了林晓余的身上。

包了铁皮的拐杖打在身上，其滋味之销魂，林晓余瞬间就痛叫了一声，眼泪唰啦流出来，他翻身就扑到了陆坚身上去。

出师未捷身先死，林晓余想，他和陆坚就不是打架的料子，以己之最弱硬抗敌之最强，不是自找苦吃？本来就该智取，偏生陆坚是个"弱鸡",还想着制服别人,真是没有自知之明。

盘洲手里的拐杖可比林晓余亲妈的鸡毛掸子强多了,而且还不带停的,林晓余痛得嗷嗷叫。

盘洲一边打林晓余一边大骂认识的何晏:"何晏你个死小子,带着外人来偷我家的东西,是不是?"

何晏没想到自己这一方会弱成这样,一时间慌乱不已,不知道该帮哪边,被骂才知道反驳:"不是的,他们是医生,要来救我爸爸的。"

跟着盘洲来的另外两个中老年男人,其中一人之前见过陆坚和林晓余,此时,他认出了两人,说道:"盘大爷,他们就是之前来村里,说要去何庆德家的那两个医生。没想到他们没走,跑这里来了。"

"你们在我家做什么?"盘洲凶狠地瞪着林晓余和陆坚。

林晓余像个委屈的小媳妇,本想埋怨陆坚不听自己劝,偏要留在这里作死,一眼瞄到陆坚神色痛苦,担心他刚才是不是被扁担打出了内伤,对他就只剩同情。

得知陆坚和林晓余的身份后,村民没敢把两人真当贼对付,大家还是良民,不敢真闹出人命,只把林晓余和陆坚拦在了墙边。

忍着全身肉痛,陆坚把缩头缩脑的林晓余拉到了自己身后,无视这些人对己方不自量力的鄙视,疼得声音颤抖:"你们村子里的患者,应该都是感染了传染病,必须送去医院!我们没有恶意,真没有恶意!只是想帮助你们。"

那两个村民神色里带上了迟疑,到如今,真的愿意像村主任盘洲一般坚定相信鬼神之事的人,有,但尚是少数。其中一人半信半疑:"之前何庆德被送到医院去,医院没说他是啥子传染病,你们龟儿子只是想来骗钱的吧?"

普通话是全国通行语言，村民听得懂陆坚的话，但陆坚听不懂这些人的方言，只好把手伸到身后戳了戳林晓余，让这个翻译赶紧发挥作用。

刚被拐杖打的地方正火辣辣地疼，那感觉比小时候的"竹笋炒肉"厉害多了，林晓余抹了抹疼出的眼泪，直打哆嗦。

他躲在陆坚身后，缩头缩脑把村民的方言翻译过来："他们不相信我们，说何庆德被送去了医院，医院没诊断他是传染病。他们还骂我们是龟儿子，是来骗他们的钱。"

陆坚："……"翻译前面的话不就得了，为什么连龟儿子这种话也要翻译。

啪！

盘洲按了电灯开关。

房间里那只有五瓦的电灯开了，电灯微弱的光线和佛龛上的红蜡光交相呼应，只是光线都弱，房间里的一切反而像被一层黑红薄雾笼着，带着一层挥之不去的恐怖。

拐杖点在地上，咚咚咚……

盘洲瘸着腿走到被绑长子的凉床前去。

凉床上的中年男人，这些天来，一直昏昏沉沉，状况时好时坏。

盘洲和他的长子其实早决裂了，这个儿子，完全是自作孽，才到这一步，如果儿子听自己的话，就绝不会被鬼附身，也不会让其他人被鬼附身。

但，作为父亲，盘洲没有办法真放任他不管。

望着面前早已成家且另立门户的儿子，盘洲的眼神变得更加悲伤。

见盘洲陷在自己的情绪里不言不语，陆坚马上调整了情绪，冷静地对另外两个村民说："这事人命关天，为什么不相信医院？即使死马当活马医,也应该先送去医院治一治,不是吗?要不,我们先送患者去医院,患者治病的钱,我都可以为你们出。患者感染了传染病,你们碰到患者,有可能也被传染。"

那个村民很显然不相信他的话,用方言说:"既然他们感染了传染病,碰到就会传染,那你们怎么还偏偏往这里凑,是不怕死吗?"

林晓余只得给陆坚翻译了村民的话,又朝村民解释:"这位陆教授,是很厉害的专家。我们来,是真想帮你们,我们既然都愿意冒着生命危险来你们这里了,你们为什么不愿意相信我们?这世界上,总归还是有好人的吧。"

那个村民有些许动摇,去看盘洲。

盘洲依然一动不动,盯着他面前的儿子,被绑在凉床上的男人可能是被刚才的打斗惊动了,此时挣动得更加厉害。

男人瞪大的眼睛里,眼瞳上翻,露出大半眼白,面色潮红,嘴被塞住了,无法正常出声。就像有一只厉鬼在他身体里,代他使用眼睛看这个世界。

盘洲非常痛苦,要碰触他的儿子,"老大,我们马上就带你去驱鬼,你会好的,你马上就会好了。"

陆坚对着盘洲大声道:"你别随便碰他,他真得了传染病。"

盘洲回头怒瞪了陆坚一眼:"他是我的儿子,难道我不知道怎么做对他好?以前我也这样被鬼上身过,我到过阴间,我清楚这种时候是什么感觉,我知道怎么让他变好!"

他又朝另外两个村民说:"快点,驱鬼的时间要到了,不能耽误时间。过了时辰,就不灵了。"

比起外来人陆坚,两个村民还是更愿意相信村主任,毕竟盘洲是到过阴间再回来的人。

两人应后，看到畏畏缩缩的何晏，又道："那何晏这小子和这两个医生，要囊个办？之前赶他们走了，他们居然又跑回来。"

盘洲回头打量陆坚林晓余两人，这两人虽然长得高大，但是细皮嫩肉，一看就是文弱书生，而且这两人眼神清明，神色正直，想来没什么坏心思，就说："先把他们绑起来，等驱鬼完了，再来处理他们。"

何晏躲在一边，一会儿看向盘洲，一会儿看向陆坚和林晓余，神色犹豫，不知道该做些什么。

一个村民叫他："何晏，把绳子拿过来。你这个小子，居然帮着外人来害自己人，真是能了你的。你爸的命，不要了吗？快点，用绳子把这两个外来人绑上，过会儿驱了鬼，你爸就会好的。你看，何庆德被送到医院去不就死了，老盘以前就是驱鬼之后，从阴间回魂变好的。"

何晏犹豫不决，以他在学校里学的知识，他觉得那所谓驱鬼根本不会有用，那完全是封建迷信。特别是陆坚斩钉截铁地说村里那些人不是被鬼附身，而是感染了病毒后，他就更趋向于后者了。但他一个小孩子，完全没有力量对抗村里大人的意志，在两个大人的怒瞪之下，他只得拿着绳子，慢吞吞地消极怠工地向陆坚和林晓余跟前走去。

20

林晓余被陆坚护在身后,刚才被拐杖打,应该没伤到骨头,疼一会儿后慢慢就轻松了很多。他在陆坚身后轻轻戳了戳陆坚的背,心想还是想办法逃跑吧。

陆坚回头看了他一眼,示意他别害怕。通过观察这几个村民,陆坚判断他们都不是穷凶极恶的人,只是一般人而已,一般人,自然会敬畏生命,不敢真把他和林晓余怎么样。

他对那两个村民说:"既然你们不愿意让我们帮忙,不想送患者去医院,那我们也没什么好讲了。你们放了我们吧,我们自己会离开这里,不会再来了,你们也不要为难何晏一个小孩子,他还小,让他干这种绑人的事,是教坏小孩儿,会让他有心理阴影。"

陆坚和林晓余的确不像坏人,那村民觉得陆坚这话也的确入情入理,就去征求村主任意见。

盘洲看到儿子生不如死的样子,心情极度不好,回身审视陆坚和林晓余。陆坚刚才虽然挨了些打,但除了衣服有些脏,看起来有点狼狈外,完全看不出慌张。这人是认定自己不会真的伤他们吧?他们这些人,生在好人家里,没有受过穷、吃过苦,没有村子里的人的恐惧和痛苦,所以才能这么轻松。他们根本没有感受过至亲在自己跟前生不如死的折磨,所以才能这样高高在上,说是来帮助他们、怜悯他们。

盘洲眼神变得阴冷,对那两个村民说:"把他们绑起来,带到坝子上去。他们年轻,阳气足,村里的邪祟喜欢正当年的男人,说不定他们可以对驱鬼起作用。"

他的声音自带恐怖背景音一般的效果,林晓余听得背脊发凉,抬头一瞥,正好对上房里木桁架上的红棺材,只觉得那棺材上的红色比刚才更加鲜艳,如有鲜血从里面流出,流到下方那被绑起来不断挣扎的患者身上。

是要让这两个年轻人做替死鬼?那两个村民明白了村主任的意思。

何晏也懂了,便是一惊,慌张地去看房间里的所有人——陆坚和林晓余是被他叫来的,要是他不去叫这两人回来,这两人根本不会回村里来,也就不会遇到这种事了。

而完全听不懂本地方言的陆坚,则不知道盘洲说了些什么,只是从房间里各人的神色,判断他没讲什么好话。

* * *

随着西边天空的云朵飘走,太阳在落山前露出了它血红的身影。

宋岑收起墨镜,盯着垂在那如浓墨渲染的山峰之上的太阳,太阳的红光,让群山在傍晚的静谧里带上了肃杀之意。

山风习习,宋岑被冷得打了几个喷嚏。

她转而向公路前方山崖边的拐角探望,每开过一辆车,她都会期盼那是胡科长的车,不过,那些车从公路上风驰电掣地开过,带走她的希望,并不停下。

她着急地不断看手机上的时间,不断想给胡科长打电话,又控制住了自己的手,以免胡科长觉得她这个女人太磨叽、不够爽快。

"笃笃笃笃……"远远地传来一阵噪音,很像拖拉机的声音。

宋岑一看,见前方山势拐角处,开过来一辆小型推土机。

小型推土机开得飞快,在这弯道多、路又窄的山道上,车速起码三十多,宋岑心想这山里的推土机果真不同凡响。

那推土机在她的跟前停了下来,后面一辆福特超过推土机,开到了前面。福特一停,从驾驶位上就下来了一个四十岁上下的女人。

女人中等身材,皮肤稍黑,面颊消瘦,带着两团类似高原红的红晕,扎着马尾。她在棉T恤外穿了一件旧得有些发黄的白大褂,白大褂没有扣扣子,随着她大步走向宋岑,衣摆飘飞。

宋岑心想,这位大姐真"社会",完全忘记了她自己在外人眼里也蛮"社会"的。

这正是匆匆赶来的胡科长,她径直走到宋岑跟前,宋岑还没反应过来,她已经伸出胳膊把宋岑的胳膊一挽,爽朗笑道:"是宋美女吧!我就是胡楚楚。"

宋岑想,大姐,您这样儿,一点也不楚楚。

她看了看胡科长身后,见一个小个子的女孩儿正从车副驾上下来。那女孩儿乍一看还像个未成年,短发,圆脸,正对着她羞涩地笑。除了这个女孩儿外,再没他人从车里出来。

宋岑心下一咯噔,不会就只胡科长和这个小妹妹两人来处理村子的疫情吧?

宋岑强撑着笑意,对胡科长点头:"胡科长,你好,我就是宋岑。"又指了指跟过来的小妹妹:"就你们两人吗?"

胡科长说:"叫我胡姐就行啦。就我们两人啊,够了嘛。"

宋岑心下一凉,说:"真的够了?"

胡科长道:"就是去村子里看看情况嘛,我们够了。"

宋岑说:"要是那些村民闹事怎么办?你没看过丧尸的电视电影吗?像《生化危机》啊,《活死人》啊,《釜山行》啊……"

胡科长用"你在说什么"的惊愕表情看着宋岑,说:"我们又不是去拍电影,真实世界里哪里会有电影里发生的那些事啊?要是有人感染了那些病毒,没有治病,基本上就要等死了,哪里还会攻击人!好了,我们赶紧走吧,早点去村里把事情查清楚了,我还要回去监督娃儿做家庭作业呢,不然那个瓜娃子就只知道看电视。"

她说完,又叫跟着她来的那个女孩子,介绍道:"这是我们科室的小米,刚来一年。"

宋岑总觉得这两人很不靠谱,和小米打过招呼后,她忐忑地说:"真不再找点人一起去吗?"要是早知道县疾控只派这么两个人来,她自己都早赶去村子里了。

胡科长说:"走吧,走吧,够了。我们科室一共就我们两个人,还去哪里找人?再说,我们单位就只有二三十人,叫了他们来,他们不是干这个的,也做不来我们这个活。"

宋岑:"……"

胡科长找宋岑问清楚了被石头拦住的路的位置后,就跑去叫那开推土机的司机,让他开车到前面去把拦路的石头给铲了。

见推土机开上了那条通往村子的土公路,胡科长豪迈地拉着宋岑把她推上了自己的车,她开着车跟在推土机后面,拐上了那条土公路。

前方的推土机在苍茫暮色里突突突地不断向前,宋岑看了看坐在驾驶位上的胡科长,见她毫无惧色,她又犹豫起来,不知道自己应该忧愁,还是应该相信这人。

但已经上了车,无论忧愁还是相信这个人,都改变不了如今的局面。宋岑道:"你们单位,还有推土机?"

胡科长:"怎么会有推土机呢?我们单位现在连公务车都没啦,我这都开的自己的车,那个推土机,是我去找的,还不知道租推土机的钱报销得到不呢!"

宋岑:"……大姐您真是个狠人啊。"

胡科长倒不介意宋岑这话,说:"基层工作就是这样,让你见笑了。"

推土机很快就开到了石头拦路的路段,胡科长下车一边指挥推土机推石头,一边发泄似的大骂:"这些村民真过分,倒这么多石头在路上。这里穷啊,真是穷得有道理!干点啥事不好,偏生要倒石头在路上。自己不用路,也要拦着别人用路。"

宋岑站在路边抽烟,和胡科长一比,她突然觉得自己也算半个文化人了。

小米看了看她怒骂不休的科长,和一脸深沉忧郁的宋岑,默默地站在一边用狗尾巴草编辫子。

宋岑吐出一口烟圈,盯着揪狗尾巴草的小米,无奈地叹了口气,心想也只能这样了。

她拿出手机来,给柳教授打电话,电话拨不出去时,她才发现手机没信号了。

宋岑心下一凉,飞快去叫胡科长:"胡姐,这里没手机信号了。"

胡科长一愣,看了看自己的手机,发现真没手机信号了,不过她没太在意,安慰宋岑:"山里就是这样,信号时有时无,没事的。"

宋岑惊恐道:"我给进村的客人打电话,打不通,村里应该也没信号,到时候村里有什么事,我们手机没信号,不是很危险吗?"

胡科长说:"现在不能判断村里的情况,要是情况很严重,政府肯定要管的,但也可能只是村民乱讲,对外传播不实消息。我们现在就是去看情况到底怎么样,要是情况严重,政府会让警察来帮忙,到时候就有通讯车了,但现在肯定没办法去弄个通讯车来。哎,希望没什么事,就是这里的村民乱讲吧。"

宋岑叹道:"胡姐,你这样心真是比我还大!要是情况很严重,我们这么过去,不是就危险了嘛!我听镇上的老人说,村子里死了人了呢。"

胡科长说:"小宋,你别担心。即使真有传染病,传染病又不会无缘无故地传染。没事啦!到时候你就坐在车里等我们,我们下车去看情况就行了。别担心,肯定会把你的客人带出来的。"

宋岑:"……"看着已经暗下来的天空,越来越不安。

那推土机花了十几分钟才把路上的石头给推开,胡科长给了司机两百块钱,就招呼宋岑和小米上了自己的车,开车冲上了前方前途莫测的路。

21

妙庄村，村中心坝子。

村中这个坝子为方形，长宽都在百米上下，比一个足球场稍大一些。

坝子铺着光滑的青石板，石板间严丝合缝，可见当初修建这个坝子时，耗费的人力不少。

这个坝子，大多数时间都被村民用来晒粮食和从山里采来的草药，也是村民的聚会场所。这里见证了村里太多大事发生，此时，又将再一次见证村里的大事。

围绕着坝子，正北方是村里的祠堂，周围是村民的房屋。

此时，祠堂大门大开，里面的电灯没开，燃着几支大蜡烛，蜡烛的火光在涌进祠堂的山风里跳跃着，光线并不足以照亮黑洞洞的祠堂大堂。从门外望进去，只能看到祠堂中央摆放着的一座彩塑神像，而在祠堂外面的廊檐下，则可见好几尊石头佛像。佛像安静地伫立在明暗交界处，若不注意观察，反倒会觉得它们是活人。

不少佝偻着身体的人在祠堂里外忙碌，但除了压抑的低吟和从远处传来的如汹涌波涛的竹涛声响外，并没有其他声音。

陆坚和林晓余被麻绳从背后绑住了手和胳膊，被盘洲用拐杖驱赶着到了坝子里。

山里没有光污染，黑暗得就像被浓重的黑水浸润，在光源照射之外的一切地方，都漆黑得像是另一方世界，那里有着和人间截然不同的景象。

林晓余目之所及，坝子周边，一栋栋石砌房屋前面，是一丛丛摇曳着微弱火光的红蜡，红蜡的光芒环绕整个坝子，像是将此处围成了一个通向另一个世界的通道。

蜡油和纸钱燃烧的味道和山中夜晚清冽的空气混杂，随着风吹到林晓余的鼻腔里。

林晓余往天空看去，村子东边的群山后面，天空被蒙蒙光线晕染，月亮即将从山后爬上天空，而北方天空，北斗七星已经显出了它们的身影。

模糊分辨出村民把患者都抬去祠堂前面的祭台前，热衷电脑游戏的林晓余视力不行，又不爱戴眼镜，此时就用胳膊撞了身边的陆坚一下，说："你看，他们是不是把患者都集中起来了。一共有多少患者？"

之前他们在坟地里看到了四个新坟坑，判断是四名患者，这四人里何老六已经过世，但刚才在盘洲家里又看到了他染病的长子，如此判断，村子里除何庆德外，还有不止四名感染者，至少有五人。

这里没有人家开电灯，只有红蜡的光不断闪烁。此地光线昏暗，虽然周围人多，但大家的注意力反而都在祠堂前的祭台处，过分关注他和林晓余的人很少。陆坚一琢磨，便认定这时反而是他和林晓余逃跑的好时机。只是，这里的村民极度善于使用绳子和打绳结，他小心翼翼地解了一路绑着自己的绳子，但完全没有效果。

陆坚眯着眼打量了一阵祠堂前那一片地方，祠堂前摆着一大排长桌，长桌上放着包含水果点心和肉类在内的祭品，上面的香炉里则燃着红色长烛。

在这一大排祭案前面，是被绑在竹制凉椅上的感染者。

据陆坚观察，那竹制凉椅可能有些重量，但应该不足以承受成年男人的挣扎，所以，村民只简单地将患者绑在凉椅上，放在案台前方，说明这些患者在整个病程期间，都没有伴随特别剧烈的挣扎，因此村民们不需要过分限制这些人的身体。

他刚才也仔细观察了盘洲发病的长子盘老大，盘老大具有一定的急性病毒性脑炎的症状。急性病毒性脑炎病程很急，需要及时诊断和治疗，而且如今没有什么特效疗法，只能进行对症治疗，所以，早治疗对患者极其重要。但如今这个村子里的人因为迷信，把患者都耽误了。即使这时候送患者去医院，能治好的概率也不大。

林晓余等了陆坚好一阵，都没得到他的回答，只得又撞了他一下，陆坚瞥了他一眼，说：“是四名患者。”

林晓余些许惊讶：“只有四个人啊！”

他以为会在他所知的四个人外，还有其他人才对。

他这话马上引起了盘洲的不满，盘洲的拐杖狠狠地抽打在他的腿上，这几下疼得林晓余站不住，腿一软就倒在了地上。

陆坚马上蹲下身担忧地去看他："晓余？"

盘洲继续用拐杖驱赶林晓余和陆坚，"快走！"

林晓余在地上打起了滚，一边打滚一边撒泼，"大爷，你这拐杖太厉害了，轻易能打断骨头。我的骨头肯定被你打断了。我的骨头断了！我们又没做什么伤天害理的事，你凭什么这么对我们！"

盘洲目光阴沉，冷冷地盯着林晓余，"快起来！"

林晓余大叫:"我腿骨断了,站不起来了。"

不只是盘洲被林晓余这样子惊了一跳,陆坚更是被吓到了,还以为他真的腿骨断了,没想到在盘洲看不到的角度,林晓余马上对陆坚挤眉弄眼,示意他趁着这个时机赶紧逃跑。

陆坚在接收到他这个信息的第一时间愣了一下,他作为林晓余的老师,把学生留在危险境地,自己跑掉,这是绝不能的,但现在也没有更好的办法了。

陆坚马上有了决断,悲怆地叫林晓余:"晓余,你怎么样?"

林晓余一看他那表情,就想"你这演技也太差了吧!"只得自己努力,立即大哭:"我腿骨肯定断了,太疼了!"

陆坚勉强起身,回身叫盘洲:"他站不起来了,必须把他抬去接骨才行。"

盘洲拽着拐杖,判断这两个年轻人虽然长得高大,但在他们这些山民面前,完全是文弱书生,一点用没有,加上这时候已经到了人很多的坝子里,有很多人在不远处,所以他没特别警惕,就走上前去拉林晓余。

林晓余随着他的力道起身,刚站起来,就对着盘洲奋力一撞。

林晓余体重不轻,又借着前倾的惯性,瞬间将盘洲撞得摔到了地上。

陆坚不想自己一个人逃跑,叫林晓余:"跑!"

林晓余一愣,看陆坚跑了,也跟着他往前方的巷子里冲去。

盘洲被撞得头晕眼花,但短短一瞬就回过神,大声叫帮手:"快把他们抓回来!"

周围几个村民一愣之后,才跑去追两人。

陆坚和林晓余即使没被反绑住手,也不一定能跑得过村民,此时他们手被绳子绑在了身后,逃跑速度受到限制,林晓余很快就被追上了,他朝陆坚大叫:"别管我,快跑!"

陆坚别无选择,眼见着林晓余停下脚步去拦追来的村民,他只得继续往前跑去。

刚跑进巷子,一个身影就出现在了前方,陆坚想,自己运气太差,居然和村民撞上了。这个巷子非常窄,只一米宽,这么窄的地方,他根本没办法在和对方狭路相逢的情况下逃掉。

这时候,那个身影已经上前来,叫他:"快跟我来!"

陆坚一愣,见对方是个十来岁的少女,女孩儿怕他不相信自己,就说:"我是何庆德的女儿,是阿晏叫我来帮你。"

陆坚赶紧跟着她跑了,又跑了十几米,女孩儿带着他从一扇后门进了一个院子,然后把他藏在了柴房里。

陆坚躲在狭窄的柴房里,听到外面路上村民跑过和吆喝的声音。

很快,这些人就走远了,并没有进这个院子里来。

那少女在院子门后听了一阵外面的声音,见追陆坚的人跑远了,就赶紧到柴房里来,叫陆坚:"你好。"

陆坚听着她的蹩脚普通话,听懂了,很感动,说:"你是何庆德的女儿吗?"

对方点了点头,"嗯,我叫何苗。"

陆坚小声问:"你为什么要救我?"

柴房里几乎没有光,他们只能看到对方的些许轮廓,陆坚在这片黑暗里,耳朵里全是自己咚咚咚的心跳声。

何苗知道他很紧张,说:"是阿晏说盘大爷要你们去做替死鬼,我就跟着去看情况,看你们自己跑了,我就顺手救了你。阿晏也想救你们,但他没办法。"

刚才在盘洲家二楼,何晏把绳子交给盘洲,看着他们把陆坚和林晓余绑起来后,他就被几个大人赶走了。陆坚倒没想到他居然想救自己和林晓余，他明明只是一个很小的孩子。

陆坚跟着何苗从柴房里出来，农历十五的月亮又大又圆又亮，此时它的周围带着一圈月晕，从东边山上露出了脸。

月光照在后院里，陆坚看清楚了何苗的长相。

这个女孩儿大概十几岁，只一米五的身高，瘦且黑，但眼睛很亮，带着十几岁少女很少会有的坚毅大胆和蓬勃的生命力。

何苗拿镰刀割开了绑住陆坚的绳子。

陆坚向她道了谢，搓着发麻的胳膊和手腕活血，心思转到了妙庄村这次的疫情上，问："你爸当初是因为进了后山才染病的吗？他染病之后为什么没有及时送去医院？"

何苗很难过："他是因为想去后山打点野兔野鸡给我们吃，才染病的。"

陆坚："他最开始是什么症状？"

"他有点感冒，头疼发烧，吃了药也没好，突然就倒下了，神志不清开始说胡话，还像发了羊癫风一样。"何苗说起自己的父亲，眼中便开始盈泪，她克制着自己的情绪，继续说，"盘大爷说他可能是鬼月去后山，撞邪了，就让刘大仙给他驱邪，但驱邪了还是没好，我着急了，把奶奶和我妈说服了，才把爸送去了医院。但爸去了医院，还是死了，医生说送得太晚，要是早些送去，还有可能救回来。他死了，都没享到我的福。"何苗的声音里是满满的痛苦。

陆坚说："你爸是感染了病毒。我们已经把你爸感染的病毒分离鉴定出来了。你爸的症状，应该是病毒性脑炎的症状，要是一开始有症状就送去医院，很大可能可以治好。"

何苗早被何晏转述过陆坚和林晓余的话了，这时候又问："阿晏说村里其他叔叔伯伯也是感染的病毒，是不是？"

陆坚道:"是,极大可能和你爸感染的病毒一样的。他们哪些人接触过你爸?接触过他的,出事的有哪些?"

何苗极其聪明,马上明白了陆坚的意思,惊道:"你是说是我爸传染给了他们吗?"

她不愿意父亲受这种指责,瞬间反驳道:"怎么会呢?!我们家里都接触过我爸,但大家都没事。其他人感染病毒,与我爸有什么关系?"

陆坚一听,就知道何苗聪明,而且对病毒传染这件事,有一定的常识。要是其他人感染的病毒,都是从何庆德那里而来,那何庆德一家人就会成为村里的罪人,以后没法在这里生活了。到时候比起接受自己父亲是感染病毒而死,最后何苗说不定会被推向接受父亲是被邪祟上身而死的论断。

陆坚现在自然要安抚住她,说:"你所说的非常有道理。我的意思是,你的父亲和村里其他感染的人感染的极有可能是同一种病毒,他们很可能是从同一个地方感染的,并不是说他们是从你爸那里感染的,但这就需要确认其他发病的人中,之前是否有没接触过你爸爸的人。"

何苗这才稍稍松了口气,说:"我爸一直在城里打工,为我和弟弟挣学费,只农忙季节回来干农活。今年正好早些回来,因为回来太早了,稻谷还没有熟,才想去山里打点野兔野鸡,可以做给我们吃,没想到进山了一趟之后就病了。我们都照顾过我爸,我们都没事。他都下葬了好一阵了,阿晏的爸他们才生病,这事怎么能怪到我爸身上呢,是不是?"

陆坚如今对村子里的这种病毒,心下已经有了一定判断。

他点点头,说:"你说得对,这事不能怪到你爸身上。没想到你对病毒了解得挺多。"

何苗些许腼腆地说道:"上生物课的时候,学过一些病毒的东西,就知道了。"

陆坚现在更关心林晓余的事,又问何苗:"难道患病的人的家人,都那么相信那个姓盘的村主任的话,认为患者是被鬼附身了,而不是生病了?"毕竟何晏就更相信他爸是生病而不是被鬼附身,那其他患者的家属极有可能也这样想。

所以,要是可以说动所有患者的家属送患者去医院,而不是按照盘洲的要求作法驱鬼,这件事也就可以解决了,因为盘洲只是一个人,不可能和其他所有人家对抗。如果这些人家被说动了,林晓余自然也就得救了。

何苗摇了摇头,说:"像我爸他们这种事,在村子里出现过很多次了,我奶奶还小的时候,就出现过很多次这种事。大家都说是进山遇鬼了,会请大仙驱鬼,要是能活下来,就是命大,要是活不下来,也就没办法了。

"这种事,有时候是几年出一次,有时候是连续几年都出,有些人会死,但也有人活下来了,盘大爷以前也这样过,就是他妈作法救回来的。我爸出事之后,村里以为今年只有我爸会这样,没想到之后又出了好几个人,所以,我爸被送去医院也没被救活后,之后再病的人,就没被送去医院了,都等着今晚作法驱鬼。

"以前,大家对作法驱鬼是深信不疑的,这几年,大家在外面打工,思想好一点了,可能会相信是传染病,可以在医院里治好,但今晚应该没办法劝动他们,因为今天是中元节,大家都相信今晚作法最能把鬼送走,今晚作法,病人就会好,要送他们去医院,最早也要明天。再说,我爸去医院治病,花了几万都没治好,其他人家不一定愿意花这个钱。"

何苗这话里包含了很多信息,陆坚疑惑地道:"你们村里多年来一直有这种传染病的散发疫情,难道以前就没有报到疾控或者卫健委去吗?"

何苗摇头:"大家都觉得是遇鬼了,怎么报到疾控、卫健委去?有的老人都不知道疾控、卫健委是什么,而且这个病,其实有好些年没有发过了。在我爸之前这样死的,是我隔房二叔,他是我上小学的时候死的,他也是去山里打猎,回来之后没过几天,就发烧,驱鬼也没用,几天后就死了。在二叔之后,后面这么多年,都再没出过事,可能是这些年大家不需要到山里面去打猎了,都去打工了,所以没有生病了。这样说来,有可能是后山里有病毒,让大家感染了,是吗?"

陆坚也是这么想的。根据何苗的描述,这个村子里,是散发病例多于集中暴发,而且,接触过患者的人,诸如接触过何庆德的他的家人,都没有发病,说明这种病毒,并不是简单接触就会被感染;如今这个季节,是蚊虫最多的季节,要是病毒是通过蚊虫在人间传播,也不该只有几个成年男人感染发病,反而该是身体差的老人孩子更容易患病才对,所以这种病毒的传播途径是虫媒传播的可能性也比较小。最大的可能,还是有某种其他传染源。这个传染源是什么呢?是成年男人更容易接触、其他老弱妇孺都不容易接触到的——是在后面山里的某种东西?是某种野生动物吗?

陆坚的目光越过何苗家的围墙,望向村子后面的大山——山岭巍峨,月色里山石树木影影绰绰,山顶的峰柱高耸入云,如鬼魅死死压着这座山下的村庄。在月色里,山顶上似乎有五个巨大的峰柱,像是沉默驻守在那里的侍卫,也像是五只要伸出鬼爪的鬼阴森森地俯瞰着自己的猎物。

陆坚突然想到之前林晓余说的,这个地方,风水不行,带着一股邪气。

陆坚倒有些相信风水之说了。

不过，又有另一个问题。

陆坚会来这里，是因为何苗的父亲何庆德身体里的病毒和八竿子打不着的傅蓝夕身体的病毒，相似性极高——高到可以判断是同一种病毒，只是有很少变异。

还有那张在盘洲家看到的照片，让陆坚觉得这里今年的疫情，也可能不是偶然。

陆坚问何苗："以前，有外国人来过你们这里吗？你们这里是不是还有佛洞？"

何苗疑惑地望着陆坚："你怎么知道这件事？的确有佛洞，但是我们都没去看过。奶奶说那佛洞在山的深处，佛洞里的佛是用来镇压邪魔的，我们小孩子绝不能去看。"

陆坚心下有数了，对何苗道："我要去救我的学生，你愿意跟我一起去找你们村主任吗？帮我做个翻译，我听不懂你们这里的方言。"

何苗皱眉道："但是现在祠堂那里有很多人，很难把你学生救出来。"

陆坚说："我想和他们谈谈，要是今晚你们村作法后，患者依然没好，我可以出钱让他们明天去医院治病。只要他们放了我的学生。"比起和村民硬碰硬，陆坚始终觉得，能够通过讲道理或者钱解决问题的话，一切会简单得多。

何苗正犹豫，突然，从房子到这后院的门开了，一个人影像鬼魅一般出现在了门口。

22

胡科长开着她的车颠簸着接近了妙庄村。

山里天黑得特别快,明明之前还觉得天很亮,车似乎只转了一个弯,到了另一座山,天马上就黑了,简直像是从一个世界进入了另一个世界。

宋岑坐在车后座,看着车窗外,外面已经黑得几乎看不到路,往远处望去,也看不到人家的灯火。

虽然开着车灯,宋岑心下依然升起了恐惧。

她经常在外面跑车,但几乎没进过这种山里。

宋岑问胡科长:"胡姐,你开这种路,不害怕吗?"

车再一次开过一个凹坑,胡科长紧握着方向盘,以免车打滑冲出山崖,说:"还好吧,我们经常要下乡的。而且之前来过这个村,我记得路。"

宋岑"哦"了一声,在车转过一个拐角后,宋岑突然一惊,叫道:"你们看,那里是什么!星星点点,绝不是人家的灯火吧,反而更像鬼火啊！"

这天可是农历七月中旬中元节，中元节晚上不宜在外面走的传统，可是每个人都知道的。

胡科长没有回答，坐在副驾位上的小米转头盯着车窗外那一片密密的闪烁的火光，说："那就是鬼火啊，那里是坟场。"

宋岑从车窗玻璃的反光里，看到小米映在玻璃上的影子，她的面容在玻璃里十分扭曲，眼睛里似乎跳动着红色的光点。

宋岑吓了一跳，又去看胡科长，胡科长沉着脸，在专注开车。

这两个是真的胡科长和她带的人吧？

毕竟宋岑以前并不认识胡科长，更不可能认识这个小米。要是这两人是假的，她也不能分辨。

很多故事里，都有鬼月在外遇到鬼，被鬼带到莫名的地方去的事。

宋岑心下一寒——我不会这么倒霉，遇到这种倒霉事吧？被她们两个带去坟地？

这时候，胡科长突然回过头看了宋岑一眼，说："宋美女，我们要到了，就是前面。"

宋岑往车窗外看，这时候距离刚才的火光更近了，可以看到，那的确是一片坟场，一座座旧坟新坟密布，几乎每座坟冢前都燃着祭奠的香蜡火光，可以远远地看到前面影影绰绰的古旧建筑。

黑漆漆的建筑向远处延伸，并不能看到这些房子里有电灯，只能看到沿着建筑，依稀有红蜡燃着的火光。

这都什么年代了，居然还有不用电灯的村子？这真是一个现世的村庄吗？

车停在了路边，胡科长指着前方道："那是一座牌楼，据说有几百年历史了，你看到那座大牌楼了吗？"

宋岑背脊一片发凉，她看到前方那黑乎乎的牌楼了，在牌楼下，还有红蜡和纸钱燃烧的火光。那牌楼，不会是什么前往不该去的地方的通道口吧？

　　胡科长见宋岑不答话，她也没太在意，只对小米说："小米，去开后备厢拿东西，不知道村子里到底怎么样，我们还是穿一下防护服再进去，以免真是有什么情况呢？毕竟现在天气热，也是虫媒传染病的高发期。"

　　小米"嗯"了一声，就下车去开后备厢了。

　　胡科长也下了车，和小米一起，把采样箱搬出后备厢，又拿了防护服出来。

　　山里白天有太阳时，天气较炎热，但只要太阳下山，气温会马上降下来。

　　此时，已经入夜，夜风吹着，带来一阵沁凉。

　　胡科长搓了搓胳膊上被冷风激起的鸡皮疙瘩，一边穿连体防护服，一边欢喜地感叹："山里晚上这个冷啊，幸好我们带了防护服来，穿防护服，保暖。"

　　小米已经把防护服穿好了，又戴上手套，默默地把进村要用的东西都收拾好，放进袋子里。她一手提采样箱，一手提袋子，试了试，觉得不太重，这才戴了口罩，对胡科长说："胡姐，我们这样进村去，村里的人会不会吓到？"

　　胡科长也把防护服穿好了，整理着乳胶手套，说："没事。被吓到，能吓成什么样？他们自己说闹鬼，都没被吓到，还被我们的防护服吓到？好了，拿上东西，我们赶紧进村吧！把这里的事情做完了，我还要回去监督我家小崽子做家庭作业！"

　　胡科长和小米离开前，宋岑总算做好了心理建设，下了车来，刚转过车尾，就看到两个裹在白色防护服里的人。

"啊！"宋岑被吓得退后了两步。

胡科长看她这样，就赶紧笑着对她打招呼："喂，真会吓到人？"

宋岑发现是胡科长和小米，这才镇定下来，问："你们这是做什么？"

胡科长说："山里夜里太冷了，我们穿了防护服保暖。再说，村子里不知道是什么情况，你不是说村里死了人了嘛，我们还是做下防护再进去。"

宋岑抚着胸口，有气无力，"哦。"

胡科长又拿了一套防护服给宋岑，"宋美女，要是你冷，你也可以穿一套，现在，我和小米要进村里去了，你就在车里等我们吧。我把车钥匙给你，你就在这里等我们。"

宋岑看了看不远处还亮着星子一般火光的坟地，又望了望前方只有星点光芒的村子，一阵心寒：我一个人留在这里？

"要不，我和你们一起进村里去？"

胡科长道："还是算了吧，你就在这里等我们就行了。顺便帮我看下车，以免山里会有什么野生动物来糟蹋我的车。"

胡科长到底把宋岑留下来了，自己和小米进了村里去。

宋岑站在车前，看两个白色的人影往那给人阴森之感的村里去，总觉得很不安全，又朝两人喊："我那两个客人，叫陆坚和林晓余，你们记得找他们！"

胡科长抬手对她挥了挥，示意自己明白，就和小米进了村。

入村后的石板路两边，不少人家门前都点着香蜡、摆着祭品，这是这里的风俗，要在中元节的晚上祭拜和招待家中去世的人，也要招待孤魂野鬼。

胡科长和小米都没太在意村里四处都是燃着的香蜡，反而是另一点让胡科长介怀，她说："小米，你有没有觉得这个村里怪怪的。"

一向大大咧咧的胡科长居然开始讲"怪怪的"这个词了,小米愣了一下,目光四处扫了扫,说:"没有人家点电灯。村里停电了?"

是的,没有人家开电灯,一路走过,也没见有人家开着房子大门,也没听到声音,这实在太奇怪了。

即使是中元节晚上有很多忌讳,但如今已经是21世纪了,真的全部按中元节的忌讳做的人并不多,所以,不至于这样一入夜就关门闭户还不开灯。

胡科长上次来这座村子时,当时村子里人气还比较旺,没想到这才没过多久,居然觉得这个村子死气沉沉,她说:"不只是没点电灯,是感觉不到有几个人在,村里的人去哪里了?"

两人拐过道路拐角,又走过一个牌楼,前方,村子里坝子上闪烁的点点火光,如铺展开的星河瞬间映入了两人的眼瞳——人都在这里。

* * *

何苗家后院。

"姐!"一个处在变声期的男孩子的声音在门边响起,这声音里带着迟疑和试探。

何苗被突然打开的门吓了一跳,这时候见是弟弟坤坤,她才松了口气,跑过去说道:"你回来了?"

他刚才陪着母亲和奶奶去了坝子里。

坤坤皱着眉看了看站在一边的陆坚,警惕道:"姐,这个人,是被盘大爷抓住的人吧?他躲在我们家了?"

何苗生怕她弟要去做告密者,赶紧拉住了他,"别乱说。之前奶奶不是说,他们是给爸看病的医院的医生吗?是来告诉我们爸真正死因的,他们又不是坏人。"

坤坤道:"要是不是坏人,那盘大爷为什么要抓他们?"

何苗板着脸说:"盘大爷的话就全对吗?他要抓的人都是坏人?你长点脑子行不行?说到底,盘大爷说村里生病的人都是遇鬼了,这话就不对,还不让阿晏的爸爸去医院看病,就更不对!现在,我要去帮他把他学生救出来。"

何苗语气铿锵,坤坤为难地看着她:"我刚从坝子里回来,他们把另一个抓起来的人绑在桌子上了,怎么救他?根本没法救。"

何苗说:"他说愿意付钱给生病的人看病,让盘大爷把他的学生放了。"

坤坤一时间犹豫不定,何苗问:"你为什么回来了?"

坤坤道:"驱鬼要开始了,他们让我们所有孩子都回家,不许去看。"

何苗一拍他的肩膀,"你在家看家,我要带这个人去坝子上救人。"

陆坚站在一边,只听到何苗和她弟弟一直在用方言嘀嘀咕咕说话,但他基本上一句也听不懂,他很着急,叫何苗:"我们可以走了吗?"

何苗回头看他,说:"从我家前面离开吧,以免你出现就被抓起来。你到时候先躲起来,我在坝子上把你的情况说一下,即使盘大爷不愿意,其他有病人的家里,肯定也有愿意的。盘大爷一个人控制不住所有人,肯定有人愿意把你学生放了,他们答应放你学生了,你再站出来。"

陆坚没想到她小小年纪,倒是个有勇有谋的人,当即同意了。

陆坚随着何苗进了她家,坤坤仔细打量了陆坚一阵,似乎是在判断陆坚是否具有危险性,判断完后,他对何苗道:"姐,我和你一起去。"

何苗皱眉，说："既然奶奶他们说了小孩子要在家里，你就不要出门了。"

坤坤说："你不也是小孩子吗？"

何苗哼了一声后道："我早就长大了，十六岁以上就是大人，就可以找工作，我早就是大人了，你就在家里看家。"

陆坚虽然全听不懂两人的对话，却可以感受到两人关系极好。

从何苗家前面大门出去时，陆坚走出那扇木门，回头看昏暗的房间，坤坤正满脸担忧地注视着他前面的何苗。陆坚将目光从坤坤身上抬起来，一张和坤坤神似却显苍老的面孔出现在了坤坤的侧后方。

陆坚是无神论者，这时候也被惊了一跳，在大脑短暂地空白后，他发现那张脸是放在房间桌子上的遗像。

陆坚意识到那应该是何苗的父亲何庆德的遗照。

遗照里的男人剃着平头，面颊消瘦，额头上的皱纹较深，目光幽深，带着忧愁，头发花白。根据何苗的年龄，这个男人最可能四十多岁，不过可能是生活的重压，让他看着比较显老。

何苗发现陆坚在打量她父亲的遗照，就难过地吸了口气，说："我爸走都走了，以后，只能靠我们自己了。"

坤坤也回头看父亲的遗照，好像父亲还活着，坐在堂屋里的椅子上，说："你们要好好上学，以后才有好日子。"

因为家里的主要劳动力没有了，姐姐何苗已经打算不再上学，去打工挣钱供他上学，他之前听奶奶和母亲偷偷说过这件事，但他不想让姐姐为了自己放弃上学的机会，毕竟她一直很憧憬去上大学，而他没有她那么好学。

何苗示意陆坚跟上自己，从两栋房子之间的小巷子出去，就到了进行驱鬼仪式的村中坝子。

只短短时间,坝子里已经摆好了驱鬼仪式要用的所有道具。

一个老妇人穿着一身黑衣,正围着祭桌唱祷词,另有几个老人跟在她身后,附和她的祷词。

他们的声音连贯悠远,带着一种神秘莫测的力量,但陆坚完全听不懂,他此时的注意力全在林晓余身上,后者被绑在祭台前面空地的一张桌子上。

这个时节,山里夜晚的气温会降到10 ℃左右,此时温度尚没到最低点,但也降到20 ℃以下了。

被绑在桌子上的林晓余,只能靠着发抖来缓解身体的寒意。

他最初有些害怕,但过了一会儿,害怕就被胡思乱想所打断。

仰躺着被绑,他正对着夜空,漆黑夜空上的星子,光线都带着绵软的感觉,再瞄到总算爬上东边山头的圆月,月亮周围绕着晕圈。

这种晕圈学名叫月晕,当地人则称其为毛月亮,老辈子的传说里,有毛月亮的夜晚,正是孤魂野鬼游荡的时刻。在他小的时候,有毛月亮的夜晚,奶奶就不会让他出门,说他出门,魂魄会被鬼怪摄走。

不过,从科学的角度讲,这只是说明高空有冰晶,折射了月光,也可能是空气中水汽太足,这预示着很大可能会下雨。

要是下雨的话,我就要被淋成落汤鸡了,林晓余想着,耳朵里充斥着老人们作法驱鬼的唱诵声,鼻腔里全是香蜡燃烧的味道。

陆坚不知道去哪里了,有没有危险?也不知道他是不是会来救自己。林晓余突然又有些害怕,要是干干脆脆地死了,除了对不起家人和电脑里还没玩过关的游戏外,倒也没什么痛苦之处;但要是感染了这个村子里的病毒,出现急性脑炎,生不如死,或者好歹活下来后,但事后有很多后遗症,那就是一千句吐槽都无法发泄的郁闷了。

正在这时,几个进行驱鬼仪式的老人停下了唱诵,其中一人手中握着一柄小刀,将另一人递给她的公鸡利落地割了喉,公鸡声嘶力竭的叫声在林晓余的耳朵里戛然而止,血腥味弥漫开来。

林晓余不知道这些人在干些什么,瞬间,冷汗就从背脊上冒了出来。

那老人接连割了两只公鸡,在另一个老人提着公鸡沿着整个祭桌和患者所在范围洒血时,主持祭祀的老人捏着小刀来到了患者的跟前。

突然,本来被遣回家的何晏冲了出来,去夺那老人手里的刀,并叫道:"不要放我爸的血,你们这样治不好他的,你们会害死他!"

跪在周围参加整个仪式的村民都被何晏这突如其来的行为惊到了,好几个人站起来,要去拉何晏离开,何晏不断挣扎推拒,不让任何人近他父亲的身。

一时间,仪式被打断,场面几乎失控。

何苗趁着这场混乱,从她和陆坚躲藏的地方跑了出来,爬上祭桌后方祠堂前的高台,在祠堂里和祠堂前的佛像面前大声叫道:"生病的人得的是传染病,必须送到医院去才行。之前来的医生说,会出钱给所有生病的人治病。你们不要再这样耽误病人了,你们会害死他们,还会让更多人感染这个病。"

何苗人又矮又瘦,声音却极洪亮,老人们震惊地看着她,她妈妈和奶奶也看到了她,她妈大声叫她:"阿苗,你站那里做什么?快下来!"

何苗对着她妈妈摇头,说道:"不!你们这样不行,不能听盘大爷的。病倒的人不是遭遇了邪祟,他们都得了传染病,医生已经来说过了,说我爸是得传染病死的,这里的人都是传染病。你们这样，也会被传染。"

有不少人已经开始迟疑，何苗妈妈冲上前去拉拽何苗，让她从台子上下来。

陆坚趁着场面一时混乱，大部分人的目光都在何晏和何苗身上，有机可乘，飞快跑到林晓余跟前去，用从何苗家里带来的镰刀割绑林晓余的绳子。

林晓余一看到他，瞬间感动了，只是被堵住了嘴，发不了声，不然他一定要多拍陆坚几句马屁。

有人注意到了陆坚，冲了过来，陆坚怕这些人打到林晓余，只好试图拖着绑了林晓余的桌子退开，但林晓余太重了，陆坚一时拖不动桌子，只得绕着桌子和村民周旋。

正在整个驱鬼仪式一团乱的时候，两个"幽魂"出现在了坝子里。

其中一个"幽魂"大叫道："你们办这种祭祀活动，是违法的，你们知不知道！你们是违法的！"

她尖厉的声音掩盖住了坝子里几乎所有其他声音，所有人都朝声音传来的方向看去，只见昏暗的月色里，两个全身雪白的人站在坝子中央，周围的红光映着他们，让两人更显怪异。

有人一见这过分奇特的装扮，就被吓得惊叫："这是什么……是白无常吗？"

除了陆坚之外的人，都被吓到了，众人纷纷停下了本来在进行的事，全都往后逃去。

陆坚正好趁着大家都被吓到，总算把绑住林晓余的绳子给割断了，他飞快地拆掉了林晓余身上的绳子，也不管林晓余是什么感想，就一把捞上他，把他半拖半抱从桌子上弄下来，随后迅速把他拖到那两个"白无常"身后去了。

这两个"白无常"正是胡科长和小米。

23

胡科长和小米眼光锐利,又心有灵犀,都在短时间里判断出了陆坚和林晓余的身份。

胡科长说:"你们就是宋岑的客人是不是?我们是来调查情况的县疾控工作人员。"

陆坚看这两个穿着防护服的人出现,瞬间就对她们产生了莫大的信任。

陆坚说:"我们是。这个村里有传染病疫情,而且他们不送患者就医,还想放血驱鬼,这样只会感染更多人!你们来了就好了,赶紧阻止他们的行为,送他们的患者去医院治疗,控制这里的疫情。"

胡科长一听这人说得头头是道,就很是信服,"啊,真有疫情啊?我还以为他们乱讲。"

陆坚打量了两个穿着防护服但身高看着都没有一米六的工作人员,问:"你们来了多少人?"

胡科长说:"就我和小米两个。"

陆坚:"……"

看了看两个瘦小的女性,陆坚的心凉了半截,顿时不知道该说什么好了。

胡科长从他难以言喻的表情上明白了他的潜台词——你们两个人能成什么事?

胡科长不服气地说道:"难道你还想有一支军队来吗?"

陆坚发现她生气了,赶紧说道:"他们现在情况很乱,要是人少,根本无法让他们冷静。"

胡科长说:"我来解决。"

她走上前去,大声用方言说道:"我是来处理你们这里的事情的工作人员,政府不会放弃你们的,你们有事,政府一定会为你们解决!但是,要是你们乱来的话,就不保证有什么结果了!我晓得你们不懂病人的病,这没关系,我们肯定会帮你们的。但你们这样给病人放血,肯定不行,病人不仅不会好,还会被你们害死,你们还会得病人一样的病!要是你们不相信我们,我们转身就走,要是你们愿意相信我们,我们肯定会帮你们!如果你们要害人的话,那警察马上就到!"

之前被胡科长和小米吓到的村民都意识到这是两个活人,而不是什么"白无常",大多数人不再惊慌乱逃。盘洲走了出来,对胡科长说:"你们根本做不成什么事!要是他们可以治好,我们村里之前送去医院的何庆德怎么死了?"

胡科长认出这个反驳她的人就是之前向县疾控上报说山中的水有问题的那个老头,她之前就对这个老头印象不好,觉得他胡搅蛮缠,这时候又被此人抬杠,她不禁皱了眉头,但又因为不知道盘洲所说的何庆德之死的细节,一时便不知怎么应对。

林晓余身体好多了，从陆坚背上爬下来，他倒不怕盘洲死脑筋，不相信科学，就怕他在村民中蛊惑人心。

见很多本来被胡科长说动的村民又因盘洲的话动摇，林晓余就赶紧说道："何庆德是因为送去医院送得晚了才死的，要是送得早，肯定可以治好。而且，我们医院不是已经查出何庆德的死因了吗？是因为病毒感染。但你却阻止我们来救其他人，你到底是什么居心！"

村民又被林晓余这话打动了，看盘洲又要妖言惑众，胡科长赶紧说："你们最好别闹了，大家要相信政府！我们后面还有很多人来，医院派了救护车来救人，也会来查明你们这里为什么会有传染病，为你们解决问题。但要是你们不相信政府，自己乱来，到时候更多人得了这个传染病，也只是你们自己受罪，与我们没有半点干系。我知道你们这里有人认识我，我之前来过你们这里，为你们查过水质的。要不是为了你们好，我何必一趟趟往你们这里跑。"

村民们大多被胡科长和林晓余说动了，毕竟大部分村民的家里这次并没有人患病，要是这真是传染病，他们在这里接触患者，岂不是要被传染？

而有患者的家庭，在胡科长保证了医院派了救护车来救人的情况下，他们自然也不想再闹。

只有盘洲不太相信胡科长的话，还想再举行仪式，但其他人已经不想再配合他。

林晓余问胡科长："还有很多工作人员会来吗？"

胡科长小声说："没有了，只有我和小米，我刚才是骗他们的。"

林晓余："……"

胡科长马上又说："我来处理村子里的事，你们赶紧出村去，送你们来的那个司机宋岑在村口的车里，你们让她开车去镇上，打电话让更多人来处理这里的疫情。"

她盯着坝子里摆放着的患者，心情变得沉重，没想到这里是真有疫情，看来要加班。家里小崽子的作业是完不成了，只能等着到时候被老师叫去学校挨批。

* * *

半小时后。

距离妙庄村最近的镇上。

林晓余坐在车里用手机，手机上满格的信号，就像最美的美人，让人欢喜沉醉。他握着手机胡乱刷着微博，其实什么有意义的事都没做，但这已能安抚他的神经，之前在村里受的罪，也被微博里的搞笑段子所抚平。

陆坚给县疾控中心打了电话，报告了这里的疫情，由县疾控逐级上报。县疾控也报告了当地卫健委和当地政府。

村里之前死了何庆德，之后又死了何老六，现在还有四个患者病重，濒临死亡，村子里很多人都接触过患者，是否也感染了病毒尚未可知，这样的疫情，属于突发公共卫生事件，理应受到地方政府重视。

省里不久前出过其他的传染病疫情，这才刚处理好，所以再遇到传染病疫情，而且是由病毒专家认定的传染病疫情，省政府的领导非常重视。

副省长亲自下达指令，派了省疾控的疫情处置专家、医院的医疗队，以及来控制情况的武警前来妙庄村。要是这里的疫情经过专家团队评判很严重，属于重大事件，那还必须第一时间上报国家卫健委和国务院。

在将情况上报之后,各个部门迅速出动,陆坚作为联络人,手机也不断接到各方来电,他只得一一详细解释。

等手机总算安静下来,他下了车,走到前方路边,给傅顺知拨了电话。

嘟嘟嘟……

手机里传来等待对方接听的声音。

山里的夜,黑、冷、静。

这里和大都市完全不一样,但也并不真和外界隔绝。

陆坚望着在月色下显出轮廓的、远远近近又层层叠叠的巍峨大山,在冷风里打了个喷嚏。

陆坚总觉得,傅蓝夕的离开,像一个梦,只要梦醒,对方就还在,挑眉和他讲笑话。

喜欢现代社会的各种享乐的傅蓝夕和这深山是格格不入的,陆坚到这山里来的这一天,和从前的过往之间也像被割裂。两个世界如此割裂,但傅蓝夕感染的病毒偏偏和这山里的人感染的是同一种——人类是一个整体,无法分割,无分贫富贵贱。

电话,总算接通了。

"傅叔叔?"陆坚迅速说道。

傅顺知声音里带着紧张:"陆坚,我之前打电话给你,没通,你是进山里了吗?没危险吧?我就说应该让保镖跟着你。之前联系不上你,我这心一直不踏实。"

傅顺知的关怀让陆坚的心变得酸软,蓝夕没有了,他不仅要弄明白蓝夕出事的原因,还要代替他尽孝。

"傅叔叔,我进山里了,山里有的地方没信号,所以您才没联系上我。我这边挺好,没什么危险,而且还查到了一些事,与蓝夕的事有关。"

傅顺知问："你在山里，查到了什么？那边的病毒，为什么会和蓝夕感染的病毒相同？我的人在赫利俄斯那边的调查还没有进展，你那边有新情况，这是好事。"

汽车前照灯打出一片亮光，身材挺拔的男人此时垂着头，地上映出他躬着身体的影子，林晓余把目光从手机上抬起来，看着车外男人痛苦拧眉的侧脸，总觉得他身上带着一股浓重的悲伤。

他怎么了？为什么会有这种表情？不会是身体难受吧？

林晓余想到陆坚之前被妙庄村的村民打过，要是当时被打出了内伤，那可糟糕了。

完全无心玩手机，林晓余开了车门，飞快抬腿下车，冰凉的山风激起他胳膊上的鸡皮疙瘩，他朝陆坚走过去，陆坚沉痛的声音在此时传到了他的耳朵里："我在这边看到了一张照片，是一个白人和当地村民在佛洞里的合影。我把照片传给您，您看您那边可不可以确定那个男人的身份？

"我怀疑那个男人和马丁家族有关系，因为他和小马丁长得很像，最大可能是小马丁的父亲老马丁，既然赫利俄斯和妙庄村产生了联系，那这也就极有可能是蓝夕……蓝夕感染的病毒和这个村子里的病毒相似的原因，这也能为我们提供寻找蓝夕遇害真相的其他思路。不过，能不能找到更多的线索，还要等对这个村子做更进一步的调查才知道。"

见林晓余走过来，陆坚就挂了电话，然后把在盘洲家拍的照片发给了傅顺知。

林晓余走到陆坚身边，歪着脑袋打量他的脸，关心地问："你没事吧？"

陆坚脸上已没有了刚才那种悲痛的表情，恢复了冷静，"我只是打个私人电话，没事。"

林晓余指了指他的腹部,"你在村子里被村民打了,会不会受内伤啊?要是觉得痛,可千万不要忍着,不然会错过治疗。"

陆坚对上他关切的眼,说:"我没事。倒是你,你没事吧?"

林晓余摇头:"我毕竟是医学院的学生,虽然没有挨打的经验,挨打的理论知识还是有的,他们没打到我的要害。"

陆坚叹了一声,林晓余要是不来给自己做翻译,就不用使用那挨打的理论知识了,他说:"等回了城里,你还是去医院做下检查,这很重要。"

林晓余没把他这话往心里去,对"蓝夕"这个名字,他非常在意,在陆坚身边走来走去,实在忍不住,问道:"喂,陆坚?"

陆坚正在思考问题,看向他,"嗯?"

"蓝夕,是谁?"林晓余问。

蓝夕?

林晓余这一问带着试探的音调,却像是有着莫名的力量,让陆坚的心脏一阵紧缩,有种名为酸楚的感觉绕遍他的全身,他一时之间,不知道该如何回答。

他不知道,从第三人嘴里听到蓝夕这个名字会让他有这样的感觉,他的眼眶瞬间就红了。

林晓余敏锐地发现了他的情绪变化,于是非常不安,"呃,你没事吧?你不想讲,就当我没问。"

陆坚深吸了口气,调整了自己的情绪,望着面前屹立了万万年的大山。在这些大山面前,人类的生命何其渺小,因为渺小,尤显得珍贵,但蓝夕已经没有了这珍贵的机会。

他说:"蓝夕,是我的好朋友。"

"哦。"林晓余看着他的神色,"他也感染了病毒?"

陆坚说:"是。他已经……死……死了……"

死之一字，明明只是一种中性表述，但此时把它说出来，却有种割心的疼痛。

林晓余的心下便是一咯噔，他这下明白了陆坚非要来这个村子的原因，并不只是为了这个村子，也是因为他朋友感染了和何庆德一样的病毒。

林晓余愧疚道："陆坚，对不起啊。"

"为什么道歉？"陆坚见他一脸愧疚，非常吃惊。

"我不该问你朋友这个事。"林晓余说，"你是不是挺难过？"

陆坚无法说出诸如人死不能复生而他已经接受了事实的这类话，他沉默下来，安静地看向大山深处，那是妙庄村所在的方向。

林晓余伸手搂了一下陆坚的肩膀，说："人死是没办法的事。我奶奶说，人死了之后，魂魄每年中元节都会回到阳间来看活人，今天就是中元节，也许你的朋友，现在就回了阳间，你有话对他讲的话，他可以听到。你有什么话想对他讲，你现在就说吧。或者今年你不想讲，明年还可以讲。"

"我不信这个。"

陆坚想这样回他，但侧头对上他认真的眼神，就又把这话憋了回去。

风从大地上吹过，带起一阵阵此起彼伏的声响，就像是真有无数魂魄在窃窃私语。

林晓余说："山里的老人，大多一辈子都在山里，所走最远的地方，也只是另一座山。他们的人际关系很简单，一生中，所爱所恨的都只是那么几个人，所以，对那些死去的人，他们也记得很清楚，每年都会祭拜，相信魂魄真的回到了身边。这对他们是非常重要的寄托。相信鬼魂和阴间的存在，对于他们并不只是迷信，还是一种感情寄托和存在的方式。你也可以把这个当成一种感情寄托，这样的话，就会好受很多。"

陆坚愣愣地看了他一会儿，突然将目光转向前方，他张了张嘴，想说：蓝夕，你知不知道，你让我和你爸多难过，你让我们多难过，你为什么要死？你是不是又在搞怪，你其实根本没死，你只是故意为了让我们难过，才假装死了……

但声音都卡在了他的喉咙里。

在夜风带走泪水的温度，让他的脸一片冰凉时，他轻出了口气，像是一声叹息，继而冷冰冰地说："我不信这个。"

我只相信科学、证据和一切能让蓝夕瞑目的东西。我不相信那些只是让自己得到慰藉却于蓝夕毫无用处的玩意儿。

24

一种新病毒引起的传染病在一个村里暴发流行,这足以引起地方政府的高度重视。

短短时间内,妙庄村已被武警包围,不允许村里的人进出以及继续进行他们的驱鬼仪式。

不过,村里的通信并没有因为武警的到来而恢复,只能通过武警提供的特定方式才能和外界通信。

有以前处理国内 SARS 等疫情、在非洲处理埃博拉疫情,还有近几年来处理人间鼠疫的经验,我国疾控部门处理这种突发疫情,已建立了一套应对疫情的体系和方法。

当晚,便已由省政府负责组成了疾控和医院方面的专家团队来村里处理这次疫情。

陆坚作为病毒学专家,且是这次疫情的发现人之一,参加了这次的疫情处理,并担任了病毒检测组的负责人。

深夜,妙庄村里灯火通明。

村中祠堂处在村中心位置，且面积很大，被征用为处理中心。

村中此时一片忙碌，从村后的观音岭上往下看，只见村子被灯火点缀成一个卵形，在这一个灯火形成的卵形之外，是山中特有的幽暗。不断有穿着白色防护服的工作人员在村中的灯火里穿梭，更让这一座有千年历史的村子带上了一种神秘。在这光卵的一端，则有一条光带向外延伸，很像这个光卵的营养供给带。

突然，一道闪电在对面山上炸开，随之而来的是轰隆的雷声。

这一道闪电如拉开一道序幕，之后电闪雷鸣不断向村子涌来，月亮早不见了踪影，而雨水坠向大地的前奏更似一场千军万马奔涌而来的轰鸣。

省政府紧急调来距离这里最近的市里三甲医院的医疗团队，但他们医院处在市区，不能将可能有传染性的患者带入市区，只得又征用了市郊传染病院住院部的一栋独栋大楼，用于暂时收治村中发病的患者，而所有需要的设备，则会迅速向这所传染病院的郊区院区转移。

当有政府力量加入时，事情处理得极其快速。

林晓余要随着医疗团队带患者去医院，他的导师柳教授也接到了通知，作为治疗过第一例患者何庆德的医生，柳教授会带自己的团队尽快赶到市传染病院会诊，而林晓余要去和他导师会合。

听着雨即将从远处涌来的声音，林晓余飞快跑进祠堂。

祠堂里供奉着彩塑神像，陆坚正带着人坐在那神像下面，在神像默然的眼神里访谈患者家属，了解村中情况。

林晓余道："陆坚，要下大雨了，根据这个声音，这雨马上就来了。我现在就跟着医院的医生去传染病院了啊，你之后要到传染病院去吗？"

虽然和陆坚只相处了一天多时间，但可能是这一天发生的事太多了,林晓余对陆坚生出了很多不舍。

他话刚说完,那雨已经从远处迅速奔至妙庄村,将妙庄村笼罩在了瓢泼大雨之中。

山里的人很有经验,一听远处的雨声,就能判断雨的来势,大家都赶紧去躲雨了,不过赶来负责这个村子的武警们不少都躲避不及,医生们出发的步调也被打乱。

陆坚正和村主任盘洲谈话,盘洲非常不配合,很显然,他知道不少这次疫情为什么发生的内情,但他却不愿意讲。

雨打在祠堂的瓦上,叮叮咚咚、噼噼啪啪,很有一种恐怖气息。

陆坚尚未回复林晓余,盘洲回头看向祠堂外面浓重的夜色和倾盆暴雨,又低头看了一眼手腕上的手表,此时正是零点,他脸上露出古怪的笑容,在瞥了一眼懵懂的林晓余后,又转向此事的负责人陆坚,阴沉沉地说:"这雨来得很是时候,这是零点,鬼门要关了,我们这个村子,在五鬼岭下,有通向阴间的入口,这雨,是因鬼气而起,现在去淋了这雨,也要像我家老大一样。"

一道闪电随着雷声一起划过,嘭啪巨响,就打在祠堂上面,如拉开了另一个时空。

祠堂里所有人都被吓了一跳,盘洲更是因为这道雷电眼带讥嘲,"看吧,你们做的事,不敬鬼神,这是天谴。"

此时待在祠堂里的,还有不少医生和工作人员,大概是这里的恐怖氛围太过,即使大家不信鬼神,也因这雷电这大雨和盘洲的胡言乱语而害怕。

胡科长坐在陆坚旁边,她这晚最终没能回家监督孩子做家庭作业,此时对着盘洲那话很不以为然,说:"大爷,你这话就说得太不对了。敬鬼神,要怎么敬鬼神?别说敬了鬼神没用,就是有用,它给我们发工资吗?给你们交社保医保吗?前些日子,你打个电话到我们单位,让我们来你们村里给检测水质,你咋不给鬼神打个电话,让它们来给你们检测呢?你这笑话我们不敬鬼神,到底算个什么事?我们来你们这里加班加点工作,难道错了?应该先给你们这里的鬼神让路吗?或者你让你们这里的鬼神都出来说说,他们是不是有个什么鬼神界规范,所有来这里的人,应该先背几遍规范,再参照实施啊?"

其他人一愣之后都觉得有些好笑,盘洲则是愤怒非常,"你这样讲,是要遭天谴的!"

胡科长黑了脸,"我正正经经地工作,又没有得罪你,你却这样咒我!你到底有没有良心!或者你觉得这个鬼神,比良心还重要了?为了敬你那个鬼神,您老这是连良心都不要了吗?"

盘洲惊讶地瞪着她,发现完全不是她的对手。

胡科长握着笔,好言劝说:"大爷,你还是赶紧回答陆专家的话,这也是为了你们村里的活人好!那鬼神什么的,难道比你们村里的活人重要?这大半夜的,大家都不睡觉了,就是为了帮你们,你咋这么不配合呢?现在可是以人为本的社会,你不在意活人,在意那鬼神有什么用吗?"

其他人都能听懂盘洲和胡科长的对话,就陆坚听不懂,他只能看着别人的表情变化判断他们在讲什么,这种感觉非常不妙。

他小声问林晓余:"他们在说些什么?"

林晓余赶紧为他做了解释,陆坚听后,不由对胡科长十分佩服,心想这位大姐真会做群众工作,把这油盐不进的盘洲给噎成这样。

陆坚看着房子外面的大雨,又感叹说:"这雨太大了,非常影响工作,你们带患者去医院恐怕也会受影响。"

医院派了救护车来拉患者去医院,但雨太大,从村里出去的土路非常不安全,恐怕患者送往医院的时间必须延后。

果真，很快，穿着防护服的医生披着雨衣穿过大雨一路跑着来了祠堂，对陆坚说："陆主任，我们已经把四位患者都送上救护车了，但现在雨太大，山路没有办法走，只能等雨停了才能离开。不过这雨来得急，去得应该也急，不会久。"

陆坚问："患者情况怎么样？"

因为祠堂内外有村民，医生不便和陆坚直说，叫了他到祠堂的角落里说道："情况都不好，但我们会尽全力救的。"

陆坚其实早就心里有数，他不是临床医生，也无法指导临床医生团队什么，又问："你们医生还好吧？没排斥这次的事吧？"

处理这种传染病疫情，医生和护士作为一线人员，面临着极大的感染风险，自然会有人害怕，产生排斥情绪。

对方说："还行。以前出 SARS 和禽流感的时候，我们医院就是定点医院，大家都有经验，没问题。"

"辛苦你们了。"

"都是应该的。"

大家都戴着口罩，忙了一天，这时候谁都很累了，不过从露出的眼里可以看到，大家都充满着干劲。能来处理这次的疫情，也是代表了能力被认可。

林晓余要跟着医生去村口等雨停，走前又到陆坚跟前，犹豫着说："要不我还是留下来给你当翻译吧！我去了传染病院，也帮不上柳老师什么忙。"

陆坚把他带到一边小声说："你跟着去，告诉你导师采样了就要把样本送走，省委已经第一时间通知省卫健委签字，送样本去北京我们实验室做检测。我也联系好了一架公务机送样本。这事很大，中间不能出事，你跟着一起去看着样本。"

林晓余受此命令，就不再多想其他，赶紧跟着医生冒雨去了村口。

刚到村口,就见好些村民戴着斗笠、披着蓑衣要去接近救护车。

武警把他们拦在一边,让他们回家去,于是两边就争执起来了。

林晓余在人群里看到了瘦小的何晏,就走到武警旁边去问:"何晏,你们不回家去等着,在这里做什么?"

除了何晏外,其他大部分人都是老人,这么大的雨,要是淋了雨,这些老人怕是要生病。

林晓余穿了防护服,又披着雨衣,何晏初时完全没认出他来,这时候发现是他,就放松了警惕,对他说:"你们说要送我爸他们去医院治病,但为什么不让我们跟着去?"

他犹豫着指了指随他一起来的其他村民,"他们说,你们带走我爸他们,根本不是要给他们治病,只是要用他们做研究,还说要送他们去北京做研究。"

他又怒瞪着阻拦他们的武警:"现在这些人把我们村都围起来了,不让我们出去,就是怕我们闹。"

林晓余很震惊,武警更是无奈。

这些武警,大多年纪都不大,被派来负责这次疫情处理,本就让他们很不安,毕竟犯罪分子肉眼可见,即使遇到刀枪,那也是自己熟悉的东西,但这未知病毒却不是大家熟悉的东西,不熟悉的东西,带着神秘,更容易让人产生恐慌。只是职责所在,自然不由任何人不去执行,所以武警们也是硬着头皮完成任务。

武警不知道该怎么对这些村民解释,甚至他们自己也极大可能需要一些解释。林晓余上前说:"你们不要担心这些,他们是真的被送去医院治病。刚才过去的那位医生,就是你们这边市人民医院的医生,说不定你们亲戚里还有人认识他们,都是熟人,又有什么不相信的。"

他说着，又跑去找那位主任刘医生要了他的工作牌，拿来给村民们看："你看，他们都带着工作牌的，就是怕你们不相信。病人真都是送去治病，不让你们跟着去，是担心你们去了也会感染。好了，你们都回家去吧。这时候堵着这些警察小哥，没用啊。"

　　林晓余又指着一个扭着武警不放的老大娘说："大娘，你们真的快回去吧！你看你把人家警察小哥扭着，有意思吗？他也不过是为了工作而已，他年纪也不大，恐怕也就你孙子那么大，你何必和他过不去呢？你们在这里淋雨，感冒了是你们自己受罪，何苦？你们快回去吧，快回去！"

　　情绪激动的村民被林晓余这番话说服，大家商量着是否要离开，但依然担心家人，就举棋不定，林晓余就只好又说："你们放心吧，我去了医院，到时候给你们拍几张照片，拿回来给你们看，保证病人是被好好治疗，绝不是你们讲的那些什么做研究，说做研究的，完全是乱讲，这么多人大晚上冒着雨来处理你们村里的事，这难道是坏事吗？你们也想知道你们村里为什么会出事，不是吗？比起只听你们村主任一个人的话，为什么不再听听其他人的调查结果呢？这又不是坏事！"

　　林晓余总算把这些村民都给劝回去了。

　　这雨果真来得快，去得也快。20分钟后，就雨霁天晴，月亮重新出现在天空，变得更加明亮。

　　林晓余随着救护车去传染病院。车开到镇上后，手机就有了信号，不过处理这次疫情的所有工作人员包括武警在内，都要对这次疫情保密，不能对外发布信息，所以林晓余握着手机，心情激动，但也不敢随便发什么东西出去。

　　翻着微博提神时，他关注的医疗行业的一个大V博主发的一条信息引起了他的注意。

"排在世界前列的制药公司赫利俄斯于本月宣布关闭麦尔岛研究基地,麦尔岛研究基地的历史几乎与赫利俄斯制药公司一样悠久,公司官方给出的关闭原因是,麦尔岛研究基地已经老旧,不能支持公司基础研发的功能,予以关闭。"

25

博主显然不认为赫利俄斯制药公司关闭其麦尔岛的研究基地是这个原因，他这条微博写得很长，详细讲了自己的分析。

赫利俄斯制药公司属于典型的家族企业，控股是马丁家族。自从马丁家族上一任掌权者菲利普·马丁骤然逝世之后，这家制药公司便由他的大儿子索尔·马丁掌控。索尔·马丁是一个极其自负的人，他掌权后，公司就一直走下坡路。

不过这也是他运气不好，因为他上任后，制药公司的几款年赚几亿甚至几十亿美金的明星原研药就面临着专利过期，公司从这些药里获得的利润大打折扣。公司不得不加强其他新药的研发，但几款新药又很不争气，接连没有通过三期临床试验。公司面临着很大亏损。不过即使这样，赫利俄斯制药公司依然是市值千亿美金的大制药公司。

只是即使是这样的大制药公司，也不得不控制成本，关闭麦尔岛研究基地就是其第一步了。

如今，大的制药公司，有不少都在控制研发成本，他们更愿意从生物技术公司或者高校研究机构购买专利进行后续开发，而不愿意自主投入过多做基础研究了。

关闭研究基地，几乎是一种趋势，说不定赫利俄斯制药公司之后还将关闭其他研究基地，毕竟它的研究基地很多。

博主将这个报道分析得很诙谐，林晓余看了心里却很不是滋味。这个博主所说不错，不少大的制药公司为了控制研发成本，都不同程度地减少了公司的研究人员。

林晓余的梦想是以后去大制药公司做研发，这下大制药公司都在关闭研究机构并裁员了，他以后找工作不就变难了？

林晓余又去刷了这条微博的评论，只见下面有人留言——
"赫利俄斯制药公司之前和国内的知一制药在商讨合作，但两家现在已经翻了脸，知一制药的少东，那个网红傅蓝夕，死在了马丁家族的麦尔岛上。听内部的人说，傅蓝夕的死不是他自己泡美女作死才死的，里面有很大的隐情，猜测是马丁家族对知一制药的报复，害死了傅蓝夕。"

"还是有钱人的世界丰富多彩，这简直像是在演电影。傅蓝夕被马丁家族害死了，知一制药肯定要找赫利俄斯制药公司的麻烦吧。"

又有另一个医药圈博主回复："什么叫知一制药要找赫利俄斯制药公司的麻烦？分明是赫利俄斯制药公司要找知一制药的麻烦，那个傅蓝夕去赫利俄斯制药公司的研究中心，从那里窃取了该公司的研究成果，听说赫利俄斯制药公司有实质性的证据。"

"窃取商业机密，这事可不小啊！是不是要打国际官司？"
……

知一制药是国内挺有名的制药公司，傅蓝夕又是社交平台上的红人,前阵子刚因为不体面的溺亡上了八卦热搜,所以这种八卦很惹人注意,不少人都质疑这些留言的真实性。林晓余看后,脑子里的神经更是绷紧了,他总觉得这个"傅蓝夕"就是之前陆坚嘴里的"蓝夕",但他又不敢完全确定。

他把这条微博截图下来,想发给陆坚,这时他发现居然没有陆坚的微信,他一阵懊恼,心想之后一定要和陆坚加微信。

再回去继续刷微博,发现这条微博已经被删掉了。

他又再次搜索这方面的关键词,显示已经是"根据相关法律法规和政策,搜索结果未予显示"。

这是被屏蔽了。

再用别的搜索软件,依然看不到消息。

这是谁控制了这方面的消息?

最可能是知一制药花钱撤掉的,所以,那个傅蓝夕窃取了赫利俄斯制药公司的研究机密,是真的?

林晓余"吃瓜"正起劲,发现没有下文了,顿时颇为抓心挠肝,心想之后得问问陆坚,这事是不是真的。

* * *

妙庄村祠堂。

小米随着市疾控的工作人员一起,被武警保护着走访了整个妙庄村的所有住户,完成了这次疫情的三间分布(时间分布、地区分布、人群分布)的初步资料收集。

武警之前对来处理这种传染病疫情还挺担心,但跟着疾控的工作人员做了走访后,就觉得也没那么恐怖了,还说:"这和我们办案差不多。"

小米说:"不就是和你们一样的办案嘛,只是犯罪分子是我们肉眼看不到的东西而已,就是病毒。"

几人交谈着走到了祠堂门口。

雨后的凌晨,冰凉的空气带着湿润的水气,月亮在被水洗过的天空映出清辉,天地清新。

清凉的风吹进祠堂里,彩塑神像旁边的绸布在风里发出窸窣的细微声响。

在绸布下方,两个穿着防护服、戴着口罩的人坐在条桌后的凳子上,在条桌前,摆着一把椅子,一个六十岁上下的老人坐在椅子里,戴着口罩和手套。他双手握在一起,身板坐得笔直,浑身上下带着一股坚毅和沉默,露出的眼里却有一种神经质的警惕和忧虑。

房间里此时只坐着这三人,这是陆坚在和村主任盘洲谈话,胡楚楚科长在为陆坚做翻译。

此时祠堂范围除了他们三人外,就只有守在门口的武警了。

只是,很显然,这谈话一直不顺利,此时两方又沉默上了。

小米犹豫了一瞬,在门口向里打探,见陆坚突然朝门口看过来,她才小心翼翼地说:"陆老师,胡科,我们把这个村子大致走访了一遍。材料在这里……"

陆坚对她招了招手,示意她把材料拿过去。

小米这才飞快上前,把走访收集的初步资料递给了陆坚。

这时候时间很晚了,大家都很困,小米也不由在口罩后打了个大大的呵欠。

陆坚接了资料,抬头看小米时,正对上小米脸上的口罩一动,很显然,她在打呵欠。陆坚是习惯性熬夜的,但其他工作人员并不一定能做到,他有些抱歉地说:"这时候太晚了,你们先去休息吧。"

市疾控的工作人员在门口问:"需要我们来访谈其他患者的家属不?这样你工作量少一点。"

陆坚拒绝了:"不用了,你们先去休息吧。等天亮了,你们省里的专家可能也就赶到了,到时候你们还要忙。先休息,才能保证更好的工作状态。"

大家这才离开祠堂,去村口的车里休息一阵。

陆坚翻看了小米给他的资料,经过几个小时的走访,他们得到了很多信息。

资料里有村子的平面图,上面每一户都做了标记,每户有多少人,在家有几人都做了说明,除此,还有这些人最近的动态,最近的用水、食物来源以及既往病史等,还有是否进入后山、是否有和何种野生动物接触等。发病的人家更是重点做了标记和描述。

陆坚很快翻看完了资料,继续对上十分不配合的盘洲,说:"即使你隐瞒你知道的事情,我们从其他人那里,也可以拼凑出真相,而你这样不配合,不仅是害了你们村里其他人,更是犯罪。"

盘洲抬头望了陆坚和胡科长身后的彩塑神像一眼,神像微微下垂凝视人间的眼眸里并没有慈悲,而是严肃而冷漠。盘洲把目光从神像往下移,看向陆坚时,他冷笑了一声,神色和那神像十分仿佛,显然是不信陆坚的话。

盘洲这"无论你说什么,我只是不听不信"的态度,让陆坚十分头疼。

胡科长坐在旁边,已经想打瞌睡,她勉强撑着眼皮,对陆坚说:"陆老师,你看他,根本不在意别人死活,你和他讲那些道理,他未必听得进去。"

她这讥讽,刺得盘洲皱了眉,很显然,他虽然对着陆坚油盐不进,但也不愿意背"不在意别人死活"这种冤枉名头。

陆坚一看他的表现，便知道了突破口，他对着胡科长摆摆手后，继续对盘洲说道："你们村里，第一个死亡的何庆德是8月3日回村，4日去了后山打猎，随后就有感冒症状出现，到7日晚间，他就出现了严重的脑炎症状，你们8日给他作法，他9日被送到本地人民医院，当天就由120转送入益州大学附属医院。8月11日深夜，他不治身亡。

"第二个死亡的何老六，是8月12日回村，8月13日去后山，他家人说他从后山回来后就精神不对劲，而且有头痛发烧的症状，16日出现急性脑炎症状，18日死亡；而包含你儿子在内的四个人，何庆福、何其文、何其志、盘华，都是22日开始出现脑炎症状，到今天已经3天多。

"之前何庆德和何老六都是散发的，而之后这四个人，极大可能是一同感染，但他们是陆续回村，村里的其他人也没见他们相约一起。所以，有没有可能是有人故意让他们发生了感染？这就是很严重的刑事案件了！你在这些人的感染里，起了什么作用？"

盘洲虽然故作镇定，但很显然，他紧绷的面孔和愤怒的眼神出卖了他。

他交握的手死死扣紧，因为太过用力，骨节在手套下显得特别突出。

他压抑了很久，最终没控制住情绪，怒道："你们是医生，也不能这样冤枉我！你们这是想冤枉我，说是我投毒让他们出事的吗？然后就这样给上面交差？你们这是胡作非为！你们这些医生，没一个好东西！"

他情绪激动，话说得特别急，陆坚一个词也没听懂，胡科长对着盘洲"呵呵"两声后，为陆坚做了翻译，还特别强调："他说我们没有一个好东西，好像他自己是好人一样？呵！"

盘洲气得从椅子上站起身来，门口的武警行动十分迅速，飞速上前把盘洲又按了下去。

盘洲涨红了脸，简直想做个撒泼的无赖倒在地上诬陷警察打人，最后又因为自己的身份克制了这种冲动。

胡科长盯着无处发泄的盘洲，继续说："看吧，你觉得自己被诬陷了，就这副样子，但你诬陷其他人的时候，却觉得是理所当然呢。"

她又朝陆坚道："陆老师，你是大专家，以前没接触过这么没素质的人吧？其实我们这边大多数人还是很好的，热情好客，也很懂道理，他只是特例而已。你千万不要因为他，就对我们这里所有人印象不好。我们这里其他人，都是很好很好的人。"

陆坚第一次遇到胡科长这样能言善辩的人，也算大开眼界，而且对她非常佩服，因为之前一直非暴力不合作来气他的盘洲，此时也完全败在胡科长手下了。

盘洲朝胡科长怒道："你算什么医生，这样说我！"

胡科长："我哪一句讲错了吗？我们这里的人，不是大部分都热情好客懂道理？还是你觉得，要让上级来的专家认为我们这里的人全是不懂道理的刁民？你这样不配合专家的调查，查清楚村子里的传染病的来源，你就是想害死更多人，还损害我们这里的名誉，你这样反而是好的了？"

盘洲皱了眉，神色有所松动。

胡科长："盘主任，你年纪不小了，我是敬你的，但既然你年纪不小了，半截入土的人了，你还有什么怕的？怎么就不为这里的年轻人和孩子们想想？你大儿已经感染了病，送去医院了，难道你的小儿子和孙子孙女们，以后都不回村里来吗？只要不查清楚你们村里为什么会感染这种传染病，不找到传染源，他们回来，就也有感染的可能性。"

盘洲十分矛盾，望着那彩塑发了一会儿呆，突然转向陆坚说："你是专家，那我就对你讲。"

然后又对胡科长冷哼了一声，很显然是极度不喜欢胡科长了。

胡科长对他是不是喜欢自己并不在意，能赶紧把疫情查清楚，才是第一位的。她马上小声对陆坚做了翻译，表明盘洲愿意讲他知道的事了。

陆坚十分佩服胡科长这讲话技巧，此时对着她轻轻颔首后，就对盘洲道："那麻烦您了，您先讲一讲你们这里，几十年内所有这种病例的情况，以及您以前感染这种病，之后治好的事。"

盘洲以为陆坚又是让他讲大儿子的事，没想到却是讲古，只要不是讲他的大儿子，他的心理防线就松动很多。他眼睛望向了祠堂大门外，外面因为武警带来的大功率灯泡而亮如白昼。现在这个时代和以前已经完全不一样了。

盘洲慢慢讲起了过去的事，这些事都在他的心里，其实他很愿意讲这些过往。

当人老了，往往更能从过去找到自己的存在以及活着的意义。

录音笔在黑色条桌上亮着微弱的红色光点，陆坚一边听着胡科长的小声传译，一边对照着小米交给他的资料，在旁边的笔记本上记下重要的信息。

在小米以及市疾控的流病工作人员写下的走访资料里，不少年纪轻一些的村民看政府派了这么多人来处理村里的事后，就更接受村里出事是因为传染病而不是因为鬼月恶鬼作祟的事实了，于是愿意滔滔不绝地讲自己知道的事。但是，这些话里，不少有夸张成分，或者完全是臆测，这些材料，都要互相对照，才能找出可能的真实情况。而那些年龄很大的村民，无法理解"病毒"这一类词，他们给出的描述，夸张和想象成分就更重了。

盘洲是村中的老一辈，他母亲又是村里的神婆刘大仙，所以他对村里几十年、近百年来发生的疑似这次这种感染发病的情况比其他人清楚很多。

"听我妈说，在她嫁来这里之前，这里就经常会出这种人被邪祟上身的事。这也不只是我们村里才出这种事，山里是时常有这种事的，毕竟是山里，孤魂野鬼很多，即使不是鬼月，也有孤魂野鬼害人。我们村出这种事，在周围比较有名，是因为我们村后面就是五鬼岭，这里有和阴间相连的通道，所以，这种被邪祟上身的事，就出得比其他地方更多。"

胡科长听盘洲又在讲封建迷信的东西，在翻译给陆坚听后，她就小声问了一句："要不，让他不要讲这些什么鬼怪的东西？"

陆坚低声说："不用，他这把年纪了，早就形成既定思维，让他一时改掉，几乎不可能。"让他改了，说不定他反而不知道该说什么。

而从他的这些话里，找出科学的东西，则是陆坚他们的工作。

陆坚问："您可以具体讲一讲您所知的每一次有人感染和发病的情况吗？"

比起胡科长的扎心话，这位北京来的年轻专家的态度真可谓很好了，盘洲从最开始非常排斥陆坚，到此时已几乎完全接受他了。

根据盘洲所讲，这个妙庄村虽然很偏僻，但在古时，这里也有过比较热闹的时候。那时，那些要翻山出川的人，就可以选择从妙庄村这条路走，妙庄村在那时是比较富裕的，还供出过不少读书人，村里曾经出过进士，所以，妙庄村是一座有历史文化底蕴的村落。

在医学尚不昌明的古时，疾病很容易肆虐，人很容易生病，在这种偏僻的山中村落，人们常将疾病同鬼神联系在一起，且巫医流行。很多人生病了,除了吃草药,几乎都会再请大仙作作法。

陆坚根据盘洲描述的过往里"受邪祟侵犯"的情况,再对照手里资料其他人描述的情况,判断这些人的说法,发现他们的那些"证据"对这次疫情的判断没有特别重要的价值。

因为这些人把有人精神失常或者突然死亡或者出现发高烧等方面的疾病的事例,都往这次的疫情上靠了。要从中找出真有可能与这次让何庆德死亡的病毒有关的事例,很困难。

或者,即使将这些人描述的这些案例里的大部分情况都判断与病毒感染有关,这种病毒的感染,也总是引起散发病例,很少引起大规模流行。

所以,这种病毒的传播是困难的,即使传播,也传播得不广。

这与陆坚之前的推测相符。

现在最让他在意的是盘洲的儿子等四人感染发病的事,这四个人同时感染发病,其中很有问题。

盘洲讲了两个小时,才将自己所知的那些"恶鬼作祟"的事讲完了,而他自己,也是恶鬼作祟的受害者,他在几十年前被恶鬼附身,他已经到了阴间,最后因为他妈作法,他从阴间回来了,但从此瘸了一条腿。

胡科长去拿了矿泉水来递给盘洲,盘洲拉下口罩,一边喝水一边说:"这世界上是真有鬼神的,我是去过阴间的人,我难道会骗你们?"

站岗的武警同志面对着深邃的夜空,在后山松风的背景音里,听他讲那些神神道道的事,即使不信,也听得背脊发凉。

而陆坚,则一直处在深思状态。

盘洲盯着他说:"小陆同志,你不会是不相信我吧?"

陆坚在胡科长为自己做了翻译后,说:"我相信您所说的。

只是,我还有一件非常重要的事要问。你们这个后山深处,有一个隐秘佛洞,是不是?您能讲一讲这个佛洞吗?"

他的声音很温和,但盘洲在听清他讲什么之后,身体便僵住了。

26

这个佛洞,曾出现在盘洲家二楼的照片里。

陆坚翻遍小米给他的走访资料,资料里面记载了这个村里几十人的回答,但只有一个七十八岁的老年女性提到了"佛洞"两字,提到之后,还附加了一句"这事不好说,去问盘洲"。

而父亲出事的何晏,则在他的回答里提到了"山洞",也许这个山洞,就是那老奶奶嘴里的佛洞。之前问何苗时,何苗也没否认这个佛洞。

看来这个佛洞是这个村子的一个秘密,或者是忌讳。小一辈的人,诸如何晏何苗,都不知道那佛洞在哪里。

不需要盘洲回答,陆坚已从他僵硬的神色判断自己的猜测是对的,在这村子的后山里,有一座藏在山里的佛洞,那佛洞,应该就是盘洲家的照片里的佛洞,也极大可能是陆坚在麦尔岛上开会时,看到的某些佛像和佛头的来处。

这个盘洲,很可能盗卖过那些佛像和佛头到国外,这才是他之前一直抵触回答问题的原因。

中国历史悠久，佛教盛行的朝代并不少，山洞里藏佛洞并不少见。这座村子有底蕴，村中就能看到一些佛像石雕，这里的后山有佛洞，是完全有可能的。

陆坚完全没提盘洲和一个外国人在佛洞里合影的事，便是不想增加他的戒备，他看盘洲又变成了锯了嘴的葫芦一声不吭，便继续说道："你们村里有其他人说有这个佛洞存在，还说这佛洞与这些死了的和生病的人有关，你是村主任，对这个佛洞应该知道更多吧。"

盘洲的额头上隐隐有汗，看来他是真的紧张了。

陆坚继续道："要是你不说，我们也会知道那个佛洞的事，但要是你说了，这就是大功一件，这个，你知道吧。"

陆坚其实不善于用哄骗的方式让人开口，讲完这句话，他自己便是一愣，突然想到尚年幼的时候，和傅蓝夕在一起玩，这种讲话的套路完全是傅蓝夕的拿手好戏。他想抄自己作业，要是自己不给他，他就说："反正我不抄你的，我也可以去找别人给我抄，只是要给一点钱而已，那钱我也不在意，但是你把你的作业给我看看，我就不用去找别人，那钱省下来，我可以买个飞机模型送你。"当时的陆坚，很容易受傅蓝夕这种哄骗。要是如今，傅蓝夕还敢这样不学无术，陆坚也已经知道对付他的办法了，那就是把他赶走，对他不理不睬，他马上就知道错了。

不过以后，已经没有使用这些办法的机会了。

陆坚眼里不由浮上了忧伤，沉默地注视着盘洲。

盘洲犹豫着说："要是我说了，你们可以保住我家吗？"

胡科长一愣，心想你这话什么意思，怎么搞得像犯罪了一样？再看陆坚，陆坚已经点头："我会的。"

随着太阳升起,新的一天到来。

从省里来的专家医疗团队连夜赶往了当地的市传染病院,对患者进行会诊治疗,从事疫情处理和流病研究的省疾控工作人员也赶到了村子,接手了对村子里的疫情调查和处理。

陆坚要去这个村子讳莫如深的那个后山佛洞调查,他认为在那里会有所发现。

林晓余昨晚去了传染病院,一大早又随着疾控的工作人员赶来了村子。

陆坚看到他,惊讶道:"你怎么回来了?"

"你这话,是很嫌弃我?"林晓余很介意,"我这么不靠谱?"

陆坚看他吃瘪,露出了一点笑意,"我没那个意思,只是,你只是学生,不用这么累着来做事。你可以回去休息。"

林晓余说:"你太小瞧我了,我哪里那么娇气?难道吃不得苦?你说的那些样本,有省里疾控的专家专门护送去乘专机,送北京你们研究所进行检验了,根本不需要我去。我和我导师说了一声,就专门过来给你做翻译,我导师让我多跟着你学习。"

陆坚知道样本已经被送走的事,他准备着要去佛洞采样的工具和材料,说:"你这精神可嘉,来吧,收拾东西,我们要去山里的佛洞。"

林晓余问:"就是照片里那个吗?"林晓余对那把他吓过一跳的佛洞印象深刻,而且他知道陆坚对那佛洞非常在意。

陆坚:"对。"

陆坚组了一个去山上佛洞的队伍,一行共七人——陆坚、林晓余、小米、在省疾控从事检验的工作人员黎巍,还有两名武警以及村主任盘洲。

按照陆坚的要求，一行人都穿了防护服才进山。

昨晚下了雨，山路湿滑，山林湿度极大，在太阳的烘照下，温度渐高，又湿又热。而一行人全身被笼在防护服里，又带着不少采样装备，体感非常难受。

一行人走得极慢，一大早出发，花了三四个小时，在太阳到达中天时才到目的地。

前方的山壁上，青苔、杂草和藤蔓植物在上面覆盖蔓延，明明和一路走来看到的山壁相差不大，却给人一种非常奇特的感觉。

小米是一行人里体力最差的，再加上她昨晚没怎么休息，又爬了一上午山，这时候倚在山壁边直喘气。

她的手抓着一株杂草，没怎么用力，那株杂草就被扯掉了，她一愣，回头一看，对上了一张青苔和泥土点缀着的斑驳的"人脸"。

小米呆住了，她尚没来得及惊叫，武警同志小钱倒被吓了一跳，说："这个山壁上有人脸！"

盘洲喘着粗气，说："都是壁雕，雕的佛像，有观音，还有佛祖、法会这些。"

其他人都惊讶了，小米和武警又扯掉了一些杂草，拨开藤蔓，他们看到了更多雕像。

正如盘洲所说，都是佛像，只是，这里受风和水所蚀，有些雕像线条已经模糊，不过，依然可见这些雕像线条精美流畅，人物形神兼备，细节和场面都很精细，可见当初雕这些的工匠很有艺术水平。

在大家都惊叹于这深山里居然有这样的壁雕时，盘洲叹息说："在这个壁雕前面，以前有寺庙，寺庙就建在这里的岩石上。从山下看，这里的寺庙就像悬在空中。"

林晓余说："就是悬空寺那样？"

盘洲看了他一眼，又把目光转向前方的山壁，非常陶醉地说："我家里有以前流传下来的笔记，专门记载了这里的寺庙、壁雕和佛洞。这些都是唐时修建的，记录里说当时的寺庙没用一块砖石，全是由木头所建。寺庙斗拱飞檐，如大鹏展翅，雕梁画栋，精美异常。寺庙有三层，第一二层对着山壁上的壁雕，从第三层可以进后面的佛洞里去。"

大家纷纷赞叹，然后去看那所谓的佛洞，但居然没有看到。

盘洲继续说："不过那寺庙之后就荒芜了，后来又有地震，寺庙被震得倒塌，洞口也被石头堵塞，看不到了，现在你们只能看到石头上打的洞眼。"

林晓余听了他的描述，问："盘大爷，那佛洞到底在哪里呢？真的一点影子都没有了吗？那我们来这里做什么？"

盘洲指了指山壁上面，说："地震把上面的石头震下来，将佛洞口给堵住了，那里又长了很多杂草，现在从前面根本看不到了，不过可以从别的地方进去。"

"那从哪里进去？"

盘洲继续指上面，"爬到上面去后，有一个可以下去的洞。不过，我很多年没进去过了，不知道里面变成了什么样。"

林晓余想说你以前不是在里面和人合影过吗？见陆坚正皱眉不语，他就没把这话问出口。

一行人又向上爬了一段路，果真，从另一边看到了一个被藤蔓植物遮掩住的洞口。

陆坚整理了携带的器材，检查了每个人穿的防护服，然后还让大家都戴上口罩、防护眼镜和手套，就要进山洞去，盘洲此时脸色灰白，突然叫他："年轻人！这座山真的可以和阴间相通，里面真有邪祟，以前里面由佛像镇着，所以才没什么大事发生，现在里面的佛像基本上没有了,你们进去,真会被邪祟上身。"

他这话一出,其他人都脸色微妙。

盘洲这提醒是好意,但大家并不相信。

林晓余见陆坚一脸迷惑,很显然没听懂盘洲的好心提醒,他给陆坚做了翻译后,陆坚说:"没事。我们先下去看看,您老在上面待着,不用担心。"

盘洲皱眉看着他,嘀咕道:"我是好心提醒你们,不是我怕死。"

陆坚猜出了他的意思,笑了一声:"我们知道。"

陆坚留了一名武警在上面守着盘洲,他则和另外四人一起下了山洞。

这个洞口有很多碎石,显然不是最初被开凿过的洞口,更多可能是地震震出的洞口。

几人带着探照灯,进入洞里,走过几米很窄的道后,前面突然变得开阔。山洞里的空气湿润而阴冷,因昨晚的雨,不时有水滴从上面滴落,水滴声在山洞里回响——叮,叮,叮……像某种从异世界来的声响,敲在人的灵魂上。

陆坚走在最前面,在所有人都去看山洞壁上的佛像时,只陆坚在看地上和山洞顶部。

随着探照灯的光线打上洞壁,雕刻优美的佛像和法会图展现在所有人面前。大多数佛像已被破坏了,只能依靠联想来推断它们完好时是多么气势恢宏而美丽,但此时,在探照灯光里,它们残破而阴气森森,好像已经失去了佛的慈悲,带上了鬼怪的邪性。

林晓余看得心下惴惴,去检查了洞壁边上的地面,说:"这里面以前有很多立式佛像,不过正如盘大爷说的,都没有了。估计是被盗出去卖了,里面剩下的,全是弄不走的。"

山洞向里延伸，里面不时传出被山洞扩音放大的呲呲声和叽叽声，好像某种鬼怪的叫唤。

在大家疑神疑鬼时，陆坚说："你们小心一点，这里有很多蝙蝠。"

27

他刚说完,大家已经看到有蝙蝠被他们惊动,在山洞里扑腾。

黎巍对陆坚道:"陆老师,你是怀疑是这里面的蝙蝠造成了村民感染和发病吗?"

蝙蝠是唯一一种可以飞的哺乳动物,它们能携带多种病毒,其中有一部分是人兽共患病毒。像狂犬病病毒、尼帕病毒、汉坦病毒、MERS冠状病毒,以及让国人记忆深刻的SARS冠状病毒,蝙蝠都有携带。

陆坚道:"是的。刚才我已经拍了这里的地面,地面有蝙蝠粪便,之前有人来过,留下了很多脚印,很大可能就是那些感染的村民留下的。大家现在小心,这里的蝙蝠和蝙蝠粪便里极大可能就有感染了村民的病毒,即使没有,也可能有别的病毒。"

随着陆坚的话说出口,除了黎巍和陆坚还比较镇定外,另外几人都有些紧张。

陆坚安慰他们道:"别担心,大家都做好了防护,不要脱掉防护服,检查手套、口罩和眼镜,确保没有问题,就不会轻易感染。"

黎巍说:"还是赶紧采样吧。越早采完样本,可以越早离开。"

黎巍大概四十岁,对野外采样很有经验,甚至参加过几次地震救援。他和陆坚去抓蝙蝠取样,让林晓余和小米采集地上的蝙蝠粪便、山洞里的水以及环境样本。

那位武警同志因为不会采样,便负责灯光和拍照。

山洞宽大,顶很高,洞壁被工匠凿出壁雕,里面空气湿润,却没有积水,小钱说:"这里面这么凉快,倒很适合夏天避暑打麻将。"

林晓余一边采样一边说:"我老家那边也有很多山洞,那些没有被开发成景区的,夏天都会被周围的住户占据了歇凉,有人甚至牵了电灯进去,打麻将,斗地主。"

小米说:"这些蝙蝠携带的病毒可多了,最好还是别接近有蝙蝠的山洞,不然就要像妙庄村里感染病毒的人一样了。"

另一边,陆坚把地上前人留下的脚印都录了下来,又仔细拍下这山洞里的蝙蝠种类。

这一个山洞里,至少有三四种蝙蝠。

黎巍对抓蝙蝠很擅长,抓住后便迅速地用拭子取样,陆坚便装样、拍照、编号、记录,黎巍把蝙蝠放回去后又去抓另一只。

几人忙得早已忘记了饥饿,而在这山洞里,穿着防护服,也没办法吃东西,即使饿了也得忍着。

等采够了样本,陆坚说:"走,出去吧。要是这些样本不够,以后再来。"

林晓余收拾了东西,从山洞出去时,又回头看了一眼,那山洞深处,幽暗冰冷,有难以辨别的细小声音,像是潜伏在岩壁佛像里的什么东西在窃窃私语,他浑身发寒,赶紧追上前方的队伍。

陆坚说他:"你跑什么,小心摔了。"

林晓余跑到他身边去:"有点害怕,起了满身鸡皮疙瘩。"

陆坚也回头看了一眼山洞里,山洞顶上有密密麻麻的蝙蝠,它们似乎在看他。

陆坚让林晓余走自己前面,说:"不管怎么着,先注意脚下安全。"

从山洞里爬出去,太阳已经西斜。

山间风吹来,带来清新的空气,闻够山洞里蝙蝠和蝙蝠粪便味道的众人,都长呼了口气。

林晓余含糊道:"总算活过来了。"在山洞里,中途他多次想吐,但想到一吐就吐在了口罩里,才生生憋住了。

见几人出来,那一直在外面等的武警小谢和盘洲才放松了。

小谢关切地问:"你们怎么下去这么久?里面特别深吗?"

小钱说:"有多深不知道,我们没进去太深,就只在靠外面二三十米范围内活动。"

他指了指陆坚等人:"他们在里面采了很多样本。"

盘洲支着耳朵听了,又仔细打量站在空地上收拾从里面带出东西的陆坚等人,警惕地问:"是什么样本?"

小钱知道他是盗卖文物的嫌疑人,而且正是这些嫌疑人从蝙蝠洞里盗卖佛像,才带出了病毒,害了自身,所以就不愿意和这人多讲,无视了盘洲的问题,要去给整理东西的陆坚等人帮忙。

陆坚将采到的所有样本整理好,放进低温生物安全箱里密封,见小钱过来,就阻止他:"我们这里不用你帮忙,你暂时别接近我们。"

他语气严厉,把小钱吓了一跳,"出什么事了吗?"

他看来看去,也没觉得有什么问题。

陆坚指了指大家防护服上黏上的蝙蝠粪便,说:"这些粪便里很可能有让人感染的病毒。"

"病毒"二字让小钱止住了脚,只得站在不远处看他们忙碌。

之后大家又换了全身防护服,这才带着样本下山。

盘洲最初对陆坚颇有敌意,此时却专门走到陆坚身边去,神秘兮兮地探问:"你们没在佛洞里遇到什么?"

林晓余不为陆坚做翻译,陆坚便听不懂盘洲的话,盘洲意识到这个问题后,就赶紧叫林晓余:"晓余,你快为陆专家做翻译。"

林晓余此时变拐了,不为他翻译,说:"我可记得您老昨晚打我的事,不仅打我,还把我绑在桌子上要我做替死鬼。"

盘洲看向陆坚,见陆坚的脸被口罩遮住,只露出一双略深邃的眼,也不明白他到底听懂林晓余在拿乔的话没有。

十年前山洞洞口被地震震垮,盘洲的母亲刘大仙便认为是那山洞镇压邪祟的能力随着里面的佛像被带出而变弱了,灾难会从那山洞出来,盘洲自此再没进过那山洞,也禁止村中其他人去,村中老一辈人很迷信,深信盘洲的话,大家都开始忌讳谈到那山洞,但年轻一些的人则不信邪,在利益驱使下,有人从那山洞的另一边发现了地震震开的口子,偷偷进那佛洞把里面剩下的所有能拿出来卖钱的东西都陆续拿出来了,之前没事,但今年,就发生了大难。

今年,所有进过那山洞的人都出事了,出事后他们没能告诉盘洲那山洞里的情况,这次陆坚等人进去了,盘洲自是非常好奇里面到底有什么变化,而陆坚等人不敬鬼神,不知是否会面临与何庆德等人同样的灾难。

"我现在是和陆专家讲正事。"盘洲不满林晓余,"你这娃娃,这是故意耽误陆专家的事。"

"昨晚陆坚专程找您谈事的时候,没见您这么积极。"林晓余耸了耸肩。

"你这小孩儿怎么这样！你不给我做翻译，你以为我真不会讲普通话吗？"盘洲气得在路上砸了好几下手里用作拐杖的竹竿。

陆坚虽不能完全听懂两人的谈话，但大略能领会其意，此时就同林晓余说："别闹了。"

盘洲开始指责林晓余："你看，陆专家就是很知大体的人，你这小孩儿不懂事。"

林晓余马上转而对陆坚翻译："陆坚，盘大爷说我不懂事。"

盘洲气得直喘气。

陆坚笑着瞥了林晓余一眼，示意他别太淘气，问盘洲："您老有什么事？"

盘洲这才喘匀了气，说："山洞里，现在是什么样子？你们真没遇到什么？"

林晓余对陆坚翻译后，陆坚说："那山洞里，应该遇到什么？里面现在除了壁雕，已经没有其他佛像了。"

盘洲没进去看过，就疑神疑鬼："可能是白天，看不到什么。"

林晓余对陆坚转述他的意思后，自己回复盘洲："是不是里面应该有鬼怪，不时会噗噗噗吱吱吱哗哗哗地叫？我们今天在里面的时候，也挺多这些声音从山洞深处传出来，不过我们没进去看。"

盘洲面部僵硬，"你们也许已经被邪祟盯上了，现在没出事，下山后也会出事。"

"您老昨晚不是要用我和陆坚做替死鬼的嘛，怎么这时候突然变好心肠了，还为我们的安全健康着想了呢？"林晓余道。

盘洲不讲话了。

陆坚说："里面现在有很多蝙蝠，那些蝙蝠，应该是近些年才在佛洞里定居繁衍，您记得是从什么时候开始，那洞里有蝙蝠的吗？"

盘洲："我年轻时，里面还没什么蝙蝠，但是近二十年，其他山里开采石头，破坏了不少山洞，那些蝙蝠没地方去，就搬到现在这个佛洞了。"

陆坚："蝙蝠多起来后，你们村里出过几次这种事？"

盘洲意识到陆坚是把蝙蝠同他们村里的邪祟入侵事件联系了起来，迟疑道："没几次。只有一个人是明明确确去过那山洞，回来后就死了，另外有一个人也出事了，但不知道他去过山洞没有，人主要是摔下山死的。"

陆坚听林晓余翻译后颔首表示明白了，又问："之前您曾经和一个外国白人在那山洞里合影过，您记得那个人吗？"

之前陆坚没问过这件事，盘洲一直因这件事惴惴不安，他明白这事瞒不过去，因为村里有不少人知道此事，他自己不讲，其他人也会对公安或者这些调查的专家讲。

盘洲犹豫后，心想：不如自己坦白从宽，毕竟东西卖都卖了，还能咋办？

"是有个外国人团来过，那是十五六年前的事了，不知道他们从哪里打听到我们村后山里有佛洞，里面有保存完好的佛像，他们找来了，说想看看，因为他们给了我们村一笔钱，我就带他们去看了。"

盘洲拧着眉，想来那些事对他来说不是好的回忆，"当时，那佛洞里的有些好的佛像已经被某些龟儿子偷去卖了，里面佛像少了不少。我们也去找政府汇报过我们村后面有佛洞的事，想请政府给钱来保护，但因为我们这里太偏了，上面宁愿把钱给那些比较好开发旅游的地方，根本没把我们这里当回事，所以，那个外国佬说想买佛像的时候，我们才答应了。毕竟，那些佛像不卖给他，也会被其他人偷了卖掉，我们也没办法防住这些人，他一共给了我们二十万块钱,那钱,不是我一个人拿的,村里每家每户都拿了钱。"

林晓余对陆坚翻译后,就震惊地问盘洲:"他搬了多少佛像走,二十万就打发你们了吗?这也太便宜了。"

盘洲瞪了他一眼:"那时候,二十万很值钱了,你这娃娃自己还没挣过钱吧,就说二十万少?"

林晓余哼了一声,二十万本来就很少,他很为那些流落海外的佛像不值,叹气说:"我们今天进去,里面只有壁雕了,甚至有的地方壁雕都被挖走了,难道那些都是那个外国人带走的?"

盘洲:"当时他只带走了好的,还剩下一些,我知道后来又有人去偷过,里面佛像被偷完了,没有佛像镇压,地震才把山洞口震垮了,放出了里面的邪祟。"

林晓余听他三句话不离邪祟,心想他不去写鬼怪小说真是愧对他的想象力了。

陆坚问:"您老知道那外国人的名字吗?"

盘洲说:"不知道,他们都叫他老板。"

林晓余:"……"

"难道你们当时把佛像给他,没签合同?"

盘洲摇头。

陆坚:"当时一起进过山洞的人有哪些,有人后来生病死了吗?"

盘洲脸上露出恐惧的神色,"我们村里倒没人出事,那买了佛像的外国佬团,他们第二天就走了,但过了几天,大概四五天吧,他们又有人来我们村子,说他们的老板生了病,那人讲了他老板生病的症状,我一听,就知道那个老板是被邪祟附了身,脑子变得不清楚,还大喊大叫,我知道那是他买了佛像招致的罪过。

"那个人问我们村里有没有出过这种病人,以前怎么治疗的,我其实很悔恨，觉得不该把那佛像卖给他，这下害了人了，我就把我知道的全告诉那个人了，说他们的老板是撞了邪祟，应该驱邪，我们村以前出这种事，都是那么驱除邪祟的。

"他们听后就走了，不知道他们会不会那么驱邪，也不知道那个外国佬老板好没有好。后来，有人告诉我，又有外国佬避开我们村子偷偷去过那个山洞，那个山洞里其实已经没值钱的东西了，他们可能是去祭鬼去的，所以……"

盘洲瞄着陆坚和林晓余，心有余悸地说："你们最好要敬神灵，不要以为你们上过学，懂得多，就百无禁忌了。"

"呃。"林晓余觉得盘洲除了迷信，好像其他地方也没错，但听了他的意见，林晓余又无言以对，于是干巴巴地把盘洲的话翻译给了陆坚听。

林晓余注意着陆坚的反应，只见陆坚听后一言不发，也不知道他到底在想些什么。

林晓余问："陆坚，要怎么回答盘大爷的好意？"

陆坚愣了一下，看向他，说："谢谢他的提醒。"

一行人回到村里,天已黑了。

随着省里和市里的调查工作人员前来调查,村里人受气氛影响,意识到情况的严重性了,所有人都惶恐起来,担心已经被那神秘的传染病传染了。也不知道是不是因为前一晚不少人淋了雨,村里不少人出现了咳嗽、发烧和头痛的症状。这让处理疫情的专家团队都紧张起来。

村外稻田边的路上,陆坚端着泡面,坐在小马扎上一边吃一边听省疾控的现场流病专家分析这一天在村里的调查情况。

陆坚带了不少人去山洞采样,留在村里的工作人员并不多,但这些现场流调的工作人员在这一天里已经把能做的大部分事做完了。

他们不仅对村里几乎所有人都做了访谈,还进行了血样、咽拭子等的采集,以及重点环境样本采集,对村中动物诸如猫狗猪鸡鸭进行样本采集,只等晚上抓老鼠和捕蚊虫了。

因为所有样本都要和陆坚从山洞里采到的样本一起被带去中疾控做检测,所以在缺少这些样本检测结果的情况下,他们从现场推断——这次疫情非常奇怪。

已死亡的何庆德以及何老六,去过山里,在陆坚的建议下,他们入过山的草鞋被找了出来,脚底的确有蝙蝠粪便,这个草鞋也会被拿去做检测。这两人尚且有接触可能的传染源——蝙蝠;另外四人,并被认为几乎是同时感染的四人,他们的家人承认他们去过后山,但他们并不一定进了山洞,也没从四人的鞋底看到蝙蝠粪便,而且在蝙蝠洞里也没拍到四人所穿鞋留下的脚印,四人到底如何同时感染的?

而且这些感染的人都是青壮年男性,村里的其他老弱妇孺为什么全都没事?

好像这种病毒只专门针对青壮年男性,这就奇了怪了。

省里的现场流病专家领队姓唐,他吸了一口泡面,拿着泡面叉子指了指陆坚,说:"所以我们讨论,你说村里好几个人发病是因为何庆德体内的病毒在村里发生了传播,造成了这次的疫情,我们是不敢确定的,我们不能跟在你屁股后头,做你的应声虫。"

流病专家唐主任倒也不是专门针对陆坚,他是针对所有让他觉得没证据的结论。

林晓余听人这么批判陆坚,不由有些窘迫,但他又没发言权,就偷偷去瞄陆坚的脸色,担心陆坚会因为被这么批评而翻脸。

陆坚没有翻脸,他点了点头,脾气很好地说:"嗯,您说得对,我拿到的何庆德的样本,是柳溪川教授送到我那里的,柳溪川教授的专家团队会诊判断何庆德是因为病毒感染引起肺部感染、脑炎和心肌炎而死,我们的实验室通过测序判断何庆德的样本里有一种全新的从没有被报道过的病毒,这病毒可能是冠状病毒。

"这种病毒是全新的,以前没有案例表明这种病毒的确会引起脑炎和心肌炎,我们也无法说明,是因为感染这种病毒导致了何庆德的死亡。现在还没有检测其他患者体内是不是也有这种病毒,那就更不能说这个村子里的多人发病,是因为这种病毒的传播导致的。"

唐主任看陆坚年轻又头顶专家光环,本来很在意他是不是会是那种超级自大的不接受其他意见的人,现在看他没有那种刚愎自用的毛病,唐主任态度便好了很多,还问陆坚要不要吃自己的涪陵榨菜。

陆坚马上对他的好意表达了感谢,但是,"我吃不惯这种腌制食品。"

唐主任说:"我知道你们北方人总觉得吃腌制品致癌,不愿意尝试。这个其实挺好吃的。"

陆坚无话可说,心想您这真是一竿子掀翻一船人,不过,他随即发现林晓余蹲在一边,眸子转也不转地瞄着唐主任放在凳子上的榨菜,陆坚便说:"虽然我吃不惯,但我的学生很喜欢吃这个,不知道可不可以给他吃点。"

唐主任年纪大了,眼睛不那么好使,要不是陆坚提醒,他都不一定注意得到蹲在陆坚旁边、有点距离的林晓余,看陆坚居然帮他的学生讨要榨菜,他就赶紧把榨菜给了林晓余,说:"年轻人啊,多吃点,多吃点。"

陆坚心想榨菜多吃点能有什么好处?不过他随即发现林晓余当真把一大半包榨菜都倒入了自己的泡面碗,这真算是让他开了眼界,心想榨菜还能当主食不成?

唐主任又和陆坚讨论道:"现在,要确定这个村里的问题的确是这个第一例病例何庆德感染的病毒引起,那就需要在所有发病的人身体里检测到这个同样的病毒,而其他没发病的人身体里检测不到这种病毒,还要确定这种病毒的传染源在哪里,传播途径是什么……才能说这是一起有流行病学关联的疫情。现在就是要去检测所有样本找证据了。"

陆坚继续点头应是,好像一个乖乖学生。林晓余在旁边不断看他,为他刚才把自己说成他的学生并为他讨要榨菜而感动,又佩服起陆坚在学术上的谦逊。

唐主任讨论工作的时候很尖锐,不太给人留情面,但除此之外,人很圆融,他马上又赞扬起陆坚来:"你检测出新病毒,愿意马上来这么偏远的村子里溯源和查看情况,这才让我们这么快了解这个村子里的情况,你这是干实事的人啊。"

林晓余心想陆坚是因为他朋友也感染了这种新病毒才来这里的。他以为陆坚会把这件事告诉唐主任,所以竖着耳朵听着,但陆坚没讲这事,只是谦虚了一句:"这些都是应该的。"

林晓余在心下咦了一声,看了看陆坚沉毅如这夜色里的大山一样的表情,他没敢多嘴。

唐主任:"如果你的实验室检测了所有样本,拿到证据,证明你提出的有关新病毒 He 病毒在这个村里流行的假设成立的话,那这次的疫情就必须向国务院相关部门汇报了,接下来就会更忙。小陆,你恐怕可以一战成名啊。"

陆坚没有因为唐主任这话展露出欢喜,只是很平实地说:"是的,现在就是需要实验室证据。"

唐主任看着陆坚,又笑了一声,说:"要是实验室证据不支持何庆德感染的 He 病毒在这个村子里流行,其他病例都是因为其他问题而发病,那你导致的这次兴师动众,对你将来的发展影响可不会小。"

陆坚还没应声，林晓余已经唰地抬起了头，明亮的眸子盯向唐主任，唐主任所说自然是真的，这次妙庄村的事，已经惊动了省政府和省卫健委，多部门出动协作办事，最后要是被发现是一场乌龙，那陆坚会有好结果吗？

林晓余本来还以为唐主任这笑是在嘲笑陆坚，但之后又发现唐主任的语调里没有嘲笑的意思，他大概只是善意的提醒吧。老年人总是会担心年轻人为立功而不择手段，最后反而弄巧成拙。

陆坚似乎发现了林晓余对自己的担心，他先深深地看了林晓余一眼后，才看向唐主任，道："谢谢你，唐主任，这些我都明白，但是，既然出了病例，我不可能因为考虑自己的前途而过分谨慎。"

林晓余看陆坚没受打击，就松了口气。正在这时，陆坚的手机响了起来。

这得益于武警的通信车，他们的手机暂时可以使用，只是所有通话都要被监控。

陆坚把手里的泡面递给林晓余，站起身接起电话。

电话来自病毒病研究所，送到研究所的所有样本，全都做了荧光 PCR 检测，得到结果了。

"用之前何庆德样本里的病毒设计的引物，检测了这次送来的五份临床样本，都是强阳性。"电话里，是陆坚团队的博士后高萍的略显激动的声音，"这些人和何庆德感染的是同样的病毒！"

也就是说，这些人和傅蓝夕感染的是同样的病毒。

陆坚侧头看了一眼坐在一边等着他结果的其他人，心想高萍这通电话太及时了，他说道："为了确定这些病毒的同源性，你们再做培养和高通量宏基因组测序，再对比基因组看结果。"

"嗯，行，陆老师。"

"怎么样？"大家听到了陆坚讲的电话，全都精神振奋，紧盯着他。

陆坚刚才被质疑，要说他全然没有一点介怀和紧张，那是不可能的，这时候他就放松了很多，说："实验室检测了今天一大早送去的五份临床样本，都是 He 病毒强阳性，不过，只是用 PCR 做了验证，我们还会做高通量基因组测序，再看这些病毒的同源性。"

因为所有患者的症状相似，又在同一时间、同一地方发病，他们是同一种病的可能性极高，之前唐主任的话虽然是为了严谨，但也有吹毛求疵的嫌疑，现在有了实验室证据，这些患者的确是感染了同一种病毒，就可说他们因同一种病毒感染而发病是证据确凿了，陆坚之前的假设没有错。

当晚，陆坚和林晓余带着样本去市里休息。

两人住在同一间标间，陆坚在笔记本电脑上处理数据，林晓余听着房间里的空调声，刷着微博，突然，他抬起头来期待地看向陆坚的背影，说："陆坚，我能问你一个问题吗？"

陆坚忙着自己的工作,道:"你说。"

林晓余:"你之前所说的那个叫蓝夕的死了的朋友,是知一制药董事长的儿子傅蓝夕吗?"

林晓余明白,自己问这个问题,可能会让陆坚很介意,但他没想到陆坚比他想的还要介意一些,因为陆坚突然转过身来,目光很锐利地盯着他,这把林晓余吓了一跳。

林晓余听着自己心脏咚咚咚跳动的声音,总觉得整个世界都在这一刻静默了。

林晓余尴尬又忐忑地看着陆坚,勉强扯出一个笑容来,低声说:"对不起啊,我不该问。"

有陆坚这个反应,他便也确定了,陆坚那个死了的叫蓝夕的朋友,真是那个去世后上了娱乐八卦头条的富二代"网红"傅蓝夕。

陆坚神色缓和些许,他回过头继续盯着屏幕,一边打字一边问:"你问这个做什么?"

林晓余看他态度变好了，胆子就大起来了，说："现在网上在讨论他的事。"

陆坚并不怎么看这些与他研究无关的网站，问："在讨论什么？"

林晓余说："网上说傅蓝夕买通赫利俄斯制药公司的人，窃取了赫利俄斯制药公司的研究机密，因为知一制药和赫利俄斯制药公司存在竞争关系，这也是导致傅蓝夕死亡的原因，是……"

林晓余话还没讲完，就在陆坚的注视下住了嘴，他窘迫地说："但是，我不相信这是真的，我觉得那些都是网上瞎说，是造谣。"

陆坚问："为什么这么说？"

林晓余："即使知一制药真要偷盗赫利俄斯制药公司的研究机密，也不用派公司的少东家去做这种事吧，被抓到了不是想甩都甩不掉？要是找商业间谍的话，商业间谍被抓住了，那知一制药完全可以不承认，对知一制药的声誉就不会有什么影响了。再说，傅蓝夕已经死了，他都不能为自己辩驳，还不是由着赫利俄斯制药公司想说什么说什么。"

林晓余紧张地讲完，陆坚颔首道："不盲从别人的观点，有自己的思考，不错。"

林晓余："……"所以到最后，陆坚并没有给出他自己的观点。

林晓余看氛围有点沉闷，就转移话题说："陆坚，我明天和你一起去你们实验室，对吧？"

陆坚现在觉得林晓余还行，算是认可了他这个弟子，就说："可以，但你去了，开始可能不能进实验室。你有太多基础需要学习。"

林晓余说："没关系，我导师说，让我去你们实验室做毕业论文，他之前和你谈过这事没？"

这是今天一大早柳溪川教授和林晓余提的，这事对林晓余如晴天霹雳，当时就在心底哭诉："您之前怎么不对我讲？不然我也可以从最开始就在陆坚跟前刷好感度啊！"

林晓余又问："你说我可以按时毕业不？"现在他是否能按时毕业，就不是柳教授说了算了，是陆坚说了算。

陆坚回头瞥了惴惴不安的林晓余一眼，差点笑了，"你这什么都还没做，就问可不可以按时毕业？我能怎么回答你？"照林晓余这样儿，不能按时毕业的可能性大着呢。

林晓余也很无奈，他研一的时候其实就很羡慕那些每天泡实验室做自己课题的同学了，但柳教授把他打发到一个做遗传的实验室去跟着学基础，他在那里人生地不熟，又没实际课题，最后不过是蹉跎时光。现在跟着陆坚，好像还比较靠谱，所以还是先紧紧抱住他的大腿再谈其他。

第二天，陆坚和林晓余早早起来了，两人要带着样本去省城赶特殊通道的飞机回京。

陆坚电话响了，是省疾控专家黎巍打来的。

林晓余看了他手机屏幕一眼，说："黎老师的电话啊，应该是他们昨晚采集到的老鼠和蚊虫样本都准备好了送来了吧。"

陆坚也认定是这事，接起电话后，却听黎巍说："陆老师，我们这边遇到了很大的问题。"

"啊？"陆坚没想到这个关头了还有问题，"怎么了？"

黎巍声音发紧："这才一天，村民里有不少人出现了咳嗽、高烧、头痛症状，这和He病毒感染引起的前期症状相合。我们已经准备将所有出现症状的患者都送入传染病院接受隔离治疗！其他没症状的村民也要转入传染病院隔离观察，以集中处理这次的事，不然这个村子交通不便，村民突然发病不利于他们的治疗。现在已经在组织传染病院的其他住院患者转移，医院要完全用于这次的疫情处理。"

"嗯。"陆坚虽然惊讶,但没有特别惊讶。

前晚下雨,不少村民淋过雨,又因为村里出现疫情,大家都处在紧张状态,身体免疫力容易低下,即使是感冒也更容易发生,这些咳嗽发烧的人里,应该有一部分是感冒,但也可能有人是真感染了 He 病毒。在已经确定村中何庆福等人都是感染 He 病毒发病后,村中还有其他人感染,也并不意外。

黎巍接着说:"更糟糕的是,我们发现村里有猪死亡,还有猫、狗也出现了异常。"

陆坚心中一惊,病毒有特异性,一种病毒的感染对象往往有限制,大多仅能感染一定种类的对象,例如,植物病毒就感染特定植物,不会感染动物;感染动物的病毒,一向也只感染特定的动物;天花病毒只感染人类,不感染其他动物,只要截断它在人间的传播,就不用担心其他动物再将这种病毒传给人,这也是人类最先将它消灭的重要原因。

根据黎巍的话,要是猪和猫狗等哺乳动物也能感染这种病毒发病的话,那么,就还要控制这些动物,以防它们携带了这种病毒再传播到其他地方,对这种病毒的防控将变得更困难。

陆坚又问:"是不是有村民放老鼠药引起的?老鼠吃了老鼠药,猫狗吃了老鼠。之前的走访,不是没有人提过村里出现人感染发病时,猫狗也会有状况吗?要考虑猫狗的问题不是病毒引起的可能性。"

黎巍道:"我们检查过了,村里最近没有大规模投放老鼠药。虽然之前的走访里,没有村民提到猫狗这些动物也出现问题,但是我们还是怀疑这些动物的异常与这次病毒传播有关系。"

既然怀疑,就只能去验证。

陆坚道:"只要检测这些动物的样本就可以知道确切情况,要是这种病毒也能感染这些动物,那情况就要严重多了。"

对人的控制是容易的,动物反而不容易控制。

像脊髓灰质炎和天花这些病毒,至今可以被很好地控制甚至消灭,不只是因为研究出了疫苗,还因为它们的天然宿主只有人类,而要是和人类共处的其他动物也是病毒的宿主,那这种病毒就很难在人间被消灭。

陆坚挂了电话,林晓余对着他变得肃然的面孔,问:"难道村里的猫狗也出现了情况?"

陆坚:"是。"

林晓余知道这下情况糟了,要是有一只感染的猫狗跑去了别的地方,就有可能会造成其他地方的动物和人感染。

林晓余头皮发麻,问:"我们现在回村里去吗?"

陆坚:"不用了,他们会把所有样本送来,要是确定动物也是因为感染这次的病毒发病,那情况就更严重了,这边省里已经把情况汇报给国务院和国家卫健委了吧。"

林晓余见陆坚眉头紧锁,就试探着问道:"事情这么严重的话,你朋友傅蓝夕的事,之后也会上报吗?"

陆坚惊诧地看向他,他没想到林晓余会把问题转到傅蓝夕的事上去。他的眼神瞬间变得锐利,没有回答。

林晓余被陆坚这突如其来的审视吓到了。

陆坚也发现自己刚才反应过激,恐怕会让林晓余多想,就缓和了面部表情,对林晓余道:"晓余,你去和黎巍接洽,接收他送来的样本,我们准备准备,就可以出发了。"

林晓余之前一直觉得陆坚是很好相处的人,这时候便也发现最好不要去撩他的虎须了,他应了一声,就赶紧出了门。

而陆坚则留在房间给傅顺知打电话。

妙庄村的疫情事件,如今对外是保密状态,陆坚没有对傅顺知先谈妙庄村的疫情,只问之前发给傅顺知的那张照片的情况。

如今支撑傅顺知精神的很大部分,是查清傅蓝夕死亡的真相,并证明傅蓝夕虽然和丽莎接触,但他没有拿赫利俄斯制药公司的研究机密。

"那个男人,就是你猜的那样,是小马丁的父亲老马丁。我让人查清楚了,老马丁热爱冒险,喜欢收集古物,特别是带宗教色彩的东西,他以骗了中国莫高窟藏经洞文书的斯坦因为偶像,他说自己是中国文化爱好者,其实只是喜欢在我国国内收集佛像和佛教典籍。他在十五年前去世,死前到过中国旅行,据说是回国后马上就发急病死了,死时,他才四十多岁,他的长子就是这次诬陷蓝夕的小马丁。"

说到蓝夕,傅顺知的声音变得尖锐沉痛,缓了好一会儿,他才继续道:"小马丁当时才不到三十,为了在家族斗争里掌权,他在老马丁死了很久后才对外宣布老马丁的死讯,也一直没有通报他的真实死因。

"我得到的消息是,老马丁是因某种感染性疾病而死,当时为了防止他将这种传染病传给其他人,小马丁没有允许任何人探视,当然,这也可能是小马丁排除异己找的借口,但有了你那边的调查结果,现在倒可以确定,老马丁是因感染了病毒而死的可能性极大,那种病毒,很可能就是你所在那个村子里的病毒。"

陆坚冷静地说:"是的,蓝夕感染的病毒和现在妙庄村传播的病毒是同一种病毒,如果说,老马丁之前是因为在妙庄村收集佛像的时候接触了这个病毒发病而死,小马丁的医学研究中心一定会很快拿到老马丁感染的病毒,蓝夕感染的这个病毒,最有可能就是从小马丁那里感染的!

"而且我发现了一个很能说明问题的证据,蓝夕感染的病毒同妙庄村第一例患者何庆德的病毒比较,蓝夕感染的病毒的 RNA 序列有被人为修改过的可能。"

傅顺知非常震惊:"那是人为修改过的病毒?!"

陆坚:"是的,所以,傅叔叔,要是您那边有办法的话,可以去查一下赫利俄斯制药公司所有研究病毒的研究团队,是不是谁在研究这种病毒,并对它做了修改。"

傅顺知道:"我明白了。但小马丁已经完全关闭了麦尔岛,要是之前对蓝夕感染的病毒的研究是在麦尔岛上的研究中心做的,那要调查起来会更加困难。"

陆坚问:"铜雀的下落依然没有查到吗?"

傅顺知:"是的。"

陆坚:"我怀疑这种病毒,就是铜雀的研究对象,丽莎给蓝夕的东西,就是装着这种病毒的管子,这也是蓝夕会感染这种病毒最具可能性的途径。要是蓝夕没有落进海里,他之后会因为这种病毒慢慢发病。"

傅顺知不确定地问道:"接回蓝夕后,为蓝夕做检查的专家还有你,不是说蓝夕感染病毒的时间是在他落进海里之前两三天吗?要是蓝夕感染的病毒就是丽莎给蓝夕的,那时间上,没有问题?"

陆坚:"之前我们预估蓝夕感染病毒到他遇难的时间是两三天,是因为当时没想到他是被纯化后的高浓度病毒感染的,而误以为是自然感染。要是蓝夕当时是直接被纯化的病毒感染的,那么从感染病毒到形成感染病灶,时间会缩短很多,这也可以解释他身上为什么会有过敏产生的疹子,那极有可能是病毒冻存液里的成分导致了他的过敏。"

傅顺知因为痛苦而面孔有些许扭曲，但电话这头的陆坚看不到。

陆坚的语气变得沉重，"但这些暂时都是推测，没有实质证据，只有找到铜雀，这些问题才能解决，但要是一直找不到他，我只能通过分析蓝夕感染的病毒和妙庄村村民感染的病毒之间的差异，间接找到一些证据。"

傅顺知听着陆坚的推断，沉默了很久，低声道："我会让人加紧找铜雀，生要见人死要见尸。"

想到什么，他又加了一句，"你之前让我查丽莎给蓝夕的那个黑色东西在别的地方是不是常见，我找的调查组给了意见，说那像一只小的口红的外壳，如果你说那里面装着病毒的话，那病毒的管子应该是被放在那个口红壳子里的。"

居然是口红的外壳。这个答案让陆坚很意外，不过想到丽莎是一名女性，他也就明白那的确很有可能。

陆坚又说道："我知道网上在传蓝夕窃取赫利俄斯制药公司研究机密的事……"

傅顺知这两天因为这件事焦头烂额，此时很恼怒地说："应该是小马丁让人故意传出的，他言而无信，明明说会等我做决定，却还是故意把这种没有证据的信息放出去，这让知一制药的股价大降。"

陆坚知道这件事会对傅顺知产生很大的影响，他只能安慰了傅顺知几句，却没有更多可以给予帮助的办法。

傅顺知："你不用担心我这里，我这里的事，我会处理。"

这反而让陆坚更加内疚。

30

妙庄村。

清晨,草叶和树叶滴落晶莹的露珠,鸡圈里的公鸡在喔喔打鸣。

这些声音衬托出村落的宁静,但随即传来的猫狗叫声,隐隐带来不祥。

伴随着猫的凄厉惨叫和狗的凶悍狂吠,人的恐慌声音也传出来。

一条狗从村里飞快蹿出,几个穿着防护服的武警已经扑过去,将它套住。

狗疯狂大叫,随即被麻药针麻倒。

一个小男孩跑出来,向逮住狗的武警冲过去,哭道:"警察叔叔,把我的狗还给我!"

一个医生跟在他后面,把他拽住了,"你不要乱跑,你家人呢?所有人都不能乱跑!"

小男孩不断挣扎,望着被武警带走的狗大哭,仓皇又委屈:"我的狗,我要我的狗!"

医生说:"只是带你的狗去检查,要是没事,以后会还给你,你不要乱跑。"

医生强硬地把小男孩带回村里,找到他的家人,让他们把孩子看好,任何地方都不能去。

村里此时人心惶惶。

"我看到狗突然倒在地上抽搐后就死了,这和被邪祟上身的人情况差不多。"一个老人战战兢兢地望着门外,恐惧地道。

她家的狗早上死后就被处理疫情的工作人员弄走了。

"听说是他们昨天去了山里的佛洞,肯定是把佛洞里镇压不住的邪祟都带出来了,猫狗都死了,这下我们村所有人也都要糟了。"另一个老人很惊恐,又把身边的孩子搂紧。

本来村民已经被处理疫情的工作人员安抚住,在面对更多人生病和其他动物死亡的情况后,恐慌的氛围再次弥漫在他们中间。

"怎么办,我们只能在这里等死吗?"有年轻一点的人问。

"那些警察不让我们出去,是想让我们死在这里!"另一个人说,"以前我听人说,说我们这种地方的情况连警察也控制不住的时候,说不定会把我们这里围起来烧了,投炸弹也有可能。"

他这话让所有人因为震惊和恐惧而噤声。在噤声之后,大家又很愤怒。

"盘洲呢?之前就应该听他的话,也许情况会好些。"一个老人愤愤道。

"我们都没看到盘洲,听说他昨天就被警察带走了。"

"为什么要带走他?"

"听说是因为佛洞里的佛像被卖的事,那些东西本来只能上交国家。"

佛像?被卖掉的佛像!

他们从狭窄的房门门缝看出去，村子路边立着石头佛像，佛像在风吹雨淋里淡掉了眉眼五官，只剩下一张平板模糊的脸，好像带着深深怨恨，正注视着他们。

房间里所有人都发憷，恐惧让他们一时不知道该怎么办。

过了好一会儿，才有一个老人说："我早说过，以前不该卖掉那些佛像！现在，这是神佛降下的惩罚了啊！"

但即使真是神佛降下惩罚，他们也不该这样坐在这里等死。

有人蹭的一下站起身，说："我要去找他们说说，也许把佛像找回来，镇住佛洞，这次的灾难就不会降临了。"

他刚跑出房门，就被在外面执勤的武警拦住了，老人大声道："我要见你们领导，我们知道怎么对付这次的事。"

"老爷子，您还是先回去吧。现在村里很危险，不能到处乱跑，你们也不能随便吃你们自己的东西，按照专家安排的做就行了。"

老人闹道："你们怎么不听我们的？我要见你们领导。"

又有村民跟着来闹，武警没办法，只得将他的上司叫来。听了村民七嘴八舌说是山上佛洞里的邪祟被昨天上山的人带出来导致村里灾难更重，武警们面面相觑，只得解释："疾控的专家说那佛洞里的蝙蝠的确很大可能是病毒来源，所以现在不允许上山接近那佛洞了，不过你们村里的病毒，应该不是他们带出来的。"

老人眼睛瞪得极大，说："根本不是什么病毒，是邪祟！是魔鬼被放出来了！"

武警知道和这些老人讲病毒，基本上讲不通，只得故作凶悍地说道："这太迷信了，现在不许宣传这些迷信思想，疾控和医院的医生会好好处理你们这里的事，你们安心待着就行。"

"你们就是要把我们关在这里，让我们都死在这里！"有人愤怒地大叫。

另外的人都被这恐慌怂恿了:"你们根本不在乎我们的死活!就是要让我们死在这里,不让我们出去。"

"我们要出去!"

之前胡科长她们来的时候,用比较官方的语言镇住了大家,村子里稍微年轻点的人还主动劝住了家里的长辈,但从昨晚开始突然出现的武警、穿防护服和白大褂的医生、仔细的问询检查和被拉走的五个村民,让村民们的情绪又回到了紧张的最高点。

随着村民要往外冲,武警不得不动用了武力,将带头闹事的村民绑起来关押到了另外的地方。

但武力镇压根本不可能解决问题,邪祟被前一天进山的医生带出、村子里所有人都会死的流言就像看不到的病毒,随风被吹进了所有人的心里,恐惧在村子里传播,比真正的病毒传播得更快更凶猛。

不只是村民,武警和一部分医生也同样很害怕。因为不只是邪祟无法为人类看到,病毒也是无法用肉眼看到的。

武警队长去找了负责村子疫情处理的卫生系统领导魏处长,推心置腹地问:"你们到底要多久才能把这事办好?现在不只是村民很恐慌,我们的人,也很慌啊!"

魏处长愁眉不展,"这里的疫情,比之前评估的要严重,你们要做好打一场持久战的准备,应该还会再派另外的部队前来接替你们,但现在只有你们。"

那队长心下一沉,这下知道情况应该比他之前想的还要严重。

这时候,有工作人员过来叫魏处长去接内部电话,对方接了电话后,现场工作组便开了会议,所有人都忙碌了起来,而村子里的村民很快就知道了,他们都要暂时转移到市郊的传染病院去住。

每个前去动员村民前往传染病院的工作人员都在刚才的会议里

被教导了和村民交流的技巧。

这些村民,在村子里发生疫情后,部分人只想赶紧离开这里,以至于之前被限制在了这里,他们极其不满;也有部分人是年纪较大的老人,只想继续待在这里,死也要死在这里,坚决不愿意离开。

而且村里不实的言论在传播,导致了恐慌,这就需要工作人员去澄清谣言、安抚人心。

疾控疫情处置车在警车的护送下开进了市疾控的院子,站在一边等疫情处置车的林晓余马上走了过去。不等他靠近疫情处置车,警车里下来的武警已经上前把他拦住了,不允许他靠近。

林晓余被这一群荷枪实弹的武警吓了一跳,又见不是昨天认识的人,他只得退后了两步。

这时,黎巍从疫情车里出来,这才让武警放林晓余过来。

林晓余飞快跑到他跟前,问:"黎老师,这里面是我们要带走的样本吗,武警都是来护送这个样本的?"

黎巍没在他旁边看到陆坚,四处扫视了一遍,点了一下头后,问:"你的陆老师呢?"

林晓余一脸郑重,"他还在酒店房间里,有事。"酒店就在市疾控的旁边,刚才林晓余跑过来只花了两分钟。

黎巍神色沉重,说:"我要和你陆老师谈,你打电话叫他过来。"

林晓余知道自己一个学生,无法负责,乖乖去给陆坚打了电话,陆坚不一会儿就过来了。

黎巍向陆坚说了村里如今的严峻形势,又道:"上面认为要把所有样本送去北京,这太费时间,而且也不安全!只是现在,只有北京才有最快的办法对所有样本进行检测,只得送过去,所以,他们希望我们省里可以马上组织建立起检测这个新病毒的团队,这样,我们省里可以第一时间完成这次的检测任务。

"但我们这边对这种病毒的情况还一无所知,只能请求您的技术支持。除此,因为你们实验室使用的方法,没有经过专家团队的认证,所以领导的意思是,还要再邀请另外三个专家团队先做验证和评估,他们也加入到这次疫情处置里来。您看看您是什么意思呢?"

陆坚明白黎巍的意思,要把所有样本都送往北京的确费时费力,而且将这些可能带有病毒的样本带去首都,也会增加首都的风险。但现在有关这种病毒的所有数据资料和检测办法都在陆坚的病毒实验室,这边省里要以最快的速度开展这种病毒的检测工作,需要陆坚实验室的全力支持。

而现在使用的这个检测方法,也只是陆坚实验室自己建立的,是否完全正确,需要其他专家团队的论证。引入其他团队一起来处理,这是必要和必然的。

黎巍和陆坚谈这事时,语气里带着一股歉意和征求意见的志忑,是担心陆坚在这事上很自负,虽然这事是必须的程序,也怕陆坚心生芥蒂。

陆坚并没有想这么多,当即回答:"我明白,这些都是必须的。这次的这批样本,带去北京处理会更快出结果,我就带过去。我会马上让我的实验室把有关这种病毒的所有资料和检测方法以及分析方法都传给你们,你们可以尽快组织专家论证,也可以使用这个方法尽快开展接下来的工作。"

黎巍道:"接下来要做检测方法和病毒分析的专家论证,您可不可以继续留在这边?因为这个必须您在场。"

陆坚知道这也是必须的,但他现在有更重要的事要回实验室做,不能留在这里,只好道:"我必须回北京去处理事情。对这种病毒的分析，还有一些技术上的问题需要我去做。这边的所有会议，都可以连接视频，我可以参加。让我留在这里，我实在没办法。"

陆坚坚持要离开，黎巍没有办法劝动，只好去和领导汇报了情况。在陆坚和此次疫情处理的主管大领导说明了情况，经对方同意后，陆坚才得以带着林晓余，随着疫情处置车一起前往机场。

当天下午，北京，中疾控病毒病研究所。

在武警的护送下，从妙庄村以及村后的佛洞里采到的样本被运到了研究所楼下。样本太多，装了数个生物安全运输箱，穿着防护服的工作人员从车里提出箱子，迅速将箱子搬进了研究大楼。

31

　　林晓余跟着陆坚来了研究所，初来乍到，只能做些打杂的事。陆坚一回来就忙了起来，林晓余难得能同他讲一句话。

　　晚上九点，打杂的林晓余在办公室里整理这起传染病疫情的材料。他将自己知道的数据做了个时间线图。

　　8.11，柳溪川将何庆德的样本送到陆坚实验室。

　　8.14，陆坚实验室完成对何庆德样本的病毒测序和初步分析，得出那是一种新病毒，并将结果简单反馈给了柳溪川。

　　8.23，陆坚联系柳溪川，提出要去何庆德家查看，想溯源病毒。

　　这里就有一个问题，从14日到23日，中间相隔了9天，要是陆坚有心去溯源何庆德感染的病毒，他早就该联系柳溪川了，毕竟病毒溯源的事，越早做结果越好。所以，陆坚联系柳老师要去妙庄村，可能不是为了何庆德，而是为了傅蓝夕，因为林晓余已经从网上找到了傅蓝夕的死亡时间，是8月17日。当然，也许要是傅蓝夕没出事，陆坚为了工作也会去溯源何庆德感染的病毒，那就是另外一番场景了。

8.17，傅蓝夕在A国麦尔岛上死亡。

8.23，陆坚实验室分析得出傅蓝夕感染的病毒和何庆德感染的病毒是同一种，陆坚联系柳溪川要去溯源何庆德感染的病毒。

林晓余正盯着自己做的时间线图发呆，这时候，高萍走了过来。

陆坚之前让高萍多带带林晓余，所以林晓余在这个实验室，最熟悉的人是陆坚，第二熟悉的人就是高萍了。

林晓余心下一动，问高萍道："高师姐，我有个问题。"

高萍在下午帮着林晓余办理了入住宿舍和进入实验室的手续，对这个长得很乖巧又很俊俏的男生印象很好，问："什么问题？"

林晓余："陆老师是不是和网上很有名那个傅蓝夕是朋友？傅蓝夕死了陆老师很难过……"

傅蓝夕以前到过研究所几次，他这人性格张扬，说话很幽默，又很会讨女生喜欢，高萍对他印象很好，感叹道："是的，傅蓝夕不像网上说的那么差，他人很不错，开朗直率，性格也很有趣，没想到居然出事了。陆老师因为这件事一直很难过，最近都没见他笑过。"

林晓余说："我以为陆老师本来就是这样不苟言笑的人，原来他以前并不是？"

高萍叹道："他的确本身就不大爱说笑，不过，他为人一直就很亲和，性格很好。出了傅蓝夕的事后，他比以前更沉闷了，我觉得他压力很大，精神很压抑。"

林晓余继续看疫情材料，又问："傅蓝夕感染的病毒，是不是和妙庄村何庆德的病毒是同一种？"

虽然林晓余之前不小心听到陆坚和傅顺知的电话内容，就已经确定了这一点，但他依然再向高萍确认了一遍。

高萍知道林晓余和陆坚一起处理了妙庄村的事，林晓余又是陆坚的学生，之后要在这个实验室待几年，她便没在这件事上做隐瞒，点头应了，但又交代："实验室的病例资料以及检测结果和研究成果这些，都在保密范围，你不要对外说，你明白的吧，晓余？"

林晓余赶紧点头，表示自己明白。

高萍离开办公室后，林晓余继续整理资料，并意识到自己似乎发现了某种机密——妙庄村的村主任盘洲曾经将佛洞里的佛像卖给外国人，那个外国人极有可能感染了佛洞里的病毒而死，这是从盘洲那里得知的信息，陆坚也知道这个信息。

傅蓝夕在马丁家族的麦尔岛上出事死亡，而且他感染了病毒，这种病毒和妙庄村的病毒是同一种。要是那个从盘洲手里买走佛像的外国人是马丁家族的人的话，那马丁家族的人发病，他们就有可能从患者样本中分离出并一直保有这种病毒。以至于能推出，傅蓝夕感染的病毒，或者是他在马丁家族的岛上自己感染，或者是马丁家族的人让他发生了感染。

这真可以算是一种机密了。

陆坚一直不对疫情处理专家组提傅蓝夕感染了和妙庄村何庆德同样的病毒，从中可以看出，陆坚暂时不想让人知道这件事。

林晓余抿着唇，心想，知道这个机密的自己，要怎么办呢？

林晓余正沉思，办公桌上的电话响了。

接电话，是林晓余如今的工作之一。

林晓余迅速把听筒接起来："喂？这里是陆坚老师的研究室。"

"我找陆坚陆主任。"电话另一端传来焦急的男声，林晓余对声音很敏感，一听就知道是省疾控的黎巍。

林晓余："黎老师吗？我是林晓余，陆老师在实验室，我马上去叫他。"

黎巍一听是熟人，就说："晓余啊，你们那边检测结果出来了吗？我们这边很着急要啊！"

林晓余见他如此着急，不由更加担心："黎老师，是情况更坏了吗？"

"是啊，村里陆续又有人发病，因为情况紧急，国家高度重视，国家卫健委派了领导下来监督这次的疫情处置。因为担心这次的病毒扩散出去，我们不仅对妙庄村所有村民实施了医学隔离观察，还封锁了周围的镇子和村庄，影响太多人了，大批人员的生活都受到影响，长久下去，情绪很难安抚的，所以我们想早点知道检测结果，知道这种病毒到底是怎么传播的。"

林晓余头皮一阵发麻，"怎么这么严重？我们之前也在村里待过，会不会有事？"

他和陆坚回到北京就采样做了检测，结果在傍晚就出了，是新病毒核酸阴性，但第一次检测是阴性，并不保证就一定没感染，也可能是当时还在窗口期，检测不出，所以在做症状观察之外，这种检测每天都要进行，以防万一。

黎巍说："所以现在就需要陆坚那里的结果，看哪些样本里有病毒。要是蚊子体内有病毒，那这种病毒就可能是通过蚊虫传播；要是蚊子体内没有，饮水食物里面有，可能是通过粪口传播的；要是饮水食物里也没有，那有可能是通过接触、血液等传播。最糟糕的，就是通过空气。"

林晓余听得心凉，"之前陆坚说村里的疫情并不严重，那种病的传播能力应该不强。"

黎巍："所以这很可能是他误判了！也可能是病毒在之后发生了变异，感染性增强了。"

林晓余："那之前送到医院的患者呢，病情有好转吗？"他想到认识的何晏,想到何晏的父亲,一颗心更是纠结在一起,虽然以前在医院实习过大半年,见惯生死,却永远不可能对此事麻木。

　　黎巍:"听说死了一人,另外三人还在治疗。"

　　林晓余心一紧,脑海里冒出何晏期盼的脸,他还那么小,要是就这样失去父亲的话,也太残忍了。

　　"死的是哪一个?另外的人经过治疗后,状况有变好吗?"

　　黎巍:"死的叫盘华。"

　　盘华是盘洲的大儿子。林晓余还记得他被绑在凉床上的样子。

32

又死了一个盘华？

黎巍又着急地喊了起来："晓余啊，赶紧去叫陆坚来，我们这边着急要结果，等不了！"

"好，我去叫他。"林晓余放下电话听筒，心沉重得像揣着一块秤砣。他跑到分子室门口去，见陆坚穿着白大褂，戴着口罩，正在聚精会神地查看和机器连接的电脑上的数据。

"陆老师！"林晓余叫道。他本来是习惯了叫陆坚的名字的，但来了这里，发现所有人都叫陆坚"陆老师"或者"陆主任"，只有上了年纪的工作人员才直呼他的名字，或者叫他"小陆"，林晓余再叫陆坚的名字，既显得不尊重，又很出格，于是改口。

陆坚回头看向门口的林晓余，见林晓余满脸忧虑，就走过来到他跟前，问："什么事？"

林晓余赶紧说："刚才黎巍老师打了办公室电话来，问我们这边检测结果出来了没有，他们很着急要。说是村里又有不少人发病了，而且政府将妙庄村附近的几个村子都封锁了，镇上也封锁了。"

陆坚把白大褂脱了，挂在缓冲间的衣架上，又脱了口罩，随林晓余回到办公室。他有些累了，精神不是很好，说："我去跟黎巍说。估计是那边领导催得急，他就来催我们了。出来了一批结果，但结果有些奇怪，只能够大致描绘这次的疫情，还不能做全面的分析。"

林晓余很好奇地望着他："情况是什么样的？"

柳溪川教授初时对陆坚提让学生林晓余来他这里做实验的时候，陆坚对这事是可有可无、没上心的，但和林晓余相处了两三天后，他和林晓余便有了师生的情分，教导林晓余，已是陆坚的责任。

陆坚知道林晓余想知道什么，不过却没有仔细回答他，只说："过会儿跟你说。"

他走到办公室，拿起了没挂的听筒，"喂？"

黎巍等得心急火燎，之前打陆坚的手机，陆坚没接，此时听到陆坚的声音，如听到天籁，"陆老师，今天带去的样本，结果出来了吗？这边领导时时问，我们报不上去这个结果，真是急得头发都掉完了。"

陆坚知道，很多行政工作人员不知道实验室的检测是需要很长时间的，不会等到时间再问，而是不时催问，黎巍肯定压力大。

陆坚说："几百份样本，哪里那么快全出结果？我们一直在加急做，做了80%了。用我们实验室自己设计的方案检测，查出了一些阳性，占我们所做样本的16.7%，这个阳性率太高。"高到陆坚甚至怀疑是不是假阳性太高。

黎巍震惊了："这么高吗？具体是哪些样本是阳性？"

陆坚："因为只是做了荧光PCR，这个结果很糙，可能存在不低的假阳性，我们还要再做一次验证。对阳性样本，之后还要做培养和基因组测序，再分析病毒的具体情况。因为这个阳性率太高,我担心结果的准确性,不敢贸然报给你们,你看你们需要这个结果吗?还是等我们再做验证确定后,出正式报告给你们?"

"再做验证,那要等太久了吧!"

黎巍都要急死了,再做验证,并出正式报告,不知道还要再等多久。他也知道陆坚的意思,这种时候,更需要谨慎,要是第二次检测的结果和这次上报的有很大出入,到时候领导质疑两次结果,便很不好解释。

他只得打感情牌了:"陆老师,你先告诉我已经出了的结果,我给领导汇报结果的时候,会将你刚才的提示讲清楚,等你们出了正式报告,我再把正式报告拿给他们。即使前后结果有一定的差异,他们应该可以理解,你看可以吗?"

既然黎巍这么讲了,陆坚也不能不近人情,便才在电话里把结果大致讲了。

林晓余一直在旁边听。陆坚所说的结果里,阳性率最高的是死亡的猪——100%;其次是村里的猫狗,猫狗感染率几乎为80%;再次是村里的村民,在采这些村民的血液样本时,这些村民还没发病,但通过核酸检测,已经可以测出他们感染病毒了。

蚊虫样本全为阴性,包括水源以及那四位一起发病的患者家里的蓄水食物等在内的样本,也都是阴性,而从佛洞里采到的蝙蝠粪便样本,已经做了一大半了,里面有一例阳性。蝙蝠样本的阳性,也从一定程度证明村里的病毒,很可能就是来自佛洞的蝙蝠。

让陆坚怀疑这些结果准确性的,在于第一例病例何庆德的家人,他们的样本结果都为阴性。明明他们应该最早且最亲密地接触患者,为什么他们的结果反而是阴性?

陆坚将结果反馈完后,要求再采何庆德家人的血液送样,他们实验室也会再将所有样本重复实验,再次验证之前的结果的准确性。

挂了电话后,陆坚又深思了一阵,一回头,发现林晓余正深深地盯着自己。

陆坚:"你看着我做什么?"

林晓余:"我听了你刚才对黎老师讲的话。你说反而是何庆德家的人结果都是阴性,他们家的人不该是最高危的人群吗?"

陆坚拧着眉,神色严峻,说:"是的,所以要再做实验,验证之前做的是不是正确。"

林晓余:"要是是正确的呢?"

陆坚说:"那这里面可能有一些其他影响因素需要去分析。"

林晓余眼珠转了转,像是在斟酌问题,最后,他鼓起了勇气,问:"陆老师,有没有一种可能性,有人在村子里哪里投放了病毒,让人们集中感染了,而正好何庆德的家人反而没有机会接触感染源。"

作为一名科学家,陆坚的严谨也体现在不会讲太多带有感情色彩的判断的话,林晓余到底年轻,这种投放病毒的猜测,虽然有一定可能性,但直接讲出来,就太冲动而且不负责。

陆坚说:"我们是做检测的,提供我们检测出的结果是我们的工作。在这起疫情里,推断具体发生了什么事,这些需要流病的专家结合更多的情况去判断。"

看林晓余因他这官方回答略有些失望,陆坚便又说:"不过,你的推测也有一定可能性。只是,如果是有人去投放了病毒,那情况就更糟糕了,这是需要警方去调查的事。"

林晓余:"那您刚才为什么不直接对黎巍老师讲,有故意投放病毒的可能性?有蓝夕的事在前,这种有人故意投放病毒的可能性很大,不是吗?"

陆坚并没有对林晓余故意隐瞒蓝夕的事,因为林晓余之前已经听到了,他再隐瞒也只是掩耳盗铃而已。

陆坚和林晓余最初相识时,他觉得林晓余很不靠谱,但之后两人一起到了妙庄村,陆坚就对林晓余改观了,认为这孩子还不错;到如今,他不时还是会有林晓余果真是孩子思维的想法,但他已经无法嫌弃林晓余,因为教导林晓余,是他的责任。

陆坚疲倦的脸上带上了一点笑意,说:"如果真有直接证据证明是有人故意投放病毒,那这事太严重。即使我能说,你也不能说。所以,你最好先管住你的嘴,不能说的话,就不能对任何人说。"

林晓余有点不服气:"为什么我不能?"

LED灯白亮的光线映在林晓余的脸上,为他满脸的倔强打了高光,陆坚不由想到傅蓝夕也曾经这样反问过自己,陆坚当时回答傅蓝夕:"因为你考试只有四十多分,即使你说了,你的话也很难被采信,别人反而会以为你是想故意引人注意而胡说八道。"傅蓝夕当时气得不行,说:"即使你这样激励我,我也没办法考高分,还不如先玩!"陆坚被噎得无话可说。

那时候和傅蓝夕说的玩笑话,自然不可能和林晓余讲。

他说道:"因为……你是一名从事科学研究的人,需要讲最确切和严谨的证据,除此,你还要对你发表的观点负责,而你,现在还是学生,还不能负责,是你的柳老师和我为你负责。"

林晓余愕然,随即又明白这很有道理。

不止如此,他也突然明白,陆坚把自己当成了自己人,认定自己是他的学生了。

如此一想,又高兴起来。

林晓余激动了几秒钟,便发现陆坚根本就是转移话题,并没有回答这件事的本质问题,他马上转回话题去,"要是真是有人投放病毒的话,这事就太严重了,难道不是越早告知并开展调查越好吗？"

陆坚："越是这样的严重的大事，越是要讲究证据。只能等实验室所有结果出来后，再交给流病的专家去判断，这样才能保证推断的合理性和准确性。毕竟，如果妙庄村的后期病毒感染真是来自被投放的病毒，那投放病毒的人，不只可以投放妙庄村，他也可以投放其他任何地方，这样很容易引起更大的恐慌，恐慌比病毒传播得更快、更恐怖。而且，要是我们能给出这种推断，那其他经验更丰富的流病专家也会有这种推断，这不需要我们去着急。"

林晓余依然无法理解，但只得接受了他的说辞。

正在这时，刚挂断的办公室电话又响起来了。

陆坚顺手接了起来，"喂，您好！"

"陆坚，之前给你手机打电话，你一直没接，没出什么事吧？"这是傅顺知的声音。

陆坚说："嗯，没什么事。"他发现林晓余正看着自己，就捂着话筒对林晓余小声说："你去缓冲间，把我的实验服里的手机拿给我。"

林晓余知道他接下来的话不愿意自己听到，就赶紧起了身，出门时为他把房门关上了。

陆坚继续对傅顺知道："傅叔叔，我们实验室检测了从妙庄村带出的样本，通过结果，我推测妙庄村这次的疫情暴发，有一定可能是有人在那里通过某种方式投放了病毒，这种病毒和蓝夕的病毒同源，而且极有可能也是被人为修改过的，要是真是被人为修改过，我很快就能找到证据了。"

傅顺知是非常能沉住气的人，但他这时候也惊了。

按照陆坚之前告诉他的情况，陆坚的推断是，妙庄村所在的山里有携带蓝夕感染的病毒的动物，妙庄村村民在和这些动物接触的过程中，感染了这种病毒。而在十来年前，小马丁的父亲老马丁到过妙庄村，并从妙庄村村民手里买过当地佛洞里的佛像，他极有可能在那里接触了携带病毒的动物，并因此感染了病毒。回国后，他发病不治身亡。小马丁的医学研究中心的研究人员从老马丁的身体里分离、得到了这种病毒，之后又对这种病毒进行了研究和修改。蓝夕在麦尔岛，因为某种原因感染了被修改过的这种病毒，甚至，陆坚推断，丽莎给蓝夕的黑色的小东西里就是这种病毒，蓝夕就是因此感染。

现在，陆坚又说这种病毒的来处的妙庄村暴发了这种病毒疫情，这种病毒同样是被修改过的，极有可能是被人故意投毒。

如此一推断，傅顺知便生出一股不寒而栗之感，因为这些感染病毒的人的遭遇和老马丁何其相似，简直像是小马丁的一种变态安排。

要是那些病毒是小马丁通过某种方式让人投放的，那小马丁这已经是反人类罪了。

要是的确能证明妙庄村的病毒是小马丁投放的，甚至是被人修改过再投放的，那么对傅顺知和知一制药来说，只有益处，没有坏处。

傅顺知轻声探问："有可能是小马丁的人投放的吗？"

陆坚的心沉沉的："不能下这个结论。傅叔叔，我想将蓝夕这件事向上级汇报。这样，就可以把蓝夕的事和妙庄村的疫情联合在一起进行调查和处理，这样对蓝夕来说，也是一件好事。依靠我们的力量，根本无法制裁小马丁，必须借助国家的力量。"

傅顺知明白其中的道理，当即表示支持，又说："为我调查麦尔岛和寻找铜雀的团队，他们又发现了一些线索，但这些线索都没涉及核心问题，我也没发现什么有价值的，但也许从你的角度，可以比我看到更多。小马丁现在已经完全封闭了麦尔岛,要混上岛去做调查非常不容易,不仅如此,小马丁也不再回应我的联系,我不知道他之后还会做出什么事来,也害怕关键证据越来越难提取。陆坚,要是你有时间的话,希望你明天可以来我家,到时候有一位赫利俄斯制药公司的前员工会来,也许我们可以从他那里了解到一些事情。"

陆坚应了,他随即又注意到了一个问题,"赫利俄斯制药公司不是小马丁一个人说了算,要关闭麦尔岛研究基地这样的大事,应该很早之前就提出过,其他股东也同意了,才可能关闭。他们之前提出要关闭的时间,是什么时候?有谁赞成,有谁反对?"

傅顺知也意识到了这个问题,"我让人去查一查。"

"傅叔叔,这一点很重要。如果妙庄村的病毒疫情暴发有人为的因素,病毒是经过修改的,那小马丁很可能牵涉其中,因为我们知道他那里有这种病毒,而且一直在研究,那他们定下关闭麦尔岛研究基地的时间可以告诉我们——这种病毒的散播,是不是有预谋和计划的。"

林晓余在大办公区磨蹭了好一阵,猜测陆坚该打完电话时,才去敲了陆坚小办公室的门。

陆坚开了门,看到门外站着的林晓余,就说:"时间不早了,你刚来这边,也没什么事可以让你做,你先回宿舍楼休息吧。"

林晓余把陆坚的手机递给他,提醒了一句:"陆老师,你有很多未接来电,你看看吧。这时候回宿舍楼休息,我也睡不着,还是在这里再待一会儿。"

他下午就去宿舍楼办了入住,那宿舍楼提供给这里的员工和学生住,非常便宜,但条件实在有限。

其他条件艰苦,忍忍也就过去了,但实验室的师姐说,宿舍楼因为某些原因,不只是 wifi 信号差到几乎无法刷出网页,连通信信号也特别差,接听电话很困难,4G 也不要指望。所以没人愿意待在宿舍楼里,大家都愿意在实验楼里打发时间,如不是要睡觉,没人愿意回去,甚至有人睡觉也在办公室。

林晓余得知这个情况时，心里想的是，信号管制这一招真的太狠了！

陆坚接过手机查看，没有关办公室的门，而是让林晓余进屋来，"那你再待一会儿吧。"

陆坚几乎不回自己在城里的家，他以实验室为家，经常睡在宿舍楼里，对宿舍楼里的信号情况非常了解，知道林晓余不想回去休息最大可能是因为这事。

如今大办公室里的位置一个萝卜一个坑，没有林晓余可用的地方了，陆坚便让林晓余暂时坐在自己小办公室的小办公桌旁，正好可以守着办公电话。

陆坚处理完自己手机里的信息，就快步往机房走去，继续工作。

林晓余跟着陆坚去了机房，陆坚看他像个跟屁虫，就赶紧把整理新出的实验室检验结果的工作交给他了。

实验室不少数据涉密，带着处理器的机房里放着有加密功能的电脑。

生物的遗传信息是极大的数据量，对病毒样本进行基因测序，会得到庞大的序列数据，对这些序列数据做分析，必须要有强大的处理器才行，不然就会特别慢。

实验室开辟了一大间房来放处理器机组，以确保实验数据可以被快速分析出结果。

陆坚将从蓝夕身体里分离出的病毒的数据同从何庆德身体里分离出的病毒的数据再次进行数据分析，又不断用笔在笔记本上记上关键信息。

林晓余一边做自己的工作，一边不时瞄一眼陆坚那边，陆坚已经完全沉浸到对海量的遗传信息的分析里面去了，根本无意搭理自己。

陆坚的手指不断敲出一行行代码，他的视线也在电脑屏幕和笔记本间不断转换。林晓余看他不便被打扰，做完了自己的工作后，他就换了实验服，过去看实验室工作人员的实验进度。

时间过得很快，窗外的夜已经深了，密封的实验室就像一个独立运行的小世界，既听不到外面的声音，也感受不到外面的时间流逝。

分子实验室里正压风机、空调运转的声音与仪器运转的声音才是这个世界控制时间节奏的主导者。

已经跑完荧光定量 PCR，正查看结果的工作人员见林晓余出现在门口，就叫他："弟弟，你是姓余，对吧？"

林晓余愣了一下："不，我姓林。"

对方窘迫地"啊"了一声，喃喃道："之前明明听到陆老师叫你小余呀。"

林晓余笑了："因为我名字叫林晓余。你叫我晓余也可以。"

对方："难道你妈姓余吗？"

林晓余："不是的。我名字是我奶奶取的，晓余，就是不指望我大富大贵，家里小有余财就行了。"

"哈……"对方笑了，"不过现在经济压力这么大，小有余财，也很不错了，你奶奶这名字取得好。"

林晓余也笑，问："老师，结果出来了吗？"

对方："这一批的结果出来了，你用优盘拷过去分析吧。"

林晓余："还有多少没出结果呢？"

对方："荧光定量 PCR 的结果，都在这里，没有其他的了。陆老师的基因组测序的结果，我这里没有，你去问负责这个工作的人吧。"

她指导林晓余用内部优盘拷了数据去机房分析，又去和陆坚打了个招呼，"陆老师，所有结果都出了，你的学生晓余拷过来了，你看看啊！我们先走了！回宿舍休息啦！"

陆坚只回头瞥了她一眼，对她微微颔首："辛苦你们了！"就又继续盯着电脑。

对方看陆坚这恨不得钻进电脑里的样子，叹了口气，这才准备离开。

走到门口，拿到手机，看到手机上显示的时间，她一声惊叹："我去，居然这么晚了！"叫上自己同组的同事，飞快跑了。

陆坚听到了她最后的感叹，也看了看时间，发现果真很晚了，而林晓余还在整理数据，他就说："晓余，你也回宿舍休息吧。"

之前陆坚在办公室时，还很疲倦的样子，这时候，他好像因为什么恢复了元气，目光炯炯，非常专注，林晓余看着他这样子，脑子里居然出现了一句话："他精力最旺盛的时间点看来和我一样，都是深夜啊。"不过，林晓余是暑假里总喜欢熬夜玩游戏，陆坚则是熬夜处理工作，两人的行为有本质上的区别。

林晓余问："你不去休息吗？"

陆坚："我不回宿舍。"

林晓余："那你不睡觉？"

陆坚："等困了再休息一会儿，你快回宿舍吧！"

林晓余说："我前阵子日夜颠倒过日子，晚上根本睡不着，再说，我白天在车上和飞机上呼呼大睡了，现在更睡不着。"

陆坚继续处理自己的数据，"那你随便吧。"

电脑上的时间不断跳动着，林晓余总算整理好了所有样本的结果。

看着被整理好的表上由红色标出的阳性结果，林晓余有些心慌。

妙庄村里的猪和猫狗的阳性率非常高，极大可能是被投喂了有病毒的食物，他们才会阳性率这么高。

死猪共 5 头，阳性率 100%，可见这 5 头猪都是因病毒而死。

猫狗阳性率也接近 60%。

而老鼠和鸡鸭，都没有检测到阳性。

有可能是老鼠和鸡鸭没有接触到那些病毒，没吃那些食物，更大可能是老鼠和鸡鸭都不感染这种病毒。

不过，猪和猫狗会感染这种病毒并且发病，已经是非常严重的事了。

除此，村民全部 78 人的样本，通过咽拭子或血液检测出病毒阳性的有 60 人，阳性率 77%。没有检出阳性的是 18 人，这阴性的 18 人并不一定是没有感染病毒，也可能是病毒少，没被检测出来，当然，也可能的确是没有感染病毒。

除此，收集到的几十份蚊虫样本，都为阴性。

各种水样结果也为阴性。

林晓余记起来，这个村子一直有活水在流，各户人家的饮用水是全村供应的自来水，那自来水来自蓄水池。他之前将采样单的原始记录录进表格时，就看到了蓄水池的信息，蓄水池没有被污染。村里的用水系统是干净的。

从佛洞里采到的各种样本，一共有一百多份。

在录结果时，林晓余已经注意到了，这一百多份里，有两个样本是标红的阳性。

这标红的阳性样本是来自两只蝙蝠，由此可见，村里这次的病毒感染，感染源真可能来自那佛洞的蝙蝠，由蝙蝠传染给人后，又在人间传播。

要是这样的话，又存在一个问题：为什么第一例感染者何庆德的家人反而都是阴性，他们没有感染呢？

此外，后面盘华、何庆福等四人几乎是同时感染，但从之前的走访和调查报告里看出，四人没有去过佛洞，四人又是白天去的后山，蝙蝠在白天并不会离开佛洞，所以四人同时被蝙蝠感染病毒的可能性极小，且这四人都是在何庆德下葬后才回村，不止如此，四人也没有直接接触第二例感染者何老六，那这四人是怎么感染的？

除此，还有一个疑点：第二例病例何老六的家人也都检测呈阳性，但他们的发病进程，和其他村民大致一致，和那四人并不相同。

这些细节，很难解释。

还有一点，村里的猫很孤僻的样子，并不和人太亲近，这些动物又是为什么有那么高的阳性率呢？

林晓余思来想去，推测这种病毒的传播方式，是通过食物传播，这最容易解释问题。有人投放病毒，通过食物传播，大多数村民以及猪和猫狗都吃了那些食物。

只是，林晓余一时想不到村民为什么会统一吃某样东西。

一般情况下，什么时候会统一吃某样东西？

34

想不出来,他只好暂时放下这事。

他去看陆坚,陆坚正揉着额头,看来是很累了。

林晓余突然叫他:"陆老师?"

房间里只有机器运转和空调的声音,林晓余这突如其来的一声,把陆坚惊了一跳,"嗯?"

林晓余说:"你那边有结果了吗?我这里所有数据都整理好了,你要不要看看?这个结果要马上发给益州吗?"

陆坚把椅子挪到林晓余的旁边去,看林晓余做好的数据表格,见他把所有信息都整理到了表格里,让结果一目了然,陆坚不吝赞扬道:"你这表做得很不错,辛苦了。"

得到老师的赞扬,林晓余心里美滋滋的,马上就飘了,"是吗?那你要不要请我吃饭?"

陆坚心想,这小孩儿真会顺杆爬,居然还要人请他吃饭。

但看林晓余一脸疲倦,强撑精神来讨这顿饭,陆坚就应了:"好啊,等这件事处理完了,就请你吃饭,你喜欢吃什么?"

林晓余客气地说:"不知道。你请我吃什么,我就吃什么。"

陆坚:"那好吧。请你吃玉米锅贴。"

林晓余第一次听说这东西:"那是什么?"

陆坚一边看excel表一边懒洋洋地回:"就是用玉米面做的一种饼。"

林晓余服气了,心想哪有请人吃饭吃玉米饼的,他说:"我不吃这个。"

陆坚:"为什么?多吃粗粮有好处。"

林晓余:"我老家,就是我们那里的山里都有这些。之前去妙庄村,你没看到满山都种玉米和红薯吗?以前条件不好的时候,米要留着卖,我们自己都吃这些粗粮。哪有到北京了,还吃玉米饼的?"又给了陆坚一个"你很过分"的眼神。

陆坚说:"那要吃北京的特产吗?"

林晓余:"是什么?"

陆坚:"去吃豆汁儿?"

虽然觉得豆汁恐怕比玉米饼更难吃,但林晓余勉为其难地答应了,"好吧。"

陆坚瞥了他一眼,心想逗他也挺好玩的。

陆坚把表格看完了,又标记了一些样本,将表格打印出来后,就问林晓余:"你对这个结果,有什么看法吗?"

林晓余把自己刚才的想法毫无保留地对陆坚复述了一遍。

陆坚没有反驳也没赞同他的推断,拍了拍他的肩膀,说:"行。去联系黎巍,把这些结果先都发给他应急。具体的正式报告,我们等明天复核样本后拿去盖章了再发。"

林晓余猜不透陆坚在想些什么,问:"我们不告诉他们我们这边的推断?"

陆坚盯着他道:"你真是沉不住气,怎么这么想把自己的观点推出去?我们把结果发给他们了,他们自己会有判断。"

林晓余有些窘迫,说:"难道不应该对他们讲我们的推断?这难道不是我们的职责?"

陆坚道:"你的分析带有太多主观看法,比起是疫情处理,更像是要写侦探小说,的确不适合讲。你快去联系黎巍,把该给他的给他就行了!我们的职责和权限,也只是做检测、发报告。"

林晓余的身体里,的确有侦探之血在沸腾,但沸腾也没用,正如陆坚所说,这是疫情处理,他一个学生,不该随意表达自己的观点,因为他无法对此负责。

他站起身,走到门口后,又突然走回来,盯着陆坚,说:"但是,蓝夕的结果不是也对妙庄村的疫情判断起到很重要的作用吗?你有蓝夕的结果,知道更多事情,不是比只了解妙庄村疫情的人的判断更准确?你为什么一直不对他们讲蓝夕的事?"

陆坚一愣,见林晓余这么咄咄逼人,这让他很恼火,但他最后又把情绪压下去了,说:"快去做你该做的事。其他事,我自有安排。或者,你来做我的老师?"

林晓余:"……"

他意识到陆坚生气了,便有些不安,最后只好点点头,快步去做事去了。

林晓余联系黎巍的时候,黎巍正在椅子里打瞌睡,听到手机来电声,他一惊,醒了,迅速接起了电话。

林晓余讲了这边做完所有检测样本的事,又把结果照片发给了他。

到底没提他们推断村里的疫情是有人投毒的事,也不敢提傅蓝夕的事。

　　黎巍向他表达了感谢，看了看时间，见很晚了，便说："你们一直没休息吧，赶紧去睡会儿吧。"

　　林晓余"嗯"了一声，又问："你们那边现在有什么进展吗？"

　　黎巍说："听说已经去调查何庆德他们生前一段时间到的地方和接触的人群了，而且在查最近一段时间所有到过妙庄村的人。我们也在抓周围的猫狗和其他动物，周围的其他村也都在做筛查。"

　　林晓余心想他们果真在做很多工作，陆坚说的是对的，他们可能会从另一个方向得出结论。

　　黎巍又道："我们这边所有的工作人员，每天也都要做监测，也有其他病毒专家团队正过来研究这种病毒，国家已经高度重视这里的疫情了。"

　　林晓余心下一咯噔，意识到陆坚的结果并不会被作为唯一结果被采信，幸好没和黎巍表达自己的观点，否则很容易被误会这是陆坚的观点，会损害陆坚判断的专业性，但林晓余依然觉得陆坚对这次事情的处理处处有所保留。

　　黎巍又提醒他："这次的疫情在保密状态，我们这边所有工作人员都做了要求，不能将这次的疫情发到网上和告诉他人，你也要注意。"

　　林晓余明白，当即应了，他知道事情严重性，在妙庄村时，陆坚就反复叮嘱了他保密义务和"不该对外讲的不能讲"的道理。即使这件事不处在保密状态，也有官方去对外出公告，他作为个人，是绝不能随意对外发布任何消息的。

　　林晓余刚挂了工作电话，就见陆坚进了办公室，林晓余想同陆坚道歉，他的确太想当然了，他应该尊重和遵从陆坚的意见，做一个做事的人就可以了，不该想太多。不过不等他讲出口，陆坚已经走过来，说："我给你抽血。"

林晓余一惊，"啊？哦。"

陆坚皱眉看着他，"我们进过村子，最好每天都做监测，要是你身体有任何不适，也要及时告知。"

林晓余："……"

虽然之前已经检测过一次，显示是阴性了，但坐在椅子上被陆坚抽血的时候，林晓余依然十分忐忑，担心自己其实已经感染。

陆坚抽血非常熟练，林晓余因为害怕，一直担心自己会抖，好在在抖之前，陆坚就为他抽完了。

陆坚把装了血的管子放到一边，把止血棉签递给林晓余，解了林晓余胳膊上的止血带，又拿了咽拭子让林晓余张大嘴取了咽喉部的样本，便对林晓余说："回去休息吧。"

林晓余犹豫着问他："你不让我为你抽血吗？"

陆坚笑了笑："你会抽血？我准备让别人抽。"

林晓余道："你也太小看我了，我好歹在医院实习过大半年，抽血小意思。"

"行吧。"陆坚捞起了袖子。

为陆坚抽完血，林晓余准备回宿舍休息了，走到门口，又惴惴不安地问拿着血样去实验室的陆坚："陆坚，我们有可能被感染吗？"

陆坚回头看他，眼神温和，安慰他说："概率非常低，暂时放心。不过你也要多关注自己的身体情况，有任何不适都要告诉我。"然后就消失在前面的门口了。

林晓余总觉得他那话有些糊弄人的意思，但看陆坚本人真不在意，他就觉得自己一直在意这事很没意思。但医务人员和研究人员在这种疫情里本来就是高危人群，很容易感染，所以林晓余又纠结起来，站在门口十分矛盾。

除了担心自己在妙庄村有被感染的可能外，林晓余还担心自己之前语气太冲，指责陆坚行事藏私惹了陆坚生气，他刚才本来要对陆坚道歉，这时候发了一会儿呆，又打消了这个念头，想：我都拿着自己的命和你去过妙庄村了，之前因为冲动惹你生气的事，那就一笔勾销了吧！如此一想，好像也不是那么害怕真的被感染了。

林晓余转身回宿舍去休息。

* * *

妙庄村，以及妙庄村周围的几座村庄，甚至距离妙庄村较近的镇子，都被封锁。

深夜，妙庄村里依然灯火通明，穿着防护服的工作人员以及警戒人员在这灯火里穿行做事。

妙庄村之后又有十几人发病，而根据陆坚实验室刚传过来的检测结果，妙庄村里有更多人被检测出感染了病毒，这些人，已经全都转移去了传染病院，并做了隔离治疗和医学观察。而因为车辆的问题，还没发病的村民，到8月27日晚上才转移完。

市疾控处理疫情的专家团队和负责领导坐在进行视频会议的应急会议室里，忧心忡忡。

大多数专家得出了林晓余强烈要求要上报的结论："村子里前期何庆德与何老六这种单一病例，可能是从后山的野生动物身上，最大可能是蝙蝠洞的蝙蝠身上感染了病毒，但后期大规模的动物和人群的感染，绝不能说是自然感染，更像是某种活动让所有人包括动物都接触了传染源而感染。"

不过他们没有设想是有人故意投放病毒。

妙庄村所有感染者和未感染的人，被要求再次接受调查，回想最近几天的事，以找出感染的原因。

而对陆坚建立的检测和分析病毒的方法的专家论证，则在另一间会议室同时进行。结果是他的方法是可行的，之后将继续使用这种方法进行检测。

35

　　山里天黑得早，好像刚才还和小伙伴在夕阳下玩耍，马上，天就黑尽了。奶奶过来叫他："晓余，快点，去洗手，我们去你陈爷爷家坐夜。"
　　才六七岁的林晓余奶声奶气地问："坐夜是什么？"
　　奶奶说："就是去吃饭。"
　　吃饭那不是大好事吗？林晓余赶紧去洗了手，跟着奶奶走了。
　　到了吃饭的地儿，听到哀乐，他才意识到是陈爷爷已经死了，大家都来他家吃饭。
　　林晓余有些害怕，拉着奶奶的手，"我不想吃饭了。"
　　奶奶说："你个瓜娃子，为什么不吃。"
　　林晓余心想我一点也不瓜，"陈爷爷死了吗？"
　　奶奶："嗯。"
　　林晓余："我怕。"
　　奶奶："这有什么可怕的，谁能不死吗？再过几年，说不定奶奶就死了呢。到时候，我们家也要请别人来家里吃饭，热热闹闹的。死了还能热闹一下，挺不错。到时候我死了，你们也要让家里这么热闹，我就心满意足了。"

不知道奶奶是故意这样吓唬林晓余，还是真有这种心思，但小孩子在这种事上既敏感又恐惧，经不住逗，林晓余抱着奶奶的腿，大哭起来："我不要你死！我不要你死！"

林晓余哭得上气不接下气，周围所有人都劝不住，哀乐声都没林晓余的哭声大，于是他妈赶过来，给了他两巴掌，得了，这下清静了。

林晓余从床上翻身而起，脸上似乎还有巴掌留下的疼痛感，他抬手捂了捂脸，意识到自己是做了个梦。

"我知道妙庄村几乎所有人和动物都被感染病毒的可能原因了！"林晓余这么想着，胡乱穿了衣服，来不及去洗漱，拿着手机就要给陆坚打电话，拨了两通都没拨出去，才发现这个宿舍的信号真的奇差无比，只得飞快出门，往实验楼跑去。

"陆坚，陆坚！"林晓余一进大办公室，就大声喊了两声。

高萍对着他做了个噤声的手势，"陆老师在办公室和疫情处理组开视频会议。"

林晓余马上住嘴了，高萍问："你找陆老师做什么？"又似笑非笑地说："直呼其名啊！不怕到时候陆老师给你穿小鞋？"

林晓余一惊，心想：我太着急，忘记不该叫他的名字了。

"我有个设想，妙庄村里的人为什么会那么多人同一时间感染上病毒。"

高萍本来在打呵欠，此时也来了精神，"什么设想？"

林晓余："村里死了人，全村的人，应该都会去坐夜吃饭。因为全村都要去办丧事的人家吃饭，那就不会特意给家里的猫狗做饭，猫狗也会去办丧事的人家抢吃的,所以在人感染病毒时候,连猫狗也感染了!"

高萍愣了一下,"这么简单?"

林晓余点头:"对啊。"

高萍:"……我以为会有大片既视感的设想呢,算了,我先进实验室了,等陆老师开完视频会议,你自己找他讲你这个设想吧。"

这是不相信他的推断吗?而且高萍似乎完全没有自己在处理一件大疫情的激动的感觉,林晓余叫住高萍:"师姐,能参与到级别这么高的疫情处理中来,你一点也不觉得激动吗?"

高萍回头疑惑地看了林晓余一眼,失笑道:"哦。等你做得多了,你就知道这是日常工作了。咱们国家地大物博,人口众多,事情很多,疫情也多,够你做的。加油干,晓余。"

"啊?"林晓余眨了眨眼,"哦。"

林晓余去卫生间洗漱了一番,回到办公室,陆坚已经开完视频会议了,正坐在办公桌后喝咖啡,见林晓余风风火火跑进来,就问:"刚才那么咋咋呼呼,又是干什么?"

语气虽然嫌弃,但也很和蔼的样子,好像没有在意林晓余凌晨顶撞他的事了。林晓余松了口气,又想,看来给陆坚留下的咋咋呼呼不稳重的标签很难揭掉了。他颇有搞悬疑气氛地说:"我们到妙庄村的时候,你发现一个问题没有?"

陆坚挑了挑眉,"什么问题?你卖什么关子?"

林晓余:"我们到村子里的时候,既没有人家做饭,也没有见有人家在吃饭,是不是?"

陆坚一愣,心想果真如此。

林晓余:"人是铁饭是钢,一顿不吃饿得慌。全村人怎么可能都不吃晚饭呢?这不可能啊!"

陆坚："……你到底想说什么？"

林晓余："在我们到村子里之前，全村人都吃了饭了。"

陆坚："我们到的时候还早，他们没做晚饭不是很正常吗？"

林晓余："但是村里人家为了节约晚上的电费，会很早吃晚饭，这样晚上就不用开电灯了。村里的人，很可能是在下午四点多吃的晚饭，而且他们都是在办丧事的何老六家里吃的。全村都在何老六家里吃饭的话，要是何老六家里的饭菜有问题，大家不就都容易感染了吗？而且村里的猫狗一向不会专门照顾，它们大多数时候都是自己去找吃的，既然主人都在何老六家吃饭，猫狗肯定也都集中过去吃东西了，所以猫狗也感染了。"

陆坚点头赞同林晓余这推测，说："刚才开了专家组讨论会，调查显示，村里村民这三天都在何老六家里吃饭。你们那里有这种一直在办丧事的人家里吃饭的习俗吗？"

林晓余说："一般村里没有这种习俗。但是，妙庄村里，除了几户外姓外，其他人不都姓何吗？他们作为一个大家族，倒的确有可能从停灵开始，一直在死者家里帮忙办丧事、吃饭，直到死者入土为安。"

陆坚说："专家组已经去调查何老六家了，很快就会有检测结果，我们等结果就行。"

林晓余松了口气，看陆坚一边狂喝咖啡一边看电脑，抱怨道："你看现场的专家组那么厉害，根本不需要我们多么努力了嘛，你怎么还不回去休息？"

陆坚："我睡过了。"又拿了饭卡让林晓余去园区食堂买两人的早餐。

林晓余接过饭卡乖乖地出门，陆坚想到什么，提了一句："我俩昨天的样本，没有检测出阳性。"

"是吗？"林晓余高兴极了，走在去食堂的路上，总觉得天蓝气清，北京的秋天真美啊！

买回早餐，坐在办公室里，林晓余一边啃早餐的馒头，一边感叹："我去太晚了，没别的吃的了，只有馒头。这个馒头真难吃。真的，太难吃了！陆老师，这里的馒头一直这么难吃吗？我真是第一次吃到这么难吃的馒头！我们那边的早餐，面条、肥肠、米饭、米线、糖油果子这些，都要提供的。"

很少有人会在陆坚跟前总这样叨叨，上一个这样叨叨的是蓝夕，陆坚一边吃难吃的馒头，一边想林晓余这些不好的方面怎么这么像蓝夕？好的倒是没有哪一点像。

陆坚说："你也可以像高萍他们一样，去超市多买一点面包，早餐就可以吃面包。"

林晓余无奈了："也就是说这个馒头的确是一直这么难吃了？！不是说北方的馒头比南方好吃吗？这怎么回事啊？虚假宣传！太虚假了！"

陆坚听得脑仁儿疼，又不便让他闭嘴。

高萍过来叫陆坚："陆老师，之前测好的所有基因组结果都在机房的电脑里了，您去处理吧。"

陆坚应了，又问起电镜组是否出了病毒的结果。

"我催催去。"高萍说着，就先忙去了。

陆坚趁机赶紧教育林晓余："你向高萍学学，不要那么多废话。"

林晓余心想：这是嫌弃我话多？那我是不是不能讲话了？

所幸高萍很快又跑回来，解救了林晓余。高萍对陆坚道："电镜组说，从图片上看，和我们分析的一样，是冠状病毒。从妙庄村的感染情况来看，这种病毒非常厉害，能确定感染的就包括人、猫、狗，而且发病也很快，基本上一两天就会有发烧咳嗽状态，三四天就会发展为脑炎；感染途径，最可能是通过消化道感染和血液感染，不排除接触感染和呼吸道感染……"

林晓余听到最可能是通过消化道感染，就松了口气，再看陆坚陷入了沉思，并没接高萍的话，他就说道："要是是通过消化道感染的话，我和陆坚在妙庄村并没有吃过他们的东西，幸好幸好。"

高萍道："要是你的手碰到了病毒，再用手摸鼻子、眼睛或者碰到嘴，也很可能感染，所以不要到处乱摸，要勤洗手。现在这种病毒的传播途径到底是什么，还不能百分百肯定，要是还能通过飞沫传播，就更危险了。"

林晓余心有戚戚，"哦"了一声，又担心起妙庄村里的村民来。前几天在妙庄村里见到的一个个鲜活的人，如今也都是数据表上的一个个名字。林晓余之前整理数据的时候，有特别注意，在他认识的人里，只有何苗家的人是阴性，认识的何晏，基因检测的结果是阳性。他希望这些感染了病毒的人，在早发现的情况下可以被治愈。

毕竟生命的消失，是一件悲伤的事。

36

妙庄村。

村中村民已全部转入传染病院进行隔离治疗和医学观察,所有动物也都被处理。

此时,村里一片寂静,只有风吹过后山的竹林和松柏林的哗哗声响。

云层在天空聚集,天阴下来,风带着寒意,在空寂的村落席卷而过,让村落更显得死气沉沉。

何老六家在村子靠外围,房子包含一栋石头和木头混搭砌成的二层楼房以及两间土房,有前院和后院,院子都是水泥地面。房子里收拾得很干净和整洁,只有之前何老六停灵的房间里有大量纸钱和香灰。

何老六本来前几天就该下葬,因这次疫情,他的尸体已经被带走做尸检了,而且因他感染病毒而死,之后尸体必须进行火化,所以尸体不会再被送回来。

这里农村依然盛行入土为安的观念，无论是带走尸体尸检，还是之后的火化，对死者家属来说，这都是他们不能接受的。当初为了带走死者尸体，警方和医疗卫生工作人员费了很多力气。

停灵间里已没有了尸体，但不知什么原因，里面总给人比其他房间更阴沉寒冷之感，好像死者和死者家属的怨气还积累在里面。

几名穿着防护服的工作人员在何老六家里忙碌地采样。繁忙的采样工作让闷在防护服里的他们出了满身汗，汗水又迅速冷却，黏在皮肤上，让人感觉十分黏腻。

到处都很安静，何老六家的房屋像个棺材似的，憋闷得让人喘不过气。

有一名工作人员实在受不住这份沉闷，站起身看向后山黑沉沉的观音岭，说："这里让人有些害怕。"

另一个人说："害怕什么？是担心感染病毒吗？"

"不是的，是这氛围让人害怕。"这里山势绵延，空气清新，本该让人心旷神怡才对，但他却毫无这种感觉，只觉得憋闷、黏腻、阴冷。

"什么氛围？"

不远处一个工作人员插话说："我觉得他的意思是，这里氛围很阴沉，像恐怖故事里的场景。不知道你们看过《寂静岭》这部电影没有？要是没有，我可以讲给你们听……"

"讲什么讲，你故意吓人啊！"刚才没意识到氛围恐怖的工作人员都觉得这里恐怖起来。

负责人大声说："这都什么时候了，还想讲恐怖故事吓人，快点干活！"

"哦。"那个失去了讲恐怖故事机会的工作人员语气有些萧索，其他人则纷纷松了口气。

* * *

8月28日中午,工作人员使用停在妙庄村外疫情处置车里的设备,用陆坚实验室建立的方法第一时间检测了上午的样本,得到了结果。

林晓余在办公室接到了疫情处理组打来的电话,就跑去机房找陆坚。

机房里空调呼呼地吹着冷气,陆坚似乎有点冷了,拢了拢身上的白大褂,视线却一直在电脑屏幕上。

林晓余冲过去,说:"陆坚,有好消息。"

陆坚在笔记本上记了一行数据,这才侧头看他:"什么好消息?"

他一直这么沉得住气,林晓余心想。

"疫情处理现场的老师打电话来,说检测了何老六家里厨房所有剩菜、剩饭、调料以及下水道等地方的样本,在多种凉拌菜里检测出了病毒。而且在他家的下水道里也检测到了病毒,除此,还从几位患者的肛拭子上检测到了病毒。"

"嗯。"陆坚淡淡应了一声,又沉吟道,"他们还说什么?"

林晓余心想这些不就够了吗,他们还需要说什么吗?林晓余摇了摇头:"没说什么了。"

"哦。"陆坚微微蹙着眉,继续喝咖啡。

林晓余道:"你还想知道什么?他们那边应该还有什么结果?"

陆坚:"他们有调查出厨房里怎么感染的病毒吗?导致那么多凉拌菜出现病毒,很显然最初的病毒量很大,而这种病毒,和沙门氏菌、金葡球菌、肉毒杆菌这些会在食物里繁殖引起食物中毒的细菌不一样，它们只能在活细胞里繁殖，不会在食物里繁殖。"

林晓余一听，这才明白了，说："你的意思，其实还是倾向于有人故意投放病毒，对不对？"

陆坚瞄了他一眼，没应。

林晓余心想你这人怎么这么傲娇，你明明是这个意思，又希望现场疫情专家明白过来这个道理，那对现场的疫情处置专家谈一下你的意见，不行吗？

林晓余把自己的手机摸出来递给陆坚："要不，你给疫情处置现场的老师说说？"

陆坚不接，道："你回办公室，用办公电话打过去，问他们那边怎么看待食物里有那么多病毒的问题。还有就是，食物里的病毒是哪一天的？毕竟吃了三天饭了，也不一定是第一天就有病毒。还有就是，为什么何庆德的家人的样本，全是阴性，作为村里的第一例病例，他的家人都接触了他，为什么这些人反而没有感染病毒？"

林晓余盯着陆坚："你为什么不自己去讲？"

陆坚："……"

这孩子眼里有师长吗？陆坚继续处理数据，说："我还在处理病毒基因组数据。"

林晓余心想，你就是不想自己去问而已。

他只好跑回办公室打电话了，又对陆坚对这件事这么避嫌感到奇怪。陆坚为什么会避嫌呢？他不是处理这起疫情的病毒专家吗？畅所欲言讲自己的推断，不该是他的分内职责？

陆坚的疑问，也正是现场处置专家们的疑问。

* * *

传染病院。

这家被临时用作这次疫情处理中治疗感染患者和医学观察的传染病医院,坐落在郊区,后面是一座山,前面远处是一条从市区里流出的大河,周边都是菜地。平常这里便没什么人经过,这几天,通往这里的道路更是被封锁了,除了处理这起疫情的医务人员和其他工作人员,无关人员都不允许接近。

浓烈的消毒水味道弥漫在整个院区内,被调集来这里的医护人员,都是以前处理过诸如禽流感等其他传染病疫情的工作人员,有经验,工作认真负责,心理素质也好。一切工作都有条不紊地进行着。

何老六的妻子也被检测出了病毒阳性,但她的症状非常轻微,只有一点低烧。

这次的疫情里,并不是所有感染者都病情严重,病情严重的,只占约三分之一,如今都在危重病房。病情轻缓者占大多数,这也是因为他们被发现得早,被给予了及时的对症治疗,到如今,这些人,暂时都还没有转为危重。

何妻正在负压病房里坐着,两名流病工作人员和一名检验工作人员穿着防护服、戴着口罩进了房间。

何妻这两天已经见惯了这种"全副武装"的工作人员,不再害怕,但依然拘谨。

在同病人打过招呼、说了几句安抚她情绪的话后,年纪稍大的流病专家把话题转向了这次的调查,开始询问她家里这次丧事宴席的各种事情。

何妻是精明干练的人,做农活、安排家事都是一把好手,只是之前的"邪祟"事件和之后的"病毒感染"事件，都超出了她的能力承受范围，所以让她害怕和不知所措。

此时专家询问的是有关丧事的琐碎事，而且这名专家用了当地方言，加上何妻至今不知道处理疫情的专家团队将这起大规模病毒感染的源头放在她家的白事宴上，所以她马上就卸下了防备和恐惧，开始滔滔不绝、井井有条地讲起办丧事的事。

何老六的死，对这个家庭来说，是沉重的打击。

何老六同第一名感染者何庆德不是亲兄弟，但因为何老六的妻子同何庆德的妻子来自同村，且从小是闺蜜，所以两家关系极好，何老六便同何庆德走得很近。何庆德死后，何老六家为何庆德的丧事出了很多力。

专家问："既然何庆德出事，就被认为是在后山遭遇了邪祟，为什么你的丈夫之后还要去后山？"

何妻情绪很不好，说："何庆德死了，村里就有人说他是去佛洞带出了邪祟才死的。刘大仙说，他的魂魄应该还在佛洞里，他尸体里的是邪祟。他下葬前，我家那口子，喝了刘大仙给的护体符水，专门去了一趟佛洞，按照刘大仙的方法把何庆德的魂魄带回来。哪曾想，何庆德下葬完没两天，他就出问题了，当时大家都开始害怕了，我家那口子死了后……"

何妻哽咽起来，在专家的安慰下，她缓了好一阵才继续说："刘大仙说他的魂魄也被拘在了佛洞里，我们想把他的魂魄带回来，所以之后就没及时下葬，想多停灵几天。因为大家都很害怕，担心佛洞里的邪祟进村，周围其他村的人也听到咱们村闹邪祟的事，不敢过来，连我的娘家人都不敢来，所以大家都来我家帮忙，出人出力，还出米面菜肉，来给我家那口子办丧事，也办驱邪的法会。那几天，大家都在我家吃。"

专家没第一时间告诉她，正是因为几乎所有人都在她家吃饭，才导致近乎全村人都感染了病毒，专家耐心地继续问："何庆德家里的人，没有去你家帮忙办丧事，也没在你家吃饭吗？"

何妻皱了眉，显出痛苦之色，"我家老六死了之后，我们两家就没来往了。"

专家不便再问这个问题，但也由此更加确定，村民大规模感染，的确是因为何老六家办丧事时的白事宴。去吃了的就感染了，没吃的就没感染。

专家转而问道："何庆福、何其文等四人会进山里去，也是因为要进山去带回你丈夫的魂魄？"

何妻摇头："我家那口子就是因为要进山去带回何庆德的魂魄才出的事，我怎么敢再让其他人为我家那口子进山去？我家那口子出事后，我们就只是让刘大仙在家里作法招魂而已。"

专家："那何庆福等人为什么要进山呢？你知道原因吗？"

专家团已经问过村里不少人为什么这四个人会去后山，但一直没有得到合理的答案，而且也一直没弄明白这四人到底是从哪里感染了病毒，而且为什么那一批就只有他们四人感染了病毒。这四人比村里其他人特殊的原因，也只是他们都进入过后山。所以，还是要从后山再找找原因。

何妻说："这个，我就不知道了。盘洲的大儿子盘华回了村子这件事，我都是在他出事后才知道的。"

专家们没能从何妻这里得到特别有用的信息，只好暂时作罢，再去找其他人了解更多情况。

专家们暂时还是倾向于认为：何老六家宴席的冷盘被病毒污染，是因为有人在不知情的情况下带入了病毒，污染了宴席的冷盘。而病毒的来源，可能是何老六，也可能是之后发病的四个人，因为这四个人发病后，他们的家人要照顾他们，又会去何老六家帮忙，这很容易造成交叉污染。

只是，这里又有一些疑点——第三批发病的何庆福等四人的家人，感染病毒的概率反而比其他人低，而第一例患者何庆德的家人更是完全没有感染。

按照常理来讲，这些人每天接触患者，本该比村里其他人感染概率高。从这几家了解的情况可知，这几家的人都亲自照顾过患者，但是他们中的人因为要照顾患者，或者其他原因，没有去何老六家，例如，何老六的死亡导致何庆德家和何老六家产生了龃龉，何庆德的家人都没去何老六家用餐，所以，何庆德的家人就完全没感染。

如此推断，接触患者的感染概率较低，而去何老六家用餐的感染概率更高。

对政府来说，控制疫情是第一要务，即隔离、治疗病例，不让疫情扩散，并控制舆情，不让外界民众恐慌。

因此这种病毒感染，可能会被定性为没洗手制作食物导致了食物污染和村里人发生感染，不涉及其他。

对处理专家来说，他们很难去想有人专门投病毒污染食物，而且他们认为村里的人也不可能有投病毒的意识。不仅没意识，村里的人到如今依然有大部分人相信这次疫情是"邪祟作祟"，相信邪祟的人，会知道如何投放病毒吗？

37

林晓余用办公室座机给疫情处置组打了电话,处置组将电话转给了实验室的黎巍。

黎巍才刚让林晓余对陆坚转述了何老六家的样本检测结果,就又接到林晓余的电话,他想应该是陆坚得到结果后有什么想法,便问:"是陆老师有什么建议吗?"

林晓余心想:陆坚脑子里应该是有很多事和意见的,但不知道他是有所顾虑还是有其他打算,不愿意讲出来,我能有什么办法?

"嗯。陆老师刚才说,这次的病毒导致这么多人和动物感染,初始病毒量一定很大才对,你们那边对这件事,是怎么想的?除了这个,你们那边得到第四批感染者到底是哪天感染的结果了吗?"

黎巍:"我们这边没有统一的结论。这是一种新病毒,这种病毒的特性都还没弄清楚,不知道多少病毒就能感染,大家不敢随口下结论。你的陆老师,是怎么想的呢?"

林晓余无奈:"他没讲。"

黎巍："疫情的负责领导，对疫情控制、病例治疗和舆情控制最看重，这种病毒特性的事是属于科学家的事，他们暂时还不着急，毕竟这些以后可以慢慢研究，所以，你们也不要太着急了。"

林晓余"啊"了一声，脑子里像炸了一朵烟花一样，好像明白了什么，他迟疑着，问："要是这个疫情扩大了，外界都知道了，你们会怎么样？"

黎巍叹道："那这事就难办了，我们这些工作人员还好，就是加班做事嘛，领导的话估计就……"

林晓余想，果真如此，维稳才是第一。陆坚是怕这个吗？毕竟他说过，恐慌比病毒更可怕。

恐慌无孔不入，病毒作为微生物，尚且还需要传染源、传播途径和易感人群才能传播。

黎巍又说："这边县里、市里也在排查，至今还没发现有妙庄村外的人发病，要是这就是一起全村聚餐导致的病毒感染，这事就很好办了。从流病调查组的工作人员那边得到的消息是，他们那边的专家已经一致认为这是一起聚餐导致的病毒感染了。"

"哦。"林晓余挂掉同黎巍的电话后，有点茫然。

去找陆坚时，他想，要是陆坚坚持说这起疫情是有人投放病毒导致的，情况会怎么样？不论从哪方面来说，其他人都不会认可陆坚的这个说辞，因为这样的设想，对所有人来说都是不利的。

陆坚是因为这些，所以不愿意表达自己的观点吗？

这么胡乱猜测，还不如就直接去问陆坚。

但要是问了，又惹陆坚生气了，怎么办？

林晓余走到机房门口时，认为自己脑袋上的头发都愁掉了好几十根。

瞥到林晓余在门口皱着眉抓头发，陆坚停下敲击键盘，问他：

"怎么了？"

林晓余叹了口气，说："我突然觉得人心和利益关系好复杂，反而还是病毒简单。"

陆坚："……"

没憋住，陆坚笑出了声，心想林晓余才多大，就老气横秋发这种感叹，但那笑只到了一半，他突然记起自己以前对傅蓝夕也说过同样的话："人心和利益关系太复杂，还是做研究简单。"

傅蓝夕回他："做研究还是要有钱才简单，没钱寸步难行，所以，还是花钱最简单。"

陆坚叹了口气，收起笑，对林晓余说："那你好好学，好好研究病毒。"

林晓余心想：你不愧是我的老师，时时刻刻提醒我好好学习。又说："给黎巍老师打了电话，他说领导并不重视这种病毒到底是多少量才导致那么大规模的感染，也不特别重视这种病毒的特性，最重视的还是对患者的治疗、疫情不要扩大和舆情能控制住，因为病毒的研究可以慢慢来。"

陆坚说："你别这样气鼓鼓的，这次负责疫情的领导有这方面的专业知识，知道遇到一种新病毒，要短时间了解这种病毒的特性不可能，才那么说的。要是对方没专业知识，一来就让我们提供病毒的各种特性，才是真的麻烦。"

"咦，也对。"林晓余发现的确如此，只是，"那村里的疫情调查，会以简单的聚餐导致病毒感染结案，你的蓝夕的案子要怎么办？"

陆坚看了林晓余一眼："这个……我有自己的办法。"

他的目光又投在电脑屏幕上，林晓余看过去，见上面全是核酸序列，他疑惑地问："什么办法？"

"不能告诉你。"陆坚说完,继续对着电脑敲击键盘。

林晓余:"……"之前他一直觉得陆坚是个特别严肃认真的人,这才几天,这人就显出了他的恶劣。

"你这样说话说一半,真的很过分。"林晓余抱怨。

陆坚表情放松了一些,道:"你去跟进妙庄村那边的情况,有电话打来就赶紧来告诉我。"

林晓余"哦"了一声,走到门口,想到什么,他又回头,见陆坚面容恢复冷峻,直直地盯着面前的电脑屏幕。屏幕上的光映在他偏白的面孔上,像是有星光在他的眉眼鼻梁上跳舞,让他于严肃之外,又带上了一种特别的感觉。

林晓余一时间不明白这到底是一种什么感觉,他走出去了两步,实验室走廊上苍白的光线映在周围洁白的墙壁上,营造出一种科幻的穿越感,他再退回去看陆坚,瞬间明白陆坚那表情代表什么——之前的陆坚虽然严肃,但总有种沉默的压抑;他现在没有了这种压抑,所以才轻松地逗自己。

他肯定找到了解决问题的方法。

林晓余在门口说:"陆坚,你是不是找到了解决蓝夕的事的办法?"

陆坚偏头看了他一眼,没有应,但林晓余知道自己说对了。

半下午的时候,陆坚把写好的材料打印出来,装订好,叫来林晓余:"晓余,你拿着这个材料去中心办公室盖章。"

"哦,好的。"林晓余接过材料,发现是陆坚写好的这次疫情处理的检验和分析报告。

林晓余眼睛一亮,问了盖章的办公室在哪里后,就趁着走过去的这一段时间把报告大致看了一遍。他期待陆坚会把"推断有人投放病毒"这个结论放在这个报告里,但从第一页翻到最后一页,也没见陆坚写这个。报告里面主要叙述了处理这次疫情的情况和方法，以及检测妙庄村这种病毒的方法的建立和用此检测方法得到的结果，再有后续需要做的检测和分析。

翻到报告最后，是对这次这种病毒的一些简单推断，包括从第一例何庆德身体里分离出的病毒的电镜结果、测序结果、和其他已知病毒的比对结果，确定这次的病毒属于冠状病毒，正义单链RNA……

这份报告里从头到尾没有提蓝夕的事，也没讲妙庄村这种病毒和蓝夕感染的病毒之间可能有的联系。

林晓余不知道陆坚要怎么处理这二者之间存在联系这件事，他也没有任何决定权，建议权也被陆坚否决了。

在报告分析的结尾部分，陆坚写着："通过第一例病例何庆德的家人并未感染病毒分析，村中之后传播开的病毒和何庆德所感染的病毒可能存在变异，实验室将在之后给出后期病毒的全基因测序结果和分析报告。"

这句话让之前处在迷雾里的林晓余的眼前豁然开朗。

为什么第一例患者何庆德的家人没有感染病毒发病，村中其他人反而感染了病毒？

分析可知，何庆德感染的病毒不易传播，一般接触、呼吸同一个地方的空气等方式，都不会轻易导致感染，但后期在村中传播的病毒非常容易传播，通过用餐，就传给了其他人，还能传给其他哺乳动物，说明后期传播的病毒和第一例患者感染的病毒存在差异，这个差异导致病毒的传播力得到了提升。

虽然何苗和何晏都没讲何老六的家人对何老六"因何庆德而死亡"的看法，但从之后何苗一家没去死者何老六家里吃白事宴，就可以看出，何老六的染病死亡，让两家的关系破裂了。

那何老六作为处在中间感染的患者,他感染的病毒,是和何庆德一样的病毒,还是发生了突变的病毒,或者是"被投放的病毒"?报告里并没有写。

带着这个疑问,林晓余去办公室盖了章,拿着报告材料回了实验室。

林晓余自觉和陆坚是非常亲近的,所以把盖好章的报告给陆坚时,他就直接问了关于何老六的这个疑问。

陆坚检查了一遍报告上盖好的大红章,拿着报告去扫描传真,把文件发给正在处理疫情的益州卫健委。

林晓余赶紧狗腿地凑上去:"我来吧。"

陆坚道:"你来,我也没法给你解释那个何老六的事。"

"咦?"林晓余问,"为什么?这事是机密吗,不能告诉我?"

陆坚笑了一声:"只能等何老六的病毒的结果出来了,我才知道具体是什么样。即使是我,也不能在没有结果的时候对你瞎说。"

"哦。"林晓余心想:陆坚是不是在撒谎?病毒结果不是已经出了吗,是还没有分析完?还是陆坚从这里面发现了什么,所以不愿意讲?

林晓余无奈地感叹:"如果这是一个推理故事,等待检测结果的过程,真是一种煎熬。"

陆坚因他的话眼神一暗,道:"这些都是别人的人生,身体和精神上的痛苦,都是真的。如果只是一个推理故事,那倒好了,你好好干活吧。"

见陆坚又坐回了电脑前,林晓余做完该做的事后,上网查了查这次妙庄村的疫情,发现有人在微博上发布了某山村里出现传染病的事。

"军队已经包围了那座村子和周边的村镇,在前几天就不允许人出入了。"

"我也可以证明,那边的确不允许进入了。老远就看到设了哨岗,拉了警戒线,我们把车开过去,当兵的说那条路不允许通行了,让我们从另外的路走,我们问是发生了什么事,那些当兵的就说是机密,把我们赶走了。"

"天啊,不会发生生化危机或者丧尸病毒一样的事吧。"

"很多病毒都是实验室制造出来的,那边是不是有什么生化实验室?"

"说病毒都是实验室制造出来的人,你是不是傻?既然是发生在山里村子里的病毒感染,很大可能就是吃野生动物吃的。SARS不是吃果子狸吃的吗?尼帕病毒也是从果蝠来的,埃博拉病毒是从大猩猩来的,连艾滋病毒也是从大猩猩来的,怎么就叫病毒是从实验室制造出来的了?所以还是少去接触野生动物,最好别去生吃野生动物。吃野生动物感染的人,就是不作不死!"

"想想以前东北出过的鼠疫,不就是吃旱獭导致的?不知道这次是出的什么传染病。有谁是当地人吗?知不知道情况?"

"当地人都被控制起来了吧。"

"怎么就叫控制?只是医学隔离。这是必要的吧。难道不是为了大家好!"

"这些要去吃野生动物的人,感染病毒也是活该,希望可以控制住,要是传出来了,就太恐怖了!"

……

林晓余又去搜索了一阵关键词,发现这个消息被控制得很严,没有官方媒体和大V报道这方面的消息,只有一些个人在发似是而非的消息。

这应该是政府部门在有意控制这方面舆论发酵。

正准备关掉微博，林晓余关注的一个临床医生发了一条微博，说他们科室收了一例急性脑炎，会诊后确定是病毒感染，但检验科没有检出是哪种病毒，他们预感可能是某种新病毒，有一篇高影响因子的论文在向他们招手。

林晓余笑了笑，关掉了微博。

陆坚这次在妙庄村发现的也是一种新病毒，也能写一篇高影响因子的论文，不过，看样子，这篇论文可能不会被允许在近期发表，或者永远不会被发表。

处理完一些事,陆坚总算从机房涉密电脑前起了身,回办公室吃林晓余从食堂为他打回的午饭。林晓余拿了一大包麻辣牛肉干,一边撕开袋子口,一边说:"陆老师,吃牛肉干吗?"

陆坚看了他一眼,没应,继续吃午饭。

林晓余吃着牛肉干,谄媚地说:"你真的对这个牛肉干没兴趣?食堂的午饭和早饭一样难吃,你居然可以忍住这个牛肉干的诱惑!"

陆坚不由放下了筷子:"你这个牛肉干哪里来的?"

林晓余:"高萍师姐给我的。"

陆坚指了指自己的饭盒,让林晓余给自己加点牛肉,又对谄媚地把麻辣牛肉全都倒在他的米饭上的林晓余嫌弃地说:"你真是充满了活力。"

林晓余一点也不怕被陆坚嫌弃,说:"充满了活力不好吗?"

"好!"陆坚点头,"怎么不好?就是你不觉得自己太吵了吗?"

林晓余:"……"

加了麻辣牛肉的米饭果真好吃多了,陆坚一边吃饭一边看手机,刷新了一阵发现手机网络信号极差,半天刷不出东西来,让人心情烦躁。这也没办法,办公室虽然说是有无线网全覆盖,但信号真不用指望,总是随机地时好时坏。向相关负责部门反映了情况,但结果也和食堂饭菜的味道一样,毫无变化。

陆坚很无奈地放下了手机,林晓余坐在他的位置上,说:"陆老师,我自己连了个无线网,比办公室的无线网快很多。"

陆坚看他指着自己笔记本电脑上的无线网卡,突然觉得这个徒弟很不错,完全是想自己所想,而且因为不是女弟子,所以没有那么多需要注意的地方。

陆坚又拿起手机,打开"WLAN":"是哪个号?"

林晓余走过去帮他选了无线网名称,又说:"我帮你输入密码吧。"

陆坚:"我自己来。密码是什么?"

林晓余卡壳了一下,一时没答,陆坚又问了一遍:"密码是什么?"

林晓余抿着唇,翻着眼,望了一眼天花板,憋了一口气,才说:"不想理你。"

陆坚一愣,抬头看他,眼神里全是"你在说什么?"

林晓余快速地说:"密码就是'不想理你',拼音,都小写。"

陆坚一边输入密码,一边忍着笑道:"我发现你这人,小脾气还不少,你这是故意说给我的吗?"

林晓余赶紧道:"怎么会。没有这回事。"

陆坚正想教育他几句,手机有了来电,是傅顺知的电话。

他看了林晓余一眼,林晓余因为距离陆坚很近,这次不经意且条件反射一瞄,看到了陆坚手机屏幕上"傅顺知"三个大字。

陆坚说:"我接个电话。"

林晓余赶紧出去了,还帮他关上了办公室的门。

傅顺知?

林晓余总觉得这个名字非常熟悉,他之前一定见过这个名字。

但在脑子里搜索了一圈后,他确信自己的确不认识这个人。

作为一个善用搜索引擎的现代社会人,林晓余马上将这个名字敲入了搜索框。

点击搜索键时,林晓余不由自主地回头看了一眼陆坚办公室那扇关闭的门,担心陆坚很快会出来看到自己鬼祟的行为,于是躲到了一个角落去,才认真看起搜索出的有关"傅顺知"的信息。

一看到搜索结果,林晓余便明白自己为什么会觉得"傅顺知"这个名字熟悉了。

傅顺知,是知一制药的董事长。

看到知一制药,林晓余马上回忆起了之前看到过的微博信息,有人说知一制药的少东家、董事长傅顺知的独子傅蓝夕在赫利俄斯制药公司的一个研究中心所在的麦尔岛上溺水而死了。

网络传言还说傅蓝夕从赫利俄斯窃取了后者的研究机密。

而陆坚这边证明了傅蓝夕在麦尔岛上感染了病毒,而且那种病毒和妙庄村的病毒一致。

妙庄村里的佛像卖给过外国人。

有佛像的佛洞也是蝙蝠窟,蝙蝠里检测到了妙庄村村民感染的病毒,也就是妙庄村的病毒和傅蓝夕感染的病毒一致。傅蓝夕去了赫利俄斯制药公司后感染了病毒,赫利俄斯制药公司极大可能在之前买佛像的时候,就得到过妙庄村后山的病毒,也就是这家公司里有病毒。

陆坚一直在和傅蓝夕的父亲傅顺知联系。

这些信息联系在一起，林晓余认为自己串出了他认可的真相。

傅蓝夕是被赫利俄斯制药公司的人感染了病毒？妙庄村后期传播开的病毒，如果是被人投放的病毒，那有可能也是被这个公司投放的吗？这个在妙庄村后期传播开的病毒，感染性那么强，是因为被改造过了吗？增加了病毒的感染性？

一个世界知名的医药公司，会去做这种事？

原因呢？

林晓余突然觉得不寒而栗，这该是末世电影里出现的场景，出现在了他的现实生活里。

他想到陆坚说过的话："这些都是别人的人生，身体和精神上的痛苦，都是真的。"

要是让外界，不说外界，只是让处理妙庄村疫情的工作人员知道，那病毒极大可能是被医药公司改造过的，而且是被精准投放，这会引起多大的恐慌？！

这完全是生物武器了！

这也会造成两个国家的矛盾吗？

或者，这是自己脑补过度，其实根本没这回事。

毕竟要证明病毒是被精准投放的，难度可太大了。

林晓余瞬间明白陆坚不把妙庄村的病毒感染极大可能是被投放的事讲出去的原因了。这件事，不能让很多人知道。

他是想找到更多确凿的证据后，再处理吗？

这件事要怎么处理呢？

带着证据去向上级反映？这个上级要上到哪个层次？谁能对这么重大的事负责？

这个才是真正的原因！林晓余觉得自己找到了真正的原因。

激动难耐地做了推断之后，林晓余一拍手掌，心想，作为键盘侦探，我不去写侦探冒险小说，真是愧对我的脑补能力。

另一边，林晓余离开后的房间变得安静，陆坚接起了傅顺知的来电。

"我这边查到了赫利俄斯制药公司是什么时候决定关闭麦尔岛研究中心的了。"傅顺知声音非常冷静，"今年6月，马丁第一次提出要关闭麦尔岛研究中心，到8月正式关闭，中间只有两个月。"

从第一次提出到正式关闭之间的时间太短了，陆坚认为这其中有问题，问："提出要关闭麦尔岛研究中心后，在麦尔岛研究中心工作的工作人员，没有因此提出意见？"

傅顺知："他提出要关闭麦尔岛研究中心是在管理层内部会议上，这件事只少数几人知道，并没有向研究中心的其他工作人员透露。8月，研究中心正式关闭的前几天，才向里面的工作人员公布消息，并让他们迅速完全搬离。有人说，就是因为这件事，铜雀不满小马丁的做法，和小马丁大闹了一场，两人差点打起来。"

陆坚："那他们真在短时间内就全搬走了？我们去麦尔岛开会的时候，研究中心在岛的另一边，而且不接受参观，所以，我们当时也没关注研究中心关闭的事。"

"麦尔岛研究中心本来人就较少，只有一百多名研究人员，对这些研究人员宣布关闭研究中心之前，小马丁就已经将里面大部分研究组转移到另外的研究中心去了，有些则直接解散，解雇了一些人。这次关闭麦尔岛研究中心，对外界来说非常突然，但从小马丁的做法看，他是早有此意。"

陆坚："是的，这是小马丁故意为之。"

陆坚又问："傅叔叔，您的人查到铜雀的下落了吗？"

傅顺知叹道："暂时还没查到。"

陆坚忧愁地叹了口气，又问："既然小马丁宣布关闭了麦尔岛研究中心，那有查到麦尔岛研究中心里的各种仪器设备搬到了哪里吗？"

研究中心里的仪器设备都不便宜，麦尔岛研究中心作为赫利俄斯制药公司的一座使用时间不短的研究中心，仪器设备等硬件投入在数亿美元，麦尔岛研究中心停用了，里面的设备不可能直接废弃，肯定会搬到另外的研究中心继续使用。

傅顺知："你是想从仪器设备搬到了哪里，来推断铜雀去了哪里？"

陆坚说："不是，我是指，要是他们的设备没有搬走，那麦尔岛研究中心很可能并没有停用，而是被用作秘密研究基地了，铜雀很可能还在那里。而且，那里肯定还能找到一些研究数据，所以可以从那里入手。"

傅顺知愣了一愣，"你的这个推断很有道理，我的人没有查到麦尔岛研究中心停用后里面的设备有被大规模搬出，也就是说，那里很可能还在被秘密使用。"

陆坚说："是，傅叔叔，您还是要找人想办法上岛。"

傅顺知："陆坚，你应该清楚，这件事非常难，现在基本上很难让人潜上岛。"

陆坚很失望："一点办法都没有了？"

傅顺知："我只能去安排，但不保证可以做到。"

陆坚作为牵涉一些生物安全研究机密的科学家，出国是受到限制的，必须向上级层层申报才行，要是傅顺知都没办法的话，他只能想其他办法了。

傅顺知又道："之前你答应今天会来我家和我一起分析赫利俄斯制药公司的事，你什么时候过来？"

陆坚站在办公桌边，桌上是他还没吃完的午饭，他没有多加思索，道："行，我整理好需要和您讨论的材料就过去，大概今天傍晚，您看成吗？"

傅顺知犹豫道："不能更早？"

陆坚从他的话音里听出了急躁，即使傅顺知这几天以来都表现得很冷静，并没有因为痛苦丧失理智，但要是自己对这事不着急，傅顺知会认为自己不够重视傅蓝夕这事，他可能会再次怀疑是自己让傅蓝夕去偷盗赫利俄斯制药公司的研究机密，这才是让傅顺知在意的。

陆坚认真解释道："之前蓝夕的死，虽然我们都觉得是小马丁造成的，但是我们没有有力的证据。不仅没有有力的证据，而且，小马丁要挟您，指控蓝夕从丽莎那里拿了他们公司的研究机密，这对我们非常不利。我们必须要有足够的证据支持才能为蓝夕讨回公道。傅叔叔，我想，您比我更明白这个道理。"

傅顺知深吸了口气，顿感心力交瘁，"你说过，从妙庄村感染病毒的事上，可以找到小马丁的影子，不是吗？这件事，只要向上面汇报，国家不会看着这种危害人民安全的事发生的。"

陆坚知道傅顺知会和自己想到一块儿去，说："但这种指控，需要绝对的证据，不仅如此，这事牵涉国家安全，牵涉高层和民众对病毒研究的感观和认知，不能轻易下结论。我需要将现在掌握的证据整理出来，这需要时间，所以我只能今天傍晚去您那里。

"当然，我会和您商量，然后再向上递交这方面的证据材料，这事太大了，暂时不能让太多人知道，以免传播出去，在社会上引起恐慌，所以，傅叔叔，您暂时也要对这件事保密。我判断，小马丁的人在妙庄村投放病毒时，并不知道我会第一时间从那里拿到病毒样本，他们也极有可能不知道我们从蓝夕的身体里得到了感染病毒样本,他们不知道我们有了突破口,所以,我们暂时不能打草惊蛇。"

傅顺知被他安抚住了情绪,但他急切地想知道:"你那里的证据,足以证明小马丁在我们国内投放了病毒?"

陆坚道:"只能算间接证明,但是,我觉得足够取信上面了。直接证据,恐怕要找到铜雀以及小马丁的执行人才行。要做到这些,以我的能力,暂时很难办到,但我觉得引起高层重视后,这件事就容易办得多。"

陆坚的缜密安排安抚了傅顺知的焦躁,他的声音瞬间一松:"好吧。"

39

办公室的门打开了,在过道另一边看手机的林晓余瞬间抬起头来,只见陆坚从房间里走出来,满脸深思,径直又往涉密机房走去。

林晓余叫他:"陆老师,你不吃饭了吗?"

陆坚像是这时候才意识到他的存在似的,恍惚地回头看了他一眼,说:"我不吃了,喝杯咖啡就好了。我有事要忙,你守着电话,看疫情处理现场那边有没有新情况。"

林晓余想,难怪陆坚空长这么高大,却连妙庄村里的老年人都打不过,必然是因为不好好吃饭。

傍晚,陆坚从涉密电脑里打印出了他整理好的所有材料,装订成了厚厚的一本,拿了文件袋装上。再从机房里快步出来,脱了白大褂,如风一般卷进办公室,拿了车钥匙,就要离开。

林晓余在办公室刚放下从益州来的电话,眼睛瞄到陆坚进办公室时,他眼睛一亮,没想到眼睛还没多亮两秒,陆坚就急匆匆要走了。

林晓余赶紧叫他："陆老师，你要出去？"看他拿着车钥匙，手里又拿着文件袋，的确是像要离开了。而此时这个时间点，实验室里还在忙碌，办公室里的其他工作人员，大多已经下班。要说，这也是陆坚的下班时间了，他离开这里，也没什么不对。

陆坚看向他："有什么要紧事吗？"

林晓余说："刚才黎巍老师又打了电话过来，说他们已经收到了您写好的那份报告，大家看了之后，对这次疫情的情况有了更清楚的认识，他们都很感谢您做的工作。"

"就这个？没别的？"

林晓余又说："所以，那边领导希望把后续的所有样本都送过来这边实验室做基因组测序分析，这样才能对这次疫情在分子层面有更全面的了解。"

陆坚的神色有了一些缓和，道："这本来就是应该的，他们不提，我之后也会提的。就这样吧，要是再有急事，打我电话，我现在有事要走了。"

林晓余"哦"了一声，没大没小地问："你去哪里？"

陆坚愣了一下，大概是第一次遇到这种要管他去哪里的学生，他皮笑肉不笑地看了林晓余一眼，说："你好好做自己的工作就行，有不懂的可以问问高萍。"然后就飞快出门了。

林晓余："……"见陆坚离开了，林晓余意识到他刚才那话的意思是"你别管你工作之外的事"，也就是"你别管我"。

林晓余尴尬地发了几秒钟呆，心想：自己在柳老师跟前也从没有这样没大没小过，怎么在陆坚跟前就总是不自觉地无法准确定位自己的位置？

高萍过来叫林晓余："晓余师弟，你晚饭怎么办？"

林晓余这才回过神来，"去食堂吃饭吗？"再一想食堂的饭菜口味，瞬间就没什么精神了。

高萍："我准备点外卖。"

林晓余赶紧凑到她跟前去："那我和你一起点。"

高萍又朝办公室里看了几眼："陆老师还在机房吗？你去问问他要吃什么，也给他点了吧，不然他会忘记吃饭。"

林晓余摇头说："他刚才出去了，应该是有事，走得很匆忙。"

高萍"哦"了一声，说："那就不用管他要吃什么了。"

林晓余感叹道："要不是我中午给他打饭，他是不是中午也不吃？他是要修仙吗？"

高萍耸了耸肩，"不要乱讲导师坏话。看他没吃，给他买份饭菜就行了，其他别管，管了他要生气。"

林晓余心想：你真不愧是实验室大师姐，把他的傲娇性格摸得这么清楚。

* * *

京城的秋天，带着温情又绚烂的美。

开车从偏僻的远离人聚居的研究所进市区时，陆坚在黄昏的光里，看着高速路边不断后退的高大树木，看着在地平线上出现的一栋栋的高楼大厦。这一切宁静又美好。

曾经很多次，傅蓝夕到研究所去找他，两人开车回城里吃饭，傅蓝夕盯着车窗外的风景感叹："从你们那鸟不拉屎的偏僻地方进城，就像是从蛮荒进入文明世界。我带你进入文明世界，你有没有很感动？"

说这种话，真是不够他嘚瑟的。

不过此时再来回想，傅蓝夕还真的是"金句"频出，让人时常想把他的嘴堵上。

但，这人是真的不可能再坐在副驾驶位上贫嘴了。

陆坚轻轻吐出了一口气，好像心脏的每一次跳动，都会带来无法言喻的疼痛。

作为一个从事生命科学研究的研究人员，陆坚抱有"生命平等"的观念，人类并不比其他生命高贵。

但走上医学研究的道路时，就会知道，一个人的生死，不只是TA一个人的事，还牵系着和这人有关系的所有其他人。人作为有共情的生物，在同类死亡时，会感受到更多痛苦。

陆坚在蓝夕这件事上，第一次真切明白了何谓"感同身受"，当自己失去的时候，才会明白一些东西。

陆坚的车开到了傅顺知的别墅跟前，随着车道大门打开，车慢慢进入了前方幽静宽阔的庭园。

车在房子门口停下，傅顺知亲自出门来迎接他。

陆坚下车，上前对傅顺知道："傅叔叔。"

傅顺知的眼里有柔和的光，他轻轻拍了拍陆坚的肩膀，带着他进了屋，共进晚餐。

饭厅里，傅顺知把从A国回来的博士赵朝祯介绍给了陆坚。

赵朝祯四十来岁，身高中等，面颊消瘦，他是一名生化方向的专家，之前供职于赫利俄斯制药公司，也曾在麦尔岛上做某种药物的基础研究。不过，如今赵朝祯已经被赫利俄斯制药公司辞退了，他之前的研究小组也已经被解散。

傅顺知在以前就认识赵朝祯，本来想招揽赵朝祯来自己公司工作，但被赵朝祯拒绝了。不过，赵朝祯答应来他家用晚餐，其实也就是愿意为他提供一些信息，当然，傅顺知为此也花费不菲。

赵朝祯道："赫利俄斯制药公司砍了很多基础研究的项目，他们不想再为这些项目投钱,认为从高校和其他研究机构购买已经成型的项目,还更划算一些。这也是麦尔岛基础研究中心被关闭的原因。从一年多前麦尔岛研究中心的工作人员慢慢减少、比较重要的项目组搬走,我们就知道麦尔岛研究中心是在被边缘化了,所以之后宣布麦尔岛研究中心要关闭,我们没什么大的反对,因为这些都在预料之中。只是,他宣布解散我们的项目组,辞退所有工作人员,这让我们不能接受。铜雀对此的意见最大,他和小马丁吵了起来,并一直骂小马丁是个疯子,要不是保镖隔开了两人,两人会打起来。"

陆坚铺好餐巾,一边按照礼仪切割牛排用餐,一边听赵朝祯谈赫利俄斯制药公司里的八卦。

赵朝祯不知道傅顺知和陆坚怀疑小马丁故意在中国投放被修改过的病毒,以为两人只是想知道傅顺知的独子傅蓝夕在死前发生了什么,以及有关赫利俄斯制药公司和知一制药如今因涉嫌"窃取"商业机密扯皮的事。

"如今,很多大制药公司都在缩减基础研发的部门,不只是赫利俄斯制药公司这么做,我认为,麦尔岛研究中心被关闭,与蓝夕少董的死没有关系。"赵朝祯语气和缓地对傅顺知说道。

陆坚咽下嘴里的牛肉,用餐巾轻轻擦了擦嘴角,看着赵朝祯说道:"赵博士,您和傅叔叔有联系的事,赫利俄斯制药公司之前知道吗?"

赵朝祯看了一直面沉如水的傅顺知一眼,说:"不知道我们有私交。傅总联系我的时候,我已经知道蓝夕少董出事的事。这件事在业界被传得很广,大家都知道蓝夕少董的死可能与小马丁有关。小马丁那人,怎么说,在公司里也没有几个人喜欢他,如今赫利俄斯制药公司越来越不景气,与他没有能力又瞎指挥有很大关系。要不是公司还有一些当家药在卖，大家都怀疑公司早前就该关一些研发部门了，所以突然关闭麦尔岛研究中心，大家也没觉得多奇怪。"

傅顺知一言不发，赵朝祯忐忑地看了他一眼，生怕他不高兴。

陆坚颔首道："铜雀是最近才和小马丁闹矛盾的吗？"

赵朝祯："是的，小马丁一直很自负，对权利的掌控欲非常强，爱瞎指挥，经常干出把一个项目临时换帅的事，你也知道，我们这些做研究的，一个项目哪能总不断换负责人？这样的话，活根本没法干了，公司里的权力斗争也一直没有停过，这很影响研发进展。因为这个，那些本来一心研究的人，不少都辞职了，你说，他这样乱来，公司能出好的成果吗？"

这些事，傅顺知知道不少，陆坚倒是第一次听这种八卦，因为他一直是那种一心做自己研究的人，并不怎么关注外界情况。

赵朝祯："但是，铜雀到公司里四五年了，负责病毒组的工作，小马丁却没怎么干涉过他，也从没批评过他的工作，我们之前就讲，铜雀是最受小马丁看重的人。"

陆坚："铜雀负责哪些病毒的研究，你知道吗？"

赵朝祯："不知道，我们每个项目组的项目对外都是保密的。"

陆坚："你和铜雀关系怎么样？"

赵朝祯："只是见过几次，但没有交流过。他的项目组有单独的研究大楼，他又是一位专注自己工作、不爱社交的人，而且又只用对小马丁负责，这样就不用和其他人接触。在麦尔岛的研究中心，他和谁的关系都不太近。"

陆坚点点头表示自己明白了："和铜雀一起做研究的工作人员有哪些，你知道吗？"

赵朝祯："他们的项目组只做基础研究，工作人员很少，而且，虽然铜雀一直是负责人，但他对工作的要求非常高，导致他手下的工作人员更换较频繁。具体是哪些人,我真不清楚,只能从公司里的资料里查找。"

傅顺知道:"我们已经去找过铜雀的项目组的工作人员了,但他们在我们去找之前的一段时间就已经离开,世界这么大,我们即使花了些功夫,依然没有找到他的项目组工作人员。"

赵朝祯对陆坚和傅顺知一直围绕着铜雀的事询问问题颇感意外,他一面喝着红酒,一面说道:"有关铜雀的事,我听过一些传言,但这些传言对傅总您极不友好。"

傅顺知毕竟上了年纪,最近又接连遭遇很多打击,精神状态不太好,但他对着赵朝祯时依然保持了他的从容和周到,道:"赵博士,你请讲。"

赵朝祯:"我知道陆坚是铜雀博士后时的同事……"

这件事在座三人都知道,但外界基本上很少有人知道,因为铜雀和陆坚两人,都暂时没在舆论里暴露他们的名字和身份。到如今,人们已经不太关注傅蓝夕的死因了,大家的目光几乎都放在赫利俄斯制药公司暗示知一制药窃取其公司的研究机密这件事上。

但至今,赫利俄斯制药公司还没有走正规程序对知一制药进行起诉,不过因A国的长臂管辖权,傅顺知以及其公司的高管,在这段时间,无人敢出国,怕出国就有被逮捕的风险。但是,要做生意,一直不出国是不可能的,所以,如今这件事是悬在傅顺知以及知一制药头上的一柄剑,让他们处处受限。

"你们找不到铜雀和铜雀项目组的工作人员,我认为他们极大可能是因为间谍罪或者贩卖公司研究机密被秘密逮捕了,你们从这方面查,可能能查出一些什么。"

赵朝祯没有明讲,但傅顺知和陆坚都能明白,赵朝祯暗指了傅顺知的知一制药从赫利俄斯制药公司窃取研究机密的事,这里面牵扯的人，包括陆坚和铜雀。

赵朝祯的话虽然给傅顺知以及陆坚提供了一个思路，但其中隐含的"知一制药窃取赫利俄斯制药公司研究机密"的意思，着实让傅顺知和陆坚心里都不爽快。

傅顺知按捺着胸中的怒火，蓝夕死得不明不白不说，小马丁还如此诬陷以及针对他们公司，他隐怒道："你的意思是，赫利俄斯制药公司认定因为陆坚和铜雀是朋友，所以我们公司因此从铜雀那里拿到了赫利俄斯制药公司的研究成果吗？但我连铜雀具体做什么工作都不清楚！他完全是诬陷我！"

赵朝祯有些许尴尬，作为一个不善言谈的研究人员，他勉强组织语言，安抚傅顺知道："的确，极大可能是诬陷，赫利俄斯制药公司根本没有提供任何证据。"

"不是极大可能，他就是在污蔑人！而且他还故意害死了我的儿子！"傅顺知怒不可遏，拍着桌子道。

陆坚赶紧安抚他说："傅叔叔，我们要做的就是不仅要还蓝夕和铜雀的清白，还要制裁罪犯。您现在这样生气，只会伤了自己的身体，亲者痛仇者快。"

傅顺知根本吃不下饭了，把餐刀扔在餐盘里，向赵朝祯道："抱歉，刚才我失态了。"

赵朝祯一脸讪讪。

通过赵朝祯的话，陆坚已有一些思考，但他暂时没有将这些思考在赵朝祯面前讲出来，因为赵朝祯不算是可以信任的人。

饭后，赵朝祯被傅顺知安排的轿车送回了酒店。

回了酒店后，赵朝祯便给人打了电话。

对面是中年男声，"这一顿晚餐，还用得满意吗？"

赵朝祯听出对方的嘲讽，严肃道："我并没有泄露任何保密协议里的内容。"

对方轻笑了一声，问："那你们谈论了些什么？"

赵朝祯忍着不快，皱眉道："在一起用餐的人除了傅顺知，还有铜雀的前同事，和铜雀一样从事病毒研究的研究员陆坚。"

对方冷哼了一声，道："我知道这个陆坚，他是傅蓝夕的朋友。在傅蓝夕的事上，他好像一直在为傅顺知做参谋……"

此人沉吟了片刻，才又问："你和他们聊了些什么？他们对哪方面的事感兴趣？这也许可以判断傅顺知和陆坚到底知道了些什么？"

赵朝祯最初并不觉得自己需要掺和到两家公司的这种商业斗争中来，但是就因为傅顺知联系了他，这让小马丁知道了，于是他就必须来做这种双面人。

赵朝祯从此人以及傅顺知一方的话语，大致已有属于自己的判断。

虽然如今舆论偏向知一制药买通了赫利俄斯制药公司研发人员，并窃取了赫利俄斯制药公司的研究机密，但从傅顺知以及陆坚的表现来看，他们想要查清楚真相，一直想找铜雀以及铜雀的研究团队，而并不是想和他们撇清关系，就这一点，他们就不像是干了窃取研究机密的事。反而是赫利俄斯制药公司这边，他们好像在防着傅顺知这边，这种防备，而不是进攻，就显得颇不坦荡，也许他们的确做出了诬陷的事。

不过，这些手段在商业竞争中经常被使用，真真假假假假真真，事实真相往往不重要，谁是走到最后的受益方才最重要。

赵朝祯听对方将陆坚和傅顺知放在了同等的位置上，他对此颇为在意，因为陆坚只是一个研究员，傅顺知却是知一制药的掌舵人。

赵朝祯将餐桌上谈论的话题大致向对方做了描述，对方低声叹道:"他们一直在寻找铜雀的下落,嗯……陆坚……铜雀……"

赵朝祯不想和他讨论太多,道:"我没有告知任何有关保密的内容,以后,请你不要再联系我了。我以后也不会再和傅顺知结交,就这样吧。"

说完,赵朝祯生气地挂了电话。

40

赵朝祯离开后,傅顺知带着陆坚进了书房。

傅顺知道:"从赵朝祯的话里,也没听出什么信息。"

傅顺知有些失望,因为赵朝祯提醒他和陆坚寻找铜雀的方向,之前傅顺知就已经想到过了,但即使如此,他也没从中查出什么来,毕竟 A 国是小马丁的主场,傅顺知即使富有身家,也没办法办到太过困难的事。

陆坚却不这么认为,说道:"傅叔叔,通过赵朝祯的描述,我发现了一些问题。"

傅顺知:"嗯?"

陆坚:"赵朝祯说,小马丁之前一直很看重铜雀,两人关系一直很好,最近却突然冲突严重,闹到差点打起来,而且闹这个矛盾的时间是在麦尔岛开生物安全会议之前。"

傅顺知思索着点头,"是。"

陆坚:"傅叔叔,不知道你记不记得我们在麦尔岛开会时,见到过铜雀,那天铜雀的状态不太对。"

傅顺知:"那天我的注意力都在小马丁上,没太注意他身边的铜雀。"

陆坚失落而内疚地叹道:"我那天观察到铜雀精神不太高,他似乎很久没有好好休息而且处在紧张状态,但我想到他以前做起工作来也这样,就没有深想,之后想来,他那时候很可能是因为和小马丁的矛盾才精神不佳。他当时邀请我和他去喝一杯,但我因为要回国而拒绝了他。

"也许,他当时是有什么事要和我谈,却又不能在小马丁面前明说,而我的拒绝让他失去了这个机会。小马丁也可能从铜雀对我的提议里品出了什么,便针对了铜雀。"

傅顺知看陆坚十分自责,就道:"你大可不必这样,要是你当天下午没有离开,晚上和铜雀见面了,那极有可能你会被赫利俄斯诬陷和铜雀接洽,窃取他们公司的研究机密,发生在蓝夕身上的事就会发生在你的身上。"

陆坚叹道:"傅叔叔,我怀疑当天下午铜雀就已经出事了,因为我们下午离开时,铜雀已经不见了。这也说明了一件事——我们并无意也没有主动联络铜雀。但铜雀先是主动暗示我晚上和他一起喝酒,之后又让丽莎联系了蓝夕并给了蓝夕一个东西;那个东西,我们猜测是要给我的,因为蓝夕说了铜雀和我的名字。铜雀为什么要这么做呢?非要和我谈谈,或者是要将一个东西给我?而且我觉得这都是铜雀临时决定的,而不是之前就计划好的,因为他之前不知道我要去麦尔岛,他知道我无法随意出国。"

傅顺知也意识到了这个问题,"对。"

陆坚:"铜雀要和我谈事,又给蓝夕东西,让他带给我,对象都是我,说明那的确是非我不可的。当天麦尔岛上有很多人,铜雀如果不是特定要给我,那他有很多选择对象。为什么特定要给我呢?我刚才一直在想这个问题。"

傅顺知沉思后说道:"因为你是中疾控病毒病研究所的工作人员?你们会处理和保存国内所有发现的病毒的样本和基因信息?是这样吗?"

陆坚看着他说:"是的,因为我们一直在做国内最全的病毒基因组内部数据库,这个数据库是保密的,不对外公开。我仔细想了想,只想到我在这一点上比较特殊,而铜雀可能从别的地方知道了我的工作领域,因为这事不算特级机密。"

傅顺知默默看着陆坚,陆坚知道这些推测都指向是自己害死了傅蓝夕,害得傅顺知的公司背上了窃取赫利俄斯制药公司研究机密的罪名,气氛一时间更加沉重起来。

傅顺知沉默了一阵,道:"陆坚,你不要在这件事上有负疚感,这件事,说起来,你也是受害者。我们还有很多事需要做。"

陆坚颔首继续道:"是,我们还有很多事需要做。从种种迹象推测,我能得出一个结论——丽莎给蓝夕的东西,是一支装了病毒的管子。这种病毒,导致了蓝夕的感染,而小马丁一方并不知道蓝夕用自己的身体带回了病毒这件事,要是他们知道了,他们不会让您带回蓝夕,他们会早您一步就处理掉蓝夕的身体。而从蓝夕拿到这个东西时的动作和表情,我认为丽莎给他这个东西时,就告诉了他里面是什么,所以才会让他害怕。"

傅顺知面色变得苍白,"既然蓝夕知道里面是什么,那他为什么还会感染?"

陆坚顿了顿,坚定地继续说了下去,"蓝夕在知道里面是什么的情况下,故意感染了自己,用自己的身体做了那些病毒的容器,因为用他自己的身体做容器携带病毒,最让人意想不到,也无人可以在短时间内搜查到。"

傅顺知浑身发冷，茫然问："他为什么要这么做？"其实他可能已经明白了理由，但他不想去相信。

陆坚说道："傅叔叔，蓝夕并不像他平常表现出的那样不负责，他其实是个很有责任感的人"

"我和您在8月17日回到北京，当时蓝夕还在麦尔岛上。蓝夕在麦尔岛上的晚上七点多去酒吧见了丽莎，并从丽莎那里得到了装病毒的管子。蓝夕没把这种病毒的事告诉别人，他肯定是想掩人耳目，把那支病毒管子带回国来给我。但很快就发生了让他措手不及的事，第一是停电，第二是小马丁肯定知道丽莎给蓝夕东西了，让人来找蓝夕。

"蓝夕只好跑了，他并没有回自己的房间，反而出于某种原因去了马丁家族的博物馆。他一定是在这个博物馆里被小马丁的人抓住的，而在被抓住之前，他极有可能就有自己的推断。一，被抓住的话，很大可能会死，所以他用自己的身体感染病毒，病毒会在他的身体里繁殖，只要他的尸体存在，我们就会发现这种病毒；二，他被抓住的话，想要不死，就必须处理掉那支病毒，例如将病毒扔掉，小马丁那边没有任何证据，说不定会放过他，但要处理病毒不容易，所以他让自己感染了病毒，并扔掉了那个管子，这样既保存了病毒，又让人抓不住把柄。"

傅顺知痛苦道："那时候岛上有那么多人，他为什么不把那病毒交给别人，或者藏在哪里，之后再拿？为什么要做那么危险的事？"

陆坚："如果丽莎给蓝夕的东西里真的是蓝夕感染的这种病毒，那蓝夕没有太多别的选择，因为那种病毒是单链RNA病毒，很脆弱。我们实验室做了实验，那病毒在常温下，最长只能维持感染活性几个小时，必须在冷冻条件下保藏。蓝夕当时应该被丽莎告知了这件事，这让他没有办法随便对待那支病毒。"

傅顺知一时之间很难过地沉默下来，没有力气讲话。

陆坚："小马丁不知道蓝夕用自己的身体感染了病毒，除了蓝夕死了之后，他让您带回了蓝夕的尸体这个事实外，还有另一个证据。

"要是他知道蓝夕的身体携带了病毒，他应该在那时就会发动舆论说您窃取其公司研究机密的事，您当时去A国接蓝夕回国，就是送上门去，他极有可能会以窃取其公司研究机密的事，让A国警方逮捕您，然后不慌不忙地处理掉蓝夕的身体。

"他当时没有反应过来可以这么做，我觉得是他们在那时候还没发现丽莎给蓝夕东西的事。他们发给您的视频，是在您带回了蓝夕后他们才发现的，那视频和那家酒店统一的安保系统里保存的监控视频的参数不一致，也说明了这个问题。丽莎把东西给蓝夕的视频，是用于偷拍的针孔摄像头拍下的，有人出于其他目的在那里安装了针孔摄像头，没想到却拍下了于小马丁来说很有利的视频。"

傅顺知面色深沉。

陆坚："但也正是小马丁发给您的那个视频，反而让我们推导出了很多于我们有利的事，不知道小马丁能不能从那视频里意识到这些，或者他在之后已经意识到了，所以他现在也紧张了。"

"是啊。"傅顺知痛苦地叹了一声，虽然现在推导出了这些事，但蓝夕已经死了。

陆坚知道傅顺知的痛苦，因为他的痛苦，并不比傅顺知少。他继续说道："而这些推论，也在蓝夕带回来的病毒里得到了体现。"

傅顺知认真地看向陆坚，等他给自己一个解释。

41

陆坚将他带来的资料打开给傅顺知看,并讲解道:"这件事,我们还得从事情的源头上讲起,那就是十几年前,小马丁的父亲老马丁得知妙庄村有一个佛洞,佛洞里有很多佛像,于是他到妙庄村买佛像。

"佛洞里当时已经有很多蝙蝠生活,有的蝙蝠身体里有我们这次检测到的 He 病毒,老马丁因为蝙蝠感染了这个 He 病毒,很快就发病了,回国后也没治好,最后死于病毒感染。当时,赫利俄斯制药公司就此得到了这种病毒的毒株,他们应该发现这种病毒是以前没有发现过的新病毒,如果要发表这个新病毒,就牵涉到老马丁非法走私我国文物佛像的事,所以他们没有对外发表过任何有关老马丁感染病毒的事,也没放出有关这种病毒的任何资料。

"几年前,铜雀作为病毒学家,去赫利俄斯制药公司研究并改造了这种病毒。前阵子,小马丁要关闭麦尔岛研究中心,并解散铜雀的研究组,铜雀和他产生了很大的矛盾。也许,在这里,铜雀和小马丁之间的矛盾不只是因为铜雀要被解雇，从此不被允许继续研究这种病毒，还有可能是铜雀意识到小马丁要拿这种病毒做些什么事，例如小马丁在之前就拿走了病毒，这些都会让铜雀警惕。但铜雀并不知道小马丁具体要用这种病毒做什么，所以，他也想留一手。"

傅顺知："所以他想到了你？"

陆坚："有可能是这样。"

"傅叔叔，您看我总结的这份资料里的证据，这是妙庄村 He 病毒感染暴发的情况。第一例病例何庆德在八月上旬感染了病毒并发病，当时接触他的人很多，包括他的家人，以及给他照顾和治疗的医生，但是这些人都没有被感染，这说明何庆德感染的这种病毒是不易传播的。

"这种病毒在妙庄村散发流行了很多年，也都没有人传人的迹象，所有感染者都是进山时被感染的。当年老马丁感染病毒而死，当时接触他的人也不少，其他人也没感染，这和何庆德的情况非常相似。

"我们再看妙庄村这次第二例发病的病例何老六，他也存在这种情况，他是 8 月 16 日发病，当时照顾他的家人，虽然之后都被证明有感染，但他们感染的时间很靠后，他们极有可能不是被何老六传染的。

"他们村子的第三例到第六例病例，发病时间相近，说明很可能是聚集性感染，而随后，村子里发生了病毒暴发，村里有几十个人都感染了这种病毒。这说明后面的病毒比最开始的病毒厉害得多，后面的病毒可以通过消化道传播，这种传播途径的变化，说明这种病毒发生了突变，或者是被人为做了修改。"

傅顺知虽然没有完全明白陆坚这样讲的意图，但他依然在认真听。

陆坚："就着这个思路，我分析了何庆德、何老六和后面四例妙庄村患者，以及蓝夕他们所感染的病毒的基因序列，我很快就发现了问题。何庆德和何老六感染的病毒的基因基本上没区别，他们应该都是直接从蝙蝠身上感染的。第三批感染的四个人的病毒和蓝夕感染的病毒的基因组之间有少许差异，而又同何庆德他们的相差较大。除此之外，这四个人的病毒和蓝夕的病毒的基因序列上，我觉得有被编辑过的痕迹。

"我以前和铜雀在一起工作的时候，铜雀曾经想出过一个用基因信息做密码传递信息的主意，我分析了这些得到的基因组信息，发现蓝夕和妙庄村那四人感染的病毒的基因上多出一段碱基序列，通过信息矫正，再对照铜雀以前想出的基因信息密码表，解读出那碱基序列表示的意思是一个经纬度，我去查了那个经纬度，那代表的正是麦尔岛的经纬坐标。

"铜雀一向非常自负，他可能是将他做过修改的病毒，全都加上了这个标记。但是，除了他之外，其他人都不知道这件事，小马丁作为一个非技术型的公司管理高层，也很有可能不知道。

"傅叔叔，想来，您也明白，从这个链条可以看出，妙庄村后面暴发的病毒，是被故意投放的病毒，故意投放病毒的人就是小马丁。

"而小马丁为什么在妙庄村投放这种病毒，据我猜测，有可能是他的父亲因为这种病毒而死，所以要是他心理变态，做出在那里投放病毒报仇的事，不是没可能；而更加可能的原因是妙庄村是这种病毒最初的自然疫源地，这种病毒最初是从这里来的，蝙蝠洞里的蝙蝠身体里就有这种病毒，那么，在这里投放病毒，最不会被人怀疑。

"甚至我想，小马丁在这里投放病毒，也是想看看这种病毒在人类中感染和传播的情况。我觉得铜雀做研究的时候，不可能用它做过人体实验，他会根据生物信息学知识和动物实验的结果去修改病毒基因，并用计算机模拟这些基因的改变会导致病毒蛋白发生何种变化，进而造成病毒感染性、致病性等方面的改变。但如果这种病毒没有真正在人群里传播的话，那么那些模拟也不完全准确。"

傅顺知听得背脊发凉，道："所以，妙庄村的事，是小马丁反人类的一次生物恐怖实验？"

陆坚："我推断是这样，所以，铜雀怀疑小马丁要做什么事，而他可能觉得自己生命遭受了威胁，就让丽莎给了蓝夕一份修改过的病毒，让蓝夕想办法带回来给我。我这里有国内最大的病毒基因组库，我国哪里暴发了病毒病疫情、哪里有病毒感染病例上报，只要做了基因测序，病毒的基因组信息都会汇总到我这里，保存在病毒基因组数据库里，这样的话，我在数据库里一比较，马上就会发现问题，知道这暴发的病毒病疫情，是人为投放病毒，进行生物恐怖主义袭击造成的。

"这是我能想到的，最可能的、最符合逻辑的解释。"

傅顺知听得呆住了。

陆坚声音变得些许嘶哑，他说："真是这样的话，蓝夕应该是做了考量，觉得不得不这么做，才让自己感染病毒的。因为那时候，铜雀也不知道小马丁到底要干什么，蓝夕也不知道，他们都只好把事情按照最严重的发展趋势做了考虑和安排。"

陆坚重重地拍了下桌子，"现在，我就要把这份文件上送，我们没有力量去秘密调查赫利俄斯制药公司的麦尔岛研究中心，而铜雀极有可能也已经死亡。所有的真相，都只体现在病毒的基因密码里而已，但这个基因密码的事，小马丁完全可以赖账。

"能够作为强有力证据的，只能是铜雀之前在麦尔岛研究中心的研究资料，以及小马丁将源病毒藏在哪里或者小马丁让人携带病毒进入我国投放的直接证据，但这些，都不是我们可以办到的，必须借助国家的力量去做。这事其实不只关系我国国民的公共安全，还关系整个人类的公共安全，必须得到高度重视！"

傅顺知又翻看了一遍陆坚写的文件，上面除了陆坚之前说的所有证据链推断外，其他全是对病毒基因的分析。

文件最后有一张卡在其中的卡片，正是这份文件袋的标题卡，标题看起来有些耸人听闻——"妙庄村的新病毒分析——国外药物研发机构疑似在中国投放病毒类生物武器"。

傅顺知看完这份报告后，觉得一切问题都从病毒上得到了解答，但是他还有几个问题："这种病毒是怎么被投放到偏远山区妙庄村里去的？除此之外，我还发现一件很严重的事，妙庄村第三例到第六例病例是在蓝夕回国后才死亡，如果是这样的话，小马丁会不会诬陷是我们从蓝夕身体里得到了这种病毒，是我们在妙庄村泄露病毒引起了疫情？这是非常恶毒的指控！"

陆坚道："傅叔叔，您可能没有仔细看报告里病毒基因组的分析。引起妙庄村疫情暴发的病毒和蓝夕感染的病毒的基因也有不小的差别，这些差别，可以让我们摆脱这种指控。蓝夕得到的病毒，是铜雀给他的，铜雀给他这种病毒时，应该就已经考虑到这种问题了，所以，他给蓝夕的病毒，是被特别标记过的，和其他的所有病毒都可以做区分。

"我认为，铜雀给蓝夕病毒，只是为了提醒我关注上面的插入序列，让我们知道小马丁可能会用这种病毒进行恐怖主义活动，而且，蓝夕感染的这种病毒，极有可能不会导致严重的身体反应，不会致人死亡，这也足以为我们作证。但没想到，最后蓝夕是落水……"

他说不下去了。

傅顺知这下明白了其中的关键。这些细微的分析，不是陆坚讲给他听，他根本不可能看出来。

陆坚又道："这份报告越快上报越好，我担心多等两天，其他地方也会出这种病毒的感染，因为疫情处理的专家组认为这种病毒是从妙庄村传出的，只要控制妙庄村就可以，为了避免引起民众的恐慌，暂时还封锁了这种病毒的消息。如果其他地方出现散发病例，可能会被误诊为其他疾病，耽误患者治疗，也因它的传播力增加，可能会让更多人感染。"

"我已经找了关系，会在今晚将这份报告上报给副总理的办公室。"陆坚说完这句话后，神色变得沉重，"我会在之后要求被调查，证明我在蓝夕这件事中的公正和清白。只要有了国家力量的介入，认真调查这件事，就一定能让一切水落石出。而这件事，也越早调查越好。"

傅顺知明白，如果陆坚提交了这份报告，那么他因为和蓝夕是朋友，就不能再参与到之后的调查和研究中去，而且还要遭受很多质疑。

傅顺知很担忧地看着陆坚："蓝夕这件事，让你受累了。"

陆坚并不希望傅顺知对他这么客气，说道："这是我应该做的。如果不是因为铜雀曾经是我的同事，而我认识蓝夕，那么，他应该不会把病毒交给蓝夕，蓝夕也就不会死！从之前的推断来看，小马丁是早就有意将病毒在中国投放散播，在我们到麦尔岛之前，他应该就在实施这个计划了。铜雀猜测到了小马丁的打算，但又没有证据，他自己又面临生命危险，甚至他已经出事，所以他才孤注一掷，让蓝夕将一株被特别标记过的病毒带回国，这样，我们才能查到小马丁行为的蛛丝马迹，并从源头控制。我认为，蓝夕把病毒带回来，是做了很伟大的事。"

傅蓝夕不是咎由自取而死，他是做了很伟大的事。

作为父亲的傅顺知的心一酸，双眼含泪，咽喉发紧，无法发声。

陆坚道："我现在就把这份文件交上去，应该可以及时得到重视。"

傅顺知要去开门时，厚重的书房门从外面被敲响了。

门开后，外面的保镖对傅顺知说道："傅总，赵朝祯回酒店后，和人打了电话，您现在就听吗？"

傅顺知对这名保镖非常信任，让他进了书房，又对陆坚介绍："他叫彭冲。"

陆坚和他握了一下手，"我叫陆坚。"

彭冲为他们播放了赵朝祯回酒店后和人打电话的录音，傅顺知听完后问陆坚："你怎么看？"

陆坚说道："我觉得倒不必追究赵博士的事，他并不是没有智慧的人，定然知道你为他定下的酒店是你的地方，他直接在酒店房间里同赫利俄斯那边打电话，应该就没想过隐瞒你这件事。我想，他应该也很难做，再说，他也没从我们这边得到什么信息，应该还好。"

傅顺知自然也明白这个道理，但他还是很担忧："我怕赫利俄斯制药公司那边对你不利，他们知道你在这件事中的重要性。"

陆坚道："傅叔叔，您可能忘记了，当时在麦尔岛上时，小马丁就很在意我。只要我不出国，他们应该就没什么对付我的机会。我们单位是深宅大院，又有涉密研究保护，一直比较安全，您就放心吧。"

傅顺知只能让自己不要多想。

在陆坚拿着资料要离开时，他还是不太放心，对彭冲道："你去给陆坚开车，送他吧。"

陆坚见傅顺知忧心忡忡，又看了看彭冲，只得答应了。

42

从傅顺知的别墅前往目的地，需要近四十分钟的车程。

彭冲在驾驶位上开车，陆坚坐在车后座，安静地思考——上报了这份材料，之后会面临很多调查。

会有病毒层面的研究和调查，而妙庄村后期暴发的病毒如果是被人为投毒，就一定有蛛丝马迹，这是公安系统的工作。这世间的事，只要发生了，就一定可以找到痕迹。

突然，手机震动的声音打断了车里的安静。

陆坚拿出手机看了一眼，是他的办公室打来的加密电话，这个点，最可能是林晓余打来的。

陆坚接起了电话。

林晓余应该是有有关疫情的事情告诉他，才会打电话给他。

"陆老师？"

"喂，晓余，什么事？"

林晓余清亮的富有活力的声音传来："陆老师，刚才接到黎巍老师打来的电话，说邻近益州的江州城的医院里收治了疑似感染这次妙庄村的病毒的患者，因为您的实验室检测最快，所以江州城的临床样本会马上送过来，让我们这边加急做这个样本的检测，判断是不是和妙庄村同样的病毒。要是不是，这事就好办，要是是，那说明这种病毒传到了江州城了，这次的病毒暴发应该引起更高程度的重视。"

陆坚听闻，眉头深锁，道："我知道了。你让实验室的值班工作人员注意接收样本，还有其他事吗？"

林晓余呼吸很重，即使隔着电话，也能感受到他的紧张："陆老师，这事是不是越来越严重了？这种病毒很大可能是被国外的恐怖势力投放的，难道还不能向处理疫情的领导汇报吗？"

陆坚："你操心倒多，我现在就是去汇报这件事。放心吧，这事很快就会被更加重视地处理！越是严重的事，越要沉得住气。这事太重大了，牵扯国家安全和两国邦交，不能随意泄露，你不要把这件事透露给任何人，明白吗？你要有保密意识，我提醒过你，注意不能讲的事不要讲。"

"嗯，我明白。"站在办公室电话机旁边的林晓余松了口气，他的猜测是对的，之前陆坚拿着的文件袋，应该装的就是要上报给上层领导的有关这次疫情的文件。

林晓余正要对陆坚说几句关怀导师的马屁话，又想到陆坚不喜欢听自己闲扯，就只说了一些自己会一直在办公室守着，跟进疫情这种表功的话。

突然，一阵巨大的"嘭嘭"噪音从电话另一边传来，这噪音太大，在林晓余的耳朵里炸开，让他脑子突然一木。

林晓余一惊，在震惊之后，他意识到了什么，恐惧瞬间从他的心底升起，蔓延到他的全身，让他的身体发凉，手也僵了。

"嘟嘟嘟……"电话筒里传出的声音让林晓余醒了过来,他飞快地再次拨了陆坚的手机号。

"您好,您拨打的电话已关机。"这个提示音让林晓余不知所措,他跑出陆坚的小办公室,跑进大办公室。此时已晚,大办公室里只有寥寥几人在忙碌地加班,其他人都下班了。

林晓余突然一阵茫然,一时不知道该说什么。

高萍走过,正好看到林晓余一脸惨白,很是仓皇,就关心地问道:"晓余?你脸色好差,是怎么了?"

林晓余茫然无措地望向她,道:"陆坚可能出事了。"

"啊?"高萍很诧异,大家都是平凡的人,"出事"这种词一向让人觉得很遥远。

林晓余手脚并用地比画起来,"就是,我刚才在和他打电话,他那边突然传来很大的嘭嘭声,然后手机就挂了,我再打电话过去,就提示他的手机已经关机。高师姐,你说他会不会出事了?"

高萍一愣,一时不知道该做什么反应。另外几个加班的工作人员也都抬起头来看向林晓余,有人说:"哪里那么容易出事,这又不是电视剧。可能是手机没电了,陆坚经常忘记给手机充电,突然没电了很正常。"

虽然得到了这样的解释,高萍还是拿起手机,拨了陆坚的手机号,听到的是林晓余听到过的对方的手机已关机的提示音。

林晓余坚持道:"我觉得很可能是出事了。高师姐,还有其他办法联系到他吗?"

见林晓余依然担心,大家便也不能视若无睹,有人说:"要不,等一会儿再给他打个电话?也许他就充上电开机了?"

也有人问:"你怎么这么肯定陆坚是出事了?"

林晓余想说陆坚在查一件很大的案子,这本来就容易出事。但这事是秘密，即使是在同一个实验室，知道傅蓝夕案和妙庄村疫情有关联的工作人员也寥寥无几，因为大部分人没有权限去查看涉密电脑里的资料，而有权限的人，面对复杂的基因组信息，要查找点什么也是困难的。

陆坚刚才说要有保密意识的话还在耳边，林晓余知道自己不能讲这件事，他皱眉斟酌道："因为我刚才听声音，很像是出车祸了。"

另外几个工作人员也都惊慌起来了，"车祸？"

车祸的确是生活中最容易出的关系人身安全的事了。

高萍变得严肃，她问林晓余："你知道陆老师是去哪里吗？"

林晓余摇头。

高萍思索了几秒，道："这样的话，我问问大领导，让他联系一下陆老师的家人，看是不是出事了。"

林晓余期待地望向高萍。

但马上又有人阻止了高萍，"要是陆坚真出事了，那赶到现场的警察肯定会第一时间解锁他的手机，给他电话簿里的号码打电话，说不定会第一时间打办公室的电话。要是没出事，这样去联系大领导，让大领导担心，实在不妥当。"

林晓余脑子转得飞快，"他手机关机，说不定是手机在出事的时候坏了，警察没有办法打过来。"

高萍点头："对，我还是给大领导打个电话吧。"

***

已近夜里十点，通往二环的路上车辆不再密集，一辆黑色沃尔沃平稳地行驶在道路上。

司机兼保镖彭冲一边开车，一边注意着车前后的情况，一路开来,他没发现什么问题,突然,他眼睛的余光瞄到了什么——有个影子映在车道另一边的树上,很像一个飘忽的鬼影。

陆坚在打电话,彭冲想叫陆坚已经来不及了,那鬼影突然消失,撞向了这辆黑色沃尔沃。

嘭!

震耳欲聋的爆炸声响起。

那是刚才飞过来的携带炸弹的无人机被引爆,爆炸在瞬间发生。

彭冲的专业性在这时候起到了作用,他反应迅速,车避开了无人机炸弹的直接冲击,但是,车依然在爆炸气浪产生的巨大推力作用下翻滚着撞进了隔离带花坛,翻到了另一边的车道,这辆曾经被傅蓝夕改装过再送给陆坚的带着防弹玻璃的车在这时候体现了它良好的安全性,加上无人机携带的炸弹威力有限,爆炸既没有将车炸烂,也没有带来车体本身的爆炸。

彭冲受到安全气囊的保护没有受到重伤,他判断可能还会有第二波的无人机炸弹,于是迅速自救下车,打开了车后座的车门,将刚才受到冲击晕过去的陆坚拖出了车。

刚才的爆炸和黑色沃尔沃被掀翻到反向车道,这导致了两边车道上的车辆都躲避以及停车不及,连环车祸随即发生。

彭冲一时根本没办法理睬这些事,他把陆坚拖下车后的那一两秒时间里,第二架带炸弹的无人机已经导致了那辆黑色沃尔沃的爆炸。

彭冲在最后一刻护住了陆坚,两人都被车爆炸产生的气浪掀飞。

这样的恐怖袭击让车道上响起了很多人的怒吼和尖叫,现场一片混乱。

因为黑色沃尔沃的爆炸,周围的其他车辆极有可能会发生连环燃烧和爆炸,车主们只能迅速自救。

陆坚被一位车主胡乱拽进了路边的花坛后,那车主没有管他,又迅速去救其他受伤的人。

有两人从车祸现场后面的车里出来,前往爆炸的中心查看情况,其他参与救助的人叫他们帮忙一起救发生车祸的人,两人只是看了看对方,就像没有听到一样,继续向前跑去。

高萍开始拨打大领导夏主任的电话。

林晓余想到什么,叫道:"可以在网上看!"

他拿着手机,迅速打开了微博,搜索首都交通。

一搜索首都交通,林晓余就看到好几条@首都交通的个人微博,内容都是某路上有车发生了爆炸,引起了连环车祸。车祸现场惨不忍睹。

还有人发了短视频在网上,全是爆炸和车祸现场的。

林晓余见有人发了爆炸和车祸的时间,发现同陆坚断掉电话的时间一致,他心里就有了判断。

这时候,高萍已经接通了大领导的电话,林晓余紧张地把手机抬到高萍的眼前,让她看手机里的内容。高萍一看,她的眼睛瞬间瞪大,意识到的确是出了大事。

她面色冷峻,迅速对大领导夏主任描述了陆坚出事的事,描述完后,看到林晓余在用口型说"恐怖袭击"四个字,她就赶紧强调道:"夏主任,陆老师遇到的极有可能是恐怖袭击,是恐怖袭击!"

夏主任听后十分震惊,应道:"好的,我知道了,我马上联系陆坚的父母!"

林晓余见高萍没有完全领会自己的意思,就迅速抢过了高萍手里的手机,冲进陆坚的办公室,对着电话说道:"夏主任,我是参与这次妙庄村疫情处理的林晓余,这次妙庄村疫情很可能是境外势力实施生物恐怖实验、投放病毒造成的,陆老师一直在调查这件事,他出事之前就在和我打电话,他说他是去上报这件事。陆老师遇到恐怖袭击肯定不是偶然!夏主任,你要让人去现场救他!也许恐怖分子还有后手!"

高萍这时候也跑进办公室来了,听到林晓余讲这些,她怔了一秒后,就满额头冷汗地握紧了手。

夏主任道:"好,我知道了,我这边马上安排。"

听到夏主任挂了电话,林晓余突然有些虚脱,他看向旁边的高萍,高萍说:"我们进城里去。"

高萍开了车,带着林晓余进城,但是从他们的研究所进城需要一个多小时。林晓余坐在副驾驶位置上没有闲着,现在资讯非常发达,他很快就在网上收集了很多与陆坚遭遇的车祸相关的信息。

不少在连环车祸现场的人都在社交媒体上发了信息,因为人们看得出这车祸并不简单,是一次目的明确的袭击,所以此事很快就受到了更多人的关注。

有车主的行车记录仪拍下了那辆沃尔沃遭遇袭击的过程,虽然图像模糊,也能从中看出很多信息。

这是一次使用无人机的精准袭击,一次不中还有第二次,网民们都因这样的高科技袭击骇然。

高萍之前在实验室工作,出办公室时,她只脱了白大褂,没有换下里面穿的洗手服。这时候,她就穿着洗手服和实验室护士鞋开着车,沉着冷峻的面孔,很像是要去做一场大手术。

林晓余看了一阵网上的信息后,才突然想到什么,对高萍道:"高师姐,我和你都离开了实验室,你说,会不会有人去窃取实验室的研究数据,特别是有关这次妙庄村疫情的?毕竟陆老师会出这种事,就是因为这个疫情。"

高萍看了林晓余一眼,说道:"如果你都没有问题的话,实验室其他人更加不可能有问题。"

林晓余:"为什么?你这是怀疑我有问题?"

高萍:"我没说你有问题。实验室的其他人,全都是经过严格政审才在那里上班的,而且实验室的所有涉密电脑只要操作就会留下痕迹,没有那么容易出事。不然,陆老师一直在处理妙庄村疫情的数据,他要出事的话,早就出事了,而不会等到离开研究所这么久了才出事,所以研究所里应该没有泄露任何信息出去。"

"哦。"林晓余稍稍放了些心,"那你为什么这么相信我?"

高萍哼了一声,说:"研究所里的网络信息全都被监控着,每台电脑和IP都实名对应到人,监控镜头又处处都是,所有电话也有关键词监控,你这几天就没出过研究所,我怀疑你做什么?"

林晓余因她这话反而惊了,他之前根本不知道这里面管控这么严格,以为研究所就是很平常的上班的地方。这也让他明白为什么那里面说是网络信号全覆盖,但信号又差得不行。

林晓余又问:"高师姐,你知道傅蓝夕的事和妙庄村疫情之间的关联吗?"

高萍给了他一个白眼,"你以为我是傻的吗?我会不知道?!"

"哦。"林晓余,"那之前你都没说过什么呢。"

高萍道:"我觉得你丝毫没有任何涉密工作人员的素质,你需要去参加培训。等你开学,你就先去参加培训。"

林晓余:"……"

林晓余又继续刷微博,希望从里面看到陆坚被救的信息,他忧虑道:"陆老师不会出事吧,你看,傅蓝夕就死了。"

高萍面色阴沉,眉头紧锁:"别乌鸦嘴。"

林晓余又刷了一下微博搜索,上面已经显示了一句话:"根据相关法律法规和政策,搜索结果未予显示。"

他深吸了口气,又去其他几个搜索软件搜索,发现依然是这个结果。看了一下手机上的时间,此时距离陆坚遭遇袭击已经过了半小时。

看来夏主任已经起到了作用,现在就不知道陆坚到底怎么样了。

"高师姐,现在搜索不到陆坚被袭击产生车祸这事了,肯定是被上面压下来了。"

高萍道:"嗯,我知道。要上高速了,我和你换个位置,你会开车吧?"

"会。"

"你开车,我打电话。"

林晓余见高萍把车停到了路边,他迅速下车去坐驾驶位。

高萍一口气打出了好几个电话,很快就得知了一系列消息。

她对林晓余道:"我们现在去医院。"

林晓余刚才就在偷听,已经知道陆坚被送去了军医医院,人只是受了重伤,没有死,这是不幸中的万幸。

林晓余:"没有死,真好。"

高萍之前冷峻的神色也有所放松,她说:"林晓余,要感谢你。"

林晓余疑惑:"为什么?"

高萍:"是你第一时间反应过来告诉夏主任那是针对陆老师的恐怖袭击,夏主任迅速做了安排。刚才,夏主任说,骑着摩托的警察冲进现场，要不是他们迅速保护住了陆老师，陆老师会被找到他的恐怖分子割喉，当时还发生了枪战，有普通人被牵连进去，这应该是网上舆论被控制的原因。"

林晓余听得满额头冷汗，后怕不已。

在夜色里，车沿着高速公路驶向了高楼林立、灯火通明的城市中心。

车在接受检查后开进了医院大门，停进了停车场。高萍率先下车，林晓余下车后赶紧跟上了她的脚步。

陆坚还在急救室中抢救，两人一路被核实了身份才到了急救室外。

陆坚的母亲已经等在急救室外，而陆坚父亲由于工作原因暂时没有办法回京。除了陆坚的母亲外，这里还有警方和国安的工作人员。

林晓余一路走来，见有好些人守着各通道，周围氛围分外压抑。高萍让他不要东张西望，并说："都是便衣。"

林晓余感受到了紧张，高萍在人群里看到了自己熟悉的人，上前道："夏主任。"

夏主任是陆坚的顶头上司，因为行政工作繁重，很少再过问实验室具体工作，陆坚作为副主任，全权负责实验室的工作。

夏主任也看到了高萍和林晓余，她对两人领首，在高萍介绍了林晓余的身份后,她就郑重地赞扬了林晓余:"你的机敏救了你的老师。"

随即,她把两人带去见了陆坚的母亲,以及陆坚母亲身边的男人。

陆坚的母亲姓薛,名宇,是一名从事应用数学研究的研究员。她姿态端庄,黑发高挽,露出修长的脖颈,皮肤极白皙。陆坚的好相貌大多遗传自她,只是,陆坚性格较随和,薛女士则要威严很多。

面对儿子遭遇这样的恶性事件,薛女士作为母亲也保持了自己的冷静和镇定,只是,她不愿意坐下,站得笔直的身体和沉痛紧绷的表情显出了她的痛苦和对儿子的担忧。

薛女士此前并不认识高萍,更不可能认识林晓余。

面对夏主任的介绍,她沉重的表情稍稍放松,对两人道:"要多谢你们及时联系了夏主任,不然,陆坚的状况只会更糟。"

站在薛女士旁边的男士是傅顺知,他是被薛女士联系才知道陆坚出事,于是马上赶来了医院。此时他很自责地说:"我应该派保镖车跟着陆坚,都是我没有意识到匪徒会做这么猖狂的事,才让陆坚出了事。"

薛女士道:"老傅,这件事不怪你。我看了警方第一时间收集到的视频,要不是你的保镖护住了陆坚,他肯定活不下来,现在就盼着那个叫彭冲的小伙子没事。"

林晓余因为担心陆坚,迫不及待地询问:"陆老师的情况很严重吗?"

薛女士看向他的眼神很慈蔼,"抢救的专家说了,虽然很严重,但暂时没有生命危险。"

这时候,夏主任道:"我们在这里等着也帮不上陆坚的忙,要不,我们去办公室里坐坐,讨论一下陆坚这件事。"

林晓余不得不佩服起夏主任的实干精神，而一直担心儿子的薛女士并没有拒绝。

夏主任见林晓余愣愣地没有动，便专门叫他，说："你是叫林晓余对吧，来，晓余、小高，你们也一起来办公室，有事需要你们去做。"

林晓余这才赶紧跟了上去。

坐在办公室里，林晓余知道了夏主任要他和高萍去做什么。

傅顺知赶到医院后，第一时间告诉了夏主任和薛女士陆坚遇袭的原因——陆坚在调查妙庄村疫情和赫利俄斯制药公司的掌权者小马丁之间的关系，而且他已经准备好了证据，准备将证据上交，所以，袭击陆坚，最大可能是小马丁的安排。

傅顺知坐在椅子里，背脊挺得笔直，问林晓余："晓余，你之前向夏主任提过陆坚遇袭的原因，你和小高是陆坚的学生，都知道事情的过程，对吧？"

其实林晓余和高萍对事情只是有猜测，并没有掌握精确的情况。

高萍道："我和晓余只知道一部分，而且我和晓余不知道陆老师今天出研究所是去见傅总您。不过，我有两个推测。陆老师之前在研究所里很安全，他从研究所出去，到傅总您家的过程中也没出事，从傅总您家出来，才出了事，还是在管理严格的城里遭遇组织较严密的恶劣袭击，那说明恐怖分子之前一直在监视傅总您家，他们才能在陆老师离开您家时跟上他的车，这是其一。

"其二是恐怖分子肯定早就准备了要做袭击，不然，他们恐怕很难在短时间里谋划并实施依靠无人机做恐怖袭击的计划。还有，这种恐怖袭击比起暗杀来，社会影响非常严重，一旦执行，之后恐怕就再不能用同一种办法了，由此可见，对方做这种事，或者是脑子不清楚以致非常激进，或者是对方狗急跳墙。"

高萍讲的这些，在座其他人也都清楚。

薛女士严肃道："事情已经发生了，现在就是要找出凶手，以及把陆坚想要去做还没做的事做了。"

傅顺知："陆坚的车发生爆炸后已经被烧了，他到我家时带着的要上报的材料，也随着车被烧掉了，陆坚对我讲过材料里的内容，我可以稍稍复述给你们听……"他转头去看高萍和林晓余，"刚才我问了夏主任，夏主任讲，你俩是跟着陆坚的，你们可能知道怎么去找到陆坚要上报的材料的电子版，所以，要再去找出那份材料来，这事就要交给你们了。"

夏主任说："是的。小高、晓余，那份材料必须今晚就上报上去，你俩要马上回研究所里去找材料，然后你们最好迅速把材料记住并弄懂，去讲给上面的领导听。"

林晓余有些惊讶，高萍则很郑重地接受了这个安排。

傅顺知简单地复述了之前陆坚讲给他听的那些内容，在座的人听后都心情更加沉重。林晓余和高萍本来是来看陆坚的，但完全没看到陆坚哪怕一眼，他们就随着夏主任回研究所了。陆坚出事，夏主任要亲自回研究所坐镇，处理研究所里的工作，特别是要处理与妙庄村疫情有关的事。

回到实验室，林晓余和高萍根据陆坚这几天的行动轨迹，从陆坚一直使用的那台涉密电脑里找出了他写好的报告——"妙庄村的新病毒分析——国外药物研发机构疑似在中国投放病毒类生物武器"。两人打印了报告，先拿去给夏主任过目。

坐在办公桌后面，夏主任一直在和益州的妙庄村疫情处置中心联系，林晓余和高萍前来，她才匆匆结束通话，看起两人打印装订好的报告来。

看完报告，夏主任长叹了口气，对高萍和林晓余郑重地说道：

"你们都看了这个报告了,你们也都知道这份报告对你们陆老师意味着什么,他甚至就是因为这件事而遭遇了生命危险。"

她语气悲痛,沉默了下,才继续道:"这份报告,关系到底有多重大,想必你们很明白。"

高萍和林晓余都点头应了:"是,我们明白。"

夏主任:"上交这份报告这么重要的事,本来我该和你们一起去送,但我现在需要留在研究所负责与这次的疫情相关的事,所以,只能你俩去送这份材料了。我安排了专车送你们去,这件事已经通过国家卫健委上报给了国务院,你们要去副总理办公室汇报这件事。"

听到这里,高萍还没什么,林晓余却有种眩晕的感觉,心想:居然要去见这么重要的人吗?!

夏主任:"你们到了后,应该能看到不少其他专家也去了,他们都是领域里的顶尖专家,受邀要对陆坚的这份材料进行评估。你们最好心里有腹稿,到时候要怎么进行解释和论证,要有数。这件事,现在关系极大,不仅关系着你们的老师陆坚,也关系着我们研究所,更关系着很多人的生命,以及国家安全。你们要知道这事的重量。"

高萍站得笔直,肃然道:"主任,您放心吧。"

林晓余忐忑地看了肃然的高萍一眼,在几天前,他还是一个日夜不分地玩游戏、过暑假的闲散学生,现在则不得不背负沉重的责任了。所幸前面还有高萍领着,不然他真不知道要怎么去面对领域里的顶尖专家们,而且居然还要见副总理这么高级别的人。

去目的地的路上,高萍一边仔细看资料,一边同林晓余谈之后面对专家的论证要怎么说话。高萍一路参与何庆德的样本的基因组测序、培养、再测序等一系列实验和分析,傅蓝夕的样本的检测和分析则是她和陆坚一起做的,之后妙庄村的后续样本的检测,她也都有参与,所以对于陆坚写的材料里的基因分析部分,她胸有成竹,知道如何向上级论述,而林晓余则和陆坚一起去了妙庄村,他对妙庄村疫情现场的事很清楚,可以做现场情况的说明。

　　林晓余压抑着将要面对副总理和领域里专家们的紧张,又担心他和高萍在路上也会像陆坚一样遇到袭击,以至于不安地不断观察车窗外的情景。

45

此时已是第二日凌晨三四点，距离陆坚出事过了五六个小时了。晨曦从东边天空蔓延开来，在短暂的时间里占满了整个世界。即使这么早，路上也已经有不少车，这些都是一大早从六环外开车进城的人。

每每看到有车向他们的车接近，林晓余就会紧盯那辆车，高萍发现后，就道："晓余，你不会在担心那些车是要来袭击我们的车吧？"

林晓余："难道没有可能吗？毕竟都在城里袭击了陆坚。"林晓余之前一直觉得京城非常安全，绝不该发生陆坚被袭击那种事才对。

高萍想了想，既没肯定也没否定，只是说道："如果对方真又来袭击我们，那么，他们的胆子也太大了，而且力量也太大了，是对我们国家力量的公然挑衅。"

林晓余："他们在妙庄村投放病毒，不就是公然挑衅？既然他们都敢投放病毒了，还有什么不敢做的？"

高萍捏了捏自己的眉心提神，认真道："也许他们投放病毒的时候，并没有想到我们会第一时间发现这件事，要是这事没有被我们发现，那最后说不定我们只能认为是国内出现了新病毒暴发，毕竟妙庄村那里历来就有那种病毒，之后再发生病毒变异、传播力和毒力增加的病毒暴发，完全是有可能的事，不会怀疑到有人故意投放病毒这件事上去。"

林晓余整晚没睡，陆坚出事的事让他难过又精神紧张，所以一直不觉得困，对高萍的说法，他很认同，只是，"这些暂时都没有直接证据，全是陆坚从病毒基因组情况做出的推断。"

高萍道："真实情况和细节，必须由人再去调查。这不是我们能决定的事了。"

高萍和林晓余到了目的地，薛女士和国家卫健委的工作人员领两人通过安检后上楼进了会议室。会议室不大，中间是一个会议圆桌，绕着圆桌摆着一二十张椅子，除此，还有一个 LED 屏，再无其他设置，非常简单朴素。

在工作人员安排了他们的座位后，很快，就陆续有人进来，来人有男有女，年龄都在四五十岁往上，都带着很强的学者气质，他们是被国家卫健委邀请前来的在北京的病毒和流病方向的著名专家或者医生。来人见到薛女士后，大多会来握手问候，不少人对陆坚出事的事表达了关切和慰问。看来被邀请前来这里的专家，大家都知道陆坚遭遇袭击的事了，也可能都知道自己被请来这里是要做什么事。

林晓余作为晚辈，不敢再坐着，赶紧起身跟着高萍到薛女士身边站着。等来了大约有十名专家后，工作人员便将高萍交给她的材料复印了多份，分发给了在座的所有专家。

随着翻看材料，专家们不断提出问题，由高萍和林晓余给出回答，有人对他们的回答满意，也有人不满意。

大约过了半小时，会议室的门又开了，一位穿着正装、精神健旺的女性在几名工作人员的陪同下进了会议室，随着所有人起身问候，林晓余才知道这位就是分管健康卫生领域工作的副总理。面对这样的领导人，林晓余本来以为自己会特别紧张害怕，但可能是副总理太平易近人了，他很快就镇定下来，随着其他人一起在副总理的示意下重新坐下。

之后便是薛女士让高萍和林晓余将陆坚整理的材料向副总理做说明，又有其他专家对这份材料各抒己见，进行了分析。

讨论进行了至少一个小时，大家达成了共识。

妙庄村的疫情暴发的确存在很多疑点，必须考虑人为投放病毒的可能性，所以需要再从这方面做进一步调查。

而有关铜雀和麦尔岛经纬度定位密码的事，无法因陆坚的一面之词就此采信，需要由其他实验室再对傅蓝夕和何庆德的样本以及妙庄村其他临床样本进行试验和全基因组分析，并在这期间，尽快派人对赫利俄斯制药公司的总裁索尔·马丁和该公司的麦尔岛以及病毒学专家铜雀展开调查。

如果这种病毒是被人为投放，就需要做好全国应对这种病毒的准备，除此，这种病毒既然能被投放到中国，那其他国家也可能会成为目标，在寻找并控制这种病毒感染源头的情况下，全世界范围内也都需要注意这种病毒。

在国外开展调查的事，必须同其他部门讨论再做决定。

这份共识刚达成，会议室的门就被敲响了，一位工作人员进来，小声对副总理说了一句什么。副总理之前一直神色深沉冷静，此时却皱了一下眉，在工作人员出去后，她就说道："刚才地方卫健委打来疫情电话,说在江州城的患者样本中也检出了妙庄村的病毒。"

本来还安静的会议室,瞬间就响起了数人的议论声。

江州城也出现妙庄村的病毒,无论这是被人为在此地投放,还是病毒从妙庄村传播到了江州城,都是极其严重的事,需要国务院高度重视。

林晓余和高萍没有资格参与后续会议,两人被工作人员带出去后,高萍想回研究所继续研究这次的病毒,林晓余则想去医院看陆坚。

高萍说:"有人照顾陆老师,你去医院有什么用?还不如回实验室去做事。"

林晓余道:"我又不会做病毒实验,加上没有上岗证,也不会让我去做,我回实验室也起不到什么作用,不如去看陆老师。再说,陆老师的妈妈不是说陆老师已经没有生命危险,只是大量出血、骨折和脑震荡吗?说不定他现在已经醒了,我们去医院,他还能和我们说话。"

高萍犹豫了片刻,决定和林晓余一起去医院。

两人到了医院,陆坚在ICU里还没醒,不接受两人的探望,但救了陆坚的司机彭冲早就脱离危险并清醒了。

两人去探望陆坚的这位救命恩人时,再次见到了一直守在医院的傅顺知。

医院给傅顺知安排了专门的套房供他住着办公,套房被层层保镖守着。

高萍和林晓余进了套房,傅顺知就遣退了房间里的其他人。

傅顺知问:"你们把陆坚那份报告交上去了吧?"

林晓余和高萍对视了一眼,才知道傅顺知不清楚他们已经把报告材料递交上去了,不仅递交上去了,还在短时间内做了专家论证,以及被分管副总理采纳了意见，马上就会有调查程序启动。

林晓余不确定这事是不是可以直接告诉傅顺知，所以闭嘴没有出声，等着高萍讲话，但高萍也没出声，林晓余见傅顺知一脸忧愁，就不忍让他一直担心，便说："具体情况，您可以问陆老师的母亲，她之前和我们在一起。"

林晓余这句话让傅顺知安了心。高萍不想让林晓余再讲太多，因为他俩之前向领导汇报完，就被工作人员提醒过这些事都是涉密的。她对傅顺知说道："傅总，我们还要赶回实验室做事，就先走了，这事国家会处理的，您不用太担心。"

傅顺知已经得到了自己想要的结果，就不再留两人，让两人离开了。

被赫利俄斯制药公司编辑修改过的病毒在中国偏远山区的村庄里暴发，这牵涉国家安全，已经不是傅顺知以一己之力可以调查的事，既然这件事已经上报了上去，且卫生行政部门已经要调查，那他就只需要在之后关注这件事的动态，并提供自己能提供的证据和信息就行。

林晓余和高萍刚回到研究所，夏主任就叫了两人去办公室。

夏主任说："刚才上级主管部门打了电话来，让我们全力配合调查这次妙庄村的病毒和傅蓝夕的病毒的事。"

效率真高，林晓余和高萍都精神振奋。

夏主任又道："流病专家童教授要求之前和陆坚一起去过现场的林晓余再和他一起去现场，晓余，你愿意吗？"

既不可能拒绝，也没法拒绝。林晓余赶紧点了头。

夏主任把童教授团队的工作人员的电话给了林晓余，就让林晓余回去，准备去机场，和专家团队一起前往益州。

高萍要去休息一阵再工作，和林晓余一起回宿舍时，就给他介绍了一些童教授的事。

童教授是国内知名的流病专家,也是现在中疾控做现场流病和应急处置的部门的负责人。

林晓余刚和陆坚接触时,因为什么也不懂,所以莽撞着也往前冲了,现在明白了自己的无知后,又要跟别的组,不由生出了不自信。他把这种想法表达给了高萍听。

"不自信?"高萍瞥了他一眼。

林晓余惴惴不安地点头,高萍道:"你根本没学过,不懂不是很正常的事吗?你还是学生,跟着去学习就行了,让你做什么就做什么,又不需要你拿最后的主意,你要自信做什么?别说你不自信,以人类现在研究出的成果来说,每个人应该都不自信才对。不自信是对的,不自信就不会莽撞。"

林晓余:"……"

真不愧是陆坚的亲传大弟子,被高萍一怼,林晓余反而坦然了,联系了童教授的团队,打了车去机场和他们会合。

见到童教授后,林晓余记起他就是之前在副总理的会议室里提问题最多的专家,林晓余被他问得卡壳很多次,高萍在出了办公室后还对林晓余说过:"他们做现场流病的,最喜欢问问题,你不要太往心里去,他一直就那样。"

此时再遇到,童教授一改在会议室里的尖锐,变成了一个和蔼的喜欢讲笑话的半老头子。他还很照顾人,在机场里,拿了不少自带的小面包给林晓余吃。

林晓余这才想起来自己的确没吃早饭,而且昨晚整晚没睡。

童教授团队一共有六个人,加上林晓余,便是七人。

他们在距离妙庄村更近的江州城下飞机。在当天晚上到了妙庄村。

只隔了几天,林晓余再次来到妙庄村,妙庄村里已经空无一人,连牲畜也被处理了,所以里面一片死寂。

在妙庄村外,有工作人员住着帐篷驻守这里,这些工作人员包括守在这里的军人,以及疾控的工作人员。

童教授带着团队来后,也被安排住帐篷。

为避免浪费时间,童教授当晚便带着人进了村子,对照着之前的流调报告再次查看村子的情况。

林晓余穿着防护服跟在其他工作人员身边,再次走上村里的石板路。在大功率电灯下,初秋的村中路上落着的黄叶随风而动,没有人气的村子,安静得像个鬼村。

将村子查看了一圈后,童教授说:"这里该调查的已经被调查了,我们明天去医院,访谈这里的村民。"

林晓余观察了驻守这里的军人,和他离开时已经不是同一批,除了妙庄村有一队军人守着,绕着妙庄村以及镇上,还有军人驻守和巡逻。

童教授询问这里的负责人,最近有没有可疑的人到附近来探查情况,负责人称妙庄村外围已经设置了巡逻队,要是有可疑的人,在外围应该已经被驱逐了,所以他们没有抓到可疑的人。

第二天,一行人到了收治妙庄村被病毒感染的患者的传染病院。如今这里专家和名医汇聚,因江州城距离这里较近,在江州城发现的患者也被转接到了这里救治。

最近是这座偏居城郊、周围荒无人烟的传染病院建成以来最热闹、人最多的时候。虽然政府控制了妙庄村疫情暴发的舆情扩散,但周围不少人还是知道了这里的事,这让距离这座传染病院不特别远的居民心生恐惧,不少人家甚至搬去了亲戚家住,以远离这里。

林晓余跟着童教授访谈了妙庄村如今还能访谈的人,得知第三批感染的四人已经都不治身亡,但后面被查出来的人,因为救治及时,如今还没有人死亡,只是有几人依然病情严重,暂时没有脱离危险期,林晓余关心的何晏症状很轻,没有出事。

整理了所有的访谈资料后,童教授问林晓余:"晓余,你跟着我做了这些人的访谈,你有没有什么看法?"

跟着童教授工作了两天,林晓余对童教授十分佩服,认为他是一个名副其实的大专家,而且在面对感染病患的时候也无所畏惧,为人和善,善于交流,充满大爱。不过,对着童教授,林晓余无法像对着陆坚那样把他键盘侦探的那一套拿出来侃侃而谈,他必须深思,而且讲最严谨的见解。

在被自我要求严谨后,林晓余就大脑一片空白,不敢随便开口。

童教授看他一脸深思,却半天没一句话,就笑了,道:"你怎么想的,怎么说就是了。"

林晓余这才道:"我觉得村主任盘洲很可疑。"

童教授微微颔首,示意他继续。

林晓余道:"我和陆坚之前同村主任盘洲接触得比较多,我觉得他这人就像一个小地方的土皇帝,虽然也会爱民,但更多的是自负,有一套自己固有的世界观和行事方式,而且对这些他自认为对的规则深信不疑,所以他对其他人很不以为意,甚至罔顾人命,我之前很不喜欢他。"

童教授笑了一下,林晓余看他在等自己继续,于是在不能判断童教授到底是认同自己还是不认同的情况下,只好继续说道:"但是今天您找他访谈的时候,我发现他全程都很紧张,一直缩着肩膀和脑袋,话也不多,好像很痛苦很害怕。这和他之前的样子完全是天差地别。"

童教授没有表态，坐在旁边的另一名工作人员说："这几天，看到这么多专家和领导来关注这件事，他怎么还敢嚣张，肯定会害怕。这不奇怪。"

林晓余道："但我觉得他不是这样的人，之前他们村里的何晏说过，盘洲曾说他们村的人有唐朝贵族的后裔，既然何晏印象这么深刻，盘洲应该是对孩子们讲过很多次这种事。我觉得盘洲那种盲目的自我认同，极大可能也与他这种高人一等的观念有关。他那种人，不至于因为见了很多专家和领导就害怕，毕竟他可是唐朝贵族的后裔。我觉得他很可能明白了村里的疫情是病毒造成的，而不是阴间的邪祟作祟。明白了这是传染病，说不定他就会想明白一些事情，例如，他知道这种病毒是谁、是怎么被投放到妙庄村的。这让他明白自己害了人，他才会痛苦，会心虚，会害怕。"

童教授听完后，说："对，我也觉得这个盘洲有问题。我们访谈了妙庄村如今能开口讲话的所有人，从他们的回答内容来看，所有人都谈到了盘洲。盘洲决定着村子里大家的观念，大家最初认为村里的传染病是邪祟作祟，固然有他们没受教育或者很少受教育而迷信的原因，但更多的是因为他们不断地被盘洲引导。而我和盘洲谈的时候，他已经不再坚信妙庄村的疫情是邪祟作祟，反而追问病毒感染的事，大概是他之前的世界观崩塌了，所以他受不了。"

林晓余说："童教授，您的问卷里有个问题是村子里最近有没有陌生人进去，有没有人表现得和平常不一样。因为何庆德死的事，其他地方的人在那段时间都没敢接近妙庄村，村民也都回答的是只有人因为害怕离开，没有陌生人进村。在何庆德死后，回村的只有四个人，就是因为感染病毒而死了的盘华等四人。所以，村里第四批人因为食物而感染病毒，那病毒肯定只能是村里人投放的。这里面，最可疑的就是盘洲了。"

　　林晓余的说话方式和房间里所有只靠确凿证据做判断的其他人都不一样，他的话大多是这种自我意识非常强的推断，只能作为一种可能性供参考，不能说是结论。

　　童教授道："我们在审人上不是专家。这里有警方的人，完全可以让他们的审讯专家去审，这样，我们可以更快地得到结果。"

童教授向警方提出协助的请求被批准后,第二天一大早,警方就给了童教授答案。

警方的审讯专家姓宗,是市公安局的副处级干部,五十来岁,气质儒雅、思维敏捷,不过要是不知道他是省内知名的审讯专家,那只会将他当成一个极普通的不起眼的中年男人,看不出什么特质。

童教授和他握了手,道:"宗局,在这种事上,需要办事效率,还是要你们出手。"

宗局谦虚了几句后,就和童教授的团队讲了同盘洲谈话的结果。

"你们的猜测是对的,盘洲承认了,他和这次病毒投放有关。"宗局忙了一晚,一边喝浓茶提神一边克制着打呵欠,给在场的人讲了这个结论。

他讲话之前,这些天的工作让所有人都疲累,不只是工作量大使身体超负荷,压力大也让精神紧绷乏累。童教授靠着咖啡支撑,其他人懒散地坐在椅子里，累得发木的大脑上则像探出了两根天线，支着朝向宗局的方向。

宗局此话一出，在场的所有人都精神一振，挺直了背脊看向他。

宗局继续说道："他最开始不承认，但之后被我打动了，他的精神压力很大，一被我打动，他就崩溃了，将所有事都讲了出来。"

林晓余目光炯炯地紧盯着他，想知道内情到底是什么样的，但他作为一个小虾米，坐在一会议室的专家中间，不敢发问，只得耐心等待宗局继续讲下去。

偏偏宗局这时候不是那么急，又喝了一口浓茶，才将盘洲交代的事条理清楚地对大家叙述了一遍。

妙庄村是个古老的村子，在盛唐时，就有商人从妙庄村后面的山岭攀山越岭进入益州。当时山高路远、蚊虫又多，蚊虫容易携带很多致命病毒传染给人类，山中又有不少凶猛野兽，从这条小路走会有很多困难，于是，就有人出钱在妙庄村后面的观音岭上的山洞里修佛像，观音岭下的妙庄村也因此聚集了不少工匠以及商人。到晚唐时，进益州避难的人不少，有皇族之人甚至在妙庄村停了下来，这让妙庄村进一步发展。当时，妙庄村的人口比如今多得多，俨然是个繁华的镇子，观音岭上的佛洞更是被不断扩建。到五代时，佛洞里的佛像更多了，之后持续发展了数百年，那佛洞外面还修建过不少寺庙，里面的香火一度很旺盛。

不过，那里毕竟是在山里，周围密林很多，在古代医疗条件本就不好的情况下，居住和行经妙庄村的人生病的概率相对大，死亡率也相对高，不知怎么，这里就有后山有邪祟的传说流传下来了。

有这种传说，也与后山的寺庙与佛洞在地震下出现坍塌有关。后来，妙庄村里出现过几次疫病，死了不少人，加上传说中的邪祟也让不少人害怕，有些人家就搬离了这里。

按照宗局的说法,他觉得妙庄村在新中国建立以来的人均寿命比周围其他地方都高得多,甚至可说是长寿村了,死亡率也并不比周边地区高,但妙庄村的后山居然一直被周围的村镇传说和阴间相通、有邪祟作祟,实在让人不解。

他推断,之所以妙庄村以及其周围的村镇觉得妙庄村后山和阴间相通、不时有邪祟作祟,是因为村子里的刘神婆远近闻名,她以及她的儿子盘洲一直坚信并向外传说妙庄村后山和阴间相通,让周围的人因为恐惧而不去接近那里。

听到这里,林晓余实在控制不住自己想发表意见的欲望,举手发言道:"我之前在妙庄村里看到,村子里的不少人家晒着药材,很多还是珍贵的药材,可以卖不少钱。最开始何庆德会去后山,也是因为要上山去打野味。妙庄村的后山被传说和阴间相连,周围其他村镇的人不敢去,但妙庄村本村的人,却并没有特别害怕,完全就垄断了那边山里的资源。我觉得,这很像是一种资源之争,让妙庄村里的人,一代一代有了这种传言。"

大家都看向了时常给出新想法的林晓余,不少人茅塞顿开,认为这个推断很有意思和道理。

宗局对林晓余颔首道:"我觉得这个小伙子的推测是有道理的。还有一点,盘洲自己承认,这些传言也让人们不敢去接近后山上的佛洞。在'破四旧'时期,镇上有人想到佛洞里的佛像,要去破坏,他和他的母亲为了保护佛洞里的佛像不被破坏,导演了一出戏。他们母子带着人去佛洞后,通过燃烧带有迷幻作用的药草,让所有人产生了幻觉,认为那佛洞的确镇压着后山的邪祟,破坏佛像会让邪祟出来祸害人间;他还扮演了被邪祟附身的人,通过他母亲的驱邪,活了下来,只是出现了瘸腿。他从此因为扮演瘸子而在几十年间都无法再正常用腿了,变成了真正的瘸子。但他们的确保住了佛洞里的佛像，妙庄村村民以及周围村镇的人，也因此更对妙庄村后山和阴间相连的事深信不疑。"

在座所有人都听得十分入迷，林晓余回想起盘洲走动时蹒跚的样子，心中惊叹，心想这民间的"智慧"不可小瞧，居然可以这样做。

宗局道："盘洲对扮演这件事太入迷了，不断给自己进行心理暗示。他在之前对这些迷信思想深信不疑，但最近村里的灾难让他产生了反思，他开始怀疑自己之前的一些认知。"

林晓余疑惑道："既然盘洲之前对后山和阴间相连以及佛洞镇压着邪祟之事深信不疑，那他为什么还会在十几年前卖掉佛洞里的佛像？"

宗局道："人们的很多认知会变，即使之前对某些事深信不疑，之后也会因为对自己是否有利而改变对事情的认知。"

想到不少社会新闻的众人纷纷叹气。

宗局继续道："盘洲会把佛洞里的佛像卖给外国人，他自己的说法是，那外国人有佛缘，他是在梦中受到了佛祖的指引，才把佛像卖给那外国人的。"

林晓余小声嘀咕着做备注："不过就是为了钱嘛！"

宗局笑了一下："的确是这样。但卖了之后，那外国人曾派人回村来问，有没有土方法治疗村里曾经发过的疫病。那外国人会派人来问，是因为有人感染了传染病发病了，他们又知道妙庄村以前出过疫情，就想要妙庄村里的土方去治疗。这的确是一个很好的思路，但是这件事吓到了盘洲，他认为是他把佛像卖给那个外国人触怒了佛祖，才让那外国人染病了，所以他没有给来寻求帮助的人提供药方上的帮助，只是大谈特谈驱邪。之后因为地震，那佛洞洞口更是被封住，他就更对佛像被卖、邪祟出世、大灾将出之事深信不疑。

"这次会在何庆德的事后出现后续大疫情，也是因为盘洲。何庆德去后山打猎时，不知什么原因，他进佛洞了，佛洞里有他留下的鞋印。你们卫生的专家已经证明，他是感染了佛洞里蝙蝠身上带的病毒，然后发病死了。因为他发病时有急性脑炎症状，所以在盘洲他们看来，就像是被邪祟附身了。盘洲在何庆德死后非常害怕，认为果真有邪祟出来。这时候，他接到了一个电话，对方说他们村大难将至，让他去后山佛洞深处取出佛祖凝出的圣水，圣水需要放在冰里保存，而用这个圣水给村里的人服用，就可以避免这场灾难。不知道那个电话到底对他做了什么精神暗示，他的确相信了，但是他并不傻，在去取圣水之前，他连续给县疾控打了两次电话，称后山的水有问题，带着县疾控去采样、做检查。县疾控没查出水有问题，盘洲于是明白了，那水质没问题，去山洞里拿佛祖凝出的圣水，应该也不会造成危险。"

大家都震惊了，"啊？他去拿了那圣水？"

大家都发现盘洲是极其聪明的，但又聪明又愚蠢，让人无言以对。

"盘洲深信那佛洞里的确有邪祟，所以他自己不敢去，就让和何庆德家里关系很好的何老六去那佛洞深处取那圣水。他让何老六去的理由是何庆德的魂魄在那佛洞里，何老六和何庆德的关系好，由他去佛洞才能把何庆德的魂魄引出来，还让他从那佛洞深处拿出圣水。他说何老六的确找到了那圣水，并拿出来了，那圣水装在佛陀形状的水晶管子里，在阳光下泛着七色佛光。"

"啊，就是那管子里装了病毒？那何老六开过那管子？然后感染了？"有人出声。

林晓余赶紧解释："那管子里可能装了病毒，但何老六感染的病毒不是经过修改的病毒，而是佛洞里蝙蝠身上携带的病毒，他应该是接触蝙蝠而感染的病毒。陆坚老师的报告里的基因组分析证明了这一点。"

宗局对林晓余的解释表示了感谢，继续道："盘洲不知道何老六在佛洞里遇到了什么，但是，根据盘洲对那管子完整密封性的判断，以及何老六自己对盘洲的回答，何老六没有打开过那管子。

"在何老六把那管子拿给盘洲之后，过了两天，他就出现了急性脑炎症状。要是何老六刚发病时就被送去医院，他不一定会死，但盘洲以为他是因为去了佛洞被邪祟附身才出事，就让何老六的家人不要送他去医院，而让自己的母亲刘神婆给何老六驱邪，之后何老六因病情被耽误就过世了。

"在何老六过世那天，盘洲的儿子盘华和另外三名村民回村了。这四人也是仅有的在这段时间回村的村民，因为何庆德和何老六连续遭遇邪祟的事，村里已经有不少人离开，周边村镇的人也不敢接近妙庄村，甚至有外村的人专门倒了石头在去妙庄村的路上，就是为了阻拦村里的邪祟外溢。

"而且这段时间，村里的通信基站还出了问题，让村里无法和外界联系，这更让盘洲和村民都相信邪祟下山，侵袭了村子。

"盘洲很害怕，这时候，他的长子盘华说，听人讲那佛洞里有唐朝皇族藏起来的财宝，回村是想去里面找财宝。盘洲不让他去，对长子苦劝无果后，就给要去找财宝的人都喝了加了圣水的水。按照调查，盘华等四人并没有进入那佛洞，他们只是在后山逗留了一天，就因为团队里发生了内讧而作罢。他们当天回村后，本来很可能之后又要上山去佛洞，但他们陆续就发病了。他们的发病让盘洲更坚信后山佛洞里的邪祟出来了，马上就会给村子带来灾难，于是，他把用后山泉水稀释的圣水加到何老六家供所有人吃的凉拌菜里，这导致了妙庄村里大多数人的感染。

"现在已经派人去盘洲家里找那装圣水的管子了,应该很快就会找到。也让人去调查打给盘洲的电话来自哪里。"

宗局讲完,就放松了脊背,靠在椅子上,看向在会议室里的其他人,问:"从你们卫生方向来看这件事,你们有没有什么看法或者疑问?"

其他人还没有开口,林晓余就赶紧举了手,宗局对林晓余印象很好,就笑着示意他讲。

林晓余说道:"我认为那在后山佛洞里放病毒的一方,恐怕不一定知道何庆德是感染病毒而死,甚至不一定知道何庆德的事,所以他们没有把何庆德的事和他们的事联系在一起。"

宗局不太明白他为什么会得出这个结论,示意他解释,林晓余继续道:"因为何庆德感染的病毒和盘华等四人感染的病毒虽然是同一种,但是,它们是有具体差异的,就像人一样,虽然都是人,但每个人不一样,这可以通过基因测序检测到。何庆德和何老六感染的病毒来自蝙蝠,但盘华等四人以及后续发病的村民感染的都是被修改过的病毒。也就是说,盘华等人和后续发病的村民感染的病毒,来自别人的谋划。"

林晓余一口气说了下去:"在妙庄村投放病毒的恐怖分子,并不知道陆坚会得到何庆德感染的病毒,而且会因为何庆德感染的病毒是一种新病毒而去村子。陆坚和我去妙庄村,对投放病毒的恐怖分子来说是很大的变数,这也导致了对方的某些图谋可能被破坏了。

"妙庄村里的通信基站出现问题,路上被人倒了石头,都有可能与这些投病毒的恐怖分子有关。对方可能是被打了个措手不及,没想到我们政府在这方面的反应这么快,迅速控制住了病毒蔓延。在这么短的时间内,对方极大可能还不清楚我们到底做出了哪些成果,有了什么发现。而且盘洲这个最清楚内情的人被迅速控制在了咱们这个传染病院里,因为是感染者而受层层监控,恐怖分子完全没有办法处理盘洲的问题,也可能他们以为盘洲会感染病毒而死,但盘洲并没有,甚至病情非常轻微。所以,那些投病毒的恐怖分子,本来可能还有很多事要对妙庄村做,但都没来得及做。"

林晓余这话讲完,宗局笑着为他鼓了两下掌,道:"你的想象力和推理能力都不错。我们也的确有这些推测,之后就是要再找到证据和抓人了。"

童教授也点了点头,说:"这样一想,很多事就说得通了。"

这时候,有人敲了会议室的门,进来对宗局道:"疾控的工作人员在盘洲的家里找到了那支管子,拍照片发过来了。"

他把照片通过手机投在了LED屏上,众人的目光都集中到了屏幕上。

那是一支很精致的管子,有工作人员的手掌长,三指粗,林晓余判断,里面大概可以装 20 mL 液体。

后面的照片展示了管子在生物安全柜里被拆开后的状态,可看出这个管子分内外两层,里面是有避光涂层的二指粗长管,外面的一层四面都雕刻着佛祖结跏趺坐图,因为是由可折射光线的材料做成,所以在光下的不同角度看,便有彩光变幻。

这的确很像一件带着神圣光彩的物品。

林晓余感叹:"这个东西一看就很值钱,那何老六拿到这么值钱的东西,他依然愿意交给盘洲,可见这人真是个好人。先是愿意为了去佛洞带回邻居的魂魄而涉险,后也不贪图财物。"

童教授团队的一个年轻人道:"就是因为他太无私了,反而导致了后续的一系列事情。"

其他人也纷纷感叹。

宗局下了结论:"何老六没有错,错的是利用村民的迷信和恐惧的罪犯。"

恐怖分子通过给盘洲打电话蛊惑了他，但从很多天前的那通电话查到对方的可能性微乎其微。林晓余又提出了一个想法："既然恐怖分子要让妙庄村感染病毒，而且专门堵塞了妙庄村和外界相连的公路，又破坏了村子的通信基站，那么，他们必定还会在某处监控妙庄村的情况。我想，去山上探查或许可以清楚监控村子的地方，很大可能可以找到这些恐怖分子留下的一些痕迹。而且需要再去探查佛洞，了解恐怖分子当初是怎么在里面放了圣水。"

警方的另一名工作人员道："这位小帅哥，你刚才讲的这些，我们也都想到了，但是，那个佛洞里有病毒，我们不能在没有专业支持的情况下让我们的同志进去。"

他转向负责流病调查的童教授，"所以我们需要联合向上打报告，在你们的专业支持下，一起再去佛洞现场查看情况。"

童教授马上应了，只是，他还需要申请，让省疾控的工作人员提供进佛洞的一应用具。

* * *

妙庄村后山，观音岭佛洞。

留在佛洞外驻守的军人穿着防护服，紧张地守着佛洞外的各处要害位置。

因担心进入佛洞的人扰乱佛洞内蝙蝠的生活节奏而致使它们白天飞出佛洞，在佛洞外的人也都必须穿上防护服。

进入佛洞的小队一共有十几人，包括军人、警察、流病专家和检验采样专家。

这一行人里，只有林晓余和黎巍是之前进过佛洞的。

他们都全副武装，穿着防护服，戴着防毒面罩，又带了手电、采样工具、生物安全箱等。

上一次陆坚等人进山洞，因为人少，又为了保证大家的安全，并没有深入佛洞，只进入了二三十米。

这次，众人是要去找那被恐怖分子放过病毒管子的地方，要进入得更深。

山洞顶部密密麻麻的全是倒吊的蝙蝠，地上则全是蝙蝠粪便。这段时间里，蝙蝠新排泄的粪便已经基本掩盖了之前陆坚带来的小队活动的大部分痕迹，更不用说更早进来的何庆德和何老六的痕迹。

虽然林晓余无法从蝙蝠粪便里的痕迹看出什么，但带队的警察里有专门的痕检工作人员，他们不断有一些发现。

随着越来越深入，众人都惊叹起来。

妙庄村的村民称这个佛洞的长度大约有一百米，但众人向前走了一百米后，并没有到尽头，只是前方空间突然变得逼仄，有警察上前检查后，说："这里以前有石头，把后面堵住了，所以村民认为这里只有一百米，地震使堵住这里的石头松动、移位，露出了后面的部分。"

"之前盘洲说，他的大儿带着人上山，就是想进佛洞找唐朝人藏在这里面的财宝，会不会是他们从哪里知道这个山洞的后面部分因地震露出来了？"

"有这种可能。"

"我们要过去吗？"有人指着后面显得逼仄的山洞，那里只够一个人爬过去，而所有人穿着防护服、戴着防毒面具，行动很不方便。

警方的负责人和卫生的负责人讨论后，决定先让几个瘦小的人爬过去看看对面的情况。

林晓余虽然高，但他瘦，就赶紧举手表示愿意率先爬过去。

童教授同意了,但让他跟在警方的同志后面。

被选出先爬过去的人一共有四人,两名警察,两名卫生的工作人员。

林晓余被要求爬在最后面。

山洞到这里,几乎没有蝙蝠活动了,地面和石壁都较干净,在地上爬行也没什么。

这山洞深处温度极低,他们带着的温度计显示这里的温度只有3℃,即使穿着防护服又一直在行动,依然觉得冷。

和警察一起行动,做什么事都会被照顾,林晓余跟着警察爬过那一段大概十米长的狭窄处,眼前突然又豁然开朗,山洞变得宽阔,有水滴不时从洞顶滴下,山洞里有新生的钟乳石,空气湿润。

几人又向前探查了几十米,发现这山洞几乎没有尽头,还可以一直往前走。

这边没有蝙蝠,只是地上湿润,看不到有人来过的痕迹,直到一位观察仔细的警察在地上发现了一处痰渍。

林晓余马上道:"不要动这个痰,这痰里面有人的鳞状上皮细胞,可以测出人的DNA,定位到底是哪个人。我回去叫人带采样的东西来采样。"

透过防毒面具的声音非常含糊,带队的警察对他颔首,示意他回去叫人。

林晓余带着一大队人爬过山洞狭窄处,采到第一份痰样后,他们再往前走,又有人看到了一只烟头,这只烟头上肯定有人的唾液,可以检测到抽烟人的基因,马上被人"如获至宝"地捡到了。

熟悉妙庄村里村民访谈内容的林晓余说:"这个烟头很大可能是恐怖分子的,因为进了山洞的何庆德和何老六都不抽烟。"

林晓余这个提醒让所有人精神一振,他们说不定可以从这个烟头定位进山洞的恐怖分子。

再往前走一百多米，山洞变得更加宽敞开阔，检测山洞里空气质量的设备也提示里面空气质量上佳。

有人道："根据里面的空气状况判断，这山洞还有其他出入口。"

这已是所有人都认定的事，只是他们还没找到另一个出入口而已。

手电的强光扫过前方，照在一片晶莹剔透的东西上后散出七彩之光，这个异常让另外的几只手电的光也集中了过去。

前方，一座高三四米的佛祖结跏趺坐像庄严安坐，佛祖眼睛睁着，正闪着冷冰冰的光注视着前来的十几人。

所有人在这一刻，都屏住了呼吸。

在佛祖身后，像有密密麻麻的透明灵体，或站或坐或悬挂于山洞顶部，也随着佛祖的目光，看向来到此地的人们。

林晓余那一刻只觉得大脑都因眼前的一切而凝滞了，什么也无法思考，直到有一个人说道："这个山洞太神奇了，这些都是冰雕。你们看，这里山洞顶部不是钟乳石，是冰柱、冰笋、冰锥、冰葡萄，那个大的冰柱直径有好几米。这个佛像看来是人工雕出来的，后面的小佛像和侍者群也是雕的。"

这人唤醒了刚才被震撼或者被吓到的所有人。

大家朝那佛像走近，甚至有人在佛祖的注视下做出了双手合十的动作。

大家看到这些冰雕，已经意识到当初何老六定然是从这里找到了那所谓的"佛祖凝出的圣水"。

林晓余对童教授道："何老六肯定对盘洲详细讲过这里的情况，不然盘洲不会那么坚信那圣水的真实性。"

童教授颔首表示认可，他接近了佛祖像，佛祖双手结印，两手中间正好可以放东西，但上面此时什么东西也没有，只是大家相信那装了病毒的管子之前应该是被放在这双手里的。

大家早有分工，有人拍照，有人仔细检查周边环境，寻找任何可疑的东西。

一个警察小哥检查了佛像，道："这个冰洞应该是自然形成，但形成的年代，要专门做这方面研究的专家来确定。"

林晓余跟着他去检查了佛祖像后的其他佛像，道："这些佛像很多都形象模糊了，应该不是近期雕成的，也许有几百年了也说不定。这些佛像都是面向我们来的方向，说明当初雕刻这些冰雕佛像的人是从我们的来路过来的人，而且以那边为前来朝拜的方向，因此也正好让这些佛像坐北朝南。"

裹在防护服里、戴着防毒面罩的警察小哥很认同，"是的。"

两人正要继续研究那些冰雕佛像和侍者，就被人的惊叫声打断了。

"啊！"一人突然发出惊叫，这声惊叫在山洞里被扩大，既响亮又恐怖。

几名军人反应最快，迅速跑了过去，传出惊叫的是在周边查看情况、采样的流病调查工作人员。

几名军人过去一看，也非常吃惊，道："这边有肉身佛像。"

大家都知道肉身佛像是什么，好在这里不是军人、警察就是医疗卫生工作人员，大家没有太大心理障碍。大家围了过去，发现在冰洞的另一边，放着不少肉身佛。说是肉身佛，其实估计没有按照严格的制作方式制作，大多不过是被冻上的尸体。

但这里的温度在零下 10℃ 左右，那些尸体不知经历了多少年，或者本身就是要腐烂了才被搬进来，以至于有些尸体有腐烂的迹象。

大家都没想到这一趟居然会有这么复杂的发现，这里的事，看来还需要另外的专家团队支援了。

这个山洞本就很长,而有冰的部分,大概有一两百米。带队的警察将队伍分成了两队,一队继续向前探查,一队从原路返回,报告这里的情况。

原路返回的人需要经过被蝙蝠占领的区域,有些蝙蝠可能携带病毒,所以很危险;而前方,则属于未知区域,依然危险。

最后就决定让流病的团队回去,再让两名军人跟着保护他们,剩下的人都继续往前走。

林晓余属于同童教授回去的一队,他们穿过蝙蝠占领的区域回到地面上,又花了近两个小时。

处理了沾了蝙蝠粪便的防护服和防毒面具后,他们换了新的防护服,戴上口罩,这才去同一直守在山洞外的军人交谈。

他们上午进山洞,此时太阳已近下山。

守卫洞口的军人负责人姓严,严队向童教授道:"施队长他们已经从另一边出山洞了,刚出,给我们来了卫星电话,给我们发了他们的位置。我们已经把信息发回了总部,总部会派直升机过去。"

童教授去看了由公安局施队长带队的另一队发来的定位,发现应该是在山的另一边。

"看来这个山洞横穿了这座山,这条山洞,恐怕有几公里长。"

天色渐晚,童教授带着他的团队回山下的驻点,而派驻山洞外面的军人依然留在那里,还有当地疾控的工作人员留在那里,以备遇到突发情况可以及时处理问题。

总部派出的直升机已经接到了从山洞另一边出来的施队长一行人,又派出了另一队军人驻守山洞另一边的洞口,并申请地质学专家和佛教协会的支援。在发生这样严重的突发公共卫生事件和国家安全受威胁的状态下,处理这次疫情被摆到了极高的位置,各项事情都能以最快的速度被执行。

坐在妙庄村外的驻点帐篷里开会，施队长将他们继续前行查到的情况做了汇报。

"从冰洞向前走，山洞时宽时窄，洞壁几乎没有人为处理的痕迹。大概经过两三公里，才到另一个出口，另一个出口在陡峭的斜坡上，外面有不少植物。有植物遮掩洞口，从外面无法发现这个洞口。我们在洞口处发现了从山上进入的痕迹，我们在有安全绳的情况下爬上山顶，发现山顶有更多人活动的痕迹，找到不少烟蒂，还有浓痰，都进行了采样。"

随着施队长不疾不徐地解说，临时搭起来的幕布上投影了他们拍下的照片。照片里，山洞和山上的情况都一目了然。

"所有烟蒂和痰样都用直升机以最快速度送去了实验室，很快就能出测序结果。"

施队长望向坐得密密麻麻的不同专业的战友，"你们搞公共卫生的，有什么看法没得？"

童教授虽然上了年纪，但即使连续工作，也依然精神饱满。他笑了笑，指了指林晓余："晓余，你一向想法多，你现在说说你的看法？"

林晓余被点名后愣了一下才站起身，向各位专家和前辈颔首致意，然后说道："童老师，我就是思维发散，不敢说是专业意见。我想，大家应该都想到了，去放圣水装神弄鬼的恐怖分子会知道那个山洞的情况，里面肯定至少有一个人与妙庄村有关，不然，外人应该没有办法知道那山洞的情况。从盘洲的供词看，连盘洲也不知道那山洞另一边还有一个出口，山洞中部还有冰洞。现在我们有整个妙庄村所有人的基因情况，又拿到那么多烟头，用 DNA 比对，就可以确定烟头里的 DNA 是不是和妙庄村里的人有亲缘关系。只要确认和谁家有亲缘关系,事情就好办了。"

童教授颔首道:"对。晓余讲得很清楚,是这个意思。"

施队长笑着说:"现在就等实验室的结果。我想,我们很快就能找到犯罪嫌疑人。"

当天夜里,地质学家同佛教协会的高僧便到了妙庄村,大家准备连夜上山,再探查佛洞里的情况。

林晓余也想再跟去,童教授便过来找他,"晓余,你过来!"

林晓余正跟着施队长的队友一边收拾上山进洞的装备,一边听前来的地质学家分析这里的地质情况,被童教授一叫,他只得跑过去,"童老师,什么事?"

童教授拉着他到一边,小声说:"组织决定,让你回京去,有事安排给你。"

林晓余一惊,道:"什么事?"

童教授摇了摇头:"具体是什么事,我也不清楚。你先去准备,马上回去。"

林晓余心下疑惑,但看童教授的确不知道原因,他就没再纠结这件事,说:"哦。好吧。"

童教授拍了拍他的肩膀,"你去收拾一下,已经给你申请了车,部队的车送你去机场,还派了两个部队的同志护送你。"

林晓余听到有人护送自己,倒有些不自在,心想:我这么一个小角色,根本不需要护送。

童教授大概看出了他的心思,说道:"你现在知道的事可不少,不仅要受高规格的保护,行动也要受到限制。这不只是护送,也是监视。"

监视?林晓余在心里哀叹了一声。

林晓余收拾了自己的行李,坐车离开前,先去和已经相熟的施队长告辞。施队长刚接完电话，转身看到林晓余在不远处站着，似乎是在等他。

"什么事，晓余？"

林晓余赶紧上前，说他被组织安排回京处理其他事，不能和施队长他们再上山进洞了。

施队长"嗯"了一声，道："那你就过去吧。等这次的疫情忙完了，你回来，我请你吃饭。"

林晓余笑道："谢谢大哥。我先走了。"

施队长摆摆手让他走。

林晓余走了两步又回来，谄媚地笑道："大哥，到时候测出来妙庄村谁是内鬼，这事会是机密吗？要是可以让我知道，千万要告诉我。"

施队长瞥了他一眼，道："这事你本来就可以知道，只是别对外传。"

"咦。"林晓余一愣，"难道已经知道了？"

施队长："对。用烟头里得到的DNA做比对，发现是盘洲的儿子，盘洲就两个儿子，和他大儿子比对不上，那最大可能是他的小儿子。现在已经开始通缉他的小儿子了。"

林晓余马上明白过来，"难怪盘洲的大儿子会知道佛洞里可能有唐朝传下来的财宝，很大可能是他弟弟告诉他的。但这样一来，盘洲的小儿子很大可能已经死了。"

施队长挑了一下眉，露出诧异的神色，看向林晓余："为什么认为盘洲的小儿子已经死了？"

林晓余："盘洲的小儿子会把佛洞里有财宝的事告诉他大哥，而他又没和他大哥一起回村，那就是他有不能及时回村的理由。还有就是他很大可能不知道他做内鬼的事会导致村里的人感染病毒死亡。如此一来，他作为妙庄村的内鬼，也不知道给他提供情报的人具体是要做什么事，既然这样，那他这种人很容易被灭口。"很多侦探故事里都有这样的套路。

施队长没有认可他的推断，也没有否认，只是说："你是病毒研究的专家，我有一点不懂，你可以给我解释一下吗？"

林晓余心想：我不是病毒专家，只是一个学渣学生。但他还是硬着头皮道："是什么？"

施队长道："既然恐怖分子想让妙庄村感染病毒，那直接让人进村去投毒就行了，例如投入井水里，或者喂给猫狗吃，再让猫狗去感染人，怎么还搞得这么复杂？"

林晓余松了口气，心想：这事我知道，我懂！

他说："大哥，你发现一个问题没有？"

施队长："嗯？别卖关子。"

林晓余只好直入正题，说："你看，何庆德就是感染这种病毒过世了，但是，照顾他的人并没有因为接触他而早早感染病毒，是不是？"

"对！"施队长意识到了这个问题。

林晓余："病毒就像人一样，有各种各样的，并不是每种病毒都一样，甚至是同样的病毒，如果前后发生了一些变化，它让人感染和让人生病死亡的能力也不一样。这次妙庄村这种病毒，不会轻易地人传人让人感染，至少照顾患者的人很难感染上。不像大家都知道的流感那样传染性非常强。这种病毒要感染人，对病毒载量的要求可能不低。你看，这次有些人没什么反应，有些人病情不重，有些人比较严重，可能与被感染的人的免疫力有关，也可能是他们接触病毒的量不一样造成的。还有，这种病毒对温度很敏感，温度一高就容易失活，它只有在较低的温度下才能保持其感染活性。

种种因素综合起来,你就会发现恐怖分子设计的方案,是很好的方案了,而且,主要是有仪式感。仪式感,对恐怖分子来说,应该也是非常重要的。能做投放病毒这种事的人,心态肯定和正常人不一样,他们很大可能会有某种仪式的需求。除了这些,要是盘洲这次的感染量大,或者是他很容易发病,他很快就变成急性脑炎,那我们就完全查不到恐怖分子的蛛丝马迹了。我们这次查出来,完全是因为运气好。"

施队长却不认可林晓余最后一句话,道:"你可不要小看我们的刑侦能力,只要他们做了,就总能找到证据。这次发现的一只烟头上的DNA还和江州城出现的那名感染妙庄村的病毒的患者的DNA相同,这也是突破口。"

林晓余:"那是你们厉害!不过,要是这个村没有被我们及时发现,那真不一定能这么快发现这么多线索。这次妙庄村的事,我觉得更像恐怖分子的一次仪式和实验,想看看这种病毒的感染性和致病能力。"

施队长对林晓余摆了摆手:"你快走吧。"

林晓余:"唉,其实我还可以多做一些解释。"

施队长给了他一个白眼:"我早就发现了,这次的这个疫情不简单,上面应该还有一些信息没告诉我们。既然没告诉我,我暂时也不想听。你快走吧。"

被施队长一提醒,林晓余才想到自己应该去训练守密能力。

47

深夜的首都在路灯形成的灯带里辉煌又安静。林晓余下了飞机，上了来接他的专车。当司机提到是去陆坚所在的医院时，林晓余想到很快可以见到陆坚，就一阵感动。

他问司机："陆坚醒过来了吗？"

司机道："这我不清楚。"

林晓余一阵失望，心想：不管陆坚醒没醒过来，自己一会儿到了医院都可以去看看他；只是不知道让自己回京，又直接送自己去医院是要安排什么事给自己。

对现在的年轻人来说，没有手机可用简直像失去了一只手一样不方便，但林晓余最近不仅忙，没时间玩手机，而且一直处在没有信号也不能随意用手机的地方，他便也改掉了非要用手机的习惯。

此时坐在去医院的车上，他才意识到可以向高萍问问陆坚的情况。

他拿出手机，刚点进微信，就看到上面推送的新闻——"北京无人机袭击案中受害者被证实不治身亡……"

林晓余一愣,赶紧点进这条新闻。

林晓余一目十行,目光瞬间被上面的一行字抓住,"无人机袭击案受害者陆某,……不治身亡……"

这句话像一把巨锤砸在林晓余的脑袋上,让他有种自己在这时候也死了一遭的错觉。

不可能,不可能,陆坚怎么会死?他不会死的,之前不是说他没有生命危险吗?

凌晨的京城,温度只有10℃,但林晓余却出了一额头汗。

他反复确认那句话,发现他没看错,他马上又进入搜索软件,输入关键词,发现很多官方媒体都报道了这条新闻。

不可能,陆坚不会死。

林晓余不想相信。

他茫然无措地看向看护和监视他的两名军人,两人也发现了林晓余的失常,其中一人问他:"你怎么了?"

林晓余想问:"你们是不是知道陆坚已经死了?"

但这句话只要一想就让他心痛到难以呼吸,他发不出声音来,他怔了好一会儿,突然发现这份痛苦和悲伤根本无法对任何人表达;而对任何人表达,也都不可能减轻他的痛苦,也不可能让陆坚活过来。

他看向高萍的账号,高萍这些天没给他发任何信息,也许陆坚早就死了,高萍不想告诉他,所以宁愿什么都不讲。

林晓余很想痛苦地大叫发泄,但所有声音都被遏在了他的咽喉、他的胸腔深处,让他无法发声。

是如何下的车,又是如何走进医院住院部安静的大楼,林晓余一点印象都没有,等他回过神来,他已经被带进了一间会客室里。

林晓余茫然地抬起头来，他见到了陆坚的父母。
　　陆坚的母亲林晓余之前见过，而此时面前的男士就是陆坚的父亲了。林晓余之前从高萍那里知道，陆坚的父亲是中科院的一名院士。
　　见到两人，发现他们面色疲惫，林晓余更是悲从中来。
　　他知道自己为什么会被叫回首都了，一定是陆坚死了，有什么事陆坚不能做了，但他能做。
　　房间里除了陆坚父母，还有两人的助理在。
　　林晓余被领进屋后，助理便退了出去，只留了林晓余同陆坚父母。
　　林晓余眼眶通红，眼珠子被眼泪浸润，更显乌黑。他强忍着哽咽问候了两位长辈，便再无法发声。
　　"叫你晓余可以吧？"陆坚父亲陆源生和蔼地问。
　　陆源生年过六十，鬓边有少许白发，他面相儒雅，神色温和，眼神温润，让人面对他时，不由就会放松精神，并被他折服。
　　林晓余见陆坚父母老年丧子尚且保持着镇定，想想自己也不能失态，认真回答："嗯。这是我的荣幸。"
　　陆源生目光从林晓余脸上扫过，他的面部表情更柔和，说："你是陆坚的学生，我们是陆坚的父母，你叫我们爷爷奶奶也是可以的，说什么荣幸。"
　　林晓余可不敢顺杆爬，道："您和阿姨这么年轻，怎么能叫爷爷奶奶。"
　　陆源生道："其实我们是有事相求。"
　　陆源生极有人格魅力，这短短时间内，林晓余就对他产生了"他说什么我都愿意去做"的崇敬。再说，陆坚死了，林晓余虽然只给陆坚当了几天学生，但一日为师终身为父，他为陆坚的父母做些事也是应该的,他几乎想也没想就说:"您说,只要不是危害国家和犯罪的事。"

陆源生笑了,连坐在旁边的陆母也忍俊不禁。

陆源生道:"你这小家伙胡想什么?谁会让你去做危害国家的犯罪的事?"

林晓余红了脸,窘迫起来,又意识到陆坚父母很奇怪,陆坚都死了,两人居然还能因为这点事发笑。

见林晓余面露不解,陆源生道:"你是不是以为陆坚死了?陆坚没有死。"

"啊?"林晓余就像突然从无法呼吸的地下转移到了天上,难以置信后又开始狂喜。

陆坚母亲说:"对,陆坚没事。一会儿会对你解释这件事。"

"太好了!"林晓余的目光在两人身上转了转,尽量让自己镇定。他不需要解释,只要陆坚没事,根本不需要解释。

林晓余眼睛晶亮,强忍着喜悦,但陆源生没有就陆坚的事多安慰林晓余,继续道:"是这样的。我们的人找到了铜雀。"

林晓余很震惊:"这么快?"这也太快了,这才两天时间。看来,他之前真是不了解国家的力量。

陆源生道:"因为这件事关系太大,不得不快。"

"那需要我做什么?"林晓余在知道陆坚没事后,意识到陆坚父亲让自己做的事应该与这个铜雀有关。

陆源生:"铜雀虽然找到了,但他不愿意来我们国家做证人。"

林晓余脑子恢复了正常,在心里叹了口气,想:铜雀作为一名正常的科学家,定然会阻止他人用病毒害人的行为,但是他肯定还会有自己的一些想法,不太可能自愿来中国。

难道陆坚父亲是让自己去想办法把铜雀劝来中国?

这可太难了。

他根本不认识铜雀，只是从陆坚的报告里看到了这个人。

再者，即使铜雀来了中国，他也指认了赫利俄斯制药公司的反人类行为，那对方也可以不承认。

这样的事，本来就是一种扯皮的事，对方既然都做出了拿妙庄村的村民实验病毒的事，难道还会要脸？这种时候要是对方不承认，我们走正常程序，也拿他没办法。

只能说，要是铜雀被带来了，那就算掌握了重要的证据，能让对方忌惮。

林晓余："那需要我做什么？"

陆源生："赫利俄斯制药公司的董事长索尔·马丁于今天一大早病逝了。在前一阵子，极有可能是在傅蓝夕出事那段时间，他就感染上了病毒，病毒在他身体里潜伏了一段时间，他在一周多前发了病，并迅速发展成了急性脑炎和心肌炎。为了稳住公司的局势，他一直在秘密进行治疗，但最后还是因为多脏器的衰竭而不治身亡。据调查，赫利俄斯制药公司从8月22日开始就由他的弟弟西蒙·马丁代管了。"

林晓余惊得眼都瞪圆了，心想：这是什么神剧情，简直难以想象——索尔·马丁是怎么感染上病毒的呢？他那么有钱，难道不会有"万乘之君不涉险"的概念，不会特别注意安全吗？但仔细想想，人眼又看不到病毒，而且病毒有潜伏期，他被感染时，他自己也不知道。

会是有人让他感染的吗？还是他自己不小心感染上的？要是从8月22日之后赫利俄斯制药公司就是由索尔·马丁的弟弟代管，那后续针对傅顺知的知一制药以及陆坚的事，都是西蒙·马丁做的吗？

林晓余的表情说明了他内心的震惊，陆源生道："我们暂时不知道索尔·马丁为什么会感染上病毒。但因为他死了，所以我们同样不知道他当初计划在哪些地方投放病毒。他手下的人，每个人知道的情况也都很有限，不能说出马丁计划的所有事。我们找到铜雀后，询问他这件事，铜雀表示他也不清楚，而且不愿意多讲。"

林晓余心想这事真的很严重，他好奇地问："那个索尔·马丁是感染的哪种病毒？就是这次的妙庄村 He 病毒吗？"

陆源生："我们暂时还不知道，但其他专家根据索尔·马丁发病的症状看，认为是 He 病毒的可能性很大。"

虽然林晓余觉得索尔·马丁那是自作自受、咎由自取，但他也不得不感叹，"如果索尔·马丁自己感染了那种病毒都没治好，那说明赫利俄斯制药公司没有研发出针对这种病毒的药物和疫苗，是吗？"

陆源生："没有药物，但是发现有疫苗，只是那疫苗还没有经过临床验证，刚从实验室研发出不久。我们推测，他们这次在妙庄村投放病毒，也很有可能是想拿这里的人做这方面的实验。但他们没想到这事被陆坚的行为打断了。"

林晓余心想，果真如他所想，在妙庄村这种特别迷信、偏远的山村投放病毒，又把和外界相连的路堵上，还破坏村子的通信基站，不让里面的村民和外界联系，这完全是想把这里变成一个实验现场。

只是他们恐怕完全没有预测到陆坚会那么快破坏他们的行动，而且那个索尔·马丁因为自身感染了病毒，迅速地发病死亡了。他的发病死亡，会让他的病毒计划的执行人失去继续行动的方向和动力。

林晓余看向陆源生，问道："陆伯伯，要是他们是在妙庄村做实验的话，那应该预先给一部分村民接种了疫苗才对，是不是？"

陆源生道:"对。我们发现这个问题后,调查组再次询问了没有发病的村民,不少村民想到在今年春节时,有一个三人组的下乡医疗队去他们村,给他们村里人做过简单的体检,并给他们发放过糖丸。我们怀疑那糖丸是一种口服疫苗。这种糖丸更受孩子、女人和老人欢迎,要是那是疫苗的话,那接种过疫苗的大部分人就是孩子、老人和女人,大部分成年男性村民都没接种。而我们查了卫健委的登记记录,今年春节,没有哪家医院组织了这种活动,说明那次体检是非法的。所以春节体检这件事,极有可能是这次实验的一部分。"

林晓余:"那接种了疫苗的人,这次都没有发病吗?"

陆源生:"大概只有三分之一的人没有发病。那疫苗的保护效果并不达标。"

"哦。"林晓余心下一沉。

陆源生:"控制这种病毒,现在是很多部门共同行动的事。但铜雀是陆坚以前的同事,组织希望能由陆坚去说动铜雀,让铜雀可以到中国接受保护。他到中国来,也可以对想借他修改的病毒闹事的人产生震慑,这有利于我方和A国的谈判。而且,马丁家族一直在暗地里支持一些恐怖组织,我们极担心索尔·马丁已经将这种病毒交给了一些恐怖组织,要是恐怖组织用这种病毒进行大规模恐怖主义行动,那事情会变得更加糟糕。"

林晓余越发认识到了事情的严重性。他看着陆源生,道:"是让我陪陆坚去劝说铜雀吗?陆坚不是刚出车祸,身体受了重伤吗?他难道在这么短的时间内就可以行动了?"

陆源生:"就是因为陆坚受伤太重,现在还不能动弹,所以只能让你代替他去。"

林晓余刚还担心如果必须由陆坚出面,陆坚的身体状况能否承受,现在让他代替陆坚去,他反而松了口气。

陆源生问:"你愿意去完成这个任务吗?"

林晓余:"我当然愿意。"但他马上又意识到一个问题:"我能说动铜雀吗?而且,我英语口语不怎么样,说不定无法自由表达我的观点。"

陆源生:"不用担心,铜雀中文很好。"

林晓余在心里"咦"了一声,又感叹陆坚的这位同事真是个学霸,专业水平那么高,还会中文。

林晓余看陆源生似乎是交代完毕了,就赶紧问:"陆坚已经醒了吗?我想去看看他。"

陆源生道:"他虽然醒了,但每天清醒的时间很短,现在已经睡了。"

"那今天不能看他了?"林晓余很失望,并且又惶恐起来,害怕陆源生说陆坚没事只是骗他。

陆源生:"可以从玻璃窗看看他,不能进去打扰他。"

林晓余又想到一件很重要的事,"索尔·马丁病死了,那现在赫利俄斯制药公司是谁在掌权呢?"

陆源生:"根据推断,最终掌权的应该会是索尔·马丁的弟弟西蒙·马丁。索尔·马丁性格鲁莽暴躁,热衷吸食大麻,但他这个弟弟却是个沉默阴险又自律的人,他比索尔·马丁难缠得多。"

"哦。"林晓余心想等这里忙完了,一定要去查一下这个西蒙·马丁的事,"那陆坚出事时,索尔·马丁已经躺在病床上要死了,应该没办法针对陆坚才对,是谁在针对陆坚呢?"

陆源生:"暂时没查出背后指使的人,极有可能是西蒙·马丁,也或者是索尔·马丁在病床上下的命令。被抓到的袭击陆坚的人,被查出是以前就有反政府行为的人,之后被恐怖组织吸收。更多情况暂时还没查出来。"

陆源生随即又交代："我们对外讲陆坚出事不治身亡，是为了确保铜雀的安全，并更好地找到铜雀。因为铜雀的那个基因序列密码数据库，只有铜雀和陆坚两人知道。针对陆坚下手的人，之前不知道陆坚已经破译了修改过的病毒上的定位密码，以为杀了陆坚就万事大吉。这样一来，要是陆坚死了，那密码只有铜雀一人知道，那铜雀就会比较安全。"

林晓余："原来是这样。"

陆源生继续道："铜雀也以为陆坚已经不在了，所以，你去见了铜雀，不要说漏嘴。你说因为陆坚被袭击身亡，我们需要依靠铜雀，希望他可以来我国。你最好能表现出你对你的老师陆坚的死亡的伤心，这样也许更能打动铜雀。"

林晓余："……"

林晓余沉默了好一会儿，才组织起语言，"你们告诉我陆坚没事，我去了铜雀面前，无法真情实感怎么办？"也许他继续被骗反而能更好地完成任务。

陆源生叹道："我们看你太难过了，实在不忍心。"

林晓余想到之前看到陆坚不治身亡的新闻时的痛苦，就再次难受起来。

之后，林晓余隔着玻璃看到了睡在病房里的陆坚，虽然只能看到陆坚的侧脸，但见他睡得很深，面色虽苍白，至少是活人的鲜活的苍白，林晓余就一阵感动——还好陆坚没死。

人实在太脆弱了，感染病毒会死，出车祸会死……

他踏入医学之门时，就被告知要学会面对死亡，但他无法淡然接受生命的突然逝去，他不能面对好好的人突然就死了的情形。

48

一天后。

一座名"科奥斯"的小岛上。

天空蔚蓝，只有几朵白云悬浮在远处。车转过前方树木茂盛的山坡，一座菠萝种植园映入眼帘。

林晓余没有心情观赏周围风景，一心沉浸在要怎么劝说铜雀的预演里。

车停在种植园里的建筑前，林晓余像跟着私人导游游览种植园的游客，上车睡觉，下车拍照，被带着进建筑的时候，他兴致不高，像厌倦了繁忙的行程。

林晓余在建筑里转了半圈，被人带进了建筑后部的一间房，进入了地下室。

地下室里灯光明亮，布置带着典型的海岛风格，里面除了空调和大型主机运转的声音，便只有键盘的敲击声。

林晓余看向一边的角落，那里的电脑前面坐着一个长着络腮胡的中年白人男性，此人就是一般圆胖的中年男性的样子，看不出什么特别，不过林晓余之前看过铜雀的照片，所以一眼就认出了他来。

林晓余看向他，他却只专注于自己的事，不断敲击键盘，键盘发出啪啪啪啪的规律的击键声。

林晓余见领路人已经离开，就自己找了房间里的一把椅子坐了，一边观察房间里的布置，一边不时用眼睛的余光瞄铜雀，等着他发现自己的存在。

林晓余这些天一直精神紧绷，睡眠严重不足，这房间里温度适宜，铜雀敲击键盘发出的声音又颇有催眠效果，他不由打起了瞌睡，不知道过了多久，突然，一声清脆的碰击声进入他的耳朵，直击他的大脑。

林晓余一惊，猛然醒过来，惊愕地看向面前的人。

铜雀没在电脑前了，而坐在了他对面的椅子上，正将方糖投入他手边的咖啡杯里，一颗、两颗、三颗、四颗、五颗、六颗。

林晓余盯着他那杯咖啡发起呆来，一时间不知道该说点什么作为开场白才算是恰到好处。

不过不用他费神，铜雀已经先出声，友善地问他："你需要吗？咖啡。"

林晓余摇摇头。

铜雀："我看你严重缺乏睡眠。"

林晓余呆呆地看着他，大脑运转极慢："啊？"

铜雀："你还是喝杯咖啡吧。"

林晓余在他把咖啡递过来时，才完全清醒，赶紧推辞："呃，不用了。您喝吧，我喝不了这么甜的咖啡。"

铜雀只得自己喝了，问："你是什么人？他们怎么会安排你这样一个人来接触我？"

林晓余:"……"我这样一个人?我怎么了?看着不像是谈判官吗?他怔怔地看向铜雀。

铜雀:"你们中国人讲究君子不避人之美,不言人之恶。这是陆坚以前告诉我的。"

林晓余:"……"这是想说我不像个有才干的人?但因为你是君子,所以克制住了?

铜雀喝下了大半杯咖啡,林晓余才找回了自己的智商,说:"您的中文很不错。"

铜雀道:"我的一位朋友是我的中文启蒙老师。在这方面,他是一位好老师。"

林晓余鼻子一酸,问:"您是指我的老师陆坚教授吗?"

铜雀垂下了他黑乎乎一片又长又浓密的眼睫毛,显出了忧郁,"你想讲什么,就赶紧讲吧。"

林晓余沉默了一阵,才轻声说:"陆坚出车祸死了,他没有完成的事,我作为他的学生,有责任沿着他的道路去完成。"

铜雀抬起头来,审视着林晓余:"哦,你是他的学生?"

林晓余:"不知道他会不会认可我,毕竟我至今没取得什么成绩。他对工作的要求很高,我不知道能不能达到他的要求。要是最后也做不出什么成绩,不是丢他的脸吗?"

铜雀严肃地点点头:"是啊。要是没有把全力以赴的心态放在研究上,做不出成绩,的确很丢人。"

林晓余:"……"虽然他知道自己的任务是劝说铜雀去中国,应该顺着铜雀,但此时真是难以接受他在这方面的直白。

铜雀放下手里的咖啡杯,突然问道:"陆坚这些年在做什么研究?"

陆坚的有些研究是涉密项目,林晓余哪里知道,他一时间无法给出回答,转而说道:"他的研究属于国家机密,我不能告诉你。"

铜雀点了点头,不再问这方面的问题,好像是接受了林晓余的解释。

铜雀:"我和他的兴趣都在病毒和人的协同进化上。我们想做一个预测系统,由病毒的基因组就能预测它们对人能产生的影响,这样,通过检测环境中的新病毒或者变异病毒的情况,就能为人类的生命安全做出预警和防护。我建立的 can 病毒模式系统,已经在这方面取得了一定的成果,我不知道他回国后是不是做得更好,还是已经停滞了这方面的工作。"

"can 病毒?"林晓余想了想,问,"就是傅蓝夕感染的那种病毒?"

铜雀颔首,"那是 can 病毒的第二代病毒,感染力和毒力都很低,对人不会造成太大伤害,感染的人很可能只是出现低烧和轻微肺部炎症就能自愈,而且它难以在人群里传播。我当时让人把 can-2 交给傅蓝夕带给陆坚,是因为它不会对人造成什么影响,但我没想到这依然间接害死傅蓝夕。"

林晓余消化他这些话就费了些时间,见铜雀一脸悲伤,他也悲伤起来:"人是很脆弱的,很容易就会死。"

铜雀叹息一声,"没想到将陆坚牵扯进 can 病毒的事里来,又害死了他。"

林晓余想到自己之前以为陆坚死了时的悲伤,再看铜雀带着黑眼圈的双眼毫无神采,他就能对铜雀此时的悲痛自责感同身受。林晓余想讲点什么,但咽喉发紧,一点声音也发不出。

两人互相感染,一时间都沉默地悲痛着。

过了好一会儿,铜雀又去倒咖啡,给林晓余端了一杯黑咖啡来,又往自己的咖啡杯里加了一大堆方糖。

铜雀说："你喝了咖啡，就离开这里吧。"

林晓余端着咖啡杯的手僵了一下，抬眼看铜雀，把自己应该做的工作提了出来："我从您刚才的话，知道您是一位非常善良的人。现在can病毒在我们国内多地暴发，传染力和毒力都很高，到现在已经死了很多人了。您是最了解这种病毒的人，您不能去为我们提供一些帮助吗？陆坚会死，是因为他知道您面临着危险，他才离开研究所去提交报告，以至于遭到袭击。在提交的报告里，他第一条便写着要找到您，并保证您的安全。而且can病毒造成的疫情，也是他最关心的事，但他死了，他无法再为控制这次的疫情提供支持。除了这些，傅蓝夕当初是为了替你转交病毒给他才被小马丁害死，傅蓝夕死后，还被赫利俄斯制药公司污蔑，说他联合您窃取该公司的研究机密。他父亲的公司因此遭受极大名誉损失和经济损失，他的名誉也受到影响。这些事，都是陆坚最关心的事，但他什么都没来得及做就离开了这个世界。"

铜雀沉默着，他的眼里满是痛苦，但他并没有答应。

林晓余继续道："在我前来这里之前，我们国家已经找到了在国内执行投放病毒的人，我们也发现，针对can病毒的疫苗达不到预期。在不知道小马丁把你做出的这个can加强版病毒卖给了哪些人，这些人是否还会继续培养病毒、投放病毒、制造死亡的情况下，加强对这种病毒的研究，研制更好的疫苗和药物，是很迫切的事。您对这种病毒这么了解，您的支持非常重要。除此，虽然索尔·马丁已经过世，马丁家族在为争夺赫利俄斯制药公司的管理权明争暗斗，但他们家族的力量非常强，即使在内斗，依然可以想办法来灭您的口。索尔·马丁又疑似和恐怖组织有过接触，要是这个组织要谋害您，那您的处境之危险，您应该很明白。为什么不去一个安全的地方，继续can病毒的研究？科学研究本就没有国度之分，更何况病毒的危害不分国度，您研究出的成果，也将对全人类有利……"

铜雀突然起身，打断他的话，道："我不会去。"

林晓余因他斩钉截铁的话而一怔，一时间不知道还能怎么继续话题。

铜雀走到电脑旁边，从那里拿了一个移动硬盘过来递给林晓余，"这里面有 can 病毒的所有资料，你拿走。我感谢你们这次把我救出来，但我不能离开这里。我的决心就和我当初为了揭露小马丁把病毒给傅蓝夕一样坚决。你们中国有句话，叫君子有所为有所不为。我有自己的坚持，至死不会改变。"

林晓余见他态度坚决，只得拿了那移动硬盘离开。

走到台阶上，他回头，见铜雀沉默地站在房间中央，垂着头，像遗世独立的孤鹤，悲伤、孤独却又傲然，他在那瞬间，很想告诉铜雀，陆坚并没有死，但一番犹豫后，他认为自己没这个权限，只得飞快离开了。

* * *

林晓余随着旅行团回了国，那个移动硬盘则由另外的人用其他方式带回了国。

移动硬盘里到底是些什么，林晓余在很长时间后才接触到，那时候，他已经是 can 病毒的研究团队里的一员了，但现在，他对病毒研究尚且没有入门。

他回国后两天，就被告知了一个好消息。

"陆坚身体好多了，想见你。"

林晓余把自己捯饬得干干净净、整整齐齐，提了水果去探望陆坚。

既然陆坚身体好多了,他父母各有事忙,也就没再守着他。

套房的会客室里,等待林晓余的是专门派给陆坚的助理。

林晓余和助理问了好,又把水果交给他,被交代了不少探望陆坚的注意事项,这才得以进了陆坚的病房。

陆坚真是闲不下来,半躺在病床上,头上尚且包着纱布,前面的病床桌上已摆了电脑,他正盯着电脑。林晓余过去看了一眼电脑屏幕,得了,密密麻麻的全是英文。林晓余的目光定在一些关键词上,意识到陆坚看的是知一制药和赫利俄斯制药公司之间的官司。

赫利俄斯制药公司如今已经公开道歉,阐明知一制药并没有窃取其公司研究成果,也让外界不要以讹传讹,而且愿意赔偿知一制药数十亿美金的名誉损失费。

林晓余一大早就看到这个消息了,知道赫利俄斯制药公司新上位的掌权人西蒙·马丁在重重压力下不得已承认了已死亡的索尔·马丁制造出的生物恐怖行为,这些钱就是赔偿。没有将这件事扩大成两国之间的问题,应该是多方权衡的结果。

对林晓余来说,这事解决这么快,他从铜雀那里拿到的移动硬盘应该起了很大的作用。那移动硬盘里的内容,很可能是赫利俄斯制药公司的死穴,让他们不得不认罪。

这一结果也让之前诋毁知一制药窃取赫利俄斯制药公司研究机密的人闭了嘴。

陆坚费力地瞄了他一眼,发出虚弱的声音:"听说你去见了铜雀,他怎么样?"

陆坚之前病情那么严重,现在居然可以使用电脑上网了,可见他在对抗他父母让他静养这件事上取得了胜利,或者是把他父母气得不想管他了。

林晓余一看就知道陆坚已经智商回笼，即使他父母严格控制外人向他透露信息，他应该依然掌握了如今的各种信息。

林晓余像只小蜜蜂，在陆坚的病房里找事做："陆老师，喝水吗？我先给你倒水？"

陆坚瞅着他："不喝。别浪费我时间，该回答什么就回答。"

林晓余："……"他病成这样，居然更凶了。

林晓余只得拉了一把椅子，坐在陆坚的病床边上，严肃地道："我看他好像比我看的照片里的样子要胖了不少。我和他交谈的过程中，他就喝了两杯咖啡，每杯咖啡要放6块方糖。"

陆坚沉着脸看着他，林晓余不敢再东拉西扯，说道："他对我讲了can病毒的事。can病毒，就是傅蓝夕和妙庄村村民感染的那种病毒。他说傅蓝夕感染的can病毒是第二代病毒，感染力和毒力都很低，不会致人死亡，但他依然为蓝夕的死感到自责。我本意是要说动他来中国，他最后也没答应，但他给了一个移动硬盘给我，说里面是can病毒的资料，我没有看移动硬盘里的内容，将移动硬盘交给指定的人后，我就回来了。那硬盘怎么样了，我应该没达到知道的级别。"

陆坚轻叹了一声："没别的了吗？"

林晓余想了想，说："他说他是把can病毒作为一种模式病毒在研究，主要是做通过病毒基因组就预测病毒对人类的影响的工作，而且他已经取得了一些成果……他想知道你这些年一直在做些什么，研究成果是什么。"

陆坚的眼帘垂下来，没有回应，过了好一会儿，他才突然说道："这次的事情，对我们来说已经告一段落。蓝夕和知一制药的事也解决了。你导师让你回益州去办来我这边联合培养的手续，你先去办吧。办完就赶紧回来，你，还有很多东西要学。"

"嗯，好的。"林晓余规规矩矩地做了回答。

陆坚道："你出去吧。"

林晓余："……"居然这就让自己走了？不想让自己多陪陪他了？

"那我先走了，陆老师，您好好保重身体，争取早日康复。"

林晓余走到门口，感觉陆坚还盯着他的背影，他不得不回身，发现陆坚真的看着自己，便问："陆老师，您是想上卫生间吗？要不要我帮忙？"

陆坚："……"

"不是！"陆坚板着脸说，"我本来在想经过这次的事，你成长了很多，稳重了。看来你还是老样子，快……走吧！"

林晓余："……"

也许他是想说"快滚吧"。

虽然是被陆坚赶出了病房，但林晓余脸上洋溢着止不住的笑容，外面的助理看他一脸笑容，也笑了，说："晓余，你和你陆老师讲了什么？这么开心。"

林晓余摇了摇头："没什么。我走了。"

* * *

半年后，寒假。

林晓余在除夕前两天才被陆坚允许放寒假，从首都回益州过春节。

妙庄村的疫情处理完毕后，其他地方并没有再大规模暴发类似疫情；妙庄村后山佛洞里的蝙蝠体内的病毒也被做了评估，其感染性非常低，加上那里处在深山之中，只要人不去打扰那些蝙蝠，就不可能被感染,所以,在半年后,对疫源地妙庄村的封锁便解除了。

妙庄村此次因感染病毒而死亡的人数达到了二十三人,其他人都治愈了。

当地政府因此也加大了对该村的帮扶,在春节里,这里洋溢着阖家团圆的喜悦气氛。

林晓余被施队长带着,跟着县疾控的胡科长等人前来探望,他们的车刚开过那一片坟地,就远远看到村口那屹立了数百年的牌楼下站着不少等待他们前来的人。

林晓余刚下车,何晏就跑了过来,笑着叫他:"晓余哥,你们来了!"

林晓余看着他笑道:"哟,半年不见,你长高一些了嘛。"

何晏嘿嘿笑。

林晓余:"期末考试考得怎么样?寒假作业多吗?做了没有?"

何晏:"……"

看到何晏的脸皱成了苦瓜,林晓余哈哈大笑,继续学着陆坚的表情说:"你要好好学习。你还这么年轻,怎么能不抓紧时间多学些东西,多做些事!"

说完,他发现自己的手机响了,他拿出手机,一看,陆坚的来电。

他搂着何晏的肩膀,接起电话,听到陆坚说:"你到村里了吗?"

林晓余"嗯"了一声。

陆坚道:"不要忘了,除了采集村里所有人的血样,还要把访谈表好好填了,一一对应,别搞错了。这是你的寒假作业。"

林晓余苦了脸:"知道了,陆老师!"

做完妙庄村的工作,林晓余在第二天回了自己老家。他的老家村子距离妙庄村有一百多公里,和妙庄村类似,村里聚居着同姓族人,村里大多数人家都姓林。

虽然很多人家会在城市里买房定居,但在春节时,这些人家里的大部分依然会回村子里祭祖过节。

林晓余和族人们一起祭拜了祖先。在村中团年饭的热闹声里,他躲到炭盆的旁边去,拿出手机看新闻。

有一条信息引起了他的特别注意,这一条提到了赫利俄斯制药公司现任董事长西蒙·马丁在某医药方向论坛里的讲话,信息里配着很多图片,其中有一张图里,稍稍瘦下来的铜雀正站在西蒙·马丁的身边。

林晓余看着两人在一起的和谐的画面,脑中蓦地闪过铜雀将硬盘递给自己时说的那些话,却叫他脊背发寒,生生出了一身冷汗。

当初投放病毒、开展生物恐怖主义行动的索尔·马丁早在8月22日之前就因感染病毒而没有行动能力,8月22日之后的赫利俄斯制药公司是由他的弟弟西蒙·马丁控制,而在8月22日之后,赫利俄斯制药公司在网上暗示知一制药窃取其公司研究机密,并对傅顺知进行监控,以及对陆坚实行恐怖袭击,这些事最可能是西蒙·马丁为了掩盖他哥进行生物恐怖主义研究而做,他也是犯罪者。

铜雀在林晓余面前表现得那样嫉恶如仇,他不顾性命地揭露了小马丁的罪行。这样的人,如今却站在西蒙·马丁身边。林晓余捏了捏僵硬的拳头,不敢去想,在整个事件中,铜雀他究竟扮演的是怎样一个角色?

【完】

图书在版编目(CIP)数据

病毒猎人:巴山探蝠/苏晋著.—武汉:华中科技大学出版社,2021.5
ISBN 978-7-5680-7028-7

Ⅰ.①病… Ⅱ.①苏… Ⅲ.①长篇小说-中国-当代 Ⅳ.①I247.5

中国版本图书馆CIP数据核字(2021)第049755号

病毒猎人:巴山探蝠 苏晋 著
Bingdu Lieren: Bashan Tanfu

策划编辑:陈心玉
责任编辑:肖诗言
封面设计:Pallaksch
责任校对:阮 敏
责任监印:朱 玢
出版发行:华中科技大学出版社(中国·武汉)   电话:(027)81321913
　　　　　武汉市东湖新技术开发区华工科技园   邮编:430223
录　排:华中科技大学惠友文印中心
印　刷:湖北新华印务有限公司
开　本:880mm×1230mm 1/32
印　张:12.25
字　数:292千字
版　次:2021年5月第1版第1次印刷
版　权:得满文化
定　价:49.90元

本书若有印装质量问题,请向出版社营销中心调换
全国免费服务热线:400-6679-118　竭诚为您服务
版权所有　侵权必究